U0938263

由格律到神理

——戰後香港（1945—1979）舊體詩學發覆

陳煒舜 著

香港中文大學中國語言及文學系　編

中文系　商務印書館

香港中文大學中國語言及
文學系學術文庫（第二輯）

責任編輯　毛宇軒
裝幀設計　趙穎珊
責任校對　趙會明
排　　版　周　榮
印　　務　龍寶祺

由格律到神理——戰後香港（1945–1979）舊體詩學發覆

作　　者　陳煒舜
主　　編　香港中文大學中國語言及文學系
出　　版　商務印書館（香港）有限公司
　　　　　香港筲箕灣耀興道 3 號東匯廣場 8 樓
　　　　　http://www.commercialpress.com.hk
發　　行　香港聯合書刊物流有限公司
　　　　　香港新界荃灣德士古道 220–248 號荃灣工業中心 16 樓
印　　刷　新世紀印刷實業有限公司
　　　　　香港柴灣利眾街 44 號泗興工業大廈 13 樓 A 室
版　　次　2025 年 8 月第 1 版第 1 次印刷

　　　　　ISBN 978 962 07 0683 7
　　　　　Printed in Hong Kong

朴永煥序

風雨詩魂
—— 香港舊體詩學的守護與文化反思

中國韻文文學的傳統，濫觴於《詩經》與《楚辭》，歷代詩人懷抱熱忱，綿延不輟，創作不斷，至唐宋之際更臻於高峯。詩歌或以柔婉辭藻抒發浪漫情懷，或以激昂語調表現憤慨忠誠，遂成為詩人抒寫喜怒哀樂與興、觀、羣、怨之重要媒介。韻文遂發展為東亞士大夫文學之主流，時至今日，傳統脈絡猶未斷絕，薪火相承。

香港自十九世紀中葉以來，作為嶺南文化重鎮，一直備受矚目。自清末開埠，歷經辛亥革命、抗日戰爭與國共內戰，諸多文人學者南遷定居於此。尤其在國共內戰後，中華民國時期眾多學者與詩人攜其教育理念與詩詞風尚抵達香江。雖地處邊陲，且為殖民統治之地，然其人於此講學著述，薪傳不輟，為香港文化注入了深厚的中華傳統根基。

本書的研究範圍聚焦於 1945 年至 1979 年之間，考察了戰後香港地區詩詞的教育、創作及實踐歷史，並從多部代表性詩詞技法著述，如《七言律法舉隅》〈詩鐘全貌〉〈詞學漫談〉《詩學纂要》《詞學纂要》《詩詞指要》的文本出發，深入解讀其內容體例與教學功能，勾勒出舊體詩詞在高等教育體系中發展與演變的軌跡。本書還特別關注了「詩選」與「詞選」兩門課程的設計與實施，探討了對當代學子詩學素養的形成與影響，進而揭示出文學教育與文化保守主義之間的深層關係。

香港在二十世紀四十年代中後期至七十年代末期陸續成立了新亞、崇基、聯合、珠海、浸會等多所私立院校，這些院校承襲了中華民國時期大學的人文體制，將「詩選」「詞選」列為必修課程。教師在課堂中不僅講授唐宋名篇，亦強調習作與批改，重視格律與用韻的創作訓練。其中何敬羣教授撰述的《詩學纂要》《詞學纂要》作為系統性教材，兼具教學與創作之功能。

曾克耑教授則以《唐宋詩舉要》為教本，提倡「以新詞寫新意」，主張不拘泥於傳統題材，加強學生的創作實踐並進行個別指導。曾教授親自批改學生作品，往往能化腐朽為神奇，被評為教育之典範。此類以詩詞為媒介的師徒教學模式，不僅提升了文學技巧，亦極大地深化了文化傳承之意義。

此外，大眾媒體與公開講座亦成為詩詞普及的重要平台。陳璇珍於電台講授〈詞學漫談〉，鄭水心於報刊連載〈詞概〉〈詩鐘全貌〉，他們都以通俗語言來介紹詩詞理論與作法，讓普通讀者亦能領略古典文學之美，以展現舊體詩學與社會生活之緊密連結。

著述的後半部分論述了「清末一代」香港學者的詩詞著述，這批學者兼具文學實踐和教學經驗，且多為廣東人士，對本地語言與文化理解尤為深刻。在教育資源極為匱乏的戰後時期，他們靈活應對，採取「速成」方式進行詩詞要訣的傳授，使學生能迅速掌握詩文創作精髓，可謂是因時制宜的教育智慧。

著者在研究過程中並沒有局限於文獻梳理，而是從詩詞格律、音韻學與文體學等多重視角出發，並結合理論探討與教學實踐，運用了文學史與教育史交織研究的方法。著書中強調「創作」與「講授」不可分離，理論與實踐須相輔相成方能真正領會詩詞的旨趣。著者對舊體詩學的深厚素養與廣博知識，正是本書得以精緻完成的關鍵。

著述中所揭示的歷史場景，不僅是文化傳承之縮影，更為今日詩詞教育提供了一面明鏡。在當前中國的內地與香港，及韓國等地，中文學科逐漸傾向於對現代文學與語言學為主的教學模式，呈現出把舊體詩詞教育邊緣化的趨勢。著書在此背景下問世，可謂彌足珍貴，正如作者與諸多學者所言，詩詞不僅是語言技巧之體現，更是抒情與修身之道，承載着興、觀、羣、怨等多重功能，具有不可忽視的教育和人文價值。

總而言之，《由格律到神理：戰後香港（1945－1979）舊體詩學發覆》一書不僅復原了一段被忽視的歷史，更是對當代文學教育方向所作出的深刻反思。作者憑藉着嚴謹考證的研究宗旨，通過對豐富資料的梳理闡釋，運用嚴密的邏輯與深刻見解，生動地描繪出戰後香港的詩詞教育與文化傳承歷程，實為一部兼具學術性與史料價值的優秀著作。

謹以小序來介紹此部著書之旨趣與貢獻，並向在風雨飄搖的時代裏堅守《詩經》以來傳統詩詞教育理念的香港教師與學人致以崇高的敬意！我誠摯感謝陳煒舜教授給予我學習與理解香港舊體詩學發展的寶貴機會。

乙巳年仲春
於台北中研院

朴永煥教授：韓國東國大學中語中文系榮休教授，曾任該校國際語學院院長及東亞人文學會副會長、東亞比較文化學術會議副會長、中國屈原學會常務理事等。主要研究方向為中韓交流、中國文化、楚辭、宋詩及詩禪。

蟲洞精粹[1]

二十多年前和幾位朋友偶然寫些舊體詩詞，電郵互寄以圖一笑。其中一位特別有心，把遊戲之作彙成檔案，方便大家保存。可是日積月累，數量還是不多。後來陳煒舜兄加入，揮毫珠玉，不旋踵所作已相當於眾人的總數，我就落荒而逃了。我的研究範圍以香港文學為主，兼顧建安文學已經捉襟見肘，舊體詩詞欣賞和寫作是業餘，也是自小的興趣，勉力而為，卻沒有甚麼心得可言。煒舜兄這本大著我沒有資格評論，但對本書的研究材料卻深感興趣。

煒舜兄蒐集了六種寫成於香港的詩詞作法著作，其中五種皆在一九四五至七九年間面世，分章論述，合為這本篇幅不算很大，但分量絕對不小的專書。香港詩詞作法著作不多，原因誠如書中所言，學院課堂和私人講授的內容不一定編著出版。揆諸常理，教者從通行的詩詞選集中擷取作品以作範例，並因應學生的習作評騭指引，前面的部分是共通的知識，不難化為文字，後面的部分因材施教，口頭回應遠為便利，因此流傳下來的詩詞作法著作，其實不是相關知識傳授的完整面貌，本書選擇聚焦於這些著作所展示的「舊體詩學」，實為確當。

值得注意的是，本書探討著作所蘊含的詩學觀點，非徒歸納內容，而是有闡釋、有商榷，而且是以整個傳統詩學以至最新中

1　本序之節略本曾刊登於《明報．世紀版》2025 年 3 月 28 日。

外研究成果為參照，或稽考某一觀點的源流變異，或廣列佐證以辨明原著之疏失，例如論李景康「中兩聯至無定格」之説，以王士禛《詩問》及吳喬《圍爐詩話》作對比，又如致疑於謝崧律、絕關係之論，皆可見煒舜兄學養之深邃，思考之細密。凡此種種，在本書中可説俯拾皆是。不過我更有興趣的，是「緒論」中提到，後面各章也時有觸及的，這些詩詞作法著作和所出現時空的關係。

本書「緒論」把民國時期內地詩詞作法著作蜂出的肇因，追溯至國故整理、大學文科重組等學術潮流及制度的變遷，指出「作為殖民管治地區的香港有其特殊的回應方式」。先是以前清遺民自居的學者文人移居香港後，故國之思轉化為提倡傳統文化，於是投身教育以傳承舊學，或者結社聯吟以聲氣相求，正好在地政權也認定中國傳統價值觀念有助抵禦沸揚於內地的激進思潮，利於管治，因此出現了合作的契機，促使香港的文化面貌轉而有別於強烈傾向「除舊佈新」的內地。及至二次世界大戰才結束，國共內戰又起，幾年後全球冷戰格局成型，連番亟變令香港人口陡增，各色人才薈萃，新的地緣政治形勢提供了前所未見的發展機會，統治階層與市民的關係也不得不隨之改變。在其後超過半個世紀的時間裏香港光芒四射，最初是經濟成就舉世欽羨，近二三十年來香港文化的獨有價值也逐漸為各界所注意。本書析論的幾種詩詞作法著作，正是在這獨特的時空面世。我認為稀見的資料既可以作詩學的探討，也無妨採取史學的讀法，以補現有香港文學史、文化史研究之缺。故儘管本書以詩學為主，但每讀到如論陳璇珍「將原來關於抗戰的舊作在修改後暗中與『反攻復國』的主題相疊加，既表達了自身與對象讀者旅居香港時新的心境，也巧妙避開了港英政府的戒備……已不僅只是再度宣示所謂打動心坎、獲得同情的詞論見解，還柳暗花明地與常州詞派『高遠深厚而有寄託』的書寫策略相應合了」之鞭辟入裏，輒不禁為煒舜兄披文見史、熨貼詩心的手眼喝采。

記得上世紀八十年代就讀中大中文系時，同學都知道我們的老師裏有章（太炎）黃（侃）學派、桐城派的嫡系傳人，也有西洋學術背景的語言學家和現代文學作家，事實上我們的太老師，如章黃學派的潘重規教授、桐城派的曾克耑先生、語言學大師周法高教授、戲劇家姚克教授、小說家李輝英先生，也都曾在中大或中大前身的書院任教。我常常覺得這就是香港奇跡的示意圖了：一個小小的地方，擠得下這麼多各有所長的大人物。本來的此疆彼界哪裏去了？就像物理學家設想的蟲洞？一個小點連接相距億萬光年的宇宙：咦，你也在這裏！當然，疆界不會無故消失，也不會自此消失的，但在消失與重畫之間，沛然的創造力量釋放出來。這幾年香港學術界有人提出研究北學南移，我深深認同。學術和文化都在流播中變化，形成各種在地特色。流變是過程，是歷史，是身世的追尋，但不是高下之分。

話說得遠了，我只是讚歎煒舜兄的大著，在論析詩學之餘，不也展示了相類的史學視野？以往的香港文學研究往往偏重新文學體式，但作品體裁容有新舊之分，作者、讀者卻不一定以界線自限，「舊」與「新」、體裁與精神不必然僵硬配對，例如本書討論過的鄭水心，上世紀二十年代在香港主持報紙編務，我讀過他署名天健的消閒性質白話文章，不在本書討論名單上的傑克（黃天石）和易君左，前者以言情小說著名，也擅長舊體詩，後者橫跨多種古今新舊文類，更難貼上單一的傳統文人或新文學家標籤。在煒舜兄這本書研究的時段，新舊文學、文化在同一作者身上的加乘（synergy），我認為要超過矛盾，如此正是特定時空裏香港的精粹。除了文化的新與舊，其實雅與俗、中與西的界限也都在特殊的條件下打破了，或者說不得不打破了，研究者有興趣繼續探問嗎？

樊善標教授：香港文學學者及作家，香港中文大學中國語言及文學系退休教授、香港文學研究中心名譽研究員。主要研究方向為香港文學、現代散文及建安文學。

自　序

今天，2025 年 3 月 28 日，本是再尋常不過的一天，春雨回寒，更令人想留家工作。但在尋常中卻陡然出現一個特別的巧合：首先，韓國東國大學朴永煥教授傳來為拙著《由格律到神理 —— 戰後香港（1945–1979）舊體詩學發覆》所構的鴻序；未幾，本系樊善標教授也傳來一張截屏檔 —— 原來他為拙作所撰〈蟲洞精粹〉的節略版也於今天刊登在《明報》「退一步」專欄。這兩篇大作誠有點睛之效，使拙著生輝不已。在如此巧合之下，我知道自己理應快馬加鞭，為這本剛脱稿便迎來了兩篇序文的拙著來撰寫後記，庶不負師友之望。

拙著是研究「清末一代」（即出生於 1890–1911 年間之社會世代）舊體詩人的第三種專著。前此的《古典詩的現代面孔：「清末一代」舊體詩人的記憶、想像與認同》（台北：新文豐，2021 年）具有總論的性質，着眼於十位舊體詩作家，他們又可分為遜清皇族（溥儒、溥傑）、袁氏子弟（袁克權、張伯駒）、汪系文人（陳公博、胡蘭成）、國軍將領（羅卓英、李則芬）與中共作家（蕭軍、聶紺弩）等五種羣體。他們年齡雖然相近，但政治或文化背景在一定程度上卻有與時遞進的情況，洵如樊善標老師所言，似乎有一「蟲洞」（worm hole）將他們貫串一處。兩年後出版的《漢藏之間：倉央嘉措舊體譯述研究》（台北：萬卷樓，2023 年）以清康熙年間的達賴六世倉央嘉措情歌為焦點，而以民國時期曾緘七絕譯本、劉希武五絕譯本、曾緘歌行〈布達拉宮詞〉、盧前套曲〈倉央嘉措雪夜行〉為討論核心，而曾、劉、盧等「翻譯」或改寫者亦皆為「清末一代」舊體詩人。

此後還有一種非專著——那是從該世代的詩人中選擇了四十位，就而撰寫「伯爵茶跡」專欄文章，每篇約四千字左右，內容以雜文隨筆形式為主，談詩之餘兼及掌故。四十位詩人中，就包括了上文所言兩種拙著中的十三位；至於其他廿七位，或已撰寫單篇論文研討，或是我閱讀相關資料後有所想法而尚未正式展開研究的對象。當然也有例外：如《古典詩的現代面孔》談遜清皇族時只談到溥心畬、溥傑，因為兩人的詩歌無論就藝術成就還是內容來說的確值得關注；而與他們關係緊密的末代皇帝溥儀，詩藝顯然非常平庸，無須專文、專章論述。不過，若是換成雜文隨筆形式，讀者羣更為廣闊，當他們讀到溥心畬、溥傑的詩後，自然就會追問：「溥儀的詩作水平又如何？」因此在專欄中賈其餘勇，專設一篇談溥儀那些打油詩，讓讀者輕鬆輕鬆，也就順理成章了。自 2022 年 7 月杪開始連載，至 2024 年初刊畢，結集出版為《從王土到共和：「清末一代」古典詩人淺談》(香港：初文，2024 年)。

遺憾的是由於當時公務繁忙，校對過程中不少魯魚帝虎，未克逐一收拾。稍後香港藝發局邀請黃坤堯老師撰寫書評，黃老師不僅為拙著作出了仔細的校對，還指出拙著「所選的，除個別名流未達標外，差不多精鋭盡出，展示『清末一代』詩壇的雄厚實力，肩負傳統英華，山高水低，臨流寫照，確具慧眼」；而「四十位詩人水平不一，有些寫得比較隨意。惟本書意在以人存詩，考察二十年間『清末一代』的整體表現，那麼陳煒舜大抵也已經輕鬆的完成『淺談』的任務，承前啟後，建樹良多」。坤堯老師以獅象搏兔的態度審視這本小隨筆，並對「清末一代」舊體詩人的特徵有所商榷，足見前輩學人一絲不苟的治學精神，值得吾儕取法踵武。近日坤堯老師又贈以新梓鴻著《嶺南近代詩詞叢談》，捧讀之下，令人獲益匪淺。

2023 至 2024 學年之繁忙，並非漫言。記得有次到系辦處理一件小事，幾位職員竟不約而同地圍了過來，大家相視一笑對我說：「怎麼我們每個人都有事找你？」我雖有服務同仁之願，而羌無行政長才，身兼幾份公職，可謂疲憊不堪。從 2023 年 8 月新學年開始以來，前後九個月，幾乎沒有出產一篇新論文。但我此時念茲在茲的，卻是撰寫第三種關於「清末一代」的研究新著。任教本系「詩選及習作」課多年，發現 1949 年以來，港澳台及內地將這門兼有賞析與習作環節的課程列為必修，至今不輟者，中文大學（包括前身三所書院）中文系是個罕例，前輩執教此科者多有名家。饒是如此，七十餘年來的指定課本往往是高步瀛《唐宋詩舉要》，任課教授自編講義者僅有何敬羣先生《詩學纂要》一種而已。2021 年應邀參加香港公開大學以「華文創意」為主題的會議，竊思大多數與會論文皆以白話文學為主題，遂另闢蹊徑，以《詩學纂要》為研究對象，撰成一文。於焉我便有意在此基礎上，進一步探研香港學者的詩詞作法著述。到 2023 年夏，順利申請到香港研資局計劃「古典詩、本地史與文化認同：1990 年代以來香港詩詞創作比賽研究」（計劃編號：14610223），其中一個環節便是探討戰後香港學者的詩詞作法著述，計有李景康《七言律法舉隅》、鄭水心〈詩鐘全貌〉、陳璇珍〈詞學漫談〉、何敬羣《詩學纂要》《詞學纂要》、謝崧《詩詞指要》等書，這些著者本身且兼具舊體詩人的身份。恰好 2024 年春 —— 亦即計劃正式開始的前夕，先後收到好幾個研討會的邀請函，除了本港的會議，還有在武漢、北京、澳門等處舉行者。我因事務纏身而無法離港，外埠的會議幾乎全以視訊方式宣讀論文，實為憾事。而這些論文經過修訂後，便組成了《由格律到神理：戰後香港（1945–1979）舊體詩學發覆》一書。茲將各章發表情況臚列如下：

緒論：〈養根俟實 —— 戰後香港（1945–1979）詩詞作法著述綜覽〉。初稿發表於香港中文大學、中文系、新亞書院、中國文化研究所「嶺南文化研究計劃」及中國古典詩學研究中心合辦「風雅傳承：第三屆民初以來舊體文學國際學術研討會」（2024 年 12 月 12–14 日），後刊登於《華人文化研究》十二卷二期（2024 年 12 月），頁 126–138。

第一章：〈香港詩學教材之濫觴 —— 李景康《七言律法舉隅》芻論〉。初稿分為兩部分，先後發表於香港樹仁大學主辦「文以為學：文學教育的古與今」學術研討會（2024 年 6 月 14–15 日）及武漢大學主辦中國新文學學會第 37 屆年會暨「中國文學傳統的創造性轉化與中華民族現代文明建設」國際學術研討會（2024 年 7 月 5–8 日）。二文分別題為〈一代紛紛詩律細：李景康《七言律法舉隅》芻論〉及〈李景康論近體句法 —— 以《七言律法舉隅》為中心〉，修訂整合後發表於《中韓研究學刊》第 19 輯（總第 36 輯，2025 年 4 月），頁 43–76。

第二章：〈對仗練習之示範 —— 鄭水心〈詩鐘全貌〉淺論〉。初稿發表於北京大學中國語言文學系、北京大學出版社聯合主辦「言立文明：古代文藝思想傳統與中國文論話語體系建設」國際學術研討會（2024 年 8 月 30 日至 9 月 2 日），題為〈限格惟求兩句工 —— 鄭水心〈詩鐘全貌〉淺論〉，後刊登於北京大學中文系主編《中國古典學》第六卷（2025 年），頁 515–552。

第三章：〈詞學觀念之實踐 —— 陳璇珍的詞創作及修改〉。初稿發表於新亞研究所亞太研究中心、三聯書店（香港）有限公司聯合主辦之「東亞文化學術研討會暨《陳荊和著作導讀：東南亞史與華僑研究》新書發佈會」(2023 年 12 月 8 日),題為〈憑君馬上把詩裁:陳璇珍詩詞及詞論初探〉;後經大幅增訂,刊登於《新亞學報》第 42 卷第 1 期 (2025 年 6 月),題為〈老鳳新聲、詞筆千秋:陳璇珍《微塵吟草》與《微塵館詞鈔》之比較〉。

第四章:〈創作與鑒賞之結合 —— 何敬羣《詩學纂要》初探〉。本章初稿發表於香港公開大學人文社會科學院田家炳中華文化中心主辦、創意藝術學系協辦:「第一屆華文創意寫作與跨媒體實踐國際研討會」(2021 年 5 月 21—22 日),題為〈謂我識途馬,宣作知津告:何敬羣《詩學纂要》創作論初探〉,後收錄於《華文創意寫作與跨媒體實踐》(台北:新銳文創出版社,2022 年),頁 158—175。經修改後,再收錄於《益智仁室詩說:何敬羣先生著作選刊》(香港:中華書局,2025 年),頁 386—448。

第五章:〈詞史與倚聲之互動 —— 何敬羣《詞學纂要》初探〉。初稿發表於香港城市大學中文及歷史學系主辦「十週年系慶文學研討會 —— 斯文:中國文學的內與外」(2024 年 6 月 8—9 日),題為〈本之雅騷,揚其麗則 —— 何敬羣《詞學纂要》創作論初探〉。後刊登於《文學論衡》第 45 期 (2025 年 2 月),頁 30—58。

第六章:〈瑕瑜兩見 —— 謝崧《詩詞指要》探論〉。初稿發表於澳門大學人文學院中國語言文學系與《文學遺產》編輯部聯合舉辦之「世界眼光與中國人文國際學術研討會」(2024 年 11 月 7—9 日),後刊登於《嶺南學》第八輯 (2025 年)。

結語:〈傳統賡延 —— 詩詞創作教學在香港〉。初稿將刊登於《方圓》文學及文化專刊 2025 年秋季號 (總 26 期),題為〈風雅未墜 —— 香港詩詞教學傳統的賡延〉;其內容已於 2025 年 5 月 20 日台灣央大中文系講座上發表 (題為〈淺談戰後香港大專院校的詩詞寫作教學〉），並將於香港公共圖書館 2025 年「文學月會」講座（2025 年 11 月 8 日）上再度宣讀。

以上各章在宣讀與發表的過程中，獲得各位籌辦者、討論者、評審者的鼓勵針砭，無任感激。各章於研討會及書刊發表後再行修訂、統整，納入本著，已是 2025 年 2 月。自忖有緣主持該計劃、撰寫該書稿，必須感謝何文匯教授長年以來的薰陶：文匯師早年親炙多位詩壇耆宿，又是本港三個詩詞聯比賽的創辦人，我在 1990 年代初首次參賽，拜識至今逾三十年，仰之彌高、鑽之彌深。因此冒昧奉上書稿，以求誨正。文匯師謬許之餘，更提出極為有益的看法，令全書求精盡善。此外，何志華教授亦頗為關心拙著之撰寫，並就書名作出了建議。程中山博士、馬浩偉先生皆無私分享最新研究成果。至若樊善標教授、朴永煥教授因我赧顏相請而賜下鴻序，孫廣海博士及龍受證、楊岵荻、林樂軒、王語曼諸位同學協助查找資料，同樣令人感念不已。

值得一提者，適逢新亞書院七十五週年校慶，我有幸奉命主編、整理何敬羣先生《益智仁室論詩隨筆》《詩學纂要》二書，編為《益智仁室詩説：何敬羣先生著作選刊》；而中和出版社裒集我關於比年以來詩詞講座的文稿，額曰《詩詞聯創作八講》。三種拙著皆與詩詞寫作相關，皆為研資局計劃之全部或部分成果，且皆將在本年付梓。回思成書過程中的種種順逆，如今大抵都可算作增上之緣了。茲以叨叨令一闋收結拙文曰：

入手任合璧、連珠學不窮仄仄平平的例。（李景康）
刻燭任鶴膝、蜂腰作不完秩秩條條的對。（鄭水心）
按譜任白石、稼軒揾不乾潋潋澄澄的淚。（陳璇珍）
倚聲任體正、格偏變不妨色色形形的忌。（謝崧）

溫柔敦厚成詩教也麼哥，

溫柔敦厚成詩教也麼哥，

纂要任詩學、詞學又幾人老老實實的睇。（何敬羣）

陳煒舜謹識於壹言齊

2025 年 3 月 28 日初稿

2025 年 6 月 24 日修訂

* 本書係香港研資局計劃「古典詩、本地史與文化認同：1990 年代以來香港詩詞創作比賽研究」（編號 14610223）之部分成果。

目次

| 緒　論 |

養根俟實——戰後香港（1945－1979）詩詞作法著述綜覽

一、民國時期詩詞作法著作的湧現

本書所關注的戰後香港的舊體詩學，時間上起於 1945 年，訖於 1979 年；而舊體詩學的內容，雖涵蓋了詞學，卻主要着眼於詩詞作法的著作（包括專書及單篇文章）。而如此學術脈絡仍可回溯。民國時期處於新舊方駕的文化轉型階段，晚清濃郁的詩詞創作氛圍，對於當時的知識分子和普通民眾來說，都並不陌生。清人喜吟詠，除了歷來文化傳統積澱的宏觀背景外，還因乾隆朝時恢復科舉試詩。若謂清人對於試帖詩的創作乃利之所趨，這卻也無疑促使終清一代的士人對於詩歌創作保持高度熱情，不容小覷。影響所及，清人編著的詩法類著作，便為數不少。正如今人郭星明所論，清人對於詩法的講解不僅是對詩法技巧的簡單羅列或以類相從式蒐羅，而是具有十分豐富、充實的體系意識。這種體系意識一是得益於清人詩法觀念的泛化，二是因為各編著者對綜合性詩話彙編成書方式的借鑒。[1] 龔宗傑提出康熙年間出現三部具有匯纂性質的詞話著作，從查繼超（1601－1676）《詞學全書》分詞調、詞法、詞譜、詞韻，到徐釚（1635－1708）《詞苑叢談》分論辭與述事，再到沈雄《古今詞話》分詞話、詞品、詞辨、詞評四門，反映出清人在已有詞學文獻的基礎上，開始審視材料的分類並總結詞學知識體系。[2] 即使到了民國時期，在西學及五四運動影響甚鉅之當下，詩詞之研究、教學與創作都未曾稍息。林淑貞指出：「民國時期，面對時代新變，舊傳統仍未銷歇，

1 郭星明：《以述代作：清代詩法類詩話彙編研究》（上海：上海書店出版社，2023年），頁 296。

2 龔宗傑：〈「填詞法」的創生：從清代詞話匯纂到近代學詞讀本〉，安徽師範大學中國詩學研究中心、安徽師範大學文學院、中國韻文學會主辦：「晚清民國中國古典詩學研討會」（蕪湖，2025.07.04－06），第一組論文集，頁 28。

處於傳統/現代、中國/西方交接之際，詩話羣體作者傾注心力宣導傳統國學，箋註詩集、撰寫詩話、開展詩學論著。這羣作者處於新舊文化交替之際，其對傳統文化之接受與新創，頗值得肯定。」[3] 民國以來詩詞作法的著述，撰寫文字或為文言、或為白話，其內容雖聚焦於詩詞體式，卻也往往涉及風格的論述，因此皆可視為詩話的一種，相關探討皆可納入「舊體詩學」之內。

今人喬繼堂云：「近代以來，西風東漸，傳統文化似乎給人以搖搖欲墜之感。詩詞撰作領域，也是如此，白話新詩一時甚囂塵上，古詩詞自然有些寂寞。好在彼時，老成猶在，『歐風美雨』並未能全然施以『洗禮』，還頗有一些人愛好詩詞，乃至對聯，比如南社諸君，並有可喜的收穫；亦頗有人希望習練作詩填詞，於是也就有了指導相關技法的書籍。」[4] 而顧大朋則曰：「時至晚清民國，由於西學東漸的影響，我們國家整體學術結構發生了巨大的變化。尤其在受到新文化運動的衝擊之後，許多人開始寫作新詩、白話文。文學環境的驟變，致使傳統詩詞、文言日趨式微。舊體詩詞的創作氛圍的這種淡化，使之逐漸成為一種專門之學。但是也有一批有志於傳統文化的知識分子，以保存國故為己任，把詩詞、文言的寫作和傳承看成繼承中國文學傳統的重要門徑，自覺擔負起保存舊文學的使命。」[5] 今人張耀宗將這種現象稱為「抵抗的學術史」：也就是將一種具有文化自覺意識的傳統話語脈絡發

3　林淑貞：《歷史回眸——民國詩話的書寫與闡述》（台北：新文豐出版公司，2024年），頁705。

4　喬繼堂：〈整理後記〉，收入金鐵庵著，喬繼堂編：《作詩、填詞、撰聯百日通》（上海：上海科學技術文獻出版社，2019年），頁299。

5　顧大朋：〈導讀〉，收入上海世界書局編著，顧大朋整理：《詩學初範　詩學進階》（北京：文化藝術出版社，2018年），頁15。

掘出來，對其進行語境化的分析且進行價值判斷。[6]正因如此，關於詩詞創作入門類的書籍在民國時期的面世一如雨後春筍，其中不少甚至頗受歡迎。如張廷華 (1867−1931)《學詩初步》「甫一問世，便成為備受初學者青睞的吟詩填詞類入門讀物」，且「自初版後二三十年間，不斷被翻印」。[7]這類新著受歡迎的原因，除因當時讀者「去古未遠」，對詩詞創作保有頗大的興趣，還與民國時期所建立新式大學體制有很大關係。在當時的學科設計中，「詩選」「詞選」等科成為中文系的重要科目，故隨而出現了一些新的相關著作。龔宗傑指出：「1917 年，北京大學召開改訂文科課程會議，在該年 12 月 2 日的『會議議決案』中，決定於『中國文學門』下設『唐五代詞』『北宋人詞』『南宋人詞』，以作為區別於詩、曲、小說等其他文類的科目，意味着至少在教學層面，詞學已獲得相對獨立的位置。次年，上海中華書局出版了謝無量的《詞學指南》；1919 年，王蘊章《詞學》被收入《文藝全書》由上海崇文書局出版。與上述二書相對應，謝無量另有《詩學指南》《駢文指南》，而《文藝全書》除《詞學》外，還收錄孫學濂《散體文》及《駢體文》、費有客《詩學》、許德鄰《曲學》。表明在研究領域，以文學分科為趨向，詞學正探索一條具有現代意義的發展路徑。」[8]誠如何敬羣 (1904−1994) 所言：「在民國以前，詞為雜作，不列於學官，非學子所必修，僅為文人之餘事，而能與詩文並駕聯鑣，開為藝苑之奇葩。民國以後，詞學列為大學必修之專科，宜於作者踵接，霞

6　張耀宗：《現代詞學的起源》（北京：生活・讀書・新知・三聯書店，2023 年），頁 285−286。

7　莫真寶：〈導讀〉，收入張廷華、吳玉、傅紹先著，莫真寶整理：《學詩初步　學詞初步》（北京：文化藝術出版社，2018 年），頁 14、26。

8　龔宗傑：〈「學詞」與「詞學」：晚清民國的詞法論述與詞學演進〉，《嶺南學報》復刊第十二輯（2019），頁 324。

蔚而雲蒸矣。」[9] 當然，清代詞學的復興、「尊體」意識的產生、佳作的紛陳，也令新式大學人文學科的主事者無法忽略此道，在中文系開設「詞選」一科乃是天經地義。這種局面，何敬羣譽為「自有詞曲以來，未有的盛事」。[10] 而不少任教「詞選」的學者，自身也是師承有自的詞人及詞論家。一如張耀宗所說，劉永濟（1887–1966）、夏承燾（1900–1986）、龍榆生（1902–1966）等人的著述是二十世紀詞學最為基本的論述，我們還在常常徵引。[11] 他們並非時代思潮的創造者和引領者，而是時代思潮某一小部分的發展者、對話者和觀察者。[12] 而「詞選」科出現於諸多大學中文系的課綱，自然也屬於晚清民國詞學發展脈絡中的重要一環。

何敬羣還指出：「從寫作的經歷中，實際體味到宋詞的甘苦，才能了然於宋詞。」[13] 此論置於「詩選」課上，道理也一以貫之。復以「詩選」科為例，如黃節（1873–1935）《詩學》源於北京大學「詩選」科的講義，顧實（1878–1956）《詩法捷要》乃東南大學「詩選」科用書，馮振（1897–1983）《七言律髓》乃無錫國學專修學校講義、《七言絕句作法舉隅》則是為大夏大學「各體詩選」科所編的教材。再觀謝無量（1884–1964）撰寫的《詩學指南》是應上海商務印書館之邀，蓋商務當時得悉北大「改訂文科課程會議」的決議，視為商機，故謝氏此書有準課本的性質。其他如張廷華《學詩初步》、劉坡公《學詩百法》等，情況也庶幾近之。再如喻守真（1897–1949）乃中華書局資深編輯，於 1940 年代出版的

9 何敬羣：《詞學纂要》（香港：遠東書局，1975 年），頁 4。

10 何敬羣：〈宋詞概說〉，《文學世界》第 6 卷第 4 期（總第 36 期，1962.12），頁 1。

11 張耀宗：《現代詞學的起源》，頁 10。

12 同前註，頁 9。

13 何敬羣：〈宋詞概說〉，《文學世界》第 6 卷第 4 期（總第 36 期，1962.12），頁 1。

《唐詩三百首詳析》，不僅對各篇的作者、詩題、詩序、正文字詞等做了詳細的註釋，更詳細分析作意與作法，且對各種詩體以首篇為例，分析該體之聲調格式，學者稱便。

在這個時期，對於中國內地這種國故整理、大學文科重組的風潮與趨勢，作為殖民管治地區的香港有其特殊的回應方式。一如黃坤堯所言：「香港詩人眾多，但以外來的移民為主，加上近代中國政局屢變，香港其實就是逃亡者的樂園。」[14] 首先如前所言，辛亥革命後，不少前清遺老為表「不食周粟」之義，移居香港。香港開埠以來，商業之興盛造就文化之榮景，故能一直維繫着舊體詩文創作的傳統。詩人們無論生於本地或來自外地，無論定居於此或暫時過境，不僅獨吟自製，更往往組成社團加以唱和，甚至投身於舊體詩文的教育事業。至於這些民初來港之前清遺老，如今人崔文翰在新著《香江情懷：香港遺民詩文集選編》中指出：

> 清遺民在香港期間多以詩文抒發情懷，互相作詩傳唱，彼此交流心情。由於他們多為前朝官員或有學之士，擅長詩詞創作，因此相關作品豐富，尤其詩作為主，總數多達千多首。這些作品的內容涵蓋廣泛，不僅限於言情，還包括言物、言景言事，既能真情流露，輕鬆愉快地描繪生活趣事和所見所聞，又有着隱晦含蓄、引用典故、詠物寄喻、託物懷情的風格。清遺民在香港的詩文作品為香港文學注入了守舊思想的力量，啟發了當地的文人雅士，並促進了古典文學在香港的發展。[15]

---

14 黃坤堯：〈香港詩人的人文景觀—綜述香港近代詩詞發展和詩壇面貌〉，收入氏著：《嶺南近代詩詞叢談》（廣州：廣東人民出版社，2025年），頁134。

15 崔文翰：〈前言〉，見氏著：《香江情懷：香港遺民詩文集選編》（香港：中華書局，2024年），頁17–18。

崔書涉及的九位遺民中，賴際熙（1865–1937）、何藻翔（1865–1930）、岑光樾（1876–1960）、溫肅（1879–1939）等皆來港從教。今人陳學然指出：這些遺老與香港本地華商如周壽臣（1861–1959）、馮平山（1860–1931）、陳步墀（1870–1934）等「相對於新文化思潮陣營而言，被視作是思想較為保守的一羣。他們有清晰而堅定的尊孔傾向，在港推動儒學不遺餘力」。[16] 而另一邊廂，中國內地老一輩的國故整理者有章太炎（1869–1936）、劉文典（1889–1958）等革命派、康有為（1858–1927）、梁啟超（1873–1929）等維新派，新一代的則有胡適（1891–1962）、陳寅恪（1890–1969）等海外歸來者，或如顧頡剛（1893–1980）、瞿蛻園（1894–1973）等在五四前後的內地大學接受教育者；相形之下，在民國時期抱持文化保守主義的辜鴻銘（1857–1928）、劉師培（1884–1919）等學者倒成為少數了。其次，五四運動的風潮令「學生們相信，以往的政治改良和革命皆以失敗告終，罪魁禍首是古老的中國傳統，尤其是儒家道德教條。這樣一來，年輕知識分子深信不疑，徹底重構中國文化是國族主義鬥爭必不可少的步驟」。[17] 而 1925 至 1926 年的省港大罷工後，港英政府發現中文學校已經變成了「騷亂的溫牀」，因此當時的布政司署首席文案羅旭龢（1880–1949）向港督金文泰（Sir Cecil Clementi, 1875–1947）建言，政府要直接干預中文課程，加強中國傳統教育：「在中國，儒家倫理很可能是療治布爾什維克有害教條的最佳藥物，並且肯定是最有說服力的保守課程，以及最偉大的勸善力量。」因此，身為漢學家的金文泰迅速採納了這一政策，港英政府大力

16 陳學然、吳家豪著：《中英關係與殖民管治：金文泰在香港 1925–1930》（香港：中華書局，2024 年），頁 139。

17 羅永生：《勾結共謀的殖民權力》（香港：牛津出版社，2015 年），頁 139。

倡導尊卑、忠誠、順從等中國傳統觀念，藉此抵禦紛紛崛起的各種激進思想，包括中華國族主義及與之相對的共產主義。[18] 其實早在省港大罷工方興未艾之際，金文泰便接納了本地官紳的建議，運用公帑興建了官立漢文中學。到了大罷工之後的 1927 年，金文泰更在香港大學推動籌建中文學院，賴際熙、區大典（1868–1937）等前清翰林於焉進入大學體制。[19] 不過賴、區在港大任教的科目僅以經史為主。而溫肅於 1929 年受聘於香港大學中文學院，主講「先秦哲學」及「文詞」兩科，較少涉及詩詞。不難想像，賴、區等前清遺老自身雖然擅長吟詠，但在傳統觀念下，一方面認為詩詞啟蒙只是小道，另一方面也難以在港大直接引進如北京大學改訂版的文科課程架構，因此「詩選」「詞選」等新式科目無法列入港大課綱，是易於理解的。唯一值得注意的是港大中文學會於 1930 年成立，並於同年舉辦七場學術講座，由溫肅主持「詩學源流」一講。其演說大綱即〈香港大學中文學會說詩〉之文，崔文翰認為其詩論「不外乎就是『作詩不可無宗旨也』一句」。[20]

溫肅之演講甚少涉及格律等基礎知識，大抵還有一個原因，那就是當時香港一些中學的中文課仍有舊體詩創作環節。因此，港大學生中應有不少在幼時得到舊詩啟蒙。如陳學然指出，官立漢文中學現存兩本分別於 1928 年及 1933 年出版的校刊中，學生的詩作「全是以文言文撰寫」。[21] 再如何藻翔於 1920 年移居香港，先後執教於聖士提反中學、漢文師範學校、文宣學校、湘父

18 同前註，頁 140。

19 陳學然、吳家豪著：《中英關係與殖民管治：金文泰在香港 1925–1930》，頁 139。

20 崔文翰：《香江情懷：香港遺民詩文集選編》，頁 323–324。

21 陳學然：《文化香港：一座城市的百年流變》（香港：中華書局，2024 年），頁 82。

學校等處，並出任兩富商家教席，課其子女。岑光樾於 1925 年來港，先後講學於般咸道成達書堂、香港官立漢文中學及漢文師範。兩人且皆曾於學海書樓講學。其任教詳情雖難以確知，但內容涉及詩詞創作，根據當時香港的學制設計及社會需求而言，容或有之。

正如陳學然所說，港督金文泰雖然一直想在香港大學創辦一個堪與文學院比埒的「漢文學院」，最後卻因經費不足而功敗垂成。1929 年金文泰離任後，「校長康寧便啟動停辦港大中文學院的工作。據其理由，其中一點便是經史教育已經不合中國內地的學制所需。」[22] 影響所及，曾受教於港大中文學院的李景康（1890–1960）在 1930 年代創辦漢文中學師範班時便設置了「詩選」科，且與同事葉佩瑜（1875–1952，字次周）深感「課詩之難」，於是合作編纂《七言律法舉隅》，作為「詩學」一科的教材之用。可見當時漢文師範的課程的確包括了舊詩創作環節。復如筆者所論，李景康《七言律法舉隅》之撰寫，可能直接受到馮振《七言律髓》《七言絕句作法舉隅》的啟發。這與李景康身為港府漢文視學官，同時又關注內地高校學制有直接關係。整體而言，戰前香港關於舊詩創作的新著，除了李景康《七言律法舉隅》外，似乎別無他者。撇除文獻散失的理由外，原因還可能是任教者身為詩人，習用傳統或流行之詩學著作及詩歌選本，配合自身創作經驗來講學，故不另外編纂教材。即使要指定參考讀物，則民國時期問世的這些詩詞入門講義，無論是否正式印行，都可能成為選擇。

22　陳學然、吳家豪著：《中英關係與殖民管治：金文泰在香港 1925–1930》，頁 282。

二、戰後香港（1945－1979）詩詞作法著述回顧

黃坤堯指出：「香港先後成為革命分子、清朝遺老、左派、『右派』、漢奸、富豪地主以至粵閩居民、歸國華僑的安居之所。香港開埠歷史稍短，本身傳統文化的底蘊不深，碰上西風東漸，資訊發達，商業繁榮，言論自由，法律健全，民生安定，香港就像一張白紙，反而是最容易吸收外來文化，取長補短，充滿調和融合的色彩。因此，形之於文學，香港的詩風亦是以傳統與現代相結合為主，表現多元格局，包容異己，顯出開放精神，不拘一格，暢所欲言。此外，逃亡者在借來的時空下，過去的輝煌已經不復存在，往往顯得謙卑和忍讓，珍惜友誼，以期取得更廣闊的生存空間。因此，除了意識形態與保皇、左翼與右傾之爭外，香港的詩風基本上是百花齊放的，明顯地缺少理論上的爭拗，甚至很難，也不必影響別人。」[23] 抗戰勝利未幾，又逢國共內戰，香港人口陡增，再次成為南來文人與學者聚集之地，結社唱和之習歷經三十餘年，直至 1970 年代內地開放前夕而不衰。而《天文台》《人生》《新希望》《大人》等雜誌，成為這些文人學者發表作品、切磋取暖的重要園地。此時因應社會需要，新亞、聯合、崇基、珠海、樹仁、浸會、經緯等院校先後成立，乃至 1963 年新亞、聯合、崇基合併為香港中文大學，都起用了大量本地及南來文人學者，令他們擁有了更廣闊的舞台。至於學生方面，陳學然指出：「香港本來只有香港大學這所唯一的大學，它的教學語言以英文為主，每年收生不足百人，絕大部分的南來青年要進入港大門檻是可望不可即的。私專遂成為安頓龐大青年的重要進修及

---

23 黃坤堯：〈香港近代詩人的人文景觀 —— 綜述香港近代詩詞發展和詩壇面貌〉，收入氏著：《嶺南近代詩詞叢談》，頁 134－135。

安身之所。一時間，私專於香港浸然興起，為逃難到港的青年難民提供教育機會，私專因此也往往被辦學者如錢穆、唐君毅等自詡為『流亡大學』，希望在香港這片被英國殖民管治的中國固有領土上為國養才、儲才。」[24] 這些院校雖然開設了大量科目，但實際上修讀者選擇的大多為文科、商科。[25] 就中文系而言，這些院校與香港大學中文學院不同，多半把「詩選」「詞選」科列為必修，創作在這些舊體詩學課程中佔了顯著的比重。影響所及，香港社會對詩詞創作的入門著作仍保持着一定需求。不僅如黃節《詩學》、[26] 題鄒翰飛（1850–1931）《作詩指導》、[27] 喻守真《唐詩三百首詳析》、[28] 謝無量《詩詞入門》（即《學詩指南》《學詞指南》之合訂本）、[29] 張廷華《學詩初步》[30] 乃至游國恩（1899–1978）〈論寫作舊詩〉[31] 等民國舊籍、舊文在港重印，甚至還有內地學者在港出版的新著。如《學詩淺說》一書，便是身居上海的瞿蛻園、周紫宜（1908–2000）應香港上海書局之邀而撰寫，於 1961 年出版，其後屢有重印。

---

24 陳學然：《文化香港：一座城市的百年流變》，頁 151。

25 同前註，頁 159。

26 如香港龍門書店 1964 年版。

27 如香港上海印書館 1959 年版。按：鄒氏名弢，字翰飛，號瀟湘館侍者、瘦鶴詞人，無錫人。光緒元年秀才，後前往上海從事紙媒編輯工作，擁護維新，成為著名文人。今人楊宜珮考察鄒氏著作，但列表中不見《作詩指導》。見氏著：《鄒弢（1850–1931）研究——才子、通人與酒丐》（中央大學中國文學系博士論文，2019 年），頁 67。觀《作詩指導》內容，實與范煙橋（1894–1967）《作詩門徑》（上海：上海中央書店，1935 年初版）一書完全相同。竊疑港商欲重印《作詩門徑》以射利，唯范氏當時身在內地、尚未去世，而鄒氏亦吳人，辭世已久，故掛名其下，並更易書名，以逃避版權及版稅問題爾。

28 如香港中華書局 1959 年版。

29 如香港建文書局 1963 年版。

30 此版與黃節《詩學》合編，由曾克耑題籤「學詩初步」四字，香港四海出版社 1960 年代版。

31 收入存萃學社編集：《論寫作舊詩》（香港：崇文書店，1972 年）。

然而，也許因為民國時期舊體詩學文獻在的積澱，居港學者中任教「詩選」「詞選」科者雖頗有人，但他們自行撰寫新講義的比例卻未必甚高。如曾克耑（1900–1975）長期在新亞書院任教詩選課，卻一直以高步瀛《唐宋詩舉要》為課本，並無自己的講義。其他院校任課的學者亦然。例外者如聯合書院熊潤桐（1900–1974），相傳有《詩學入門》一書，[32] 然至今未見實物。馬浩偉於1958年7月9日的《華僑日報》檢得〈熊潤桐講學詩入門〉報導一篇，以為可作《詩學入門》之參照。馬氏云：「事緣學海書樓於1958年為提升一般學生的國學程度，與香港電台合作，設立國學常識講座，每次廣播半小時，延請不同的國學耆宿，包括黃維琩、吳天任、陳湛銓、陳荊鴻、熊潤桐、鄭水心等六人主講，而熊潤桐在7月15日主講『學詩入門』。」該報導概括了演講內容，「對歷代詩學作頗詳細的介紹，將其詩學觀及取向扼要交代」，[33] 當亦出自熊氏手筆。復如何敬羣在各院校任教詩選課，將已見撰成《益智仁室論詩隨筆》，連載於《人生》雜誌，並於1962年結集出版。然因該書對象讀者乃文壇同仁，故何氏又另外編撰《詩學纂要》，作為在珠海、新亞、經緯、浸會諸校的授課講義，不斷修訂後於1974年出版。此書可謂繼李景康《七言律法舉隅》問世（1935）以後的第一種較完整而具規模的舊詩創作講義，也是1945年以還香港諸院校內出現的第一種。《詩學纂要》一書共為三編，上編〈詩學導論〉，包括〈詩之淵源及體制〉〈詩之聲韻及律法〉〈詩之聲調〉三節，中編〈唐詩選讀〉，下編〈宋詩選讀〉。此書可謂何敬羣以《唐宋詩舉要》為參考，自出機杼之作。此外，

32　見潘兆賢：《近代十家詩舉要》（香港：科華圖書出版公司，2003年），頁226。

33　馬浩偉：〈未完成的詩學——重評熊潤桐《養生主詩話》詩學價值〉，未刊稿，頁15。

值得注意的則有鄭水心（1900–1975）於 1954 年在《新希望週刊》連載的〈詩鐘全貌〉一文，共分十三期續完。鄭水心係海角鐘聲雅集的骨幹成員，此文之撰寫本意蓋係為該社留下鴻爪，然對詩鐘之體式與風格介紹甚詳。全文包括例格、作法兩部分，例格部分依次細論「嵌字」「分詠」「合詠」三類，作法部分探討鐘眼、對仗、用典、白描、平仄、輕重、集句、風格等方面。蓋詩鐘源於屬對，尤其是七律頷、頸二聯的撰寫練習。因此，鄭氏此文未嘗不可視為學詩者之重要門徑，也會被挪用為授課之補充講義。

相比之下，香港這三十餘年間本地學者的詞學入門著作問世略多。如 1956 年，鄭水心在學海書樓主講〈詞概：起源體裁及其作法〉，講稿分六期連載於《華僑日報》。次年 8 月 27 日起，女詞人陳璇珍（1910–1967）在香港電台演講詞學，題為〈詞學漫談〉，以後每逢星期二、四兩晚播音，共播六次。[34] 與此同時，也在《華僑日報》連載講稿，計有〈甚麼是詞及其特質〉〈詞的源流與發展階段〉〈詞的派別及其代表作〉〈讀詞的方法〉〈填詞應注意的幾點〉〈個人對詞的見解〉六節，共分十四期續完。陳氏該講座被《華僑日報》稱許「足為研究國學青年參考資料」。[35] 1963 年，崇基學院鍾應梅（1906–1985）在《華國學報》第四期發表〈詞學四論〉一文，全文分為〈論源流〉〈論詩與詞〉〈論聲韻〉〈論作法〉四節。至 1968 年，鍾氏又出版《蘂園説詞》一書，正文選錄唐五代兩宋二十多位詞家之作品，加以賞析，且將〈詞學四論〉列入附錄。由此可見，《蘂園説詞》頗具詞選課講義之性質。1975 年，何敬羣亦將詞選課講義出版，題為《詞學纂要》。此書共六章，

34 〈陳璇珍女士明播講詞學〉，《華僑日報》1957 年 8 月 26 日。

35 同前註。

第一章〈概說〉，包括〈明源流與演進〉〈辨聲律與音韻〉〈別句讀與對仗〉及〈知術語與備用之書〉四節。此後五章為〈唐五代詞〉〈北宋詞上〉〈北宋詞下〉〈南宋詞〉〈宋以後詞〉，架構與《詩學纂要》相若，似乎也參考過《蘗園說詞》之形式而有所調整。

這個時期最後一本相關著作，大概是謝崧（1905?–?）的《詩詞指要》。謝崧早年就讀於北京師範大學，1949 年後來港，大抵一直在中學任教，然長期不廢吟詠。1970 年代退休後，謝崧因應晚輩之請而撰就此書，1977 年脫稿。至 1979 年，《詩詞指要》由香港中華書局正式付梓。此書分為上下兩篇，上篇之〈近體詩指要〉共八章，依次為〈前言〉〈絕律的興起與完成〉〈近體詩的格律〉〈句式與譜調〉〈絕律詩的關係〉〈論對偶〉〈論拗體詩——破格破律詩〉〈論詩題與意境——境界〉；此外尚有三種附錄，其一論代字與典實，其二談詩韻，其三則將書中涉及的詩作裒輯一處。下篇之〈長短句指要〉亦八章，依次為〈詞的起源與特點〉〈詞的體制〉〈填詞的步驟〉〈詞的用韻〉〈詞的句法與對偶〉〈短調句式的分析（上）〉〈短調句式的分析（下）〉〈長調的句組分析〉。《詩詞指要》與民初劉坡公《學詩百法》《學詞百法》相比，不流於瑣屑而能別有心得；與同代何敬羣《詩學纂要》《詞學纂要》相比，則主要着眼於方法，在作品賞析方面則較為簡略。謝崧對詩詞體裁源流發展之新見，一如其友人謝晉在序中所論之三端：一、駁斥「截律為絕」之說；二、提出「拗不必救」；三、着眼於詞之整體，從句組與用韻入手，揭出所有詞體中句組安排與及其可能變化。觀其內容雖有獨見，但這些較為艱深的問題，很難想像能在高中生的後輩面前輕易解說清楚，大抵係後來動筆撰寫時所補充。但如此一來，此書的目標讀者似乎由高中生逐漸偏移至大專以上水平者。蓋謝崧本人似乎從未任教過「詩選及習作」一類的課程，因此《詩詞指要》未必能如何敬羣《纂要》般具有配合授課的「實戰性」，作為講義使用，卻仍可謂一家之言。

綜上所論，戰後香港以詩詞作法為中心的舊體詩學著作共有六家九種（若將戰前李景康《七言律法舉隅》包括在內，則有七家十種），關於近體詩作法者有三種，關於長短句作法者有四種，二者兼具者有一種。茲將相關資料表列於下：

表一

作者	著作標題	年份	出版社 / 刊物	備註
李景康	七言律法舉隅	1935	永行印字館	葉佩瑜與編
鄭水心	詩鐘全貌	1954	新希望週刊	
鄭水心	詞概	1956	華僑日報	
陳璇珍	詞學漫談	1957	華僑日報	後收入《微塵館詞鈔》（1959）
熊潤桐	詩學入門	未詳	未詳	待訪；〈熊潤桐講學詩入門〉（《華僑日報》1958.07.09）之報導或為此書撮要
何敬羣	益智仁室論詩隨筆	1962	人生出版社	先在《人生》雜誌連載
鍾應梅	詞學四論	1963	華國學報	後收入《蘂園説詞》（1968）
何敬羣	詩學纂要	1974	遠東出版社	
何敬羣	詞學纂要	1975	遠東出版社	
謝　崧	詩詞指要	1979	中華書局	

由上表可見，諸位作者就社會世代來說皆屬「清末一代」，其中除李景康生於香港本地、鄭水心於 1920 年代便來港從事新聞業，其餘如熊潤桐、陳璇珍、何敬羣、鍾應梅、謝崧皆為南來文人學者。有趣的是，除了何敬羣祖籍江西外，其餘諸人皆原籍廣東。在 1945 至 1979 年間，香港不少院校在學科設計上依然繼承着民國時期新式大學的教育理念，「詩選」及「詞選」作為舊體詩學的核心課程，往往列為中文系必修，而創作又是這兩門課程不可或缺的環節。這固然因為主事及任課者如伍俶（1897–1966）、王韶生（1904–1998）、鍾應梅、熊潤桐、黃華表（1897–1977）、涂公遂（1905–1991）、陳湛銓（1916–1986）、蘇文擢（1921–1997）諸先生多為民國時期之大學生，甚至在來港前便已從事教育工作，服膺於五四以後的新學制。其他如何敬羣、梁簡能（1907–1991）、饒宗頤（1917–2018）等雖非新式教育體制出身，卻長期執教於院校；陳璇珍、謝崧等來港後雖非執教上庠，早年則肄業名校，深受濡染。當然，這些學者同時也多半參與了詩詞社團，賡續着本地民間的詩詞創作風氣。這當是香港在此三十餘年間依然有詩詞創作之新著出現的主因。然而香港本以商業為主導，戰後生活節奏日益緊迫，若仍使用民國時期的教學法，恐怕收效不佳。一如何敬羣《詩學纂要・自序》所言，希望該書「然使從學者，以最短之時間，能循宮墻而得門，能知堂奧之所在，雖若近於速成，而不無利於初階」。[36] 這種「速成」的教學法能使大學生們最具效率地掌握詩詞創作的門道，也未嘗不是拜緊迫的生活節奏所賜。此外，如鄭水心〈詞概〉、〈詩鐘全貌〉、陳璇珍〈詞學漫談〉、熊潤桐〈學詩入門〉、鍾應梅〈詞學四論〉、

36　何敬羣：《詩學纂要・序》（香港：遠東書局，1974 年），頁 2。

何敬羣《益智仁室論詩隨筆》等都先在報刊雜誌登載，特別是〈詞學漫談〉〈學詩入門〉等甚至在電台講演過。可見媒體事業的發達，也對詩詞創作產生了推廣作用。

三、戰後香港（1945－1979）的「詩選」及「詞選」科：以新亞書院曾克耑、何敬羣為例

1945 至 1979 年間，香港不少院校中文系為了傳承舊體詩學，一般都開設了「詩選」「詞選」的必修課。長期負責此科的教授，著名者一為曾克耑，一為何敬羣。在新亞書院，二人分別負責「詩選」及「詞選」科，[37] 如是者頗有年數。何氏在新亞書院主要負責「詞選」，「詩選」任課頻率較少；但在珠海、浸會等院校，卻是兩科並授。曾克耑的「詩選」科一直以高步瀛《唐宋詩舉要》為課本（其後中文大學中文系也長期沿用），主要包括了唐宋詩作講解、格律知識介紹、學生習作批改三个環節。但正如鄺健行回憶：「曾先生教『詩選』，重點不一定放在個別篇章的講解分析上，他最重視的似乎是同學的習作練習和給他們批改。」[38] 這相對於香港大學等院校的類似科目中只以篇章講授為主，截然不同。不過，曾氏也並無其他講義來介紹格律知識。根據佘汝豐回憶：「開學第一堂，曾先生便問是否全班都為廣東籍？若是，則不必多花時間講述平仄。」由此可見，曾氏花在講解平仄格律上的時間不會很多。而陸潤棠謂曾氏「一般會佈置課堂作

37　「詩選」一科，新亞早期名為「歷代詩選」。然如陳志誠所言：「『歷代詩選』雖說是『歷代』，但實際上所選的都是唐、宋甚至偏向唐詩為主。」見氏著：〈履川師之憶〉，《新亞生活》2020 年 5 月號，頁 7。新亞書院併入中文大學後，此科後來又改稱「唐宋詩選」「詩選」「詩選及習作」。

38　鄺健行：〈曾克耑先生怎樣批改詩課〉，收入氏著：《學藝多方：新亞農圃道中文系師友述記》（香港：三聯書店，2023 年），頁 201。

業，等同學當場完成後再仔細批改」。陳志誠則回憶：曾克耑雖是著名的詩人，但在授課上卻並不太投入，對作品的講解也不很動聽。但他對同學寫的詩都非常認真去修改，平庸之作經他一改便有「化腐朽為神奇」之功。[39] 鄺健行曾以自己當年四首習作為例，講解曾克耑如何批改。如〈述學〉中「前賢作我師」一句，曾氏改為「前賢真吾師」。鄺氏論云：「『作』字平常道出，不如『真』字有強調心意作用。又此詩為五古，五古不必追求句調過分流暢，但原句『平平仄仄平』竟是律句，放在五古中未見合適。曾先生改後，全句作五平聲，免去律調。」[40] 此雖鄺氏揣度其師之語，但如此推敲批改緣由，是十分有道理的。曾氏批改習作之情狀，可見一斑。

關於如何寫詩，曾氏在幾篇散文中有所談及，如〈晚清四十家詩鈔序〉〈記陳散原先生〉〈論閩派詩〉〈初學做詩的三部書〉乃至《頌橘廬叢稿・自序》等皆是。鄺健行總結曾氏的創作論，指出其文白互補、古今並重，提倡翻譯吸納新知；既然詩要表達新思想和描寫近代新事物，就應該用新詞入詩。[41] 因此，曾客耑佈置作業，喜以「電話」「飛機」等新事物為詩題，其因有自。鄺健行進而論道：

> 落到作詩層面，曾先生認為：初學作詩，儘管「示鵠要高」，取徑卻也不妨接近。這是說先讀近世名家作品，不必像有些人主張的那樣，從古代作品入手。近世作品中的本

39 見梁巨鴻：〈履川師之教學與育才〉，收入曾克耑著，鄺健行、陳志誠、佘汝豐、梁巨鴻、楊鍾基選編：《頌橘廬詩文：曾克耑先生作品選》，頁 471–472。

40 鄺健行：〈曾克耑先生怎樣批改詩課〉，收入氏著：《學藝多方：新亞農圃道中文系師友述記》，頁 203–204。

41 鄺健行：〈曾克耑先生論作詩〉，《華人文化研究》八卷一期（2020.06），頁 77。

事讀者容易把握，作者雖然也用典，但所賦的東西，所貽的人，所說的時事，都是我們眼見的，所以比較容易了解；既然容易了解，所以就容易學。這原是他學詩的門徑，他深感受益。他入門的近世名家作品是：清末范當世、陳三立的詩集，外加陳衍的《石遺室詩話》。[42]

饒是如此，對於近人的作品也不可率爾推尊仿效：

近人著作，需要嚴加選擇，不是都可以作為初學的範本。隨便把三四流作品看成至寶、似是而非的言論作為金科玉律，容易使人一生沉溺其中，不可救藥。初步開走的路萬萬不能錯。曾先生舉例：清中葉袁枚詩是三四流之作。袁詩淺薄，卻一學就會，但一會就壞。他回顧自己學詩的過程，當然認為在高明如自己的祖父和老師吳闓生指引下，看陳三立和范當世詩，由此而上溯蘇、黃、韓、杜以至陶、阮是正途；可是他沒說這是唯一的正途。他對其他和自己家數不同的作品，只要是好的，都加肯定；上述王士禛作品即一例。他指出每個人對文學作品各有偏嗜，「但眼光要放遠些，不能說我專嗜某家詩而把其餘的都罵得一文不值。……要有博觀慎取的態度」。然則是不是可以這樣推論曾先生的主張：每個人就其性之所嗜，選擇自己偏嗜而的確又是好的詩作，習誦入門便可以了。[43]

如此論述，與何敬羣《詞學纂要》的看法有接近之處：「自清初至現代，選十家，則一為涉遐自邇，既知唐宋作者之大凡，則宜觀

42 同前註，頁 74。

43 同前註，頁 75。

近代作者，何以自唐宋入，又何以從唐宋出也。一則清代作者如林，此短時亦不能徧為介紹，……故各為一臠之淺嘗，冀作舉隅之三反耳。學者能自近代上溯唐宋之作家，擷其精華，先知格律，次及風華。然後各就興趣之所近，取法一二家為陶冶，各就己才之所短，兼攻一二家為救治，則於學詞之道，精進之功，思過半矣。」[44] 然「詩選」課本既然定為高步瀛《唐宋詩舉要》，則范當世、陳三立之詩，曾克耑未必有餘裕在課上論及。此外，曾氏著述豐富，往往把自資出版的個人著述或其他人的文集在課堂上發給學生，讓他們回去閱讀。梁巨鴻則憶述：「曾老師之贈書表示親炙和鼓勵兼而有之。我除了一般同學都有的如《頌橘廬叢稿》《曾氏家學》之類外，還獲贈線裝的《侯官嚴氏評點故書三種》及《范伯子先生全集》，彌足珍貴。范集加上後來我自己購入的《散原精舍詩》和《陳石遺詩話》，那麼曾老師初學做詩的三部書就齊了。」[45] 如前文鄺健行所舉〈晚清四十家詩鈔序〉〈記陳散原先生〉〈論閩派詩〉〈初學做詩的三部書〉等皆係收入《頌橘廬叢稿》中的文字，可見這些篇章乃是作為學生課外讀物的。而曾氏課上的賞析環節仍需以唐、宋詩為中心。在〈唐詩與宋詩〉一文中，曾克耑認為唐詩有輝煌燦爛的成就，有四個因素：一、詩體大備；二、人才極盛；三、思想的繁富；四、時代的偉大。而宋詩能在唐詩極盛之後與之抗衡，也有四個因素：一、別擇的謹嚴；二、思想的深入；三、異軍的特起；四、研究的精神。因此，唐、宋作家和作風在表面看來似有區別，但骨子裏

44　何敬羣：《詞學纂要》，頁 100。

45　梁巨鴻：〈履川師之教學與育才〉，收入曾克耑著，鄺健行、陳志誠、佘汝豐、梁巨鴻、楊鍾基選編：《頌橘廬詩文：曾克耑先生作品選》（香港：中華書局，2022 年），頁 471–473。

卻是一脈相承：「我以為唐詩譬如祖宗，宋詩譬如子孫；唐詩譬如老師，宋詩譬如學生。我們不能説祖宗一定好過子孫，老師一定強過學生；我們更不能説子孫絕對趕不上祖宗，學生絕對超不過老師，只看各人努力罷。但無論那方面出色，他們本事淵源一脈的啊。」[46] 在課上唐、宋並重，這也就與何敬羣的授課模式相仿了。

何敬羣與曾克耑為新亞中文系同仁，交情甚厚，時有詩詞酬答。與曾克耑相比，何敬羣對白話文學之態度顯得較為保守：「近數十年以來，世人仿西洋詩之形貌為白話詩，指韻腳為桎梏，以韻譜為陳腐。黌宮學子，幾於不知詩韻一書為何物。」[47] 而詩風方面，何氏自謂：「余學詩無師承，亦茫然不知應學何家數，蓋幼而失學，長而服賈，偶偷閒讀書，亦惟涉獵，無由精研也。朋友或以余古體為學東坡，而新建陳伯臧先生則嘗舉余近體若干首，謂與放翁無別，老友太希亦云然。」又説：「余近體近劍南，或傷離念亂而偶合，或氣稟同型，故其聲容相似耳。」[48] 因此，何敬羣在「詩選」科上佈置的詩題未必如曾克耑那般「新潮」，但創作環節中批改詳細，鑒賞環節中以唐、宋詩為本，則與曾氏無差。如前所言，何敬羣《詩學纂要》是 1945 至 1979 年間香港諸院校內出現的唯一一種較完整而具規模的「詩選」科講義。筆者以為，此書當是以《唐宋詩舉要》為依據而改良而成。作品數量上，《詩學纂要》大幅減少，只收錄 41 家 243 首。而在上編〈詩學導論〉部分則用了一定的篇幅論詩之淵源、體制、聲韻、律法

46　曾克耑：〈唐詩與宋詩〉，同前註，頁 115–135。

47　何敬羣：《益智仁室論詩隨筆》（香港：人生出版社，1962 年），頁 34。

48　同前註，頁 93。

及聲調，對於當時初學者而言真可謂一冊在手而不待他求。《詩學纂要》的編撰雖是何敬羣在多年、多處任教「詩選」科的經驗之作，甚或參考了曾克耑等同儕的意見，但因遲至 1974 年方才正式付梓，故其影響與其價值未成正比，此後僅由浸會中文系採用，流傳未能更廣，甚是可惜。何氏〈自序〉云：

原夫詩為天籟，為心聲，學之而工自非易，學之而能則非難。能明於聲調格律而熟其規矩，則十得四五矣！能讀唐宋詩三、二百篇，紬繹其規矩運化之所在，則十得六七矣！能不斷嘗試為寫作，則十得八九，而能入言志永言之塗徑矣！再進而泛濫魏晉六朝之篇什以煉其辭，再進而涵濡〈國風〉〈騷〉〈雅〉之韻味以厚其氣，則可以為言必己出，斐然成章矣！而此一年之講習，則為之開扃啟鑰以窺其秘，指路示途以助其行也！[49]

由此可見，何氏此書雖僅收錄唐宋詩，然立足處甚高，鼓勵學生行有餘力則可上溯六朝漢魏乃至《詩經》《楚辭》，增益自身之詩學涵養。這與黃節《詩學》與〈唐代詩學〉〈宋代詩學〉兩節以外開列〈詩學之起源〉〈漢魏詩學〉〈六朝詩學〉可謂所見略同。

張洪年回憶當年在何敬羣的「詞選」科上的情形：「先生上課不但講解古人詞風詞作，而且還要求同學在課堂裏即席填詞寫作。純學術的探討，像是紙上談兵，只要一執筆嘗試寫上幾句，就會發覺創作別有自己的天地。也只有親自嘗試，才會體會到古人遣詞創意的微妙。我們中大中文系一直強調創作的重要性，創作和分析，互為表裏，不可輕忽。先生上寫作課，先發油印講義

49 何敬羣：《詩學纂要・序》，頁 1。

紙一張，上面印有詞牌和題目，還附有先生自己的作品，以為示範。接着的兩個小時，同學坐在自己的座位上，俯首沉思，低聲吟哦。抬頭一望，發現老師坐在講台上，也一樣的沉思吟哦，應該也是在填寫新詞吧。」[50] 足以令讀者身歷其境。由此可見，何氏授課時講解作品的投入程度，似較曾氏更深——縱然何氏江西口音之難懂，早已深入眾多校友的印象。如陳志誠云：「他講課時的江西腔國語比較濃重，初時有點不習慣，但很快也就適應過來。」[51] 羅秀珍則談及何敬羣對同學作業的批改：「同學每次交齊功課，到派發回來時，總會見到習作紙上全是紅色毛筆字跡：每句若非有更新批改，就是打圈讚賞。眼看自己的習作已經煥然一新、非比尋常，人人都不禁沾沾自喜。不久，同學們又會陸續在一期期最新的《新亞生活》內頁上找到自己或同窗的詞體或古文習作。」[52] 值得注意的是，何敬羣、曾克耑對習作的批改都非常仔細。在新亞書院，曾、何兩位都會將修改後的習作刊登於《新亞生活》，如此不僅能鼓勵學員，也能為新亞「詩選」「詞選」科的成果留下紀錄，並促進師生間詩詞創作的風氣。

四、「清末一代」香港學者詩詞作法著述得失論略

如前所言，民國時期整理國故的熱潮，促使不少包括詩詞作法在內的舊體詩學著作誕生，這些著作中有一些後來也在香港重印。相比之下，香港對舊詩創作的興趣自有其土壤，而在戰

50 張洪年：〈憶遁翁師〉，收入何敬羣著，陳煒舜暨香港中文大學新亞書院七十五周年校慶活動督導委員會出版小組主編：《益智仁室詩說：何敬羣先生著作選刊》（香港：中華書局，2025 年），頁 480。

51 陳志誠：〈何敬羣先生《益智仁室師説》序〉，《新亞生活》2024 年 11 月號，頁 57–58。

52 羅秀珍：〈何敬羣老師對我的影響〉，《新亞生活》2024 年 10 月號，頁 20。

後三十餘年間(1945－1979)則主要與結社與教學有關。尤其是教學方面，戰後香港不少院校的中文系承襲了民國的規制，將詩選、詞選課列為必修，因此師生對新式教材會有一定的需求。進而言之，戰後九種著述中，關於近體詩作法的書籍僅有何敬羣《益智仁室論詩隨筆》《詩學纂要》及謝崧《詩詞指要》三種而已。且如前所言，《益智仁室論詩隨筆》乃是為文壇同仁而作，充其量只能作為「詩選」科之補充閱讀材料而已。至於〈詩鐘全貌〉則為連載之文章，篇幅僅萬餘字左右。關於長短句作法的書籍，除了何敬羣《詞學纂要》、謝崧《詩詞指要》，鍾應梅《蘂園說詞・詞學四論》勉強可算一種，鄭水心〈詞概〉、陳璇珍〈詞學漫談〉、熊潤桐〈學詩入門〉亦皆演講稿整理者。一如葉嘉瑩、陳斐指出：「民國學人往往能夠將創作和研究相結合，他們撰寫的不少史論著作亦有介紹作法的內容，不少講解法度的書籍亦會涉及史論。」[53] 這固然是因為鑒賞論與創作論很難一分為二，如此現象也同樣出現在香港的詩詞作法著作中。如熊潤桐〈學詩入門〉聚焦於詩歌史，「所舉唐宋大家十人，皆足為學詩者所取法」，[54] 然於近體格律及作法畢竟鮮有齒及。鍾應梅論詞之作法，僅為〈詞學四論〉論文中最後一節，篇幅較為狹小，但前三節之〈論源流〉〈論詩與詞〉〈論聲韻〉，也未嘗不可視為論作法之鋪墊。

鍾應梅曾云：「原夫詞體之肇建，實當唐詩最盛之世。其始也，非有一成之律以為範也。詩人緣情託興，深入渺冥，意中之旨，往往非整齊之五七言詩所能曲達。」[55] 何敬羣之論則認為：

---

53 葉嘉瑩、陳斐：〈總序〉，收入張廷華、吳玉、傅紹先著，莫真寶整理：《學詩初步學詞初步》，頁 11。

54 〈熊潤桐講學詩入門〉，《華僑日報》1958 年 7 月 9 日。

55 鍾應梅：〈詞學四論〉，收入氏著：《蕊園說詞》(香港：香港中文大學崇基學院華國學會，1968 年)，頁 140。

「小令大部分詞曲，仍為五七言詩句之舊。〔……〕由於字句無多，體宜宛約。故無論為綺麗、為豪健、為清〔輕〕新之詞家，其所作小令，雖有環肥燕瘦之別，而其運詞鑄字，則莫不秀潤清蒨，情調面目，有如初生雞雛，雌雄莫分，無獨特之個性可見。」[56] 陳璇珍之論也甚為接近：「詞中的小令，猶如詩中的絕句，表面看來寥寥數句，謀諸篇章，似乎容易。正因為寥寥數語，用來表現複雜的情思，而感到困難。」[57] 進而言之，近體詩五七言律絕，體式數量有限，易於掌握；長短句之格律雖然建基於近體詩，但詞牌變化萬千，需要逐一熟悉了解；詞選任課老師若要著成講義，發揮空間也較大。曾克耑以降，詩選任課教師多以極短時間來介紹近體格律，隨即進入作品賞析及習作批改之階段，正因近體格律易於掌握。作品賞析與習作批改不僅為詩選課的重頭戲，且前者有現成參考書籍，後者須隨機應變，兩者佔去絕大部分的授課時間，如此一來，幾乎沒有太多餘裕專門留給格律。因此，關於近體詩作法的著述就相對較少了。饒是如此，何敬羣、謝崧、鄭水心在近體詩格律與創作方面仍有值得注意的新創獲。如何敬羣以高步瀛《唐宋詩舉要》為基礎，將篇幅加以剪裁，並增入導論、各章總序，且在必要時於作品註釋中剖析疑問。甚至在討論近體詩首句用韻與不用韻的情況時，何氏還能舉例說明。如李端〈聽箏〉：「鳴箏金粟柱，素手玉房前。欲得周郎顧，時時誤拂弦。」何氏云：「平起調，起句入韻者，按此只須將李端詩第一句『鳴箏金粟柱』，改為『鳴箏綺席邊』，即將下三字之平仄仄倒轉為仄仄平即可。」[58] 傳統老師

56 何敬羣：《詞學纂要》，頁 18。

57 陳璇珍：〈詞學漫談〉，載氏著《微塵館詞鈔》（香港：微塵詞館，1959 年），頁 91。

58 何敬羣：《詩學纂要》，頁 14。

宿儒，大抵恐貽妄改古人之譏，何敬羣卻舉出實例，以利初學，甚有識力。謝崧辨識五言近體正格與變格，也有新見：「平起不起韻，也成為四種不同的句式，只是第一第二聯互換位置而已。這都是四種句式完備無缺。首句起韻則不然，必缺了一式。無缺故是正格，有缺故是變格。這是確切不移的定制。」[59] 至於鄭水心〈詩鐘全貌〉，撰寫動機雖是記錄海角鐘聲社的活動與內容，但此為日後卻成為其授課之補充教材，蓋因詩鐘就體式而言乃是七律之第二、三聯，其規則雖更嚴格，但練習詩鐘自然也屬於近體詩創作之一環。如此可謂別出心裁，也與李景康從七言律法入手教學有呼應之處。

長短句方面，陳璇珍雖是著名詞家，卻非學院中人。她在電台主講〈詞學漫談〉，隨即於《華僑日報》連載講稿，強調詞之「簡單化、大眾化、現代化」，[60] 這當然有在瞬息萬變的現代社會推廣詞學的動機。鄭水心在學海書樓講授詞學，也將〈詞概：起源體裁及其作法〉之講稿連載於《華僑日報》。關於作法，鄭水心有幾點意見：一、辨聲填譜；[61] 二、煉字琢句：用字貴新，但不可生硬；三、善用虛字：詞要清空，不要質實；四、言淺意深：作詞不宜多用典故，不宜多用代字；五、以情寓景，使有弦外音、味外味。[62] 而鍾應梅〈詞學四論〉之〈論作法〉一節，則分為「求聲律之宜」「造句用字」「謀篇」三部分。以「謀篇」為例，鍾氏引用吳梅（1884–1939）《詞學通論》對「蘊藉含蓄」之風格的論述，加以補充道：「吳氏之論小令，固當。然於長詞，則仍為明示軌轍，殊不足以為後

59 謝崧：《詩詞指要》（香港：中華書局，1979 年），頁 17–18。

60 陳璇珍：〈詞學漫談〉，載氏著《微塵館詞鈔》，頁 93。

61 鄭水心：〈詞概〉（五），《華僑日報》1956 年 3 月 26 日。

62 鄭水心：〈詞概〉（六），《華僑日報》1956 年 3 月 27 日。

學之津逮也。即以小令言之，蘊藉含蓄，固為美法，然亦有奔放吐露之作。」[63] 因此，他將小令謀篇分為「蘊藉含蓄」及「奔放吐露」兩法，各舉四例。如「蘊藉含蓄」法所舉依次為溫庭筠（801?—866）〈遐方怨〉、韋莊（836–910）〈謁金門〉、晏幾道（1038–1110）〈鷓鴣天〉及姜夔（1155–1209）〈點絳唇〉，總結云：「例 1 念征人也，例 2 傷幽獨也，例 3 喜重逢也，例 4 感今昔也，然皆情在詞中，意寄言外，此吳氏所謂蘊藉含蓄之法也。」[64] 至於長詞，鍾氏則分為「順序」與「錯綜」二法，又總結道：「此二法者，順序易而錯綜較難，蓋其斷續離合之處，有氣脈而泯跡象，故易失之於晦。夫長詞之病，最易流於沉滯，若無驅遣之才，而輕試錯綜之境，則以滯得晦，將如水流濕，火就燥，勢有所必至者也。」[65] 可惜的是，鄭水心〈詞概〉、鍾應梅〈詞學四論・論作法〉雖能自出機杼，卻篇幅太短，無法進一步展開討論。尤其是鍾應梅一文，若能與《蘂園説詞》正編中之作品更為有機地結合起來，則其作為教材，收效必然更大。[66] 至於謝崧雖然未曾任教大專，但其〈長短句指要〉從句組的角度討論詞體，令創作者有機會擺脱詞譜的窠臼，在不同詞牌下得到自由發揮，可謂難能可貴。

當然，這些著述也有其瑕疵。如李景康《七言律法舉隅》中有些分類過於瑣細，有些詩例往往只是逐一條列，未有進一步分類，以致性質類近之句法，條目卻相隔甚遠，使內容出現跳躍。又如鄭水心〈詩鐘全貌〉中討論假借或借對一段是全文最為散亂

63 鍾應梅：〈詞學四論〉，收入氏著：《蕊園説詞》，頁 151–152。

64 同前註，頁 152。

65 同前註，頁 158。

66 鄭水心也有〈花間十八家詞〉，每家作品之後時見評説。此文原載《學海書樓講學錄》第四集（1964 年版），當可與〈詞概〉配合閱覽。

的部分，其內容可劃入「三腳鐘」一節而加以闡發，另一部分則繫於「字面貴工整」之後。如此情況大概體現了報刊連載後未有修訂另刊的問題。再者，如何敬羣在《益智仁室論詩隨筆》及《詩學纂要》中依然固守「截律為絕」的舊説，謝崧則在《詩詞指要》中以一章的篇幅駁斥「截律為絕」之説。但是，兩人對於文獻之爬梳、最新研究成果之掌握皆有不足，因此何氏之舊説固嫌陳腐，謝氏之駁斥也説服力不足。實際上，李嘉言（1911–1967）早在 1940 年代時便發表〈絕句與聯句〉一文，指出梁代江革〈贈何記室聯句不成〉、何遜〈答江革聯句不成〉等五言四句的詩作，説明了絕句之名其實出自聯句：「在宋文帝時已經因『聯句不成』而產生了『斷句』這個名詞，宋明帝時與『斷句』同義的『絕句』這個名詞也正式出現；到蕭梁了，『絕句』的地位漸固，作品也漸多，因而才有少數題目的真面目得以保存到現在（指題中有絕句字樣者）。又因聯句在劉宋時才趨於定型（每人四句），所以絕句產生於劉宋時代而不產生於其他時代。」[67] 此外，無論是李景康、何敬羣、鄭水心，對於拗救的認知都可能受到前代某些誤解的影響，難有新的創見；謝崧更混淆了拗體詩與拗句之關係，提出「拗不必救」，更是大謬。如鄭水心云：

> 杜少陵之「映階碧草自春色，隔葉黃鸝空好音」，「自」字與「空」字平仄相拗。〔……〕「微明燈火耿殘夢，半濕簾帷浥舊香」，「耿」字與「浥」字平仄互拗。[68]

「映階」一聯傳統或稱「雙換詩眼」，「微明」一聯傳統或稱「單換

67 同前註，頁 109。

68 鄭水心：〈詩鐘全貌〉（十二），《新希望週刊》第 12 期（1954.05.24），頁 13。

詩眼」，皆非拗救。何文匯論「仄仄仄平仄，平平平仄平」云：「這不是拗句，只是特殊的平仄安排。『仄仄仄平仄』和『平平平仄平』都沒有違反格律，前人在出句用了『仄仄仄平仄』，每每在對句末第三字用平聲，令句子響亮一些。但這絕對不是『拗救』。〔……〕因為『仄仄仄平仄』不是拗，而『平平平仄平』不是救，所以出句用『仄仄仄平仄』，對句仍然可以用『平平仄仄平』。同樣地，對句用『平平平仄平』，出句仍然可以用『仄仄平平仄』，互不牽連。」[69] 所論至為在理。換言之，近體詩一般可接受之拗救，只有單拗（平平仄平仄）、雙拗（仄仄仄仄仄，平平平仄平）兩種而已。此外，如何使用下三仄、換詩眼等特殊格律安排，如何避免孤平、下三平，仍須花一定篇幅加以講解。這在李、何、鄭諸人的著作中未能呈現，其相關內容之授課情況亦不難想像矣。不過，雖然諸人對拗救的認知可能出現問題，但他們對於單拗、雙拗、下三仄、單換詩眼、雙換詩眼的格式，乃至孤平、下三平之禁忌，畢竟是清楚的，只是像硬記詞譜一般，雖未必知其所以然，卻尚知其然；因此在他們自己創作或指導學生習作時，大抵仍不會出現格律上的問題。筆者以為，近體詩作法著述中若有一章節專論拗救及特殊格律安排，是非常必要的。然如謝崧般以專章申論「拗不必救」，乃至駁斥「截律為絕」之說，便無乃有些頭重腳輕之感，未必能切合講義的性質了。

五、結語

二十世紀是中國傳統文化在遭逢巨大衝擊與挑戰後的轉型期。長期作為毗鄰內地的英殖民管治地區，香港能得風氣之先，

69　何文匯：《詩詞曲格律淺説》（台北：台灣書店，1999年），頁55。

成為革命的溫牀，但在幾度內地易幟之際，香港又往往成為前朝舊人物的避難所。就文學發展而言，戰前香港能夠不披靡於五四風潮，一定程度上保存傳統取向，既因其固有的文化慣性，也因港英政府的「積極」舉措。再觀戰後香港，「清末一代」學者究心於舊體詩學，而撰寫詩詞作法之著作，往往出於結社與教學的實際需求，如此需求也呈現出兩條文化脈絡在的交融：一是本港開埠以來並未受到辛亥、五四正面衝擊，吟詠結社不絕如縷的風氣；二是內地五四以後設計新式文科課程架構，以「詩選」「詞選」列為必修的院校生態。可以說，這類著述的面世，乃是1949年內地易幟後，香港中文學界面對傳統文化「花果飄零」的一種積極回應，而回應之願景則是對於莘莘學子「靈根自植」的期盼。1979年後，內地改革開放，與香港的互動日益密切。與此同時，卻又出現了幾點變化：一、現有院校中仍具備傳統中文系者為數漸少；二、「詩選」「詞選」科慢慢變成選修科、由學年課程變成學期課程，創作環節甚或受到賞析環節的擠壓；三、兼善詩詞研究與創作的學者逐漸凋零；四、傳統詩社活動日漸消沉。儘管如中文大學、浸會大學、恆生大學、樹仁大學、珠海學院等院校的中文科系仍在勉力經營「詩選」科，但相形之下，戰後三十餘年間（1945－1979）「詩選」「詞選」科的榮景，實不可同日而語。職是之故，拙著將分為以下六章：

第一章：香港詩學教材之濫觴——李景康《七言律法舉隅》芻論。香港開埠，詩詞創作的傳統迄未中斷。民國以後，授業之老師宿儒雖多擅詩工詞，但創作之道卻以口傳為主，課本或參考書則往往採用現成著作。《七言律法舉隅》為港人自編教材，在二十世紀上半葉可謂罕見。此書為時任官立漢文中學校長之李景康編撰，又得同仁葉佩瑜之幫助。書中〈句法〉〈起法〉〈結法〉

三章之內容以分類舉例為主，而在必要時加以夾註、按語；〈詩學雜說〉章則言簡意賅地論述學詩之道，頗便初學。全書編排簡易清晰，對於前代著作頗有參詳，同時又能出以己意，增入新見。對於七律之章法，並不固守起承轉合之說，所舉詩例皆能以簡單扼要之夾註來點出其佳處。此書於戰後一直未有修訂再版，以致數十年來不為人知。本章以《七言律法舉隅》為探討對象，希望就民初以來香港舊詩創作之教學歷程加以考察。

第二章：對仗練習之示範──鄭水心〈詩鐘全貌〉淺論。1950 年代，香港海角鐘聲雅集以詩鐘創作為宗旨，頗為活躍，而社員鄭水心不但主編《海角鐘聲》兩集，還撰成〈詩鐘全貌〉一文，為初學者指示門徑。時至今日，〈詩鐘全貌〉雖然罕為人知，卻是研究香港詩鐘的重要文獻。且鄭水心工於詩詞，1949 年後長期執教於香港各大大專院校；對於當時有志於詩詞創作的年輕學子來說，〈詩鐘全貌〉也起到了一定的影響。有見及此，本章以〈詩鐘全貌〉為中心，窺測戰後香港之舊詩創作狀況於一斑。

第三章：詞學觀念之實踐──陳璇珍的詞創作及修改。女詞人陳璇珍生於南洋，早年以國軍軍官身份參與抗戰，兩岸分治後定居香港，以詩詞與書畫創作聞名，先後出版《微塵吟草》(1947) 與《微塵館詞鈔》(1959)，並不時於電台主持文學節目。惜陳氏身故後，其人其作逐漸相忘於世人。職是之故，本章以其詞作之創作與修改為考察範圍，以見其詞學觀念如何付諸創作實踐，進而展示戰後香港舊體文壇生態於一斑。

第四章：創作與鑒賞之結合──何敬羣《詩學纂要》初探。港澳台及內地自 1950 年代以降，數香港高校中文系仍勉力將「詩選及習作」設置為必修課；而在偏重古典範疇的歲月裏，該科是少有的涉及創意寫作之課程。縱使該科任教者不乏宿儒碩學，然當日講義得以梓行者為數甚鮮。何敬羣先後於珠海、新亞、浸會諸院校講授該科，其《詩學纂要》便是課堂講義，累積多年教研與創作心得，「要在易知易行，重在能讀能寫」。此書共分為三編，上編〈詩學導論〉，中編〈唐詩選讀〉，下編〈宋詩選讀〉。本章嘗試依據該書對詩歌之淵源、體制、律法、聲調及作品各方面之論述，探析何氏之舊詩創作論，以見香港高校詩歌創作課程之發展歷程。

第五章：詞史與創作之互動——何敬羣《詞學纂要》初探。1945 至 1979 年間，香港各大專院校中文系上，「詞選」在課程架構中一直具有重要地位，但專為此科撰構的講義，何敬羣的《詞學纂要》可謂代表，是罕有在香港問世的詞創作之初階著述。此書以唐宋名家詞作為核心，下及元明清之作，結合詞史、鑒賞與創作，為初學填詞者指點了門徑。本章在爬梳此書編撰背景與動機後，依次考察何敬羣如何看待發展期（唐五代、北宋中期）及成熟期（北宋後期、南宋）之詞體，探析其創作論，以管窺香港大專院校舊體文學創作課程之傳承情況。

第六章：瑕瑜互見——謝崧《詩詞指要》探論。1970 年代，香港學者謝崧因應晚輩之請而撰寫《詩詞指要》一書。謝崧對詩詞體裁源流發展之新見，一如其友人謝晉在序中所論之三端：一、駁斥「截律為絕」之説，二、提出「拗不必救」，三、着眼於詞之整體，從句組與用韻入手，揭出所有詞體中句組安排與及其可能變化。此外，對於近體詩正格與變格，謝崧的看法也有建設性。本章主要就謝崧提出的正格與變格、「駢偶詩」之觀念及詞體之句式等三方面加以考察，以見此書之得失。

綜觀以上六章，李景康《七言律法舉隅》乃戰前之作，故列為首章以作鋪墊。鄭水心〈詩鐘全貌〉、陳璇珍〈詞學漫談〉皆為單篇文章，次之。何敬羣《詩學纂要》《詞學纂要》及謝崧《詩詞指要》皆為專著，故各有專章，以殿全書後半。復如表一所見，由於鄭水心〈詞概〉、熊潤桐〈學詩入門〉、鍾應梅〈詞學四論・論作法〉篇幅較狹，筆者不擬專章討論，而會於行文時加以徵引佐證。又何敬羣在撰著《詩學纂要》以前，先有《益智仁室論詩隨筆》問世，二書觀點頗能互見。然《論詩隨筆》乃為文壇同仁所撰，於「詩選」科上僅可作參考資料之用。故筆者也會在探究《詩學纂要》時以《論詩隨筆》的內容作比對與印證。透過以上諸章的分析，筆者希望發潛德之幽光，展現香港舊體詩學教育史的面貌與內涵，並促使有志之士就該範疇在未來之發展作進一步之思考。

第一章

香港詩學教材之濫觴
—— 李景康《七言律法舉隅》芻論

李景康（1892–1960），字銘琛，號鳳坡，又號青山道侶，齋名百壺山館。廣東南海人。幼年在珂里松溪鄉私塾肄業，稍長負笈香港，先後入讀聖保羅書院、赤柱聖士提反中學。1912 年，考獲英國牛津大學高等試文憑，中文科成績尤其優異。時值香港大學創辦伊始，遂攻文科，1915 年以首屆首名畢業。1917 年，新任廣東省長朱慶瀾（1874–1941）創辦全省保衛團總局，以維治安、通民隱，李景康徵為參議。朱氏去職後，李景康返回香港，自此五年皆執教於母校聖士提反中學。1922 年，受南海鄉紳推舉，任廣州南海中學教師，兼縣立南海師範學校校長，銳意整頓，成績卓著。1924 年，應香港政府之聘，任漢文兼英文視學官。1926 年，港府徇紳商之請，提倡國學，創設官立漢文中學（今金文泰中學）及官立漢文師範學校，教育司署調派李景康擔任二校之校長，直至太平洋戰爭爆發，前後凡十四年。李景康學識深醇，貫通中西，教育管理經驗豐富，曾參與倡建港大馮平山圖書館及香港孔聖堂，並擔任香港大學中文學院起草委員、港大中文學會名譽會員、港大考試委員。據報導：「先生在職，辛勤幹辦，無間寒暑，更以其好學不倦之精神，躬親示範，循循善誘，其申述漢中創辦之旨有曰：『為鑒於國學之凋零，學子每易忘其宗邦文化，故倡中英文課程並重，庶體用兼賅，蔚為有用之學』。以此揭櫫士林，用能陶鑄本港一代之人才，識者稱其目光遠大，宗旨能得其正。」[1] 抗戰時期，李景康返回內地，其門生響應跟隨而返國服務者眾。受粵省之聘，李氏擔任國軍軍官訓練團教席，主講《大學》《中庸》，兼任國民大學講席，後又在余漢謀將軍麾下掌理文事，隨軍轉戰贛南，繼任衢州綏署上校參議官。

1　〈李景康先生仙逝〉，《華僑日報》1960 年 5 月 26 日。

光復後返回香港，擔任學海書樓主席，並仍活躍於本地各種文化事務。李景康工於詩畫，乃江蘇常熟虞社、湖南長沙南社湘集、江蘇吳縣中國國學會及香港壬申書畫合作社之成員，並主持碩果詩社。由於潛心國學，著述甚富，並編有《國文模範讀本》三冊（與區大典、岑光樾、陳煜庠合編）、《陽羨砂壺圖考》（與張谷雛合編）、《現代詩鈔初集》等。後人哀輯者則有《李景康先生詩文集》（學海書樓編）、《李景康先生百壺山館藏故舊書畫函牘》（鄒穎文編）等。李氏現存之詩文著作，無論出版與否，在其逝世後多彙編入《李景康先生詩文集》，計有《百壺山館文存》、《百壺山館詩存》（包括《臨桂遊草》《蒼梧遊草》《柳江遊草》《曲江遊草》《樂昌遊草》《仁化遊草》《仁南遊草》《尋鄔遊草》《重抵曲江》《抵香港數首》《香江吟草》）、《披雲樓筆記》、《國文研究法》、《儒家學説提要》等。可惜的是《七言律法舉隅》並未收入，以致自 1930 年代問世後迄無再版，知者不多。然而此書作為戰前香港罕見之學詩著作，甚為可貴。故本章擬考察《七言律法舉隅》之內容，以窺李景康詩學觀念，乃至戰前香港舊詩教學情況於一斑。

一、《七言律法舉隅》編撰背景與動機

1920 年，香港政府同時成立了官立女子漢文師範學堂（女師）和官立漢文男子師範學堂（日師）。這兩所學堂成為戰前香港各區的官立學校培訓了大量以中文授課的合格師資。（此外，1914 年開設的官立實業專科學校漢文師資班、1926 年建立的官立大埔師範學校，也投入了這項工作。）另一方面，戰前香港的大部分中文學塾皆為民間私辦，這些中文私塾考慮到畢業生多半前往中國內地升學，課程亦會銜接內地學制。1925 年 12 月，周

壽臣、羅旭龢、曹善允、馮平山、李景康等社會賢達議求政府撥地創立一所官辦之中文學塾，以中文為教學語言。教育司庵氏（G. N. Orme）贊同此議，遂委派時任漢文視學官的李景康負責草擬辦法。1926 年 3 月，港府接管孔聖會中學，將之與日師合併為官立漢文中學（Government Vernacular Middle School，簡稱「漢中」），分為師範、中學和高小三部。李景康成為首任校長，原日師校長黃國芳（1903－1983）轉任副校長兼師範部主任。學校於 1927 年遷往港島薄扶林。官立漢文中學師範部（或師範班）又稱「官立漢文師範學堂」，至 1941 年 12 月因日軍入寇而停辦。戰後，官立漢文中學於 1946 年易名為官立漢文高級中學，兼收女生；至 1951 年，復易名為金文泰中學（Clementi Secondary School）。然而，由於戰後教育體系的重整，該校於戰前設置的師範部則不復重啟。

戰前諸漢文師範學堂的學制一般為期三年，皆設有中文（國文）、數學、地理、教學法、學校管理法諸科目。據《香港華字日報》1926 年 1 月 15 日的報導，日師「因有免費學額獎給，故報考者〔……〕踴躍，聞該校每年徵收學費不過十二元，而任教授者又皆一時碩彥，無怪趨之若鶩矣。」[2] 當時日師已在改組為漢中師範部的前夕，如此受學子歡迎，其因有自。無論是日師抑或其後身之漢中師範部，其畢業生多獲派官津學校任教國文科。由於該校聘請了多位文史名家任教，畢業生於人文學科均有一定造詣，日後多擔任中小學乃至羅富國師範學院（Northcote College of Education）、葛量洪師範學院（Grantham College of Education）的中文教師。而就中文學門而言，李景康《七言律法舉隅》是目

2 〈官立漢文師範招收新生紀聞〉，《香港華字日報》1926 年 1 月 15 日。

前罕見的戰前香港師範院校自編之學詩初階著作。根據葉佩瑜(字次周，1875–1952)序文所云：

> 香港漢文中學校師範班向設詩學一科，校長李鳳坡先生欲簡示準繩，導之門徑，爰集唐宋元明清各家傑作，只就七律一種摘其句法、章法，分門別類，凡若干條，加之註釋，彙刊成篇，以為本校課本。僕性耽吟詠，稍識途趨，常欲纂近體之成規，作一流之初筏。緣牽人事，未果予懷。今覩是篇，覺其朗若列眉，瞭如指掌，誠後學之津梁，諸生之圭臬乎！[3]

而李景康自序則曰：

> 同事葉次周詞長偶談課詩之難，予謂授近體詩當以句法始，以章法終。次周韙焉，屬予發凡起例，先從七律着手編作課本，聊示學子津梁。是上溯唐宋，下迄清代，選句分類，甄別標舉，合綜所得句法凡數十種，可謂繁矣。[4]

葉氏序文落款為「旃蒙大淵獻」，亦即 1935 年，與李景康自序落款之「建國二十四年」相合。葉氏謂漢中師範部「向設詩學一科」，大抵此科之開設至少可追溯至 1926 年創校前後，可見校方對舊詩創作之重視，大抵也是為了響應中國內地新式大學設置的「詩選」科。且葉、李二人皆認為課詩甚難，不約而同地打算編纂一種詩法入門著作，而李氏捷足先登，葉氏以為甚佳，遂作序文。不僅如此，書中首章〈句法〉之末，李景康附識云：「此編摘

3　葉次周：〈序〉，載李景康：《七言律法舉隅》(香港：永行印字館，1935 年)，頁 4。

4　李景康：〈七言律法舉隅序〉，載氏著：《七言律法舉隅》，頁 1。

句，乃承次周詞長合力從事，表而出之，聊誌雅誼。」[5] 足見葉氏之古道熱腸。而另一方面，入讀師範者為高中畢業生，由此亦可知戰前香港之官立漢文學校未必於初高中課程內設有舊詩創作之環節，相關知識仍待大專、師範之時方得傳授。

今人張伯偉指出，古代關於「詩格」「詩式」或「詩法」的著作，內容不外是探討詩的法式、標準。[6] 張氏《全唐五代詩格校考》所搜羅者就有近三十種著作，其中包括上官儀（608−665）《筆札華梁》、元兢《詩髓腦》、舊題李嶠（644−713）《評詩格》、舊題王昌齡（698−765）《詩格》、《詩中密旨》、釋皎然（730−799）《詩議》《詩式》、舊題白居易（772−846）《金誠詩格》、《文苑詩格》、舊題賈島（779−843）《二南密旨》、釋齊己（863−937）《風騷旨格》等。此外又如日僧空海（774−835）《文鏡秘府論》，保留了大量六朝至唐的大量詩法文獻。張健《元代詩法校考》收錄元人詩法著作二十餘種，這些著作「明顯受到宋代詩法、詩格、詩話著作的影響」。[7] 甚至乾嘉之際，學者方元鵾（1753−1814）編撰《七律指南》，[8] 更是只着眼於七言律詩一體。今人黃靈庚指出，此書「是一部探索七律詩體流派、沿革的選本，選輯跨度，始自盛唐杜甫（712−770），歷中唐、晚唐、北宋、南宋、金、元、明初、明中期，而終於晚明，相當於是一部梳理七律詩體演變的詩史」。全書分為兩編，乙編乃是甲編的補益。方氏強調「律以杜為宗」，二編皆首選杜甫詩，視為七律「樣式」，且概括杜律為「排

5 李景康：《七言律法舉隅》，頁 52。

6 張伯偉：〈詩格論〉，《全唐五代詩格彙考》（南京：江蘇古籍出版社，2002 年），頁 1−4。

7 張健：〈前言〉，《元代詩法校考》（北京：北京大學出版社，2001 年），頁 2。

8 【清】方元鵾撰、黃靈庚整理：《七律指南》（杭州：浙江大學出版社，2025 年）。

比鋪張，雄渾贍博」「清勁流轉，質樸蕭疏」兩種類型。方氏藉助選輯、點評，表達其詩學見解，以供後人創作七律借鑒。[9] 此後直至清末民初，詩法新著可謂不斷面世。筆者以為李景康《七言律法舉隅》之撰寫，固然孳乳於前代著作，卻也可能直接受到馮振《七言律髓》《七言絕句作法舉隅》的啟發。馮氏於 1979 年重版《七言律髓》一書時所撰〈小引〉謂其「乃五十年前執教無錫國學專修學校時印發的講義」。[10] 查 1927 至 1949 年間，馮氏歷任無錫國學專修學校教授、教務長、代理校長。〈七言律髓小引〉所謂「五十年」雖或舉其成數，但此講義蓋撰寫於 1929 年前後，馮氏初到該校任職之際，當無問題。至於《七言絕句作法舉隅》於 1936 年出版，而馮氏前此在上海大夏大學兼課時曾派發其書的油印本，其自敍落款於民國二十年（1931）秋，正式出版前夕的補敍則落款於民國二十四年（1935）年九月八日。[11] 此書之書名與李景康《七言律法舉隅》尤其近似。馮氏二書及李書同為大專、師範院校之課本，選錄作品皆上及唐宋，下至明清。而李書中之自序落款於「建國二十四年仲春」，葉次周序亦落款於「旃蒙大淵獻」（1935）。因此，馮氏二書甚或為李景康所得、加以參考。

9　黃靈庚：〈《七律指南》及其詩學思想〉，《光明日報》2023 年 12 月 18 日。

10　馮振：《詩詞作法舉隅》（濟南：齊魯書社，1986 年）〈七言律髓小引〉，頁 221。

11　馮書自敍云：「民國二十年秋，余任大夏大學各體詩選課。除選詩外，並就七言絕句之作法不同或大同小異者，略分如干類，先博舉其例，而後綜籀其法，名之曰《七言絕句作法舉隅》，蓋非謂七言絕句作法遂盡於此也。抑由此而稍明所謂法者，則於為詩之道，不無小補焉，倘亦不失示人以規矩之意乎。然若但執規矩而自詡曰：『巧在於是』，則又斷斷乎其不可也。民國二十年秋，北流馮振自敍於上海大夏大學。」又補記云：「余任大夏大學各體詩選未半載，而滬校盡以國難輟課。一二八役興，遂無形解約。所授七絕作法舉隅，不及十分之三，其後於無錫國專，賡續講之。且略為補輯，遂成此冊，茲以付梓，特志其經過云。民國二十四年九月八日馮振自識於無錫國學專修學校。」見氏著《七言絕句作法舉隅》（北京：中國書店，1985 年），頁 1。

再觀《七言律髓》選錄了近二百首七律，將其作法歸納為二十種，每首之末皆解說其句法；《七言絕句作法舉隅》選錄了千餘首七絕，將其作法歸納為56種，按照首句、次句、三句和末句之相似寫法加以分類，每類之末皆有關於作法的簡短說明。相比之下，李書以七律為主題，似乎有補充馮書之意，其篇幅與《七言律髓》相近而小於《七言絕句作法舉隅》，往往因應章節旨意而只節錄部分句子，未必選取作品全文，全文選取者則多有夾註，且於書末有〈詩學雜說〉一章，俾學子更易於遵循門徑。此李書體例不同於馮氏二書之處。

另一與馮書相異者，李書卷首尚有八則凡例，以便讀者了解此書，並正確使用。茲迻錄於下，以便論述：

一、是編先從七律着手者，以七律無古體之繁，亦不如絕句之簡，而法度大備，便於初學窺尋門徑。

二、七律不盡八句，而是編專選此體者，以此體最為學者知，此庶可觸類旁通。

三、是編先詳句法，次舉起結法度，次附〈詩學雜說〉，均為初基說法，未敢謂古人法度悉盡乎是，然其大略去此不遠矣。

四、是編未詳中幅兩聯者，以中兩聯至無定格，而法已散見摘句及舉例諸詩，故不復贅。

五、所選各詩，由唐迄清，均隨手檢出，不以大家為限，聊見歷代風格各別。

六、所舉各法，未必古人盡有是意，第為初學舉例，不厭求詳耳。

七、有既經摘句而仍舉全首示範者，亦本由句窺章之旨，以便學者契悟。

> 八、舉例各條有一句一首而兼數格者，原無一定鴻溝，然不分別標舉，以見體例。[12]

李景康謂七律不如七絕之簡，其書之撰寫似有與馮書配套的動機。而李氏謂古體「繁」，至少蓋可從三點見之：其一，古體以高古為特色，後人撰寫時往往要避開近體格律、對仗，不是不若先習近體，較為便捷。其二，古體韻腳平仄皆可，一篇之內且可換韻，亦較近體為繁。其三、古體篇幅長短不限，其章、句之法反令初學者無所適從。復就第三點引申，律詩除八句四韻者外，亦有六句三韻之小律，以及五聯以上之排律。但歷來八句四韻者無疑為數最多，故以該體為討論核心。再者，此書首章為〈句法〉，篇幅較多，而〈章法〉只是末章〈詩學雜說〉中的一節。前三章中，首章〈句法〉乃討論一句之法（縱其舉例往往為一聯），而次章〈起法〉討論首聯、三章〈結法〉討論尾聯，則多涉及一聯乃至更廣之篇幅，已接近章法的概念。但整體而言，前三章皆是就一篇之中的局部文字加以剖析，仍視為句法可也。這也是讓初學者易於入手的方法。

復次，李氏〈凡例〉謂「所舉各法，未必古人盡有是意，第為初學舉例」，可謂坦誠，似乎有「作者未必然，讀者未必不然」之意。但是鑒賞與創作本為一體兩面，古代不少詩格、詩法的著作也是在從前人作品中歸結方法，而所歸結的方法未必得到原作者首肯，但只要言之成理便受學者歡迎，也是自然。此外，〈凡例〉第四則謂此書不專論頷聯、頸聯之句法，乃是因為「中兩聯至無定格」，句法不一，只好於「散見摘句及舉例諸詩」隨文討論。李

12　李景康：《七言律法舉隅》，頁 5–6。

景康此說，可與王士禛（1634–1711）《詩問》相參：

問：范德機謂「律詩第一聯為起，第二聯為承，第三聯為轉，第四聯為合」。又曰「起承轉合四字施之絕句則可，施之律詩則未盡然。」似乎自相矛盾？

答：起承轉合章法皆是如此，不必拘定第幾聯第幾句也。律、絕分別，亦未前聞。[13]

實際上，即使元人范德機（1272–1330）《木天禁語》論絕句章法，也有「第三句起」之法，亦即「前二句皆閒，至第三句方詠本題」。[14] 可見元代詩人便不固守起承轉合之法。而年代稍早於王士禛的吳喬（1610–1694），也在《圍爐詩話》中不無刻薄地譏評道：「凡守起承轉合之法者，則同婦女足指，弓彎纖月，娛目而已。受幾許痛苦束縛，作得何事？」[15] 因此王士禛回答門生提問時堅持一篇之中有起承轉合之法，似有膠柱鼓瑟之嫌；不過他認為律詩之起承轉合無須以聯為參照單位，則所言甚是。換言之，前人律詩之章法千變萬化，充其量只應歸納、參考，而非死守不變。《詩問》另一問答云：

問：律詩中二聯必應分情與景耶？抑可不拘耶？

答：不論者非，拘泥者亦非。大概二聯中須有次第、有開闔。[16]

---

13 【清】王士禛等著、周維德箋註：《詩問四種》（濟南：齊魯書社，1985 年），頁 86–87。

14 舊題【元】范德機撰、魯華峯評註：《木天禁語．詩學禁臠》（北京：中華書局，2014 年），頁 85。

15 【清】吳喬：《圍爐詩話》，收錄郭紹虞編：《清詩話續編》（上海：上海古籍出版社，1983 年），頁 515。

16 【清】王士禛等著、周維德箋註：《詩問四種》，頁 80。

由於頷聯、頸聯必須對仗，如果在句法與內容上相近，則四句雷同，笨拙而重複可厭。故此，有人提出二聯分寫情、景，原因在於使二聯的內容、風貌有所變化。但是，如果勢必一聯寫景、一聯寫情，真可謂鄭人買履。因此王士禛謂只要二聯之間有邏輯關聯、開闔變化即可，如此可謂通達之見。然而，此論畢竟是就頷、頸二聯之關係而發，比較微觀，一旦涉及全篇之章法，此二聯的功能又要隨機應變了。相形之下，首、尾二聯由於特殊的位置，必須負起開篇及結篇的功能——即使開篇並非點題（如「第三句起」之法）、結篇並非將全篇之意收束合攏都好。近人劉坡公也指出：「律詩八句之中，對句易工，結句難工，發端尤難工。」[17] 因此，李景康在書中只討論首聯之起法、尾聯之結法，對於頷、頸二聯則主要着眼於句法而非章法，既是聰明之舉，也能對症下藥。

二、〈詩學雜説〉淺論

《七言律法舉隅》一書共有四章，亦即〈句法〉〈起法〉〈結法〉〈詩學雜説〉。[18]〈詩學雜説〉一章包括〈用功先後〉〈虛實遠近〉〈章法〉〈用典法〉四節，〈用功先後〉有歸結全書之總論性質，對於學詩入門者而言頗為吃緊。〈虛實遠近〉〈章法〉〈用典法〉三節則為句法三章之補充，讓初學者從較宏觀之角度來進一步了解句法之功能。茲分目而考察之。

17　劉坡公：《學詩百法》（上海：上海古籍出版社，1983 年），頁 94。

18　李書目次中，有〈起法目錄〉〈結法目錄〉（頁 9–10）；但正文中，僅標〈起結法〉一章（頁 53），〈結法〉部分的開端卻並不設章題，且與上文相連（頁 78）。此蓋編撰校對倉促之故。為論述清晰，筆者仍依照此書之目次，將〈起法〉〈結法〉分別視為兩章。

(一) 觀摩鑒賞

〈用功先後〉一節共有三則，言簡意賅地討論到初學詩者的觀摩鑒賞之法。第一則的主旨，要在推尊唐代：

> 大抵研求前人名著，宜先從唐代着手，漁洋輯《唐賢三昧集》，謂宜先習王孟高岑諸家，後讀李杜，其說甚當。以殖初基。蓋詩體大成於李唐，詩律莫精於老杜。既窺唐賢之奧，然後逆溯六朝、漢魏、《楚辭》、《毛詩》，以探其淵源所自，下覽宋元明清，以究其嬗遞變化。宋詩莫盛於江西派，亦以老杜為不祧之宗。徹上徹下，仍以四唐 初盛中晚。為樞紐也。[19]

「詩體大成於李唐」，乃是歷來學詩者的常識。近體詩固然成熟於唐代，而漢魏古詩之聲律渾然天籟，齊梁雖出現聲律論，但永明體之格律尚在發展探索中。因此，若能精通近體格律，便也可逆向把握、營構古體風貌，如避開律句，使用孤平、下三平及仄聲韻，採用奇數句，換韻或逐句押韻，避免屬對工整等，不一而足。故此，以唐詩為歷代之樞紐，上溯風騷漢魏六朝，下覽宋元明清，可謂游刃有餘。進而言之，李景康贊同清初王士禛《唐賢三昧集》之說，將王維（699－761）、孟浩然（689－740）、高適（704?—765）、岑參（715－770）諸家之詩的學習置於李白（701－762）、杜甫之先。考王士禛《師友詩傳錄》云：「有宋以來談詩家，乃祧盛唐諸人，而專宗少陵。然考之唐人之緒論，及唐人選唐詩，因未始有宗少陵之說。即在盛唐諸家與子美抗行者，子美

19　李景康：《七言律法舉隅》，頁 101。

亦多所屈服。」[20] 換言之，王士禛認為杜甫並未受到同代人特別推崇，因此也未必能代表盛唐諸人的面貌。近人方孝岳（1897–1973）也指出，盛唐之音「自為一種絕後空前的境界；表現這種境界的人，是王維、孟浩然等而不是李、杜。李、杜這些大家，本不可以時代限；言盛唐而皈依於牢籠今古的李、杜，結果必定迷眩」。[21] 方氏此說恰可為《唐賢三昧集》不選李、杜發凡起例。杜甫不為時代所侷限，故能成為宋代江西詩派的不祧之祖。但李、杜因此也就未必能呈現出盛唐的獨特境界，其詩亦非唐人眼中的盛唐詩。若要詩學盛唐，宜先習王孟山水田園之恬然自得，高岑邊關塞外之豪放蒼勁，方可濡染盛唐獨到之精神。進而言之，傳統認為盛唐詩即所謂盛世之音，青少年學詩以盛唐為津筏，對於心性之培養也有正面效果。而近人林庚（1910–2006）則指出：「盛唐氣象是反映着時代精神的，然而如果以為一談盛唐氣象便是歌功頌德，則顯然又是錯誤的。〔……〕歌頌盛唐時代正是要歌頌那促進現狀更為富於解放的精神力量，歌頌那人民在勝利中飽滿的生活情緒與自豪感。」[22] 除去政治性面紗，盛唐詩適合青少年取法，就在於其充滿青春活力的朝氣。這大概也是作為教育家的李景康推尊盛唐的原因。進而言之，他還認為綺麗的初唐詩可以上溯六朝，杜甫詩則下開江西，故而作為樞紐的四唐詩都是值得初學者觀摩鑒賞的首選。

20　【清】王士禛：《師友詩傳錄》，收入【清】王夫之等：《清詩話》（上海：上海古籍出版社，1963 年），頁 145。

21　方孝岳：《中國文學批評》（北京：生活・讀書・新知三聯書店，2007 年），頁 256。

22　林庚：〈盛唐氣象〉，《北京大學學報》1958 年第 2 期。

然而即使是王孟高岑之詩，風格依然各各不同，就此入門仍可能茫然不知所措。李景康又指出：

> 前人讀詩，有先泛讀歷代名著，然後擇性近之一家，以精研深入，厚樹基礎，始再窺各家之長者。亦有視其性近，如或嗜蒼古，或嗜雄渾，或愛沖淡，或愛博麗，或主神韻，或主深曲之類。細選歷代一格，如採百花釀蜜，以佐其才思者。古人各選歷代詩鈔，雖見仁見智，各殊其趣，然大抵皆各便所學也。職是之故，有擅一家之長者，有兼數家之妙者。有由唐入宋者，有分體鑽研，而各有所本者。如漁洋律詩宗王孟、絕句宗白石之類。此法推諸學文學書，莫不如是，匪獨學詩為然。[23]

李氏認為，初學者觀摩的方法有兩種，或從詩家入手，或從特定之詩風入手，但二者都需先泛讀歷代名著。這在其後文中有所闡釋：

> 若夫瀏覽歷代，宜讀選體詩。如《古詩源》《玉台新詠》《全唐詩》《宋詩鈔》《唐宋詩醇》《五代詩全》〔按：當作《全五代詩》〕《元詩別裁》《明詩綜》《清初六家詩鈔》(原《國朝六家詩鈔》)。深研一家，宜讀專集，更宜擇評註善本。考其得失，宜兼閱詩話。如《歷代詩話》《清詩話》之類，讀某家詩即以某家詩話開拓眼光。[24]

此處所謂「瀏覽」即「泛讀」，而「選體詩」當為筆誤，實乃詩選，甚或總集之類也，觀其夾註可知。這類總集或以斷代為主，或有特定主題(如《玉台新詠》)，然皆以求全為務。初學者泛讀或瀏

---

23 李景康：《七言律法舉隅》，頁 101–102。

24 同前註，頁 102。

覽此等總集，卻也須避免氾濫無歸，而是要覓得與之性近的前代詩家，按圖索驥地訪得其專集（最好是評註善本），配合相關詩話，加以細讀。這就是從詩家入手。天之生人個性稟賦各異，若能在觀摩過程中同聲相應、同氣相求，自能引發興趣，有思接古人之感。因此，李氏建議初學者可在瀏覽的過程中挑選一位與自身個性稟賦相近之詩人，精研其詩集，儘快奠下基礎。所謂「性近」，當然可就個性品格而言，但在此處則主要體現在詩風上 —— 既可以是作品自身透發的美學特質，也可以是詩家撰構的方法手段。李氏夾註所舉諸種詩風，蓋參考《詩法家數》（舊題元人楊載〔1271－1323〕著）之説，其言曰：「詩之為體有六：曰雄渾，曰悲壯，曰平淡，曰蒼古，曰沉着痛快，曰優游不迫。」[25] 又云：「凡作古詩，體格、句法俱要蒼古。」[26]「七言：聲響，雄渾，鏗鏘，偉健，高遠。」[27] 只是此六體並未能概括所有詩風，故李景康加以調整。蓋蒼古如杜甫之五古、雄渾如岑參之七古、沖淡如王維之五律、博麗如李商隱（813?—858?）之七律，不一而足。（此外主神韻如王士禛、主深曲如晚清宋詩派，則更傾向於方法手段。）

從「泛讀歷代名著」到「擇性近之一家」是「由博轉約」，但正因初學者與所心儀之前代詩家性近，在觀摩時未必能擺脱自身詩風之缺陷與盲點。這時便要再度「由約轉博」了。「由約轉博」的方式，首先固然是透過詩話的閱讀，認清心儀詩家的短處，以開拓眼光。然後則是「擇性所不近者讀之」。其論云：

---

25 張健：《元代詩法校考》，頁 12。

26 同前註，頁 21。

27 同前註，頁 18。

即讀一家詩，亦宜習其所長，略其所短。或取其古體、略其近體，或取其近體、略其古體之類。次則補偏救弊，亦所當知。例如體弱者拓之以雄奇，粗獷者藥之以深曲，浮滑者救之以鍛煉，淺薄者振之以宏深。是則擇性所不近者讀之。要皆以性靈為主，以避熟避俗為先務也。[28]

所謂「性所不近」，此處可歸結為兩方面。其一是自身個性品格所使然的詩風弊端，如「體弱」「粗獷」「浮滑」「淺薄」等，而其補救之「雄奇」「宏深」乃是就風格養成而論，「鍛煉」「深曲」則是就寫作手法而論，總括而言便是「避熟避俗」，而要開啟、培植一己之性靈，方可為詩。至於其二，則是體裁之選擇。李氏提出應參考王士禛的學詩方法，不同體裁取法不同詩人（如律詩宗王孟、絕句宗姜夔），方能更加活範。再觀清人徐熊飛《修竹廬談詩問答》云：「青蓮（李白）之七律，襄陽（孟浩然）之七古，錢（起）、劉（長卿）之歌行，韓（愈）、孟（郊）之絕句，俱非所長，故亦不多作。」[29] 換言之，學李白當學絕句、樂府，學孟浩然、學錢起（710?—780）、劉長卿（726?—790?）當學五言，學韓愈（768–824）、孟郊（751–814）當學古體，不一而足。這正是李景康所謂「習其所長，略其所短」。

再觀姜夔作詩不多，在當世未必能稱為大家，卻造詣獨特，且有《白石道人詩說》傳世，故為同代蕭德藻、楊萬里（1127–1206）、范成大（1126–1193）等人所推重。姜夔詩一如近人繆鉞

28　李景康：《七言律法舉隅》，頁 102–103。

29　【清】王士禛等著、周維德箋註：《詩問四種》，頁 264。

(1904–1994)所言，「氣格清奇，得力江西；意境雋澹，本於襟抱；韻致深美，發乎才情」。[30] 而王士禛則稱讚姜氏詩「蓋能參活句者。白石詞家大宗，其於詩亦能深造自得」。[31] 又云：「余於宋南渡後詩，自陸放翁之外，最喜姜夔堯章。」[32] 今人黃繼立甚至認為，若以王士禛詩學作為後設考察基點，則姜夔、嚴羽與王士禛之間存在着「神韻」詩學的血緣。[33] 李景康謂王士禛絕句宗姜夔，亦有類似觀察。《七言律法舉隅》乃是為青年學子而撰，鼓勵學子無須在創作時有所諱言，固是好事，但也可能流於李氏批評之「粗獷」「淺薄」之失。而對治此失的方法，無疑仍在「避熟避俗」，故而妙悟神韻雖亦有其流弊，但對初學者而言卻能促發其涵泳深思，功不可廢。正因如此，李景康對於姜夔的詩論有所取用：

> 姜白石論詩，謂「作者求與古人合，不若求與古人異；求與古人異，不若不求與古人合而不能不合，不求與古人異不能不異」。此說最為了當。然學者必須先窺古人法度，始可求與古人合；能與古人合，始可求與古人異。能與古人異，始可不求與古人合而不能不合，不求與古人異而不能不異。此中消息，當細參之。[34]

30　繆鉞：《繆鉞說詞》（上海：上海古籍出版社，1999 年），頁 157。

31　【清】王士禛著、周夢蝶標點：《香祖筆記》（上海：大達圖書供應社，1935 年），頁 54。

32　同前註，頁 98。

33　黃繼立：《「神韻」詩學譜系研究 —— 以王漁洋為基點的後設考察》（成功大學中國文學系碩士論文，2002 年）。

34　李景康：《七言律法舉隅》，頁 102–103。

姜夔此說，出自其《白石道人詩集》序。[35] 今人鄭曉華指出：「『不求與古人合』就是沒有蹈襲模仿，『而不能不合』是結果都在藝術規律的軌道上，因此它們必然都在峯頂目光交匯。『不求與古人異而不能不異』，說的是並不是成心人為造作要和古人不一樣，但是服從內心的表現需要，按照一般的藝術規律去創造，結果自然就不一樣。」[36] 此固源自江西詩派「奪胎換骨」，乃至韓愈「師其意，不師其詞」之說，謂創作不可蹈襲，然又不得不合乎至道，一如《莊子・養生主》「以神遇而不以目視，官知止而神欲行，依乎天理」，乃至《易傳》「時止則止，時行則行，動靜不失其時，其道光明」之說。李景康進而把姜夔之說分為三個階段：首先是「求與古人合」，亦即窺探古人之法度。其次是「求與古人異」，亦即對古人法度爛熟於胸後別出機杼。最後是「不求合而合、不求異而異」，所合者人情道理，所不合者造境遣辭而已。三個階段，正呼應了〈用功先後〉的標題。如此一來，李氏真如庖丁解牛，把姜夔之說的內涵仔細而準確地展現出來，讓初學者有所依循。

(二) 構思創作

〈用功先後〉四節中，〈章法〉〈虛實遠近〉〈用典法〉三節皆與創作相關。〈章法〉〈虛實遠近〉涉及全篇之構思命意，〈用典法〉則以措辭為主。茲依次論之。

---

35 姜夔原文為：「作者求與古人合，不若求與古人異；求與古人異，不若求與古人合。不求與古人合，而不能不合。不求與古人異，而不能不異。彼惟有見乎詩也。故向也求與古人合，今也求與古人異，及其無見乎詩已，故不求與古人合，而不能不合。不求與古人異，而不能不異。其來如風，其止如雨。如印印泥，如水在器。其蘇子所謂不能不為者乎！」見氏著：《白石詩集》（台北：台灣商務印書館影印文淵閣四庫全書，1983 年）〈原序〉，頁 1。

36 鄭曉華：〈布衣詞人姜夔和他的《續書譜》〉，《光明日報》2021 年 11 月 26 日。

1. 論章法

早在劉勰《文心雕龍・章句》篇中，便有篇法、章法、句法、字法之說，但後世所謂「篇法」往往是由「章法」包含在內的。[37] 進而言之，章法多就一篇之內的脈絡而論，篇法則就一書之篇章或聯章詩詞中的邏輯體系而論。一般來說，篇法、章法兩種用語幾乎具有替換性。李景康論章法，亦着意於立意與脈絡，其〈章法〉一節云：

> 一首有一首章法，數首有數首章法。讀古人詩，宜細窺之。一首之章法，除起承轉闔外，或題前立意，或題外引申，或援古證今，或傷今追古，或正反互用，或賓主得宜，或旁襯，或烘托，或遠或近，或虛或實，或呼應，或轉折，或蘊藉寄託，或弦外餘音，此其大略也。至數首之章法，雖首首切題，而遣辭命意，不可雷同。或順序點題，或先後參錯，要皆不可重複。細讀名家一題數首或十數首者，尋其命意鑄詞之別，便得此中三昧矣。[38]

所謂「數首有數首章法」，如杜甫〈戲為六絕句〉〈秋興八首〉〈詠懷古跡五首〉等即是。對於「數首之章法」，李氏主要強調「切題」「遣辭命意，不可雷同」「不可重複」而已，至於諸篇是否依照一定順序與否，都可不論。究其原因，蓋以古來聯章之作畢竟數量有限（且許多一題多首之作甚或並非聯章之作），即使聯章，每篇之內自有其貫串之血脈精神，篇與篇之間只要題旨配合即可。

---

37 鄭頤壽：〈含篇法的「辭章章法學」的發展——評介陳滿銘《章法學論粹》及其相關論著〉〉，《國文天地》第 19 卷第 4 期（2003.09），頁 106－112。

38 李景康：《七言律法舉隅》，頁 104－105。

雖云前後諸篇或存草蛇灰線，但作者用力處仍在一篇之內。至若一首之章法，起承轉合主要是就脈絡而言，其架構仍須服從於立意。然觀李景康之言，無論主題之內外、時代之古今、立論之正反、內容之賓主、描寫之遠近等等，都是「或虛或實」，相輔相成。若全首縱有「羚羊掛角」之虛，仍須留下可考之實跡，否則就犯了他所說的「膚泛之嫌」「堆疊之病」。他在〈虛實遠近〉一條中闡發道：

> 大抵一首之內，命意宜虛實並用。全虛則有膚泛之嫌，全實則有堆疊之病。寫景宜遠近兼賅，遠多則膚廓而虛有其表，近多則局隘而氣象不宏。宋詩不如唐詩，大抵皆細緻有餘，氣象不足。至於神而明之，隨機參錯，則存乎其人，本無定體也。[39]

一首詩歌之命意的呈現，既不可全虛，亦不可全實。至於寫景，也可扣合虛實而論，遠則虛、近則實，且兼具時間與空間之角度。景之遠近，乃在於時代、視野之遠近；因距離遠而產生模糊感，卻便於作者營造意境，增添作品之深度；因距離近而能細緻描繪，能令讀者產生切身感，引發共鳴。李氏認為宋詩「細緻有餘，氣象不足」，在他看來正是因為內容質實，偏離了唐詩「羚羊掛角」的美學特質。近人錢鍾書（1910－1998）為詩宗宋，而其《談藝錄》即指出「唐詩多以丰神情韻擅長，宋詩多以筋骨思理見勝」，[40] 雖屬褒義，但也與李景康的認知略同。有趣的是，對於作品之脈絡，李氏仍以「隨機參錯」為說，並不在章法一節仔細分析。且其言「本無定體」，對前文所論「起承轉闔」有進一步的補

39 同前註，頁 105。

40 錢鍾書：《談藝錄》（北京：中華書局，1999 年），頁 2。

充，可見他認為只要立意高明，脈絡方面也就如有神助，水到渠成，根本無須機械性遵守起承轉合的單一範式。值得注意的是，〈起法〉〈結法〉兩章中，逐聯分析詩例的情況也時而可見，其方法與此條大抵相同。

2. 論用典

李書對於用典的討論，既有末章〈詩學雜説〉中的〈用典法〉一則，還有首章〈句法〉中的用典對仗法、暗用句法、借典句法、反典句法乃至翻案法諸條。為方便論述，皆在本部分一併考察。〈用典法〉一則之小引云：「大抵用典有下列各法：曰正用、曰反用、曰虛用、曰實用、曰借用、曰暗用、曰一句一典、曰兩句一典、曰以前人名句作典。」題下自註則云：「參閱摘句各條。」可見其主要涉及造句。[41] 實用包括正用、反用、借用三種，正用即「照本典原意造句」，反用則「造句與原典之意相反」。借用則是典在此而意在彼。李氏云：「此法妙能以典就題，有信手拈來皆成妙諦之樂。倘遇無典題目，尤非此法不辦。」[42] 如其引袁枚(1716–1797)〈答程魚門覆舟見寄〉「文章偶有清流禍，神劍終無化去心」一聯，夾註云：「唐昭宗盡投名士於黃河，曰此輩清流，可投諸濁流。」[43] 又云：「雷煥之子佩古劍，經延平津，劍化為龍。魚門溺水不死，故曰『終無化去心』，是借用而兼反用，最為神

41 李景康：《七言律法舉隅》，頁 107。

42 同前註，頁 29。

43 同前註，頁 110。按：《新唐書・裴樞傳》記載天祐二年(905)，權臣朱溫在親信李振鼓動下，於滑州白馬驛一夕將左僕射裴樞等「衣冠清流」三十餘人，投之於河，史稱「白馬驛之禍」。咸通、乾符年間，李振屢次不第，痛恨門閥，故在禍中謂朱溫云：「此輩自謂清流，宜投於黃河，永為濁流。」(見【宋】歐陽修：《新唐書》〔北京：中華書局，1997 年〕，頁 4648。)此時唐昭宗已死，其子李柷由朱溫立為傀儡，是為哀帝。李景康一時誤記。

妙。」[44] 唐末諸臣遭朱溫（852–912）投入水，雷煥之寶劍則自躍入水，故袁枚借指其友人程晉芳（字魚門，1718–1784）遇溺。儘管程晉芳之遭遇與二典大不相同，但袁枚因其入水之近似，進而稱譽程氏為清流、神劍。再者，此聯亦為「一句一典」，因對句「終於化去心」之語，連帶使讀者在閱讀出句「清流禍」時能領悟程晉芳禍不至死，此正是借用之妙處。

再觀〈反用〉一條，李景康又舉例云：「如須賈憐范雎之寒，贈以綈袍。而查初白〈敝裘〉云：『布褐不妨為替代，綈袍何取受哀憐？』是反用法。」[45] 首章除了反典句法一則外，尚有翻案法一則，也與反用有關。所謂翻案，一般都有前人作品為參照，然後別出機杼。李景康所舉，特意拈出杜甫〈明妃村〉頸聯「畫圖省識春風面，環珮空歸月夜魂」及吳雯（1644–1704）〈明妃〉頸聯「環佩幾曾歸夜月，琵琶惟許託賓鴻」，加以比照。[46] 吳氏出句固然與老杜對句相應，而吳氏對句其實對應的是老杜尾聯：「千載琵琶作胡語，分明怨恨曲中論。」如果說老杜之詩以怨恨為眼目，吳氏詩以國士許昭君，其全詩云：「不把黃金買畫工，進身羞與自媒同。 始知絕代佳人意，即有千秋國士風。環佩幾曾歸夜月，琵琶唯許託賓鴻。天心特為留青冢，春草年年似漢宮。」末四句謂青冢之春草如漢宮相似，足可慰藉昭君之鄉愁，故其魂魄也無須念念不忘歸於故里。其造意與杜甫大為不同，但讀者唯有熟讀老杜原詩，方可玩味吳詩之妙處。相對吳詩而言，杜甫詩也可謂舊典而可反用者矣。

44 李景康：《七言律法舉隅》，頁 110。

45 同前註，頁 108–109。

46 同前註，頁 47。

〈虛用〉一條，李景康云：

> 虛用與暗用大同小異，有實典而蹈虛，造句者謂之虛用。[47]

而〈暗用〉方面則云：「字句間不覺有典，而細看卻藏典故者，謂之暗用。大抵此法由於妙手偶得，非數數遘也。」[48] 由此可見，「虛用」或「暗用」也是一種正用，只因以語典為主，少及本事。茲不贅。

再者，李氏在首章之暗典句法一條引詩數聯，可資參考。如清初王丹林〈白桃花〉：「流水有情空蘸影，春風無色最消魂。」李氏按云：「上句暗用『桃花流水鱖魚肥』句。」[49] 唐人張志和(732–774)〈漁歌子〉此一名句將「桃花」與「流水」並置，故王丹林詩上句謂流水所蘸乃桃花之影，以流水暗射桃花，頗為精巧。值得補充的是，王氏下句當暗用崔護(772–846)〈題都城南莊〉「桃花依舊笑春風」句，採取同樣方法，以春風暗射桃花。再者，春風固然無色，但此處卻連帶指涉其吹拂過的桃花：因為這種桃花色白，因此春風之無色，彷彿是桃花染白的。足見王丹林在暗用前人典故時，且能翻出新意。

此外，李景康將用典對仗法分為十五種，包括姓名對仗、用姓對仗、姓名分對、姓名對姓、姓名官爵分對、人名對地名、截字對仗、姓對官階、仙名對物名、官階對仗、實典虛對、地名對仗、國名對仗、古典對地名、物名對古典等。[50] 內容較為瑣細，茲不贅。

---

47 同前註，頁 109。

48 同前註，頁 111。

49 同前註，頁 28。

50 同前註，頁 22–27。

三、句法淺論

如第二節所論，李書首章〈句法〉專論單句或一聯之句法，次章〈起法〉專論首聯，三章〈結法〉專論尾聯，整體而言都可歸入句法之內。因此，本節探論此三章之內容，而仍以「句法淺論」為標題。李書首章所舉多為頷頸聯，一共開列了三十六種。這些種類仍可進一步細分，茲表列於下：

表一　句法分類

典故運用	用典對仗法、暗典句法、借典句法、反典句法
節奏韻律	上一下六句法、上二下五句法、上三下四句法、上四下三句法、 上五下二句法、上六下一句法、二二三句法、七字不斷句法
虛字運用	虛字句法、開闔呼應句法、轉折句法、推深一層句法、烘托法、反襯法
文法措辭	積意句法、引帶句法、以問語避率法、錯綜句法、疊字句法、重字句法
格律變化	偷春格、拗句法
對偶對仗	連珠句法、合璧句法、對仗奇妙
描摹情景	景中有意句法、意中有景句法、景中有情句法、情中有景句法、空靈句法、平淡意遠

由表一可見，首章對句法的討論，關涉了近體詩的格律、節奏、對仗、字法、文法、描摹、用典諸方面。用典已於前節討論，描摹情景諸項雖然涉及創作，然與句法關係較遠，故皆從略。茲就其餘各項在於本節前三目中加以考察。

〈句法〉一章所舉皆為頷頸聯的例子，分類固然較為細緻，但李氏基於頷頸聯對仗的特性，所論絕大多數皆為聯中兩句共有的句法，卻罕有談及上下句如何分工。有的聯句雖須對仗，但局部的詞性並不能全對（如借對，以及下文第一目所論上五下二句法中「永夜角聲悲自語，中天月色好誰看」一聯），這正是作者的巧思，也是論者可發揮之處，但李氏於〈句法〉章卻並無相關探討。再如流水對等對仗方式，上下句的功能必有不同，但〈句法〉一章內並無相關論述，而是分散在〈起法〉與〈結法〉兩章點出。大抵李氏在設計上，首章與二三章有分工之處耳。關於起結法，將主要於本節第四目討論之。

（一）論節奏韻律

今人蔡宗齊指出：「古今批評家對七言律詩的節奏劃分有明顯的不同。古人經常以『上四下三』來概括七言的節奏，極少見『上二中二下三』的標籤。然而，不少現代批評家喜用 2+2+3 來描述七言的節奏，以求更好地揭示七言詩與五言詩節奏的內在聯繫。」[51] 實際上，七言句的前四字未必僅為二二，也可能是一三、一二一、一一二、二一一等組合。如此一來，「上四下三」反而更有一種模糊的精準。李景康將七言句式分為上一下六句法、上二下五句法、上三下四句法、上四下三句法、上五下二句法、上六下一句法、二二三句法、七字不斷句法，可謂對既有現象作出了較為仔細的歸納。這些句法乍看起來五花八門，甚如

51　蔡宗齊：〈七言律詩節奏、句法、結構新論〉，《學術月刊》49 卷 2 期（2017.02），頁 137。

上一下六、上六下一、上三下四等似乎並不太合乎詩的節奏，但實際上根據李氏所舉的詩例，卻可知萬變不離其宗，依然接近上四下三。

先看李氏所舉上四下三之例，如「武帝祠前雲欲散」的前四字為一個狀語，的確難以分割。「山重水複疑無路，柳暗花明又一村」一聯，「山重水複」「柳暗花明」雖看似當句對，卻又無法兩兩分割成「山重」「水複」「柳暗」「花明」而獨立使用，仍將上四視作一體為佳。至於「江上小堂巢翡翠」的「江上小堂」則可細分為二二，但「江上」又是「小堂」的定語，將之整體視為「四」也無妨。「林花着雨燕支濕」，「林花着雨」之「四」也可細分為主（林花）、謂（着）、賓（雨）三個組件。「珠簾繡柱圍黃鵠」「珠簾繡柱」為當句對，亦即李氏所謂「連珠法」。「絕壁過雲開錦繡」，前四字為倒裝的主（雲）、謂（過）、賓（絕壁）結構。[52] 至於李書中的二二三句法，遠少於上四下三句法：「隱几忘言終不近」「槌腰摩腹非春事」「殘笛遠砧聞野墅」，[53] 舉例僅三條而已。仔細比較，不難發現李氏所謂二二三句法的二二部分皆為當句對，或為動賓短語、或為偏正詞組；也就是說一二字與三四字具有旗鼓相當的地位，兩相對壘，方可歸入二二三句法。但如是觀之，李氏前舉上四下三之「珠簾繡柱」，在句法上與「殘笛遠砧」似乎並無不同之處。再如「隱几忘言」的前後兩半看似「旗鼓相當」，但「隱几」未嘗不可當作「忘言」的狀語，亦即「在隱几之際忘言」，如此一來，兩半就有主次之分，與「珠簾繡柱」「殘笛遠砧」並不完全相同。當然，對於初學者來說，儘快上手至為重要，如此剖

52　以上舉例見李景康：《七言律法舉隅》，頁 17–19。

53　同前註，頁 21。

析毫釐似可不必。但筆者以為，從上四下三句法中析出二二三句法仍為必要，而後者無須僅着眼於當句對，只要一二字與三四字兩部分具備相對完足的語意，便可視為二二。如「錦江春色來天地」「敵國軍營漂木柹」「萬里寒光生積雪」等，上四部分皆為前二字修飾後二字，但前二字、後二字的語意都相對完足，因此縱非當句對，視為二二結構也可接受。

準此而言，李氏所論上一下六句法，也可為說。其舉之詩例，如「晨搖玉珮趨金殿」之「晨」為狀語，「雲隨夏后雙龍尾」之「雲」為主語，「琴因調古須防怨」之「琴」為倒裝之賓語，[54] 不一而足。換言之，一句但凡以單字詞開頭，便可視為上一。不過，「晨搖玉珮」「琴因調古」皆可形成語意相對完足的上四結構。而「夏后」乃「雙龍尾」之定語，故而此句也可視為二二三結構。同理，上六下一句法的下一也為單字詞。李景康所舉有三例：「涼月照窗欹枕倦，澄泉遶石泛觴遲」、「敢言日與長安近，惟恨天如蜀道難」（「近」一作「遠」）、「廢苑煙蕪迎馬動，清江春漲拍堤平」。[55] 實際上，「欹枕倦」「泛觴遲」皆係獨立短語，未必可歸入上六下一法。而「日與長安近」出自《世說新語》，[56] 則此句未嘗不可視為上二下五法。進一步分析，「長安近」三字就整句的語意來看固非完足，但單看此三字卻並無割裂或不詞之感。因此，將此句讀成二二三節奏，也無不可。再看此聯對句，「天

54　以上舉例見李景康：《七言律法舉隅》，頁 13–14。

55　同前註，頁 20。

56　見《世說新語・夙惠》：有人從長安來，元帝問洛下消息，潸然流涕。明帝問何以致泣？具以東渡意告之。因問明帝：「汝意謂長安何如日遠？」答曰：「日遠。不聞人從日邊來，居然可知。」元帝異之。明日集羣臣宴會，告以此意，更重問之。乃答曰：「日近。」元帝失色，曰：「爾何故異昨日之言邪？」答曰：「舉目見日，不見長安。」見【南朝宋】劉義慶著，劉慶華譯：《世說新語》（廣州：廣州出版社，2001 年），頁 182。

如蜀道難」，顯然「蜀道難」的語意十分完足，因此也暗示讀者也以同樣方式看待「長安近」。此聯為陸游（1125–1210）〈書懷〉頷聯，吾人當可窺見對仗聯中二句相互影響的妙用。至於最後一例，則較符合上六下一法。以對句觀之，定語為「清江」，主語為「春」（意即春潮），謂語則有兩個：「漲」為不及物動詞，「拍」為及物動詞，其賓語為「堤」。至於「平」字有兩解：若謂清江之春潮拍上堤岸而平伏，則「平」乃動詞「拍」之補足語，句中上六字的關係誠然緊密，此句可是為上六下一法。另一方面，「平」字若用以修飾「堤」則為定語，「拍堤平」三字的語意相對完足，卻是二二三節奏。不過，即使是上六下一法，仔細剖析，仍可分為「清江」「春漲」「拍堤」「平」四個組件，與上四下三乃至二二三節奏也相去不遠矣。

至於其他各種句法，也大率不離上四下三的範圍。如上二下五，李氏所舉「聽猿實下三聲淚」，「實下三聲淚」固然語意完足，五字可視為一體，但仍可細分為「實下」（謂語）與「三聲淚」（賓語）兩部分。「實下」又是一個偏正短語，「實」為副詞作狀語，修飾動詞「下」。如此看來，「實下」縱然不宜與上文連成「聽猿實下」的上四結構，但視為二二結構還是可行的。再如「雪嶺未歸天外使」，「未歸天外使」為主謂倒裝；但單看「未歸」，性質則與「實下」一樣。復如「鴻雁不堪愁裏聽」「低昂未免聞雞舞」，「不堪」「未免」都是狀語，修飾下文的動詞「聽」「舞」，就語意而言自然屬於下五部分，但因這兩個狀語都是兩字詞，節奏穩定，因而具有獨立性，故此兩句也未嘗不可看作是二二三結構。[57] 劉若愚（1926–1986）指出："Within the framework of

57 以上舉例見李景康：《七言律法舉隅》，頁 15。

orthodox versification, a poet can achieve subtle variations of rhythm by modifying the mechanical rhythm of the meter with syntactical changes." [58]（在正統韻律框架內，詩人可以通過句法變化來修改韻律的機械節奏，從而實現節奏的微妙變化。）正可參照。

（二）論虛字與措辭

文言文中，虛字佔有重要地位，但由於近體詩篇幅有限，虛字的空間受到擠壓，因此其使用的頻率遠遠低於散文。然而，這不代表近體詩中完全不能使用虛字。如近人瞿蛻園（1894–1973）指出：「作文靠語助字來達意，已經不是好辦法，作詩更不相宜。不但語助字像之乎者也等類不宜用，即虛字也以少用為是。可是在全句都用實字之中，插入一個虛字作為斡旋的樞紐，又不但不妨礙氣勢，而且增加氣勢。」[59] 李景康也同樣體會到虛字的重要功用，故在〈虛字句法〉一條中列出了第一字虛字、第一二字虛字、第三字虛字、第三四字虛字、第四字虛字、第五字虛字、第六字虛字、第五六七字虛字、第二五六字虛字、第二五六七字虛字等十種句法。這些句法當然是後設的歸納，學者不必亦步亦趨，但對於熟參妙悟卻頗有效果。如第六字虛字法引清代趙翼（1727–1814）〈題明太祖陵〉頸聯：「燕啄皇孫傳豈誤，狗烹諸將亂終消。」[60] 出句本指西漢趙飛燕啄害劉姓子孫，此處轉指燕王朱棣靖難之役取代皇孫朱允炆，用一「豈」字，表示「燕啄皇孫」竟有另一層預言意味。對句謂明太祖殺功臣，畢竟防止

58　Liu, James J. Y., *The art of Chinese poetry*, (Chicago : University of Chicago Press, 1966), p.43.

59　瞿蛻園、周紫宜：《學詩淺說》（北京：當代中國出版社，2014 年），頁 212。

60　李景康：《七言律法舉隅》，頁 35。

了尾大不掉的政局，用一「終」字，有如太祖所願之意。但是合看出句，正因為沒有良臣屏護，朱棣篡位方才易如反掌。故此這一「終」字尚有弦外之音。

李景康在虛字句法之後按云：「善用虛字者，有開闔、呼應、轉折之妙，次則或推深一層，或微寓褒貶，或造意微妙，均以運用一二虛字出之。」[61] 因此，他又在後文列出開闔呼應句法、轉折句法、推深一層句法、烘托法、反襯法等，進一步討論虛字的用法。開闔呼應法舉了四例，如李商隱〈籌筆驛〉頷聯「徒令上將揮神筆，終見降王走傳車」，[62] 出句謂諸葛亮當年之揮筆運籌，一「徒」字道出其兢兢業業而枉費工夫；對句謂後主劉禪乘坐郵車投降，一「終」字對蜀漢的命運、諸葛亮的苦心表達了深沉的歎息。此聯兩句皆詠蜀漢歷史，上聯雄健而下聯衰颯，便是一開一闔，而「徒」「終」兩個虛字，正好完成了兩句呼應之功。轉折法下，如李氏舉出清人吳雯〈明妃〉頷聯：「始知絕代佳人意，即有千秋國士風。」[63] 謂王昭君雖然永別漢地、和親番邦，心中無比悲痛，但她願意犧牲自己來謀求和平，這真是國士之風，身為巾幗而不讓鬚眉。結合首聯「不把黃金買畫工，進身羞與自媒同」，更見「始知」「即有」二語的妙用：王昭君之清高不但在於不賄賂畫工，更在於關心國計。推深一層法，李景康先舉薛逢〈宮詞〉頸聯：「雲髻罷梳還對鏡，羅衣欲換更添香。」又按云：「此聯每句推深一層。」[64] 由「還」「更」二字便見推深之語意。復舉袁枚〈詠雪〉其五頸聯：「已畫芭蕉招隱士，更歌黃竹賦從軍。」

61 同前註，頁 36。

62 同前註，頁 37。

63 同前註。

64 同前註，頁 40。

按云:「合兩句推深一層。」[65] 北宋沈括(1032–1096)《夢溪筆談》云:「余家所藏摩詰《袁安臥雪圖》,有雪中芭蕉,此乃得心應手,意到便成,故造理入神,迥得天意。」[66]《穆天子傳》卷五:「日中大寒,北風雨雪,有凍人。天子作詩三章以哀民。詞曰『我祖黃竹,口員閟寒』云云。」[67] 可見芭蕉、黃竹之典皆與大雪有關。王維之畫有招隱之意,穆王之歌有哀矜百姓之想,因此袁枚此聯詩中之雪不僅流於單純描摹,且富於弦外之音,而使用「已」「更」二虛字表達此意。再如烘托句法,李氏舉趙執信〈秋暮吟望〉頷聯「寒山常帶斜陽色,新月偏明落葉時」,而按云:「以寒山落葉,烘托秋字,斜陽新月,烘托暮字。」[68] 其意甚明。而反襯法舉張問陶(1764–1814)二詩,〈黃葉〉其一頷聯「滿地綠雲如昨夢,三春紅雨太多情」,〈梅花〉頷聯「轉憐桃李無顏色,獨抱冰霜有性情」,按云:「以綠雲(本夏景)紅雨(本春景)反襯黃葉(秋景),妙在以昨字太字點醒。以桃李反襯梅花,妙在以無字點醒。」[69] 所論甚是,茲不贅言。

文法措辭方面,李景康列舉了積意句法、引帶句法、以問語避率法、疊字句法、重字句法等等。積意法略似後世對聯之捲簾格,隨着文句增長,內涵也更為深廣。李氏論此法云:「有以一二意成句而酷見風神者,亦有以數意鍛煉成句而見深厚者。然此法非可一蹴而幾耳。」其舉崔顥(704?—754)〈行經華陰〉

65 同前註,頁 41。

66 【宋】沈括著,胡道靜、金良年導讀:《夢溪筆談導讀》(北京:中國國際廣播出版社,2009 年),頁 178。

67 【晉】郭璞註,王貽樑、陳建敏校釋:《穆天子傳匯校集釋》(北京:中華書局,2019 年),頁 256。

68 李景康:《七言律法舉隅》,頁 41。

69 同前註,頁 42。

頸聯：「河山北枕秦關險，驛路西連漢畤平。」按云：「河一也，山二也，枕三也，枕向北方四也，關五也，關為秦關六也，勢險七也。路一也，路為驛路二也，相連三也，與西相連而非別方四也，畤五也，畤為漢畤六也，路勢平坦七也。此為堂皇壯闊之句，而積意深厚者。」[70] 其分析非常清楚。李氏又論引帶法云：「謂句內之意自相引帶而來也。」復舉許渾（788–860?）詩頸聯云：「月轉碧梧移鵲影，露低紅葉濕螢光。」[71] 以出句為例，「月」為主語，「轉」「移」皆為其謂語，故而「碧梧」「鵲影」都因為「月」而發生了關聯。李氏又舉韓翃（729?—788）詩云：「橋通小市家林近，山帶平湖野寺連。」道理相同。出句「近」既可視為「橋」的謂語，也可視為「家林」的謂語，但「小市」與「家林」同樣因為「橋」而發生了關聯。此即引帶之法。

以問語避率法，乃是將陳述句改為問句，以增加詩句的波瀾。李景康舉了三例，其一為張問陶〈梅花〉頸聯：「看來風雪無多日，香到園林第幾枝？」按云：「若云『香到園林第一枝』便率。」其二為舒位（1765–1816）〈曹孟德〉頷聯：「亂世奸雄誰月旦，建安人物自風流。」按云：「孟德為亂世奸雄、治世能臣，分明是許劭月旦句，乃云『誰月旦』，則較覺蘊藉。若云『眞月旦』，便覺無味矣。」其三為查慎行（1650–1727）〈送魏環極先生予告還蔚州〉其二頷聯：「身名似此眞無愧，進退何人綽有餘？」按云：「身名無愧，進退有餘。分明是推許魏司寇語。然既曰『身名似此眞無愧』，倘再曰『進退斯人綽有餘』，則句露，絕無蘊藉

---

70 同前註，頁 42–43。

71 同前註，頁 44。

矣。此法古人恒有，但未經前人道破，故表而出之。」[72] 近體詩中的問句多為明知故問的反問句，因此作者也很容易將陳述語氣改為反問語氣，在並未遺失任何資訊的同時，還可增加波瀾，避免過於率直淺露。如唐代白居易〈花非花〉之異文，便有「來如春夢不多時」與「來如春夢幾多時」兩種，正是陳述的否定語氣與反問語氣的差別。不過在一首近體詩中，如果出現兩次問句，一般都會將之隔開，未必出現在相鄰的詩句中。正因如此，李景康所舉三聯，都是一句陳述、一句反問，令上下句產生對比，不致重複可厭。此外，李氏指出錯綜也是一種「避率」的句法。他舉杜甫〈秋興〉其八頷聯云：「紅豆〔香稻〕啄殘鸚鵡粒，碧梧棲老鳳凰枝。」按云：「若改為『鸚鵡啄殘紅豆〔香稻〕粒，鳳凰棲老碧梧枝』，則雖詞句豔麗，亦嫌率直矣。」[73] 的確，鸚鵡、鳳凰典故極為常見，若使用普通陳述句，無乃過於平淡。一旦倒裝，使文字陌生化，就產生了波磔。更何況倒裝後，鸚鵡、鳳凰則未必再是主語，而分別成為「粒」「枝」的定語。如是一來，兩句的主語何在，更是耐人尋味，卻令人聯想到同詩其四的「王侯第宅皆新主，文武衣冠異昔時」一聯了。

疊字句法最為簡單。所謂疊字，即兩字相疊。李氏所舉數例，或在一二字，或在五六字，或在六七字。[74] 此外如「晴川歷歷漢陽樹，芳草萋萋鸚鵡洲」則在三四字。所謂疊字一般皆為成詞，安置於七言句中這幾處，自然是為了配合節奏。由於疊字及雙聲疊韻的連綿詞具有聲韻上的美感，因此古體詩中經常使用。

---

72 同前註，頁 46–47。

73 同前註，頁 45。

74 同前註，頁 39。

但近體詩有嚴格的格律限制、字數規定，遣詞造句講求精煉，如果一味濫用疊字，可能造成詩意繁複、音節板滯，而且佔用了篇幅。因此近體詩中，疊字之使用不如古體頻繁。正因如此，李景康在書中也只是聊備一格。至於重字，乃是指一首詩中的不同位置出現相同用字，這些字的重複往往是無意中造成的。如杜甫〈曲江〉:「朝回日日典春衣，每日江頭盡醉歸。」「日」字重出了兩次。乾隆二十二年 (1757) 起，鄉試、會試增考五言八韻詩一首，詩內不許出現重字，成為嚴例。但是，李景康所言重字法，乃是有意使用重字，增添詩句的效果。但他指出:「重字對仗甚易落小家氣象，古人亦偶一為之耳。」又舉二例，其一為杜甫〈曲江對酒〉頷聯:「桃花細逐梨花落，黃鳥時兼白鳥飛。」其二為李商隱〈杜工部蜀中離席〉頸聯:「座中醉客延醒客，江上晴雲雜雨雲。」李氏批評杜詩云:「此聯已落晚唐小家氣象，雖出自老杜，不能為諱也。」[75] 誠然，如果「桃花細逐梨花落」「座中醉客延醒客」二句若為單句，尚見巧思，但處於對仗聯中，下句不得不對，上下句同一位置出現相同字面，雖然工整，卻也有失油滑。故「黃鳥時兼白鳥飛」「江上晴雲雜雨雲」就有些為對而對、重複可厭之感。李氏謂其為小家氣象，良有以也。不過，如果所重之字為動詞，恐另當別論，如合璧句法之類即是。

(三) 論格律對偶

李書首章還有部分條目論及格律之變化，與對偶對仗之技法，因後者也關涉格律，故於此目一併討論之。先觀格律。李景

75 同前註，頁 40。

康論偷春格云：「律詩起處對仗而頷聯不對者，謂之偷春格，蓋喻梅花偷春色而先開也。然非極渾成不可，不能輕於嘗試耳。」[76] 而其所舉，則為崔顥〈黃鶴樓〉「黃鶴一去不復返，白雲千載空悠悠」一聯，又按云：「老杜五律亦有此體，〔……〕唐宋以還，恆有此格。」[77] 實際上，五律成熟於齊梁間，永明體中便有不少偷春格，如謝朓（464–499）〈晚登三山還望京邑〉為七聯之排律，前三聯云：「灞涘望長安，河陽視京縣。白日麗飛甍，參差皆可見。餘霞散成綺，澄江靜如練。」一、三聯對仗而第二聯否，即為偷春格。影響所及，唐人五律中偷春格並不罕見（如王勃〔649–678〕〈送杜少府之任蜀州〉等）。但七律至初唐方才成熟，對偷春格的使用就罕見許多。李氏此處所舉〈黃鶴樓〉頷聯固然不可謂對仗，然首聯「昔人已乘黃鶴去，此地空餘黃鶴樓」同樣並非對仗。謂此詩為偷春格，並不正確。反倒是宋元以降，詩家創作七律時受五律影響而使用偷春格，倒是偶有見之。如元代高僧楚石梵琦（1296–1370）〈西齋淨土詩〉其五十七云：「即心即佛斷千差。名教名禪共一家。果證無邊身相好，光流不可說河沙。餘方妙麗終難並，本願精深豈易誇。大抵熏修須及早，臨終免被業緣遮。」[78] 將「偷春格」用於七律，能為這組詩歌千篇一律的章法引入一些變化。然一如李氏所云，「偷春格」不宜輕於嘗試，蓋非極渾成而不可，所言甚是。

---

76 同前註，頁 49。

77 同前註，頁 50。

78 Master Chushi (author), Mary M. Y. Fung (Trans), *Pure Land Poems of the West Studio: Contemplating the Pure Land*, (Hong Kong: the Centre for the Study of Humanistic Buddhism, CUHK, 2021), p.82.

李氏論拗句法云：「律詩有全首拗者，有一兩句拗者，然以造句自然為度，否則撞聲而非拗矣。」[79] 所謂「全首拗者」，蓋如元代方回（1227–1305）所言：「拗字詩在老杜集七言律詩中謂之吳體，老杜七言律一百五十九首，而此體凡十九出。不止句中拗一字，往往神出鬼沒，雖拗字甚多，而骨骼愈峻峭。」[80] 連方回都謂杜甫拗體詩的拗字「神出鬼沒」，初學者就更不宜學。故李景康此處所舉之例，多為所謂「換詩眼」之格律安排。如其所舉姜夔〈陳君玉以小集見歸〉：「水邊白鳥閒於我，窗外梅花疑是君。」「疑」字側標三角號，謂其以平字居仄位。又如舒位〈臥龍崗作〉：「其間王者有名世，天下英雄惟使君。」「有」字側標三角號，謂其以仄字居平位；「惟」字側標三角號，謂其以平字居仄位。以此類句法為拗，早在宋代已有其說。[81] 然觀姜夔詩次句基本句式為「仄仄平平仄仄平」，倒數第三字本就可平可仄，「疑」以平字居仄位乃是理所當然，若謂其為拗，恐怕未必。再看舒位詩，似乎「有」以仄字居平位，為拗，對句則用一平字「惟」為救。實亦不然。如李白〈送友人〉：「此地一為別，孤蓬萬里征。」對句不用平聲之「千」而用仄聲之「萬」，可見出句「一」字無須救也並非拗也。實際上，常見之下三仄、單拗、雙拗，李氏倒可在此處增入。下三仄如沈佺期（656?—715?）〈古意贈補闕喬知之〉尾聯出句「誰為含愁獨不見」，「獨」以仄字居平位，形成三仄尾。至於單雙拗，李景康在〈起法〉章皆有點及。單拗如蘇軾（1037–

79 李景康：《七言律法舉隅》，頁 49。

80 【元】方回編著、李慶甲彙評：《瀛奎律髓彙評》（上海：上海古籍出版社，2005 年），頁 1107。

81 見【宋】魏慶之：《詩人玉屑》（上海：上海古籍出版社，1978 年）上冊，頁 37。

1101）〈和王斿〉第五句：「未厭冰灘吼新洛」，李氏亦註云「吼、新二字拗。」[82] 而〈結法〉章的〈以拗句作結〉一條中，李景康又舉了杜牧（803–852）「古往今來只如此」、許渾「不待秋風便歸去」、黃庭堅（1045–1105）「萬里歸船弄長笛」三個單拗之例。[83] 雙拗如梅堯臣（1002–1060）〈東溪〉，夾註謂七八句拗。[84] 此二句云：「情雖不厭住不得，薄暮歸來車馬疲。」出句「住不」以仄字居平位為拗，對句「車」以平字居仄位為救。此等拗句對於初學者而言皆易於掌握者，然李氏未能在〈句法〉章之拗句法中進一步解說，雖可能是各章互有分工，但前後照應不足，畢竟不可不謂疏漏。

對偶、對仗方面，如前所言，李景康將用典對仗法分為十五種，[85] 唯內容過於瑣細。

對於一句之內的對偶，李景康也有措意，如其論連珠句法：「謂句中數層皆屬對自然，如串珠也。」又舉兩例，其一為唐人劉憲（655–711）〈山莊應制〉頷聯：「疊障懸流平地起，危樓曲閣半天開。」[86]「疊障」與「懸流」、「危樓」與「曲閣」各自為當句對，故云連珠，前目已有論及。李氏又舉王維〈和賈至舍人早朝大明宮〉頷聯：「九天閶闔開宮殿，萬國衣冠拜冕旒。」[87]「宮殿」「冕旒」雖非同類，但各自為並列結構，亦即俗稱之「蜆殼詞」，故亦

82 李景康：《七言律法舉隅》，頁 62。

83 同前註，頁 98–99。

84 同前註，頁 58。

85 同前註，頁 22–27。

86 同前註，頁 44。按：「疊嶂」一作「沓石」。

87 同前註。

為連珠法或當句對。有趣的是「闠闤」對「衣冠」，「衣冠」同為並列結構，但「闠闤」二字卻必須連用，不能分割，可視為連綿詞。這顯示李景康認識到一種對偶情況：那就是與連綿詞對偶者不一定非連綿詞不可，也可以是並列結構的詞語。類似例子不勝枚舉，如杜甫〈至日遣興奉寄北省舊閣老兩院故人〉其一頷聯：「欲知趨走傷心地，正想氛氳滿眼香。」「趨走」為並列結構詞語，能與連綿詞「氛氳」相對。李商隱〈荊門西下〉頷聯：「人生豈得輕離別，天意何曾忌嶮巇。」「離別」即並列結構詞語，能與連綿詞「嶮巇」相對。不一而足。

(四) 論起結之法

李景康總結了起法 23 種，結法 18 種。首章〈句法〉所舉之例多為對仗句之頷頸二聯，而〈起法〉〈結法〉兩章則分別聚焦於首聯與尾聯，雖也有對仗句，但以散句為主。無論駢散，由於起結處多須單行之意以營造文氣，故一聯中兩句之功能往往不同，文法語氣或遞進，或轉折，往往分有主次。這是與頷頸聯頗為不同之處。再者，儘管起法、結法的作用不同，但使用的方法卻每有接近甚或相同之處。唯李氏成書倉促，條目之排列有嫌凌亂，[88] 為便討論，茲將二三章的條目粗作分類，並表列於下：

88 如以起法為例，疊字、複字、重字的用法有類近處，卻分散各處。結法方面，如以託意作結、以風景作結，性質亦相近，中間卻相隔近十條。

表二　起結法分類

	起法	結法
語氣	陡然而起、以發問句法起	以發問句作結
文義	以一句作綱領起、以兩句作綱領起、以點題直起、用題目冠首句起、首句即景次句點題起、兩句即景起、以議論起、首句敘事次句點題起一首	以議論作結、以託意作結、以翻案作結、以有餘不盡之意作結、以風景作結
句法	以呼應句法起、以推深一層起、以對句起、以對句虛起、以四句連綴起	以總束全首作結、以未盡之章作結、回應起處作結、承腰聯作結、以對句作結、以陪襯作結、以推深一層作結、以呼應句作結
字法	首句重字起、次句重字起、首句用疊字起、次句用疊字起、以疊字句對起、用複字句起	以重字句作結、以複字句作結
聲律	首句仄韻起、兩句仄仄起	以拗句作結（附錄全首拗句三首）

從表二可見，李景康論起結之法可分為語氣、文義、句法、字法、平仄五大類。當然，句法、字法同樣也涉及語氣與文義，但各有側重，故筆者如此分類，以利論述。

以語氣為例，陡然而起之法所舉為李商隱〈籌筆驛〉首句「猿鳥猶疑畏簡書」，註云：「陡然而起，如高峯插天，渴虹垂地，非胸次盤薄有神者，筆下無此句法。」[89] 此詩主旨為緬懷諸葛亮，而首句以猿（一作魚）鳥開篇，謂諸葛亮治軍嚴明，時至今日，

89　李景康：《七言律法舉隅》，頁53。

猿鳥仍在驚畏他的軍令（簡書）。以景入事、以事入情，憑空翻出，令讀者在毫無準備之下驚詫不已，可謂先聲奪人。次句「風雲長為護儲胥」，意謂眼前的風與雲彷彿也依舊看護着他軍壘的藩籬與欄柵。一如李氏所言，「亦是對仗起法」。[90] 律詩首句可韻可否，但一旦用韻，在對仗時雖仍可在語法與詞性上追求工整，但末字平聲，必然與次句失對（王勃「城闕輔三秦，風煙望五津」便是如此）。不過正因如此，令首聯有似對非對之感。李商隱此詩首聯因為近乎非對，因此特別能突出首句之陡然而起；又因實有對偶，並將首句之意申發一次，故使陡起的首句顯得不會過於突兀。而使用發問句，李氏在〈句法〉中已有討論。而〈起法〉章引高適〈途李少府貶峽中王少府貶長沙〉，首句「嗟君此別意何如」，註云：「以問語出之，匪獨句法靈活，且有蘊藉之妙。」[91]〈結法〉章引韋應物（737?—791）〈寄李儋元錫〉，末句「西樓望月幾回圓」註云：「以問語作結，別具有餘不盡之思。」[92] 兩處所言與〈句法〉章內以問語避率法一條相似。實際上，近體詩中幾乎任何一句都可由陳述句改為問句，以增添文義之波瀾。李氏此論似乎有後設之嫌，但總歸能給入門者以具體的參考。

文義方面，如以一句作綱領起之法，可參李景康註許渾〈咸陽城東樓〉一詩之言：

> 一上高城萬里愁。以登城遠眺領起以下七句，以愁字作骨。蒹葭楊柳似汀洲。以疊遭喪亂，景物蒼涼。溪雲初起日沉閣，山雨欲來風滿樓。仍是闇淡景意。鳥下綠蕪秦苑夕，蟬鳴黃葉漢宮秋。弔古。

90　同前註。

91　同前註，頁 68。

92　同前註，頁 94。

> 行人莫問當年事，故國東來渭水流。唐室姓李，屬隴西郡，即渭水之所自出，昔為秦漢故都，今乃唐家宮闕。而秦漢已亡，唐遭賊亂，大有弔古傷今之感。93

李景康以後七句皆為首句登城之愁的申發：次句雖寫天然之景，但「似汀洲」點出此乃喪亂後荒蕪之狀，暗中說明該地從前當甚繁華。頷聯內容由天然之景轉至人工之景，亦即城樓實況，且暗喻大唐江山之岌岌可危，其黯淡景意承自次句。頸聯固為弔古，將不同時代的空間疊加一處，但就文義而言乃是將前三句之內容進一步融合：秦苑漢宮（人工之景）皆已不存，只剩下綠蕪黃葉、鳥聲蟬鳴（天然之景）。由此導出尾聯滄桑變換，「青山遮不住、畢竟東流去」的嗟歎，而這種嗟歎又從秦漢回到當下的唐朝，充滿對現實的憂思。由此復見，李氏在二三章也並非只着眼於首尾二聯，有的例子的討論還兼及頷頸二聯的功能，貫穿全篇。

宋末嚴羽《滄浪詩話》云：「盛唐諸人惟在興趣，〔……〕言有盡而意無窮。近代諸公，乃作奇特解會，遂以文字為詩，以才學為詩，以議論為詩。夫豈不工？終非古人之詩也。」[94] 點出了唐宋詩的不同特徵與取向：唐詩注重興寄、宋詩注重理趣。不過宋詩這種特徵，仍可追溯到中唐，甚至杜甫。如李景康〈結法〉章有以議論作結一條，舉出晚唐李商隱〈馬嵬〉為例。其尾聯「如何四紀為天子，不及盧家有莫愁」二句，李景康註云：「言四紀為天子，不能庇一貴妃，不及盧家莫愁之海燕雙棲也。是以議論作

---

93 同前註，頁 64。

94 【宋】嚴羽註、郭紹虞校箋：《滄浪詩話校箋》（北京：人民文學出版社，2006 年），頁 19。

結，亦反襯法也。」[95] 所言甚是。此詩前三聯皆以抒情、陳述、意象並置為主，仍以興寄為主，至尾聯轉為議論，雖是點到即止，卻也是理趣之濫觴。至於〈起法〉章也有以議論起之法，所舉仍是清初吳雯〈明妃〉。李氏於首聯後註云：「天章應博學鴻辭不第，故以明妃託意，自見身份，此兩句以議論也。」[96] 實際上，吳雯此詩頷聯「始知絕代佳人意，即有千秋國士風」仍為議論，頸聯「環佩幾曾歸夜月，琵琶惟許託賓鴻」既欲翻杜甫之案，同樣可視為議論。唯尾聯「天心特為留青冢，春草年年似漢宮」轉為抒情。此外，李景康於〈結法〉中有翻案法，舉陳恭尹（1631–1700）〈歲暮登黃鶴樓〉為例，尾聯云「莫怨鶴飛終不返，世間無處託仙翎。」出句註云：「翻崔顥〈黃鶴樓〉『一去不復返』句。」對句註云：「承上句自託身世。」[97] 然如陳恭尹之尾聯翻案，或吳雯之全篇翻案，則端看作者如何造意。甚或有首句翻案之例，如李商隱〈辛未七夕〉「恐是仙家好別離，故教迢遞作佳期」便是，此又李景康〈起法〉中未拈出者。

句法方面，李氏所論值得注意有以四句連綴起之法，所舉姜夔〈乍涼寄朴翁〉，前二聯云：「前日松間步屧歸。更將荷葉障秋暉。如今城裏拋團扇，應是山中試裌衣。」註云：「四句連屬而來，別具一格。但析言之，一二句追溯前日夏秋之交，是起；三四句述今日秋涼，是承。且妙有轉折氣格。」[98] 所論不差。且此四句乃所謂扇對，如題白居易《金針詩格》云：「詩有扇對格，第一句對第三句，第二句對第四句。」如李景康所言，姜夔此詩

95 李景康：《七言律法舉隅》，頁 86。

96 同前註，頁 74。

97 同前註，頁 95。

98 同前註，頁 75。

首聯為起，頷聯為承；但因兩聯為扇對，很容易被讀者視為一個整體，故李氏稱為「四句連綴起」，也不無道理。進而言之，一聯內的兩句關係固然緊密，而這種緊密關係要拓展至一聯以外，則有賴其他方法，如扇對便是一種。復如分承法，如瞿蛻園所言：「以第三句承接第一句，以第四句承接第二句，如此則等於四句詩說兩個意思。例如杜甫詩：『汲黯匡君切，廉頗出將頻。直詞才不世，雄略動如神。』直詞是接汲黯說，雄略是接廉頗說。」[99] 此為杜甫五言排律〈奉和嚴中丞西城晚眺十韻〉之第一、二聯，首聯對仗，即李景康所謂以對句起之法。而第二聯分承首聯，同樣有李氏所言「四句連綴起」之感覺。此就文義而論。除此以外還有因複字之運用而產生「四句連綴起」之感覺。如崔顥〈黃鶴樓〉，李景康將之與李白〈登金陵鳳凰台〉同列為用複字句起之例。然李白詩僅首聯重複「鳳」字，而崔詩於一二三句皆有「黃鶴」字面，且三四句以「黃鶴」對「白雲」，[100] 也加強了前四句的連綴之感。不過整體而言，崔顥、李白之體，以及姜夔使用扇對，偶一為之則可，重複使用則可厭，倒是分承法相對更為實用。

〈結法〉章內與「四句連綴起」相似者，蓋為承腰聯作結之法（腰聯即頸聯之又稱）。李景康舉李商隱〈無題〉為例：「颯颯東風細雨來。芙蓉塘外有輕雷。 金蟾齧鎖燒香入，玉虎牽絲汲井回。賈氏窺簾韓掾少，宓妃留枕魏王才。春心莫共花爭發，一寸相思一寸灰。」按云：「腰聯云：賈女窺簾，因韓壽之年少；宓妃留枕，緣陳思之才華。倘兩者無之，則徒存妄想而已。故曰『春

99 瞿蛻園、周紫宜：《學詩淺說》，頁 222。

100 李氏註李白〈登金陵鳳凰台〉詩首聯云：「兩句之內三用鳳字，兩用凰字，是複字句法。」（頁 62）實則重字、複字似可不必細分。

心莫共花爭發，一寸相思一寸灰』，是承腰聯作結。」[101] 李氏此說似承自清人紀昀（1724－1805）《玉溪生詩說》：「『賈氏窺簾』以韓掾之少，『宓妃留枕』以魏王之才。自顧生平，豈復有分及此，故曰『春心莫共花爭發，一寸相思一寸灰』，此四句是一提一落也。」的確，此詩一二聯近乎鋪墊，以致三四聯關係看似較為密切。若就章法言之，儘管一二聯間亦自有層次，但仍在寫景而未入情，將此四句全視為起，亦無不可。

字法方面，重字、複字、疊字在音韻、文義上固然能令作品生色，然竊以為在〈句法〉一章論述便已足夠，若謂用於作品之起、結處乃是一種特殊方法，則未必全面。如李商隱〈無題〉尾聯「劉郎已恨蓬山遠，更隔蓬山一萬重」，「蓬山」一語故為重字，李景康卻將之視為以推深一層作結之法。再觀陳恭尹〈厓門謁三忠祠〉首句「山木蕭蕭風更吹」，〈咸陽懷古〉次句「今古茫茫草色新」，李氏特意拈出首句用疊字起、次句用疊字起等法，似可不必。以「蕭蕭」為例，改為「蕭然」「蕭騷」等詞語毫無問題，則「蕭蕭」特殊之處何在？此無須置論者。

聲律方面，〈起法〉章末有首句仄韻起一法，所舉宋聚業（1665－1723）〈題南陽旅壁〉，首聯云：「真人白水生文叔，名士青山臥武侯。」註云：「叔字仄韻。」[102] 此說似有不周。「叔」為入聲，與「侯」並不同攝；即考《中原因韻》，「叔」為魚模韻，「侯」為尤侯韻，亦非同韻（唯以今日西南官話讀之，兩字尚為同韻母）。觀李氏所言，蓋謂七律首句即不押韻而用仄聲，該仄聲字也可使用同攝（即韻母相同）之仄聲字耳。然如唐人元兢《詩

101 李景康：《七言律法舉隅》，頁 81－82。

102 同前註，頁 76。

髓腦》論八病之正紐：「一韻之內，有一字四聲分為兩處是也。如梁簡文帝（503–551）詩云：『輕霞落暮錦，流火散秋金。』『金』『錦』『禁』『急』是一字之四聲，今分為兩處，是犯正紐也。」[103] 正紐之為病，在於同一韻母出現過於頻密，甚乃不計平仄，則讀來有俗白之感（如元曲便是平仄通押）。七律仍以押平聲韻為主流，就聲律而論，若首句使用與韻腳同攝之仄聲，未必甚善。其次，李氏又有兩句仄仄起之法，所舉杜牧〈湖南正初招李郢秀才〉，首聯云：「行樂及時時已晚，對酒當歌歌不成。」註云：「樂與對酒皆仄聲，兩句亦對仗起。」[104] 竊以杜牧此聯，蓋不以音律害意，故率性而為；且又因兩句對偶，差可掩蓋音律失對之缺憾耳。然初學者若以此為法，則非佳事。再如拗句，前節已多有論及，茲再略作補充。李氏於〈結法〉之末有以拗句作結之法，所舉三首皆為第七句單拗者。復按云：「拗句本無定格，由首至尾。隨在皆可參以拗句。亦有全首俱拗者。附錄三首於後。以見一斑。」[105] 但凡一、三、五、七句皆可使用單拗，雙拗亦四聯皆可使用，若特意拈出以拗作結之法，不啻前文所論首句用疊字起、次句用疊字起等法，似非必須。然李氏所附三詩為杜甫〈鄭駙馬宅宴洞中〉、蘇軾〈出潁口初見淮山是日至壽州〉、黃庭堅〈胡逸老致虛菴〉，皆為拗體詩，並非單雙拗及下三仄等常見拗救之法。而拗體詩之格律，至今莫衷一是，故錄此三首於此也只能聊備參考而已，初學者不得其門而入，若仿效之，不若直接創作七言八句之平韻古體為佳。

---

103 ［唐］元兢：《詩髓腦》，收入張伯偉：《全唐五代詩格彙考》（南京：江蘇古籍出版社，2002 年），頁 120。

104 李景康：《七言律法舉隅》，頁 76。

105 同前註，頁 99。

四、結語

香港開埠一百八十餘年來，詩詞創作的傳統迄未中斷。民國以後，授業之老師宿儒雖多擅詩工詞，但創作之道卻以口傳為主，課本或參考書則往往採用現成著作，如黃節《詩學》、劉坡公《學詩百法》、張廷華《學詩初步》等。《七言律法舉隅》為港人自編教材，且是在二十世紀上半葉罕見的高校「詩選」課本。此書為時任官立漢文中學校長之李景康編撰，又得同仁葉次周之幫助，書中〈句法〉〈起法〉〈結法〉三章之內容以分類舉例為主，而在必要時加以夾註、按語，〈詩學雜說〉章則言簡意賅地論述學詩之道，頗便初學。誠如〈凡例〉所言，「舉例各條有一句一首而兼數格者，原無一定鴻溝，然不分別標舉，以見體例。」這當然是便宜行事，也利於初學者揣摩。然而無可諱言的是，書中不少體例與內容仍時有未洽之處。體例方面，如〈起法〉〈結法〉在目錄中列為兩章，正文中卻是一章。此兩章及〈句法〉中的不少詩例，全部一一條列，未有進一步分類，以致性質類近之句法，條目卻相隔甚遠，使內容出現跳躍。有些分類過於瑣細，如複字法便可併入重字法，而首句用疊字起、次句用疊字起、以疊字句對起之類，近乎後設之歸納，目為字法尚可，卻未必可列為句法。內容方面，如用典、拗句等皆在不同章節內出現，但相互之照應卻嫌不足。有些舉例也可補充，如疊字法中舉出了一二字、五六字、六七字為疊字之例，卻無三四字用疊字之例。重字法所舉僅為名詞之重複，而不見動詞、形容詞、副詞之重複——如前文所言，不同種類詞語之重複，可能直接導致句式的變化。殆有甚者，李氏所論也偶有不足。如其所謂首句仄韻起之法，所舉之例已誤；且平仄通押近乎正紐病，本非近體所宜。再如對拗句的討論，李氏全書只談拗而不談救，只談單拗而不談雙拗、下三仄。且就單拗而言，如其以蘇軾「未厭冰灘吼新洛」中「吼、新二字拗」，實則在二四六分明的前提下，「新」字以平聲居仄位為拗、「吼」字以仄聲居平位為救，不宜囫圇將二字全視為拗。而雙拗、下三仄乃近體詩中常見之法，李書全然不予討論，似有不周。至於將「雙換詩眼」視為拗，似是而非，然自宋代已固然，不必深詆。再者，李書謂「拗句並無定格」，有將拗體詩與拗救相混同之嫌，如此徒滋初學之困擾而已。然綜而觀之，李書編排簡易清晰，對於前代著作頗有參詳，同時又能出以己意，增入新見。如王士禛之神韻說，李景康認為源於姜夔，在稱許其佳處之餘，也點出其避重就輕之弊。對於七律之章法，並不固守起承轉合之說。句法方面，如四句連綴起與承腰聯作結等句法、問句與陳述句之轉化、並列詞組與連綿詞對仗等，李氏之注重與列出，都可圈可點。諸如此類，皆為李書之勝義，可謂瑕不掩瑜，值得稱許。可惜的是或許編撰之際，李氏事務繁重，以致成書倉促。如全書前三章依次為論頷頸聯之〈句法〉章、論首聯之〈起法〉章及論尾聯之〈結法〉章，〈起法〉〈結法〉二章固然涉及首聯或尾聯之內兩句的功能，但〈句法〉所着眼的卻主要是頷聯或頸聯之內兩句的對仗情況。若能另闢章節討論首尾聯與漢頸聯之間的關係，則更佳矣。舉例而言，如馮振《七言律髓》論杜甫〈立春〉：「首句以『盤菜』二字領起，三四分承。」[106] 道出首聯與頷聯的關係。論清人鄭珍（1806－1864）〈永州廿三初度〉：「五六分承三四。」[107] 道出頸聯與頷聯的關係。論晚明錢虞東（1582－1664）

106 馮振：《詩詞作法舉隅》，頁 225。

107 同前註，頁 232。

〈西湖雜感〉:「前四建業餘杭並說,七八分承。」[108] 道出尾聯與首、頷二聯的關係。論清代王又旦(1636–1686)〈後悼亡詩〉:「一二四七皆以『花』貫串。」[109] 更涉及通篇血脈。類似論述皆不見於李景康之《七言律法舉隅》。戰後,不僅漢文中學取消師範部,且其他師範學院在新課綱下也鮮有講授舊詩創作,兼以李氏已屆退休之齡,故於《七言律法舉隅》一書之內容體例未有修訂,以致此書數十年來不為人知,甚為遺憾。

108 同前註,頁 237。

109 同前註,頁 229。

｜第二章｜

對仗練習之示範

—— 鄭水心〈詩鐘全貌〉淺論

所謂詩鐘，既是一種文學體裁，也是一種具有競技性質的詩會活動。與會者在一定時限內，焚香拈題，取絕不相類的兩字、兩詞或題目，完成詩聯。自道光、咸豐年間以還，詩鐘流傳於閩、粵，後更盛行至全國。陳懷澄（1877－1940）〈詩鐘考〉云：「詩鐘為文人遊戲之作，初起於閩，繼傳各省，鉤心鬥角，頗具匠巧。蓋其題常有不相類者，或以動詞，間有形容詞，詠事詠物，驟難着筆，要皆語出自然，無分軒輊，如天衣之無縫，銖兩悉稱而已。」[1] 可見詩鐘之特色，往往在於兩句分詠幾乎毫不相干的兩個主題（包括字詞），卻能在意境、風格上達致渾融無間，故云「匠巧」。連橫（1878－1936）則指出：「詩鐘雖小道，而造句煉字，運典構思，非讀書十年者不能知其三昧。」[2] 蓋因其雖萌芽於蒙塾課詩，卻能累積文化底蘊、切磋詩藝，故深受讀書人喜愛。清末民初以降，大陸各地的詩鐘社為數甚多。據莊德友統計，以詩鐘創作為核心的雅集與結社有北京的寒山社、灕鳴社、陶情社，上海的絜園詩鐘社、蓮社，南京的具拜社，福州的托社、瓊社、筠心社、可社，常州的鯨華社，蘇州的修梅社，常熟的熙春社、虞山詩鐘社、秋聲社，濟南的湘煙閣詩鐘社，開封的寄社、衡門社等皆是。[3] 台灣地區自日據時代開始，詩鐘社便頗為風行，今人黃乃江有《台灣詩鐘研究》加以專論。而香港方面，如 1931 年時朱汝珍（1870－1942）便組織正聲吟社，有《正聲吟社詩鐘集》。程中山就該社之詩鐘活動及作品有細緻的

1 陳懷澄：〈詩鐘考〉，載氏著《吉光集》，收入黃哲永主編《台灣先賢詩文集彙刊第八輯》（新北：龍文出版社，2011 年），頁 6。

2 連橫：《雅言》（台北：台灣銀行經濟研究室，1963 年），頁 42。

3 莊德友：《晚清民國詩鐘研究》（蘇州大學文學院碩士學位論文，2016 年），頁 3。

研究。[4] 然整體而言，因香港鐘社規模不及台島之大，兼以文獻難徵，故關注者不足。鄒穎文《香港古典詩文集經眼錄續編：詩社集、詞社集》一書統計晚清以來至 1997 年的香港約有 150 家詩社、詞社，並著錄其中 36 家所輯詩社集、詞社集 49 種。這些詩詞創作團體也可能創作詩鐘，且作品未結集者尚不知凡幾。1950 年代，南來香港的文人陡增，導致香港詩社生態的榮景。當時「香港九龍鐘社十數」，[5] 雖然不能與數量逾百的台灣相比，但就香港自身的人口與體量而言，亦可謂引人矚目。

此時香港詩鐘界的人物中，以鄭水心（1900−1975）較為特出。其人原名天健，廣東香山人。早年畢業於廣東高等師範學校（1919−1922），後加入南社，從事新聞事業，1922 年起歷任香港《大光報》主筆、新聞學社教務長等職，至 1939 年正式取得香港居留身份。抗戰爆發後入薛岳（1896−1998）將軍幕，頗多策劃。1938 年任湖南省政府主任秘書，後相繼調任湖南《國民日報》社長、湖南省幹部訓練團訓導處處長。1945 年，任中國國民黨湖南省黨部委員兼宣傳處處長。1948 年，任中山縣縣長。1949 年內地易幟時，歷經艱苦先赴澳門，輾轉來港，從事教育及著書。曾任廣大書院、香江書院、德明書院、新亞書院、香港中文大學聯合書院教授，及香港詩書畫學會主席等。[6] 鄭氏長於詩詞，著有《水心樓詩草》《水心樓詞話》《水心樓詩話》《水心樓詩詞遺作集》（其子鄭錫鑾編）等，其詩詞散佚而未結集者尚多。

4　見程中山：〈特以正聲標義旨：三十年代香港正聲吟社研究〉，《中國文化研究所學報》第 74 期（2022.01），頁 141−190。

5　鄭水心：〈詩鐘全貌〉（一），《新希望週刊》第 1 期（1954.02.15），頁 13。

6　〈前中大講師鄭水心病逝〉，《香港工商日報》1975 年 4 月 19 日。又參 1950 年代鄭氏自撰履歷表。

此外1950年，鄭水心與陳其采（1880－1954）、張維翰（1886－1979）、李景康（1890－1960）、熊式輝（1893－1974）、劉太希（1898－1989）、易君左（1898－1972）、張西廂（1903?—?）等人在熊式輝的寓齋中安台聚會，號稱「中安台詩會」或「海角鐘聲雅集」。社員中有不少南來政客、文人，新知舊雨相聚論文，自有排遣愁緒之意。[7] 由於聚會頻繁，創作甚豐，詩鐘作品於當年秋天便結集為《海角鐘聲》第一集（鄭水心輯，1950），[8] 次年又推出第二集（鄭水心輯，1951）。第一集由陳其采作序，陳氏乃黨國元老陳其美（1878－1916）之弟、陳果夫（1892－1951）、立夫（1900－2001）三叔，當時已年過七旬，其序言便有「同仁以涵廬年事稍長，推為序言，固辭不獲」等語。[9] 編輯工作則由鄭水心負責。第一集卷首有〈詩鐘凡例〉，計〈鐘眼〉二條、〈對仗〉七條、〈用典〉二條、〈風格〉一條、〈分詠〉三條、〈平仄〉一條、〈白描〉一條、〈結論〉一條。[10]〈凡例〉定本雖或出自雅集社員之眾手，但大抵仍以鄭水心為主要撰寫者。[11] 至第二集，全書僅一冊，詩鐘卷以外，尚有詩卷及竹枝詞卷。[12] 可見雅集同仁除詩鐘外，還創作不同體裁的韻文。但無可否認，所收詩鐘的數量則少於第一

---

7 見陳其采：〈序言〉，鄭水心主編：《海角鐘聲》第一集（香港：不著出版機構，1950年），頁1a。

8 第一集內，陳其采序言落款於「民國三十九年十月一日」，鄭水心編後語則署為當年「季秋」。

9 陳其采：〈序言〉，鄭水心主編：《海角鐘聲》第一集，頁1a。

10 鄭水心主編：《海角鐘聲》第一集，頁1b—3a。

11 此外，此集卷末又有鄭氏編後語，益可見其參與狀況。見鄭水心主編：《海角鐘聲》第一集，頁28a。

12 按：計有詩鐘卷二十頁半（頁1a—21a）、詩卷二十頁（頁22a—41b）、竹枝詞五頁半（頁42a—46a）。見鄭水心主編：《海角鐘聲》第二集（香港：不著出版機構，1951年）。

集。誠如程中山所言：「這兩本社刊成書於1950年代初，在香港古典文學發展史富有標誌性的意義。」[13]

1953年，張西厢撰成《閒話詩鐘》一文，單篇印行，由陳其采、樓桐孫（1896–1992）、譚元徵（?—1963）作序，三人序文皆於當年端午節（西曆6月15日）前後落款。張西厢生平資料不多見，唯樓桐孫序云：「回憶民國十八年秋，江蘇舉行第一屆縣長考試，余忝列典試，張君西厢為當年考取縣長之一，初握縣篆時，寄余詩，有『先人苦種兒孫德，弱歲慚為父母官』之句，蓋君時年方二七，為縣長中之最年輕者，余喜其詩，極合詩人敦厚之旨，故猶咀嚼不忘。」[14] 張氏蓋江蘇人，民國十八年（1929）時二十七歲，以虛歲計，約生於1903年。而譚元徵序云：「吾聞西厢年少應試輒售，有文名，宰句容、沭陽、宿遷，有政聲，今皆不以置懷，獨勤勤焉惟詩鐘是究。」又云：「西厢曾以此馳聲海角，及來台陽又屢驚其座人。」[15] 可見張西厢自拔擢後，曾執掌江蘇數縣之政，至內地易幟後南來，究心文學，少問世事。所謂海角、台陽分別為香港、台灣，知張氏先至香港，不久移居台灣。而陳其采序亦云：

> 數年前居港，君左兄囑余主課詩鐘，題為「劍、紅」三唱，得二千餘卷，余獨喜其中署名「紅玉」之「花迎劍佩星初落；風掣紅旗凍不翻」。集句自然，欣賞不置，爰拔為冠

13　程中山：〈中原北望知同慨，吾道南來幸不孤：1950年代香港海角鐘聲雅集研究〉，香港中文大學中國文化研究所嶺南文化研究計劃主辦：「嶺南文化與世界國際學術會議」（2023.11.23），頁1。

14　樓桐孫：〈序二〉，張西厢：《閒話詩鐘》收入黃哲永主編《台灣先賢詩文集彙刊第八輯》（新北：龍文出版社，2011年），頁1。按：依據該叢書之名稱，似益可證張氏其人其書之台灣背景。

15　譚其徵：〈序三〉，張西厢：《閒話詩鐘》，頁2。

軍，但不知紅玉為何許人也。翌日毅成兄來，始知乃連中冠軍之張君西廂也。君幼好吟詠，素負詩名，茲所編《閒話詩鐘》，尤多獨到之處，際此台陽吟風極盛之際，詩壇吟友，其必各手一編以為快歟！[16]

1949 年 5 月初，陳其采自上海乘飛機至香港，但覺香港居大不易，又因年已遲暮，遂轉赴台灣養老。而陳氏居港時，在海角鐘聲雅集與張西廂有所過從，1950 年又為《海角鐘聲》第一集作序；而 1953 年《閒話詩鐘》付梓前夕，陳氏則期盼此書能趁着「台陽吟風極盛之際」廣為流佈，可見此書乃是在台灣出版，而彼時張氏當已自港遷台矣。且《閒話詩鐘》同樣邀請陳其采作序，所舉作品亦多出自《海角鐘聲》，似有延續香港雅集之意。[17] 序言以外，《閒話詩鐘》分為兩部分，首先為〈鐘話〉，其次包括〈鐘義〉〈鐘意〉〈鐘派〉〈鐘社〉〈鐘眼〉〈鐘題〉〈鐘典〉〈鐘句〉〈鐘對〉〈鐘律〉〈鐘聲〉〈鐘評〉〈結論〉等十三節。然後為〈鐘格〉，依次為：合詠格、分詠格、籠紗格、嵌字格四類。而嵌字格又分：鳳頂、燕頷、鳶肩、蜂腰、鶴膝、鳧脛、雁足、魁斗、蟬聯、轆轤、比翼、湯網、雲泥、鼎峙、晦明、碎錦、雙鈎、四皓、五雜俎、六逸、七賢、八龍、九老等格。〈鐘話〉部分的內容，大抵也參

16 陳其采：〈序一〉，同前註，頁 1。

17 然而，《閒話詩鐘》當時並非由出版社正式發行，流傳未必能廣。如 1968 年王嵩昌出版《詩鐘格例存稿》一書，其自序云：「余對此道，亦深愛好。是以參加詩社，旨在觀摩。終因指導無師，難如理想。曾至各書坊，尋求資料，以利進修。無如，雖有詩鐘數冊，皆係選錄佳聯，供人吟賞，苦乏完整類格及有系統之善本，可資參考，誠屬憾事！」（王嵩昌：〈自序〉，《詩鐘格例存稿》（台北：四維印刷廠，1969 年），不著頁碼。）若此說可信，則張西廂之《閒話詩鐘》在台灣已極罕見。而一海之隔的香港，更不待言。

考過《海角鐘聲》第一集的〈凡例〉，[18] 而該凡例又主要出自鄭水心之手。鄭水心於 1954 年春赴台時當得見張西廂之書，乃促使自己將《海角鐘聲》第一集之凡例修訂擴充為〈詩鐘全貌〉一文，故其〈詩鐘凡例〉所論與《海角鐘聲》凡例各則在標題上頗為相近（詳後節之表三）。同樣在 1954 年，另一主要雅集社員易君左在港恢復《新希望週刊》的印行，鄭水心遂於該刊中連載〈詩鐘全貌〉一文，除了壯其聲勢，蓋也有為雅集留鴻爪、為來者資示範之意。茲將連載情況表列於下：

表一　《新希望週刊》連載〈詩鐘全貌〉情況一覽

序號	期數	日期	頁碼	內容
1	第一期	1954.02.15	13	引言
2	第二期	1954.03.08[19]	11	詩鐘之例格：**第一類「嵌字」：**（一）鳳頂格、（二）燕頷格、（三）鳶肩格、（四）蜂腰格、（五）鶴膝格、（六）鳧脛格、（七）雁足格、（八）魁斗格、（九）蟬聯格、（十）雲泥格、
3	第三期	1954.03.01	12	（十一）轆轤格、（十二）比翼格、（十三）晦明格、（十四）籠紗格、（十五）鴻爪格、

18　如張書〈鐘話・鐘眼〉一節云：「鐘眼須穩，務求不能移易，〔……〕更以有來歷為佳，例如『千雪』一唱『千眼西方般若佛，雪膚南內太真妃』，千眼出自佛典千眼千手觀世音，雪膚出自〈長恨歌〉『雪膚花貌參差是』。」（《閒話詩鐘》，頁 3。）而《海角鐘聲》第一集〈詩鐘凡例〉云：「鐘眼須穩，更以有來歷為佳，例如『千雪』第一唱『千眼西方般若佛，雪膚南內太真妃』，千眼出自佛典千眼千手觀世音，雪膚出自〈長恨歌〉『雪膚花貌參差是』。」（《海角鐘聲》第一集，頁 2a。）此外，張西廂撰文時已移居台島，蓋亦參考過陳懷澄《吉光集》等書。

19　此期封面日期有誤，當為 2 月 22 日。

序號	期數	日期	頁碼	內容
4	第四期	1954.03.08	14	（十六）鼎峙格、（十七）湯網格、（十八）雙鉤格、
5	第五期	1954.03.15	13	（十九）碎錦格、（二十）五雜俎格。 **第二類「分詠」**：（一）人與人、（二）人與地、
6	第六期	1954.03.22	13	（三）人與事、（四）人與物、（五）物與事、（六）時與物、（七）物與物。
7	第七期	1954.03.29	13	**第三類「合詠」**：（一）依題合詠、（二）限嵌入一不相關字、
8	第八期	1954.04.19	11	（三）禁字。 詩鐘之作法：（甲）鐘眼、
9	第九期	1954.04.12	12	（甲）鐘眼（續）、（乙）對仗、
10	第十期	1954.04.05	12	（乙）對仗（續）、（丙）用典、
11	第十一期	1954.04.26[20]	13	（丙）用典（續）、（丁）白描、（戊）平仄、
12	第十二期	1954.05.03	13	（戊）平仄（續）、（己）輕重、（庚）集句、
13	第十三期	1954.05.24	13	（辛）風格

整體觀之，鄭水心這篇長文可以分為三部分：第一部分為引言，見第一期；第二部分為列舉詩鐘的各種格式，包括嵌字、分詠、合詠三大類、總共二十小類，見第二至八期；第三部分討論詩鐘之作法，包括鐘眼、對仗、用典、白描、平仄、輕重、集句、

20　4 月份各期，封面日期亦有顛倒處。

風格等八項，見第八至十三期。從內容來看，鄭水心〈詩鐘全貌〉一文與張西廂《閒話詩鐘》有不少相近之處。且鄭氏〈引言〉云「余於今春嘗參加台北『春人』『六六』『寄社』三社聯合詩鐘大會」，[21] 所謂「今春」便是 1954 年春，鄭氏當時很可能得見《閒話詩鐘》一書，乃至台灣的其他相關著作，並在稍後撰寫〈詩鐘全貌〉一文時加以參考。整體而言，二書在鐘格之分類上略有不同，所舉之鐘例也頗有差異。張氏〈鐘話〉共有十三節之多，論述較為全面；鄭氏僅談作法，但在論述上也能補張氏之不足。筆者且以為，鄭水心〈閒話詩鐘〉的作法部分，乃是由《海角鐘聲》第一集之〈詩鐘凡例〉修訂擴充而來，二者之中有不少題目皆相同（詳後文表二）。不過，〈詩鐘全貌〉刊登於《新希望週刊》可謂有利有弊：就利而論，由於是正式刊登，故發行較廣，讀者較多。兼以《新希望週刊》編輯部設在香港，鄭氏也在港從事教育工作，其社員與及門自不難讀到此文。就弊而論，由於週刊版面限制，這十三期連載文字中每期大抵皆佔半頁至四分之三頁，篇幅約一千字左右，難以更長。因此，鄭氏之論述每每點到即止，無法進一步申發。不過對於初學者，鄭水心此文所涵蓋的內容仍是綽綽有餘的。

如前所言，《海角鐘聲》第一集〈詩鐘凡例〉有〈鐘眼〉〈對仗〉〈用典〉〈風格〉〈分詠〉〈平仄〉〈白描〉〈結論〉諸則。張西廂《閒話詩鐘》的〈鐘話〉包括〈鐘義〉〈鐘意〉〈鐘派〉〈鐘社〉〈鐘眼〉〈鐘題〉〈鐘典〉〈鐘句〉〈鐘對〉〈鐘律〉〈鐘聲〉〈鐘評〉〈結論〉等十三節。持鄭水心〈詩鐘全貌〉參看，第一部分〈引言〉略為談及詩鐘起源於南齊竟陵王蕭子良（460–494）刻燭為詩，與張氏〈鐘義〉

21　鄭水心：〈詩鐘全貌〉（一），《新希望週刊》第 1 期（1954.02.15），頁 13。

之內容略為相近。且鄭氏〈引言〉開篇便提及「詩鐘之戲，以晚清為最盛，北平之寒山社，易實甫、樊樊山鷹揚虎視其間，尤著焉者也」。[22] 查易君左有〈寒山詩社學詩鐘〉一文，多言及乃父易實甫（1858－1920）之作。鄭水心此處特為拈出，也因易君左為《新希望週刊》主編，向其致意。張西廂〈鐘社〉云：「獨起敲鐘，興味索然，故欲敲鐘，必先集社，鐘社之設，並無若何組織，亦無任何作用，不過文人墨士，藉以發舒懷抱，聯絡感情而已。近數年來，台、港兩地，鐘社之多，竟達四十餘處，可謂盛矣。豈欲敲醒國魂歟，激揚民氣歟？余拭目以俟之。」[23] 鄭水心〈引言〉則謂「香港九龍鐘社十數，台灣則逾百。港九方面，限制甚寬，台灣較嚴。」隨即詳細記述了自己在 1954 年春參加台北「春人」「六六」「寄社」三社聯合詩鐘大會的實況。[24] 至於詩鐘之異名、其流派之差異，張西廂在〈鐘派〉一節有較為詳細的論述，且云「能化粵派之典實，而兼閩派之空靈，斯為上乘」。[25] 然鄭水心於諸異名毫無論述，於流派則在〈風格〉一節合而論之。蓋一來限於篇幅，二來不欲初學者囿於門戶之見耳。誠如鄭氏所言：「詩鐘之形態，為七言聯，如七言律詩中之頸聯或腹聯。然其實質，包括詩、聯、謎三種成分，故能拔戟自成一隊，雖小道，亦有可觀者焉。」[26] 詩鐘一如七律之二三聯，且對仗更為工整，一般不得使用拗救。而所詠之物的名號又往往不可直接出現在句中，故鄭氏謂其有詩、聯、謎三種成分，良有以也。如鄭水心之雅集社

22 鄭水心：〈詩鐘全貌〉（一），《新希望週刊》第 1 期（1954.02.15），頁 13。

23 張西廂：《閒話詩鐘》，頁 3。

24 鄭水心：〈詩鐘全貌〉（一），《新希望週刊》第 1 期（1954.02.15），頁 13。

25 張西廂：《閒話詩鐘》，頁 2。

26 鄭水心：〈詩鐘全貌〉（二），《新希望週刊》第 2 期（1954.03.08），頁 11。

友李景康，於 1935 年曾編撰《七言律法舉隅》一書，以供當時漢文師範生學習近體詩之用，而其所論句法多以七律之頷頸二聯為例，前文已有專章論述。至於詩鐘作品，也是七律一聯之篇幅，而規矩更為嚴格。初學詩者由詩鐘創作入手，未嘗不是一種入門之佳法。此外，今人潘靜如盤點 1950 年代以來關於詩鐘列的重要專著，其中於 1950—1970 年代面世者開列了薩伯森、鄭麗生《詩鐘史話》、王嵩昌《詩鐘格例存稿》、陳海瀛《希微室折枝詩話》幾種著作，惜未及張西庿《閒話詩鐘》、鄭水心〈詩鐘全貌〉兩種著作。[27] 因此，本章擬以鄭水心〈詩鐘全貌〉一文為中心，輔以《海角鐘聲》及張西庿《閒話詩鐘》等著作，以見鄭氏詩鐘、舊體詩創作及鑒賞論。[28]

一、鄭水心論詩鐘例格

如前所言，鄭水心文將詩鐘的例格分為嵌字、合詠、分詠格三大類、共二十小類。而張西庿的分類，則為嵌字、合詠、分詠、籠紗格四大類。比對二人之分類方式，主要有以下幾點之不同。第一，張氏多出之籠紗格，鄭氏則歸入嵌字格中。第二，張氏於嵌字格細分為鳳頂、燕頷、鳶肩、蜂腰、鶴膝、梟脛、雁足、魁斗、蟬聯、轆轤、比翼、湯網、雲泥、鼎峙、晦明、碎錦、雙鉤、四皓、五雜俎、六逸、七賢、八龍、九老等二十三個小類，而鄭氏則多出籠紗格。此外，張氏謂「碎錦格亦稱鴻爪格」，鄭

27　潘靜如：〈時與變：晚清民國文學史上的詩鐘〉，《中山大學學報》2017 年 4 期，頁 27—35。

28　在無特別註明下，後文提及之「鄭文」「鄭水心」「鄭氏所言」，皆指〈詩鐘全貌〉一文。而《海角鐘聲》第一集之〈詩鐘凡例〉，後文僅稱為〈詩鐘凡例〉或〈凡例〉而已，以免混淆。

氏則碎錦、鴻爪兩格並存。此外，自四皓至九老諸格，鄭氏一概列在五雜俎格名下而已。第三，分詠、合詠兩格，張西廂僅各聊舉數例，並不細分。而鄭水心文於分詠則列出人與人、人與地、人與事、人與物、物與事、時與物、物與物等七小類，合詠則列出依題合詠、限嵌入一不相關字、禁字等三小類，更為細緻。茲逐一討論之。

(一) 關於籠紗格及分詠、合詠

張西廂論籠紗格云：「即將題字暗藏於鐘聯中，隱約如見，呼之欲出。」又舉張維翰（字蒓鷗，1886－1979）以「左、易」作籠紗格詩鐘云：「牙因知味承恩幸；思未能言擅賦才。」[29] 出比「牙」即易牙之名，對比「思」為左思之名，且雙關二字之本義。[30] 鄭文則云：「兩個字全晦。如以碧紗籠詩，全不露面，故名。此格與分詠格相似，所別者，籠紗只詠兩個單字，分詠則詠人、事、物也。」[31] 又舉數例以見之，如「中、外」籠紗格：

> 五嶽推尊嵩峻極（嵩山為中嶽，此即隱藏中字）；
>
> 九州環繞海無邊（鄒衍云：環海之外尚有九州，此即隱藏外字）。

鄭氏所舉詩鐘作品除原文之外，往往更增以簡註，令讀者一目了然。由於籠紗格並不會在作品中出現鐘題之文字，因此並無嵌字之實，應否歸入嵌字格，見仁見智是很正常的。然而鄭氏文中，

29　張西廂：《閒話詩鐘》，頁 13。

30　詩鐘上下兩句，一般習用出比、對比之名，本文從之。

31　鄭水心：〈詩鐘全貌〉（三），《新希望週刊》第 3 期（1954.03.01），頁 12。

籠紗格之前即為晦明格，其解釋為：「兩個字中，只許一個字露面，其他一個字，不許露面；但寫成之詞意，即是此字之註釋。不露面是晦，露面是明，故名。」[32] 茲舉鄭氏一例，如「高、眉」晦明格：

> 螓首蛾眉無限恨（眉字露面）；
>
> 瓊樓玉宇不勝寒（高字不露面，東坡詞「瓊樓玉宇〔高處〕不勝寒」，此句即隱藏高字也）。

由此可見，晦明格一句嵌字，一句則否，可目為半個籠紗格，兩種格式的關係密切。張西廂將籠紗格獨立為一大類，是純粹從此種格式的特性而論；[33] 鄭水心將之列為嵌字格之一小類，則是顧及各種小類之間的關係，二人之考量各有理由。

至於分詠格，張西廂云：「即分詠事物也，以不犯題字為合格。」例如「岳飛、虎」之分詠，其舉易君左之作品云：「畫爾不成翻類犬；字之曰舉並稱鵬。」[34] 出比用「畫虎不成」之典故，以虛字「爾」替實字「虎」，以求對仗工整；對比謂岳飛字鵬舉，以字代名。因此，「岳飛」「虎」二語皆未在作品中出現。然「岳飛」為人名而非單字，故此為分詠格不同於籠紗格處。相形之下，鄭文對分詠格之解釋更為仔細：「隨意以人、地、時、事、物，為兩個題目，兩者毫不相關，一句詠一個題目，故曰分詠。不許犯字面，（犯題目之任何一字）左右不調或左右任調，在出題時聲明。」[35] 強調「人、地、時、事、物」，可見題目必須為詞語，而

32 同前註。

33 王嵩昌《詩鐘格例存稿》也將籠紗格獨立出來，與張西廂所見略同。

34 張西廂：《閒話詩鐘》，頁 12。

35 鄭水心：〈詩鐘全貌〉（五），《新希望週刊》第 5 期（1954.03.15），頁 13。

非語義上可能割裂之單字，如此便更能突顯分詠格與籠紗格相異之處。復如張西廂所舉易君左詩鐘，出比詠虎，對比詠岳飛，與題目「岳飛、虎」次序恰好顛倒。據鄭文所論，可知對調與否，端看當時規則而已。而其所舉諸例，則分別繫於人與人、人與地、人與事、人與物、物與事、時與物、物與物等七小類之下。如此細分或嫌瑣碎，但於初學者之觀摩當有助益。茲從物與物小類中舉一例，以見其餘：

居然小試降三島（原子彈）；

畢竟長吹誤一生（鴉片煙槍）。

值得注意的是，今人或將詩鐘、尤其是分詠格之詩鐘視為無情對之一種，此蓋出於對「兩者毫不相關，一句詠一個題目」的片面理解。然由鄭文所舉此作可見，儘管分詠二物之關係較為疏遠，且兩句之呈現幾近謎語，作者卻並不刻意尋求二物之相似性，而是透過工整的聯句將兩個意象並置，兼以兩句之風格情調共通，故而產生一種圓融的和諧美。所以，如此並置又能促使讀者思考二者間的關聯，將之與鴉片戰爭、抗日戰爭等近代史上的事件扣合起來，浮想聯翩、思緒起伏。觀《海角鐘聲》一、二集內，分詠格作品都佔了很顯著的比例，蓋其與創作普通律詩時屬對的形式最為相近。

至於合詠格，張西廂的解釋為：「即將題意表現於鐘聯中，以不犯題字為原則。亦有例外者，並得隨意加以某種限制。」[36]其所舉題目之例，短則一名詞如「硯」「李白」，長則一句如「花落知多少」「冒雨登高台敲詩鐘」等。先看「硯：合詠，禁用『紙

36　張西廂：《閒話詩鐘》，頁 11。

筆墨池石水花磨端歙』十字」，阮毅成（1905–1988）之作云：「一夜案頭梅欲入；十年窗下鐵為穿。」[37] 至於題目較長、字數較多，自能讓作者在破題時抽繹出更多主題，如「冒雨登高台敲詩鐘：合詠，可犯題字」，張西廂舉鄭水心之作云：「登台不避單衣濕；限格惟求兩句工。」[38] 出比扣題中之「登高台」「冒雨」等語，對比則扣「詩鐘」。且因題目要求指出「可犯題字」，故鄭氏用「登」「台」二字，但亦僅限如此而已。如「單衣濕」扣「冒雨」，「限格」「兩句工」扣「詩鐘」，皆切題而精巧，卻仍全未挪用題目字面。由以上二作可知，因為合詠之兩句皆為同一主題，故更接近尋常之詩歌創作，而視所謂無情對為遠。鄭水心在〈詩鐘全貌〉中論合詠格時講得更為直接：「隨意以人、地、時、事、物為題，一聯兩句，均詠之，即詠物詩之縮影也。」[39] 如表一所見，鄭氏將合詠格又分為三小類。其一為依題合詠，只不許犯字面，並無其他限制。如「花落知多少」：「繡壤料添紅一片；錦茵應減綠三分。」[40]「紅」扣「花」，「繡壤」「錦茵」扣「落」，「料」「應」扣「知」，「一片」「三分」扣「多少」，極為切題。其二為出題時限嵌入一個毫不相關之字，意謂「能手窘於一字，藉此以覘才思也」。如「李白，合詠格（限嵌一「毛」字）」，鄭氏舉例云：「天姥夢遊腰腳健；夜郎流放鬢毛蒼」。[41] 將「毛」字融入李白生平事跡，渾然無跡，毫不突兀。其三接近古人所謂禁體詩，鄭文所論甚為詳細：

37　同前註。

38　同前註，頁 11–12。

39　鄭水心：〈詩鐘全貌〉（七），《新希望週刊》第 7 期（1954.03.29），頁 13。

40　張西廂書亦收此作，標示為張維翰之作。見《閒話詩鐘》，頁 11。

41　張西廂書亦收此作，標示為張維翰之作。見《閒話詩鐘》，頁 12。

題目可用之典實太多，約束之使趨於窄徑以窘之，禁用某某等字，亦藉此以覘才思也。昔歐陽修於聚星堂宴集時，適大雪，限眾賓作詩，不許用鹽、玉、潔、白等字，謂之禁體詩。其後蘇軾效之，題目為〈江上值雪效歐陽體限不以鹽玉鶴鷺絮蝶飛舞之類為比，仍不使皓白潔素等字〉，原詩為：「縮頸夜眠如凍龜，雪來惟有客先知。（下略）」此等作法，純在旁敲側擊，渲染烘托，故避用之字雖多，仍能將雪意曲曲寫出。詩鐘效為此體，亦欲使人深思耳。[42]

前引張西廂所舉阮毅成合詠「硯」，便是此體，鄭氏也於文中舉出。比照可知，禁字與限嵌某字實為一體兩面，目的皆在於增加創作難度，以見作者之才思。張西廂《閒話詩鐘》對於諸類合詠格之例子亦有舉出，唯未進一步細分，故視鄭水心〈詩鐘全貌〉略有不及。

(二) 關於嵌字諸格

所謂嵌字格，鄭水心編纂《海角鐘聲》時可能一來考慮到讀者易於顧名思義，二來限乎篇幅及體例，故而並未給出定義。然如鳳頂、燕頷、鳶肩、蜂腰、鶴膝、鳧脛、雁足諸格又分別稱為一唱至七唱，謂題中二字分嵌於出、對比之第一至第七字。茲不贅。其餘諸格，茲據張西廂之定義，表列如下：

42 鄭水心：〈詩鐘全貌〉（八），《新希望週刊》第 8 期（1954.04.19），頁 11。

表二　《閒話詩鐘》對嵌字諸格的定義（一至七唱除外）

格名	張西廂之定義	舉例
魁斗	即將兩題字任意分嵌於第一字及第十四字。	黃花：魁斗格 花門積雪千山白； 大漠飛沙一月黃。（世雄）
蟬聯	即將兩題字分嵌於第七字及第八字。	蟬唱：蟬聯格 花落後庭商女唱； 蟬鳴西陸楚囚吟。（毅成）
轆轤	即將兩題字分嵌於第一字及第九字。或第三字及第九字，以此類推。	蓮露：轆轤格 乍垂蓮瓣移香步； 微露瓠犀發妙香。（水心）
比翼	即將兩題字任意對嵌於鐘聯中。等於一唱至七唱。	散書：比翼格 杜房並駕中書省； 金宋相持大散關。（天翼）
雲泥	即將題字分嵌於兩句中。但不得相對。	雲泥：雲泥格 青雲直上鵬程路； 華屋偏多燕壘泥。（藹士）
晦明	即一句明點題字，一句暗寫題字。	紅豆：晦明格 紅藕灣深雙槳可； 黃茅店小一燈如。（劍篁）
湯網	即將三個題字，任意分嵌於兩句之首末，而成網開一面之局。	天安、雲：湯網格 天末樓台橫北固； 雲中城闕望西安。（水心）
鼎峙	即將三個題字分嵌於第一字第七字第十一字。或分嵌於第四字第八字第十四字。而成鼎峙之格。	天中節：鼎峙格 窮陰殺節霜鋪地； 中夜清寒月滿天。（天翼）
碎錦	亦稱鴻爪格。即將題字分嵌於鐘聯中，不得相連。	黃葉滿秋山：碎錦格 滿園黑葉禺山夏； 上市黃花歇浦秋。（均默）

格名	張西廂之定義	舉例
雙鈎	即將四個題字。對嵌於鐘聯中。	南北高麗：雙鈎格 麗水逆流環隴北； 高郵名縣著淮南。（鳳坡）
四皓	碎錦格之一種。題字不得相連。	海角鐘聲：四皓格 海城畫角嚴兵衛； 山閣詩鐘集友聲。
五雜俎	碎錦格之一種。題字不得相連。	清泉石上流：五雜俎格 溪邊瘦石多清籟； 岩上飛泉少濁流。
六逸	碎錦格之一種。惟題字可以相連。	杏花春雨江南：得連二字 雨後尋春桃葉渡； 江南沽酒杏花村。
七賢	碎錦格之一種。題字可以相連。	髮無可白方為老：得連二字 無眠可到東方白； 有髮都為老境蒼。
八龍	碎錦格之一種。題字可以相連。	月明華屋畫橋碧陰：得連三字 小橋畫舫搖明月； 華屋芳林度碧陰。
九老	碎錦格之一種。題字可以相連。	寒鴉萬點流水繞孤村：得連四字 水流孤塞千聲雁； 村繞寒林萬點鴉。

由表二可見，魁斗、蟬聯、轆轤、比翼、雲泥四格之題目皆為出、對比各一字，唯擺放位置有特殊要求，唯是要求或緊（如前三者）或鬆（如後二者）而已。晦明格前文已論，不贅。湯網、鼎峙二格之題目皆為三字，然擺放也有一定要求。而在張氏看來，碎錦格之題目少則二字，多則九字，大抵皆可於出、對比之中以不規則方式安置。故雙鈎、四皓之題目雖皆為四字，然四皓格的要求

只是「題字不得相連」，較為寬鬆，故列為碎錦格之一種；而雙鈎格的四個題字必須「對嵌於鐘聯中」，要求較嚴，故並不列入碎錦。鄭文對於碎錦格之界定，卻大不相同：「將四個字分嵌於左右兩句，或左右俱二，或右三而左一，或右一而左三，字不許連，又不許對，以參差錯落為宜，如碎錦之箋，故名。」[43] 蓋鄭氏所言碎錦格，接近張氏之四皓格，或許正因如此，鄭文中並無四皓一格。參王嵩昌《詩鐘格例存稿》，逕謂雙鈎格「又曰四皓格」，[44] 將二者等同，似可為證。然觀張西庯《閒話詩鐘》碎錦格一條，所舉作品之題目尚有四字以下者。如「張陳：碎錦格」，錄陳其采之作云：「滿几陳編三寸燭；半肩行李一張琴。」「中安台：碎錦格」，錄張維翰之作云：「中興定可安盤石；大隱寧容入釣台。」題目三字之碎錦格，鄭文稱為鴻爪格，其定義為：「將三個字分嵌於左右句，或左二而右一，或左一而右二，字不許連。東坡詩云：『泥上偶然留指爪，鴻飛那復計東西。』故名。」[45] 且鄭氏將鴻爪格列在鼎峙、湯網兩格之前，尤可見其強調鴻爪格之題目乃是以三字為限。此其不同於張西庯之處。參王嵩昌之論鴻爪格，雖亦強調題目三字，卻又異於鄭氏：「此格題為三字，最好平仄都有，方便運用。法將一字，嵌於上字之中（即第四字），另二字，任意分嵌於對比首尾。與鼎足（峙）格相反。」[46] 將鴻爪、鼎峙兩格相對，張西庯、鄭水心皆無此說，蓋當日對詩鐘之格例尚未完全取得共識。復次，張西庯所舉題目二字之碎錦格，僅陳其采「滿几陳編三寸燭；半肩行李一張琴」一聯。「陳」

43　鄭水心：〈詩鐘全貌〉（五），《新希望週刊》第 5 期（1954.03.15），頁 13。

44　王嵩昌：《詩鐘格例存稿》，頁 132。

45　鄭水心：〈詩鐘全貌〉（三），《新希望週刊》第 3 期（1954.03.01），頁 12。

46　王嵩昌：《詩鐘格例存稿》，頁 124。

在出比第三字，「張」在對比六字，似乎較為隨意，缺乏規律美。蓋因這種碎錦格，與一唱至七唱等二字嵌字格相比難度較低，故鄭水心、王嵩昌皆不採錄。

四皓格以外，張西廂將五雜俎至九老諸格全部歸為碎錦格，而鄭文則僅標出五雜俎格之名而已。其言云：「嵌字多至五字，已感卷舒不易矣。近人有創為六逸格、七賢格、八龍格、九老格者，殊多窘態，亦聊備一格而已，不常用也。」[47] 張西廂所舉諸例，五雜俎格尚可五字不連，六逸、七賢可連二字，八龍可連三字，九老可連四字。觀乎作品，猶能在連字之餘另出機杼，殊為不易。然鄭文則謂八龍、九老兩格也同樣「只許兩字相連」，前者之例為「綠楊明月窺華屋；碧樹濃陰覆畫橋」，後者之例為「繞樹寒鴉常萬點；落花流水自孤村」，難度似乎就更高了。但如此看來，彷彿只是將題目字面略作離合補充而已，甚難翻出新意，此便是鄭氏所謂「卷舒不易」也。再參王嵩昌書，則以碎錦格「題為三字以上，多至七字。最好平仄均有，便於運用。法將題字分碎，使其不相連貫—惟題字過多，亦不妨連貫—隨意分嵌於上下句內，故又曰雜組格。」[48] 可見鄭文將題目五字以上之嵌字格統稱為五雜俎格，非僅一家之說而已。

二、鄭水心論詩鐘作法

鄭水心〈詩鐘全貌〉第三部分的論詩鐘作法，包括鐘眼、對仗、用典、白描、平仄、輕重、集句、風格等八項。這些內容

47 鄭水心：〈詩鐘全貌〉（五），《新希望週刊》第 5 期（1954.03.15），頁 13。

48 王嵩昌：《詩鐘格例存稿》，頁 153–154。

則與張西廂之說可以比照觀之。茲以〈詩鐘全貌・論詩鐘作法〉為綱，比對《海角鐘聲》第一集〈詩鐘凡例〉及張西廂〈鐘話〉之條目異同，表列於下：

表三　鄭水心、張西廂論詩鐘作法

《海角鐘聲》第一集〈詩鐘凡例〉	張西廂《閒話詩鐘》〈鐘話〉	鄭水心〈詩鐘全貌〉〈論詩鐘作法〉
鐘眼	鐘眼	鐘眼
對仗	鐘對	對仗
用典	鐘典	用典
白描	鐘典	白描
平仄	鐘律、鐘聲	平仄
對仗	鐘對	輕重
對仗	鐘句	集句
風格	鐘評、鐘派	風格

根據表三，〈詩鐘全貌〉與《海角鐘聲》凡例之題目幾乎完全相同，唯〈輕重〉〈集句〉在〈鐘聲凡例〉中皆屬〈對仗〉一則，鄭文則獨立開列。而〈凡例〉又有〈分詠〉一則，〈詩鐘全貌〉前文已有舉例論述，故此處不再重複。〈凡例〉為〈詩鐘全貌〉之雛形，〈詩鐘全貌〉乃〈凡例〉之修訂擴充，庶無疑問。當然由該表可見，如張西廂之〈鐘題〉於鄭水心〈詩鐘全貌〉中並無對應之章節，蓋以隨文釋義為主。而其餘各節之討論主題，鄭氏也有涉及，唯二者詳略互見。本節將以〈詩鐘全貌〉的〈論詩鐘作法〉為中心，探討鄭水心的詩學思想。

(一) 論鐘眼

〈詩鐘凡例〉第一條指出：「鐘眼須穩，更以有來歷為佳。」並舉「千、雪，第一唱」之「千眼西方般若佛；雪膚南內太真妃」為例。第二條又云：「鐘眼須穩，不僅以嵌字為然，嵌字之對仗亦然，是以魁斗、蟬聯、雲泥等格，雖屬兩字題，亦等於雙鈎格之四字鐘題矣。」[49] 然因限於凡例之體裁，第二條中未能舉例闡釋。張西廂同樣強調「鐘眼須穩」，且指出「務求不能移易」，例如「『聯』與『連』不得相混」，「『牀』與『榻』不得相借，用『東牀』則可，用『東榻』則不可。」又云：「鐘眼如不相稱，則對仗更須求其工穩，上例『千』與『雪』絕不相稱，而以『眼』『膚』承對，可稱能手。」[50] 張氏所論，實質乃關於近義詞與對仗，但因涉及鐘眼，故提出近義詞之調換、對仗之不工，皆可能令鐘眼有失穩妥。但近義詞之調換要視乎實際情形，一字對仗之未工，則有賴上下字之搭配。然而，鄭水心〈詩鐘全貌〉一文論鐘眼，首先點出：

> 鐘眼，只應用於嵌字方面，即在限定所嵌之字之上或下之一個字，皆曰鐘眼。要切實不浮，或成名詞，或是典故。[51]

此說蓋承自晚清王毓菁（貢南）《詩鐘話》：「嵌字要有『字』有『眼』……蓋題是『字』，附題之字是『眼』，合言之曰『眼字』。一題到手，先尋眼字，眼字得，造句乃有範圍。」[52] 鐘眼為附題之

---

49 鄭水心主編：《海角鐘聲》第一集，頁 2a。

50 張西廂：《閒話詩鐘》，頁 3。

51 鄭水心：〈詩鐘全貌〉（八），《新希望週刊》第 8 期（1954.04.19），頁 11。

52 王毓菁撰併註，黃沚蘭箋：《詩鐘話》，收入河南衡門詩鐘社編輯：《衡門社詩鐘選》第一集（1933 年刊本）。

字，鄭水心在王毓菁舊說的基礎上，進一步對鐘眼出現之體式、所在之位置、應有之風格、構成之詞語，皆有界定，可謂言簡意賅，且視張西廂、乃至後來王嵩昌之論更為清晰。鄭文因繼承〈凡例〉所強調之「穩」，故不再以〈凡例〉及張書所舉之「千、雪，第一唱」為例，蓋其認為「眼」「膚」雖工，但「千」為數詞、「雪」為名詞，畢竟有失工穩，舉以論證鐘眼，並非最為適合。鄭文於是另舉數例，如「九、三，鳳頂格」：「九世復讎齊滅紀；三章約法漢亡秦。」論曰：「『世』與『章』是鐘眼，因『九世』與『三章』，連繫起來，既成名詞，又係典故，切實不浮也。」又如「子、仙，雁足格」：「花郊臨水銘蘇子；蒲澗為鄰祀鄭仙。」論曰：「『蘇』與『鄭』是鐘眼，以『鄭仙』對『蘇子』，極穩。」[53] 合而觀之，「九世」「三章」為偏正結構，上字為輔，下字為主；「蘇子」「鄭仙」為述補結構，上字為主，下字為輔。如果沒有「世」「章」「蘇」「鄭」四字，則「九」「三」「子」「仙」四字便會無所憑依，顯得虛輕，因此在鄭水心看來，只有將「九」「三」「子」「仙」四字組成名詞或典故用語，才能達致「切實不浮」。此說甚為合理。不過值得點出的是，「滅」「亡」二字涵義相同，未免有龜鼈對之嫌，若改「亡」為「平」，或許更佳。

對於鐘眼與詩眼的區隔，鄭文有較為詳細的論述。鄭氏指出：

> 鐘眼之取名，源自詩眼。明代文藝批評家王世廉所著詩話云：「詩聯中有詩眼，若鄭少谷之『閉門春事生黃葉，去國秋山長白雲』，不知詩眼矣。」蓋「生」與「長」，俱一意，必

---

53 鄭水心：〈詩鐘全貌〉（八），《新希望週刊》第 8 期（1954.04.19），頁 11。

「長」對「消」、「生」對「隱」，若曰「生黃葉」「隱白雲」，則一反一正矣。詩眼在聯中第五個字，旨在不重複，有力量，如陸機〈文賦〉所謂：「立片言以居要，乃一篇之警策也。」「片言」即是一字，居一字之要津，使竟體為之生色，亦即着眼點也。元代文藝批評家楊載所著《詩家法數》云：「詩句中有眼者妙，五言之眼在第二、第三、第五字。如『屏開金孔雀』『褥隱繡芙蓉』『座對賢人酒』『門停長者車』，眼均在第二字。『鼓角悲荒塞』『星河落曉山』『江蓮搖白羽』『天棘蔓青絲』，眼均在第三字。『兩行秦樹直』『萬點蜀山尖』『市橋官柳細』『江路野梅香』。眼均在第五字。」觀此，所謂詩眼，無論在第二或第三第五字，不是動詞，即是形容詞。而所謂鐘眼，無論在所嵌字之上，或在所嵌字之下，多用名詞，此其所由別也。蘇東坡自錢塘赴潤州，有官妓鄭容、高瑩求脫籍，東坡為〈減字木蘭花〉一詞，書於牒尾云：「鄭莊好客，容我尊前時墮幘。落筆風生，籍籍聲名滿帝京。高山白早，瑩骨冰肌那解老。從此南徐，良夜清風月滿湖。」此詞句首，嵌入「鄭容落籍高瑩從良」八字，已開詩鐘「鳳頂格」之先河，而「鄭莊」「容我」「落筆」「籍籍」「高山」「瑩骨」「從此」「良夜」，亦儼然鐘眼也。總之，鐘眼貴實，以明不是隨便牽扯得來。[54]

早在宋代，魏慶之《詩人玉屑》便指出「詩眼」便是「句中眼」，也就是指一句詩、乃至一首詩中最為傳神的一個字。詩眼多在五言第三字、七言第五字，乃因五七言詩句的末三字為一個音步

54 鄭水心：〈詩鐘全貌〉（九），《新希望週刊》第 9 期（1954.04.12），頁 12。

(meter)，倒數第三字作為該音步的開端，關係甚大。當然，如五言第二、三、五字皆可成為詩眼，這樣結合該句本身的措辭、內容與情調來看。五言句多為上二下三結構，第二字為第一音步之尾，第三字在第二音步之首，第五字在第二音步、乃至全句之尾，自然容易引起讀者的注意，因此這幾個字位都適合放入詩眼用字。鄭水心謂詩眼最好使用動詞或形容詞，乃是因其可令全句產生靈動感，生色不少。至於鐘眼，同樣為一句之重心所在，一如今人王鶴齡所言：「題目中所限的是沒有對偶關係的兩個字，動筆之初先設法把這兩個字各配上一個字，所配成的兩個字稱為眼字。」[55] 但是，由於嵌字格在出題時必為單字，而習慣上，這些單字多半或本為名詞、或被創作者詮釋為名詞。觀鄭氏所編《海角鐘聲》第一集內之兩字嵌字格作品，如「人、鳥，鳳頂格」、「醉、吟，燕頷格」「壑、雲，鳶肩格」「去、行，蜂腰格」「棋、劍，鶴膝格」「鼠、雞，梟脛格」「鶴、梅，雁足格」「青、山，魁斗格」「唱、蟬，蟬聯格」「蓮、露，轆轤格」「散、書，比翼格」「雲、泥，雲泥格」等，二十四字中僅「醉」「吟」「去」「行」「唱」「散」六字可解作動詞而已。以「唱、蟬」為例，「唱」字兼有動詞、名詞之義，又因是蟬聯格，「唱」字必居出比之末，如此位置便已有成為眼目之優勢。如淑珍之作：「馬背陽關三疊唱；蟬聲碧樹五更情。」[56] 抽離看出比末三字，固可解為「唱三疊」，為動賓結構，但因其與對比之「五更情」屬對，「三疊唱」於焉更宜解作偏正結構，「唱」字也由動詞轉而理解成名詞了。不僅如此，置於句末的動詞，除如淑珍此句中作為及物動詞而倒裝之「唱」字，還有

55　王鶴齡：《風雅的詩鐘》(北京：台海出版社，2003 年)，頁 77。

56　鄭水心主編：《海角鐘聲》第一集，頁 10b。

作為不及物動詞者，如思寧「花落後庭商女唱」便是。[57] 無論及物或不及物，由於動詞置於句末，往往會令人產生名詞化的印象，幾近歐洲語言中之動名詞 (gerund)。以上大抵都是造成鄭水心認為附題之字多為名詞的主因。

再如「散、書」之「散」本為動詞，但諸人所撰作品，多用「嵇中散」「大散關」「散氏盤」等，皆將「散」字作專有名詞使用。仍作動詞使用者，則一如前文所論「唱」字，多將「散」字置於句末，如陳其采「寄身山水容身散」、思寧「花落游移天女散」皆是。再如潛龕「塵世惱人唯聚散；半生誤我是詩書」，「聚散」與對比「詩書」皆為當句對，以蜆殼詞為名詞。[58] 唯是樹聲「千金散盡還彈鋏；萬字書成且獻言」，驟看頗有氣格，但「散盡」與「書成」實則並不工穩。[59] 相比之下，「去」「行」二字的動詞性最為強烈，而諸人之作，則以語典、事典乃至當句對的方式，使二字更為工穩。如芷汀「怎當臨去秋波轉；還望能行暮雨來」，出比用《西廂記》雜劇典故，對比用〈高唐賦〉典故，「臨去」「行雨」皆有所本。至於使用當句對的就更多了，如思寧「吾輩言行原一致；此身來去自分明」、芷汀「未容歸去開三徑；枉欲飛行攬八荒」、雪松「自來自去西樓月；時止時行北渚雲」、瘦鵑「舶來軫去塵氛暗；雨過雲行海氣清」等皆是。[60] 若如鄭水心所言，以附題之字為鐘眼，「言行」「來去」「歸去」「飛行」等尚可為說，而「自來自去」「時止時行」「舶來軫去」「雨過雲行」則必須以四字合觀，不可割裂。

---

57 同前註。

58 按：傳統所謂蜆殼字或蜆殼詞，指並列結構之兩字詞，如東西、尺寸、來回、黑白等，取其如蜆殼兩瓣之全同爾。

59 鄭水心主編：《海角鐘聲》第一集，頁 12a—b。

60 同前註，頁 6a—b。

換言之，所謂「字眼」竟達四字之多矣。

再觀前賢所論，五七言詩句倒數第三字多為詩眼，而詩眼多使用動詞或形容詞。若就詩鐘而言，是否在鶴膝格（五唱）選用「去行」「醉吟」一類的動詞或形容詞，就可達致詩鐘字眼與詩眼重合的效果？查《海角鐘聲》及《閒話詩鐘》所舉鶴膝格，題目皆無選用動詞者。然台灣陳懷澄主編《吉光集》中，倒是有不少例子。如「一鷗點水白於雪；羣蝶過牆知有花」（白、知），「病久味惟知藥石；家貧典已到琴書」（知、到），[61] 第五字皆用得極妙。如一「到」字，便呈現出萬般無奈與不捨之意。且此四字在句中皆有較強獨立性，上下無字可附，只能自成鐘眼。如是一來，鐘眼與詩眼真箇合二為一了。當然，即使五唱使用動詞也非一定如此。如「將軍碑有平西績；少保墳無向北枝」（平、向）、「沙場幾見生還將；酒國曾無醉死人」（生、醉），[62]「平西績」「向北枝」「生還將」「醉死人」皆為成詞或警語，必須三字合看，方成「字眼」。又如「近窪地氣生霉易；濱海人居煮滷多」（生、煮），[63]「生」「煮」雖為動詞，但與下字組成「生霉」「煮滷」之「字眼」，一如鄭水心所論；而兩句之詩眼，大抵卻在「易」「多」兩個末字了。

（二）論平仄

〈詩鐘凡例〉云：「詩可用拗句，惟詩鐘則須平仄和諧，故第一字第三字可不論，第五字則必論。」[64] 此言甚簡，然其意謂詩鐘不可使用拗句，而就「一三五不論」而言，則對第五字的要求

61　《吉光集》，頁 20。

62　同前註，頁 21。

63　同前註。

64　鄭水心主編：《海角鐘聲》第一集，頁 3b。

必須嚴謹，與一、三字之寬鬆不同。先看第三字。張西廂〈鐘聲〉云：「第一字可不論，第三、第五字則必論。出比第三字可不論，對比第三平（按：此字疑衍）字則必論。」[65] 然觀張書所舉阮毅成「一夜案頭梅欲入；十年窗下鐵為穿」，[66] 便是出比第三字應平作仄，對比第三字應仄作平。樾孫「脫穎奪元輝虎榜；枕戈待旦渡鯤溟」，[67] 則出、對比第三字皆作仄而撞聲。可見張氏所論有嫌瑣細，且尚有不清之處。而鄭水心〈詩鐘全貌〉大抵綜合了〈詩鐘凡例〉與張書之說而指出：「第三字雖可不論，但如一連三仄，讀之不能成聲，亦所不取。」[68] 所言較張氏為明晰。也就是說詩鐘無論出、對比，都不宜有三仄頭。如上文之「一夜案」「脫穎奪」便皆是三仄頭，此為「仄仄平平平仄仄」之基本句式。至於「仄仄平平仄仄平」，一旦採用三仄頭便可能導致孤平，更不可取。

而第五字方面，張西廂云：「例如『珠簾暮捲西山雨，畫棟朝飛南浦雲』『巫峽啼猿數行淚，衡陽歸雁幾封書』在詩固稱名句，在鐘則嫌數字拗讀，而『南』字失調也。至若對比第三字，應平而用仄，在古人七律詩中，尚不多見，況於鐘乎！」[69] 由於詩鐘僅兩句十四字，遠不及絕句、律詩之篇幅，故於聲律須求精緻，不宜使用拗救。如「巫峽」句便是單拗，「珠簾」聯雖非拗救，但第五字「西」「南」撞聲，故亦不宜。然張氏所論也非必然，如其所舉元英「紅豆三唱」：「燈光豆炧勞人草；樓影鴻飛思

65 張西廂：《閒話詩鐘》，頁 9。

66 同前註，頁 12。

67 同前註，頁 15。

68 鄭水心：〈詩鐘全貌〉（十二），《新希望週刊》第 12 期（1954.05.24），頁 13。

69 張西廂：《閒話詩鐘》，頁 9。

婦花」，[70] 對比第五字「思」便是以平字居仄位，與出比「勞」字撞聲。而鄭水心〈詩鐘全貌〉則云：

> 作詩聯先講平仄，習說：「一三五不論，二四六分明。」但作詩鐘，一三可不論，五則必論。如前述之鶴膝格（五唱）「宮戰」與「鞭影」，左右不能互調，調則撞聲，撞聲等於詩之拗句矣。[71]

以鄭氏前舉「鞭、影，五唱」為例：「不信長流鞭可斷；最難清夜影無慚。」[72] 若平仄對換，出、對比便分別成為三仄尾與三平尾。三仄尾常見於近體，三平尾則為近體大忌，二者皆不可施於詩鐘。再觀鄭氏所舉「宮、戰，五唱」之例：「光分六角宮燈豔，氣壓三邊戰馬驕。」[73] 若易「宮」為「綵」、易「戰」為「戎」，則成為「平平仄仄仄平仄，仄仄平平平仄平」之格式，亦即傳統所謂「雙換詩眼」，乃一種特殊之平仄安排，用於近體詩則可，用於詩鐘卻不可。鄭文又舉七律諸聯為例：

> 作七言律詩，不妨有拗句，有時反以拗句見長，如杜少陵之「映階碧草自春色，隔葉黃鸝空好音」，「自」字與「空」字平仄相拗。「伯仲之間見伊呂，指揮若定失蕭曹」，「見」字與「伊」字平仄倒置。「悵望千秋一灑淚，蕭條異代不同時」，「一」字應平而仄。「疏燈自照孤帆宿，新月猶懸雙杵鳴」，「雙」字應仄而平。又如蘇東坡之「身行萬里半天下，

70　同前註，頁 14。

71　鄭水心：〈詩鐘全貌〉（十一），《新希望週刊》第 11 期（1954.05.03），頁 13。

72　鄭水心：〈詩鐘全貌〉（二），《新希望週刊》第 2 期（1954.03.08），頁 11。

73　同前註。

眼高四海空無人」，「半」字與「初」字平仄相拗。「微明燈火耿殘夢，半濕簾帷浥舊香」，「耿」字與「浥」字平仄互拗。「三過門前〔間〕老病死，一彈指頃去來今」，「老」字應平而仄。「聞到攜壺問奇字，更宜振履出商音」，「問」字與「奇」字平仄倒置。杜蘇各句，在詩界裏，皆屬名句，但第五字俱拗，但不可為詩鐘之典則。[74]

鄭氏所舉諸例，包括拗救與特殊平仄安排，除雙拗（如杜牧「南朝四百八十寺，多少樓台煙雨中」）之外，皆有點及。茲可分為幾類。

第一類單拗，亦即單句拗救。「伯仲之間見伊呂，指揮若定失蕭曹」「聞到攜壺問奇字，更宜振履出商音」，「伊」「奇」應仄而平，為拗，「見」「問」應平而仄，為救。如此一來，出、對比第五字皆為仄聲，第六字皆為平聲，兩度撞聲。

第二類為三仄尾，為特殊平仄安排，並非拗救。「悵望千秋一灑淚，蕭條異代不同時」，「三過門間老病死，一彈指頃去來今」，「一」「老」二字皆應平而仄。導致出、對比第五字皆為仄聲。

第三類傳統或稱「孤平拗救」，但實非拗救。「僧臥一庵初白頭」，因第三字「一」應平而仄，若第五字改「初」為「乍」，則「庵」字成為孤平。此外，「疏燈自照孤帆宿，新月猶懸雙杵鳴」一聯與之類似，但因對比第三字「猶」本為平聲，故若改「雙」為「兩」，依然合律。[75]

---

74 鄭水心：〈詩鐘全貌〉（十二），《新希望週刊》第 12 期（1954.05.24），頁 13。

75 如李商隱〈代應二首〉其一之首聯：「溝水分流西復東，九秋霜月五更風。」首句之「分流西」為中三平，第五字「西」既不影響格律，也無拗救之實。

第四類傳統或稱「雙換詩眼」，亦非拗救。且此處所謂「詩眼」並不同與前文所論，僅指出、對比之倒數第三字而已。「映階碧草自春色，隔葉黃鸝空好音」一聯，關鍵在於出比「自」字應平而仄，但這只是特殊之格律安排；對比「空」字應仄而平，使該聯多一平聲字，不過是詩人自己的考量，並非「空」字處並非必須應仄而平不可。「身行萬里半天下，僧臥一庵初白頭」也與之接近。但如上文所言，「初」字應仄而平，並非為了「救」出比的「半」字，而是為了避孤平而已。

第五類傳統或稱「單換詩眼」，同非拗救。「微明燈火耿殘夢，半濕簾帷浥舊香」，出比「耿」字應平而仄，但對比「浥」字處並不需要應仄而平，以求補救。由是亦可證明「雙換詩眼」並非拗救。

由以上所論可見，只有「仄仄平平仄平仄」的單拗屬於拗救，其餘皆為特殊平仄安排而已。[76] 然就詩鐘而言，這些拗救或特殊平仄安排都可能導致出、對比之第五字撞聲。在詩鐘作品裏面，對比甚至連使用「仄仄平平平仄平」者都為數極少。由於詩鐘篇幅小，拗救或特殊平仄安排不僅令聲律不盡諧和，且有取巧之嫌，如此也削弱了詩鐘的精緻之美，故為方家所不取，可以理解。只是鄭水心將各類撞聲皆「等於詩中之拗句」，則未必然矣。

(三) 論對仗、輕重與集句

詩鐘幾乎等同於七律之二、三聯，自然以對仗為要務。〈詩鐘凡例〉中，對仗一則便有七條；鄭水心文論對仗雖只有四點，

76　關於拗救及特殊格律安排，參何文匯：《詩詞曲格律淺說》（台北：台灣書店，1999年）。

但二者內容多有相似之處。〈凡例〉第一條便聲明詩鐘對仗理應從嚴：「從嚴格而論，以地名對地名，姓名對姓名，別號對別號，男對男，女對女，為工整，倘字面亦能對仗工整如『放翁』對『茂叔』之類更佳，否則視為小疵，造句雖工，亦難躋前列。」[77] 鄭文則在此基礎上再作補充修正。如其以為專有名詞之屬對，「不獨同類拼合，還要字面上每一個字，彼此都可以相對，如『薊北』對『遼西』為最工，合之『薊北』可對『遼西』，分之『薊』可對『遼』，『北』可對『西』也。若『香港』對『遼西』則欠工矣。」[78] 餘不贅。此外又舉反例云：「他如以香港對趙雲（地對人）、關羽對孔明（姓名對別號）、馬遷對葛亮（割裂）則更不工矣。」[79] 不過，鄭氏雖仍視此等為「小疵」，態度視〈詩鐘凡例〉卻已有所不同：「如全句能運用自然，則不宜過於拘泥。」[80] 語氣顯然更為寬鬆。即如《海角鐘聲》第一集所錄作品中，如「散、書，比翼格」：「杜房並駕中書省；金宋相持大散關。」[81]「中書省」為機構名稱，「大散關」為地理名詞，二者類別不同卻仍可屬對，只因對仗頗為工整。再如張西廂〈鐘對〉列舉字面相對之例，除了「放翁」對「茂叔」，還有「司馬」對「臥龍」。[82] 然就性質而言，司馬為姓氏，臥龍為別號，一如「關羽」「孔明」之不同。然「司」「臥」為動詞，「馬」「龍」為動物，字面上極為精工，故可不計。

詩鐘對仗之不工穩，還有一種所謂「三腳鐘」。〈凡例〉云：

---

77 鄭水心主編：《海角鐘聲》第一集，頁 2a。

78 鄭水心：〈詩鐘全貌〉（九），《新希望週刊》第 9 期（1954.04.12），頁 12。

79 同前註。

80 同前註。

81 鄭水心主編：《海角鐘聲》第一集，頁 22a。

82 張西廂：《閒話詩鐘》，頁 6。

「以一物對兩物者，謂之三腳鐘，照例不取。例如『風雲』對『秋月』，『風雲』是兩物，『秋月』乃秋天之月，仍是一物，在詩則可，在鐘句則不可。」[83] 實則此種三腳對在近體詩中也不為工整，這在張西廂〈鐘對〉中便有回應：「例如『風雲』對『秋月』，『雨露』對『春煙』，『風雲』『雨露』，各為二物，而『秋月』『春煙』，各為一物，在律詩中尚嫌不稱，何況詩鐘？」[84] 鄭水心〈詩鐘全貌〉亦承舊說，未有申發。

〈凡例〉又云：「出比對比須輕重勻稱，若一比堂皇，一比小巧，則對仗雖工，亦僅能作中下之選。」[85]〈詩鐘全貌〉另立〈輕重〉一節，相關論述更為仔細：「要使兩句勢均力敵，不可一句雄壯，一句纖弱，或一句廣大，一句渺小，此均就氣象而言之，旨在兩句能打成一片，盡泯強湊之跡。」[86] 誠然，詩鐘無論嵌字、分詠，兩句都要圍繞不同題目展開，容易產生割裂的弊端，因此鄭氏十分強調兩句要打成一片。此外，鄭文又以秦觀（1049–1100）「有情芍藥含春淚，無力薔薇臥曉枝」、韓愈「升堂坐階新雨足，芭蕉葉大梔子肥」之詩句為例而論云：

> 秦句婉麗，韓句雄豪，二者之氣象不同，各擅其勝，自不能強為比附，遽定優劣。但在詩鐘方面，可作如是說：「為使兩句之氣象相同，不可一句如秦之婉麗，一句如韓之雄豪。」[87]

83 鄭水心主編：《海角鐘聲》第一集，頁 2a。

84 張西廂：《閒話詩鐘》，頁 7。

85 鄭水心主編：《海角鐘聲》第一集，頁 2a。

86 鄭水心：〈詩鐘全貌〉（十二），《新希望週刊》第 12 期（1954.05.24），頁 13。

87 同前註。

至於張西廂〈鐘對〉，則將之兩句彼此失衡的詩鐘稱為「跛腳鐘」，建議作者先從平易處着筆，方可減少此種困難。[88] 實際上，這仍是因為詩鐘篇幅短小，不似近體詩具有轉圜的餘地。一旦兩句情調不同，難以使氣象相彷彿，就接近無情對了。

與無情對性質相近的還有借對。如李商隱〈馬嵬〉：「此日六軍同駐馬，當時七夕笑牽牛。」「駐馬」為動賓結構短語，「牽牛」為專有名詞，故為借對。然無情對往往是兩句整體的氣象、內容不侔，借對則可謂是局部的無情對，只出現在一句的二三字中。〈凡例〉論借對云：「鐘句字類對仗，不宜假借過多，例如『萬里悲秋常作客，百年多病獨登台』，在詩則為名句，在鐘則嫌其以『病』對『秋』，又復以『台』對『客』，兩單字均屬借對，不能入選，與『猿聲』對『人語』之兩字連用、借對一字者有別。但蜆殼字則不在此例，如『古今』對『江漢』、『花木』對『樓台』之類，均無不可。」[89]〈凡例〉謂「不宜假借過多」，固然。但其將「病、秋」，「台、客」甚至「猿、人」視為借對，則有問題。蓋這幾對詞語，詞性皆相同，只是類別不同而已。（至於蜆殼詞因是當句對，又另當別論。）相對而言，張西廂所舉之例則較為正確：「詩鐘常有以字面相對而假借者，例如『重九』五唱，『昂藏願拜重瞳象；諂媚寧容九尾狐。』『象』與『狐』，字面相對而實不對，雖極巧妙，亦以少用為上。蓋『九尾狐』為一固定名詞，而『重瞳象』則否，難免對仗不稱之嫌。」[90] 張氏以「象」為借對，誠然。「象」字此處雖應解作畫像，但也可解作虞舜所馴服之動物象（或

88 張西廂：《閒話詩鐘》，頁 7。

89 鄭水心主編：《海角鐘聲》第一集，頁 2b—3a。

90 張西廂.：《閒話詩鐘》，頁 7。

神話中之舜弟）。但無論如何，「重瞳象」畢竟為二物，「九尾狐」則為一物，如是又有三腳鐘之嫌，可謂節外生枝。倒是張書所舉「春聯，魁斗格」之作品，「聯」字必在出比之首或對比之末，往往並非解作對聯，而是作動詞之用，如似庵「聯轂碾殘千里雪；歸途吟過萬山春」，[91] 此處「聯」字當可視為假借或借對了。不過，「聯」字無論解作名詞或動詞，皆有成雙成對之意；而「象」作為名詞卻是多義詞，用於詩鐘，拼湊之跡更為明顯。但有趣的是，鄭水心〈詩鐘全貌〉一文中，對假借的論述似乎吸納了〈凡例〉、張書之說，卻並未進一步討論文字之假借，而是着眼於詞性之不相對：

> 不宜假借過多，字原有類，如名詞、動詞、形容詞、〔……〕應各從其類為對。尤以名詞，更可分為天文、時令、地理、〔……〕湊對時，但總以天文對天文、時令對時令、地理對地理為工。然若崔顥詩：「晴川歷歷漢陽樹，芳草萋萋鸚鵡洲」，李白詩：「三山半落青天外，二水中分白鷺洲」，杜甫詩：「三分割據紆籌策，萬古雲霄一羽毛」，李商隱詩：「身無彩鳳雙飛翼，心有靈犀一點通」，沈佺期詩：「九月寒砧催木葉，十年征戍憶遼陽」，此等詩句，在詩之領域，均係佳句，但不可為詩鐘之典則，以其多假借而欠嚴謹也。「漢陽」之「樹」，顯為兩物，「鸚鵡洲」則三字連成一個名詞，犯三腳鐘之弊。「白鷺洲」是三字連成一個名詞，「青天」之「外」，又是兩事，「外」字何能對「洲」？「割據」對「雲霄」，已感虛實不稱，「紆」對「一」，則更不類。「雙飛」對「一點」，

91　同前註，頁 22。

已欠穩。而「通」字是動詞，「翼」字是名詞，何得強為比附？「木葉」對「遼陽」，亦嫌太開。但作詩假借多，仍不失為好詩。若詩鐘假借過多，則捉襟見肘矣。[92]

鄭氏之批評，大多合理，但也有自相矛盾之處。如杜甫「割據」對「雲霄」，便是蜆殼詞，既可形成當句對，便無須苛責。此外，鄭文指出的這些弊端似乎不能一概視為「假借」或「借對」。崔顥〈黃鶴樓〉、李白〈登金陵鳳凰台〉，本來就是古風七律，屬對不工，亦是自然。且如「外」「洲」二字正因為皆非多義詞，無法假借，方會令人感到詞性不對。「木葉」為偏正結構的普通名詞，「遼陽」為述補結構的專有名詞，二者固然不對，但也難以假借為說。張西爾也有類似的狀況，他以李商隱「春蠶到死絲方盡，蠟炬成灰淚始乾」中「以『春蠶』對『蠟炬』，不能合格」，[93] 卻並未能說明這兩個詞語如何假借或借對。實則「春蠶」為偏正名詞，「蠟炬」為述補名詞，問題在於語法結構不同，並不在於借對。相形之下，倒是「雙飛」對「一點」，「點」字除可解作量詞，又可解作動詞，更符合假借的規律。故筆者以為，鄭水心討論假借或借對的這一段乃是〈詩鐘全貌〉中最為散亂者，其部分內容實可劃入「三腳鐘」一節而加以闡發，另一部分則繫於第一點「字面貴工整」之後，蓋第一點多以專有名詞為例，此處則可列舉普通名詞及其他詞性之詞語，以見工整之必要。至於「雙飛」對「一點」，乃是假借或借對之重要例證，宜更多舉例，以明假借或借對之優劣。

92 鄭水心：〈詩鐘全貌〉（十二），《新希望週刊》第 12 期（1954.05.24），頁 13。

93 張西爾：《閒話詩鐘》，頁 7。

(四) 論用典、白描與風格

鄭文〈論詩鐘作法〉部分有〈用典〉一節，此外〈集句〉一節及〈對仗〉節中「用字貴有來歷」一點，皆涉及用典。至於〈白描〉則討論與用典相反之寫作方法，這些都可在本節並論。整體而言，〈用典〉一節分為「宜用正典」「不宜專嗜用僻」「不宜杜撰」三點，基本上討論的都屬於事典，而「用字貴有來歷」一點，所論則偏向於語典。而集句方面，則往往介乎二者之間。茲於本目依次探討之。

〈詩鐘凡例〉限於體例，用典一則的內容較為簡要，但已點出當時詩鐘創作的習慣。第一條云：「稗官野史之章回小說，不能引用，如魏蜀吳事，應引陳壽《三國志》，不引用羅貫中之《三國演義》。」第二條云：「愛用僻典，亦非大方家數，且有纖巧之嫌。」[94] 這兩條的內容，在張西廂〈鐘典〉中也有道及：「鐘貴典麗堂皇，引用僻典固不宜，即稗官野史之章回小說，亦須避用為宜。」[95] 對於不用僻典、不用稗官的原因，張氏點出是要追求詩鐘「典麗堂皇」的風格。實際上，稗官野史多為文言著作，年代一般較早，故宋代以後詩人引用並不罕見。至於章回小說乃元明之世方才流行，又多以白話撰寫，而傳統詩歌以雅正為基調，引用章回小說的內容自然可能導致風格的俗化。但是，鄭水心〈詩鐘全貌〉在「宜用正典」一條中提出不宜使用《竹書紀年》「伊尹放太甲」之典，[96] 則未免以儒家立場發衛道之言矣。因此，「宜用正典」之論當站在詩鐘風格、而非門戶之見的角度而發，方為適

94　鄭水心主編：《海角鐘聲》第一集，頁 3a。

95　張西廂：《閒話詩鐘》，頁 5。

96　鄭水心：〈詩鐘全貌〉（十），《新希望週刊》第 10 期（1954.04.26），頁 12。

合。隨着世代的改變，創作者更應與時俱進，避免墨守陳規。其次，鄭水心〈詩鐘全貌〉又論僻典之運用道：

> 詩鐘之巧拙，不在用典之深僻與顯淺，如專事用僻，以炫淹博，所謂扮鬼嚇人，亦墮魔道。如以「里耳」對「江頭」，字面本極工整，但「江頭」為一般人所知，「里耳」則較為深僻矣。(「里耳」出於《莊子》:「大聲不入於里耳。」) 且能用此類僻典，也不見有軼倫超羣之處也。[97]

《顏氏家訓・文章篇》引沈約之說云：「文章當從三易：易見事，一也；易識字，二也；易誦讀，三也。」[98] 用僻典、用難字，則不易見事、不易識字。鄭文所舉「里耳」，為字面容易、典故冷僻之例，可以突顯僻典的問題。使用僻典的傾向，大抵始於江西詩派，到清代宋詩派盛行，僻典的運用更所在多有。近人吳世昌所言：「舊詩作得好的人大都得博覽古典文學作品，故詩中用典是常事。但熟典用得太多未免『雅得太俗』，所以詩人有時愛用僻典。」[99] 但〈詩鐘凡例〉批評僻典的運用「非大方家數，且有纖巧之嫌」，也正是張西厢批評不夠「典麗堂皇」之意，而鄭水心更指出僻典的用者往往會予人以炫奇務博，甚至卞急自詡的印象。且區區十四字，卻不易見事、不易識字，令閱讀理解產生窒礙，自不可能「軼倫超羣」，故非詩鐘創作之道。[100]

97　鄭水心：〈詩鐘全貌〉(十二)，《新希望週刊》第 12 期 (1954.05.24)，頁 13。

98　【北齊】顏之推著，王利器集解：《顏氏家訓集解》(北京：中華書局，2016 年)，頁 253。

99　吳世昌：〈郁達夫舊詩用僻典〉，載氏著，吳令華編：《詩詞論叢》(北京：北京出版社，2000 年)，頁 342。

100　此外，鄭文還有一條講述「不宜杜撰」，此本無須置辯者。而〈詩鐘凡例〉還提及「出比對比典故時代，不宜相距過遠」(頁 2b)，然觀後文所錄，亦往往未必謹守。故本文姑且不論。

相形之下，白描手段反視用僻典為更佳。故〈凡例〉云：「不用典故，謂之白描，其雋永者亦有可取。」[101] 然玩味此語，似仍以用典為上。張西廂之説則有所不同：「古人名句，多用常語而不用典，如『露從今夜白，月是故鄉明。』語雖淺近，意則深長，詩鐘亦何獨不然？不得已而用典，既忌過僻，而點題亦極嚴格。」[102] 顯然對白描更為推崇。〈詩鐘全貌〉中，鄭水心顯然從善如流，進一步發揮了張西廂所論：

> 在詩之境界裏，本以白描為最高，〈國風〉較〈雅〉〈頌〉為自然、真切，即在白描，不用典實，蓋〈國風〉為大眾文學，〈雅〉為士大夫文學，〈頌〉為廟堂文學，大眾為平民，藏於心者宣於口，無所顧忌，無所隱諱，若士大夫則不免矜持粉飾矣。若廟堂則以歌功頌德為能事，更失真矣。王國維論詞，標出隔與不隔之旨，謂周邦彥之「桂華流瓦」以「桂華」代「月」，終隔一層。移之論詩鐘，白描是不隔，用典則隔矣。宋人筆記載：某人大書「宵寐匪禎扎闥洪庥」八字於門，人初訝之，其實乃「夜夢不祥開門大吉」耳，乃費如許力量，適為有識者笑耳。故詩鐘亦貴白描，但不可過於枯淡、淺露，要有風華，有含蓄，弦外音、味外味，斯為上選。[103]

這段文字雖以白描之討論為主，但也補充了不少關於用典的論述。如「宵寐匪禎」一例，可與「不宜專嗜用僻」參照，可見「易

101 鄭水心主編：《海角鐘聲》第一集，頁 3b。

102 張西廂：《閒話詩鐘》，頁 5。

103 鄭水心：〈詩鐘全貌〉（十一），《新希望週刊》第 11 期（1954.05.03），頁 13。

識字」之重要。至於「桂華」一語屬於借代，六朝多有使用。駱鴻凱《文選學》便曾對好用代語的利弊加以評斷：「六朝好用代語，觸手紛綸。〔……〕託始於卿固，中興於潘陸，顏謝繼作，綴緝尤繁。而溯其緣起，大抵尤文人厭讀舊語，欲避陳而趨新，故課虛以成實。抑或嫌文辭之坦率，故用替代之詞，以期化直為曲，易逕成迂。雖非文章之常軌，然亦修辭之妙訣也，安可輕議乎！」[104] 代語的典實或有或無，但其使用仍可視為廣義之用典。駱鴻凱指出由於文學作品陳陳相因，造語逐漸陳舊，令文辭顯得過於直白，而代語的使用能令文字產生新鮮感，「化直為曲」。因此，駱氏將代語推為「修辭之妙訣」，但也點出仍非「文章之常軌」。代語固然可使文字蘊意含蓄、增添美感，但過多的使用，卻可能易造成文義晦澀難解，甚至模糊文章的旨意。且代語在六朝駢文中雖受歡迎，但近體詩的體裁與駢文不同，故唐宋以降詩人對代語的使用可謂適可而止。鄭文徵引王國維（1877−1927）「隔與不隔」之說，可謂確論。且詩鐘限於篇幅，更不宜多用代語。至於鄭文以《詩經》為例，提出詩之境界以白描為最高，其評價當高於〈詩鐘凡例〉矣。只是其謂白描之風格上「不可過於枯淡、淺露，要有風華，有含蓄，弦外音、味外味」，則與詩貴含蓄之旨一脈相承。鄭氏此說，也是針對詩鐘流派而發，其在〈風格〉一節論道：

> 大抵粵派喜用典實，對仗又極嚴謹，有時工切無倫，懸諸國門，不能易一字；然其短處，或流於艱深，或流於壅滯，或流於枯淡。閩派則使才氣、然（按：此字疑衍）尚

104 駱鴻凱：《文選學》（北京：中華書局，1989 年），頁 356。

> 風華，縱筆所至，陸士衡所謂「詩緣情而綺靡，賦體物以瀏亮」，兼而有之；然其短處，或失於浮滑。精密衡之，閩派似勝粵派一籌，蓋能多含詩之成分也。[105]

將詩鐘分為閩、粵兩派，蓋始於易實甫於民初所撰〈詩鐘說夢〉一文，[106] 此說其後廣為接受。鄭水心此文與歷來不少論者一樣，指出用典與白描分別是粵派與閩派之主要特徵，用典則典雅，白描則風華。此論在〈詩鐘凡例〉已見端倪：「詩鐘雖定律謹嚴，但句法仍須有詩句之風格聲調者，方為正宗。否則僅如一副對聯，縱極典雅，仍與詩鐘名義不符。惟粵派每有此種流弊，以大致而論，不若閩派之風華典則，兩者兼之也。」[107] 故鄭文進而提倡兼有嚴謹工切與風華含蓄，而避免艱深枯淡與浮滑淺露。當然，若不以事典、代語修飾其枯淡淺露，則須在造意上多下功夫。而「用字貴有來歷」一點，當可對治其病。所謂「用字貴有來歷」，接近今日所言之語典。但由於「有來歷」，在創作和閱讀時自然也可能「引譬連類」，涉及其前文本之內容與主題，因此又未嘗不可視為語事混合典。〈凡例〉云：

> 全句對仗，以字字有出處為最上乘。如「兩、空，第六唱」：「不住猿聲啼兩岸，但聞人語響空山。」字字出自唐詩，故為難得。又如「暮、紅，第五唱」：「屯田風月紅牙拍，開府江關暮齒哀。」一出於詞話，一出於賦，亦每字俱有所本。[108]

---

105 鄭水心：〈詩鐘全貌〉（十三），《新希望週刊》第 13 期（1954.06.14），頁 13。

106 見易實甫：〈詩鐘說夢〉，收入王鶴齡：《風雅的詩鐘》，頁 221–225。

107 鄭水心主編：《海角鐘聲》第一集，頁 3b。

108 同前註，頁 2b。

又云：

> 基於上項原因，固能兩比分集古人詩句，且對仗工整者，即膺首選。[109]

上引〈凡例〉所舉兩例，鄭文皆沿用之。其二仍涉及柳永（985–1053）、庾信（513–581）之事典，其一則幾近完全之語典，讀者即使不諳李白〈早發白帝城〉、王維〈鹿柴〉，也基本上能了解此鐘之內容，若知道出典則理解之層次更為豐富。故鄭文稱許其「俯拾即是，鐘眼又實（兩岸、空山）」。此外，鄭水心於文中又舉易實甫之「李三姑，鼎峙格」：「一門桃李誇多士；三日羹湯試小姑。」並稱許其「皆有所自來，無一泛字」。[110] 此鐘出比典出唐相狄仁傑桃李滿門，但後世已多用「桃李滿門」比喻人才之栽培，幾乎無涉於狄氏，故可謂早成語典。對比典出中唐王建詩：「三日入廚下，洗手作羹湯。未諳姑食性，先遣小姑嚐。」原文便文字淺顯，羌無典實。因此，易實甫此作無一字無出處，卻幾乎可謂老嫗能解。至於出比言金榜題名、對比言洞房花燭，於意境上又緊密無間。[111] 進而言之，〈凡例〉作者已指出集句乃是「貴有來歷」的極致，但兩句務必對仗工整。陳其采為張西廂《閒話詩鐘》作序，便舉出張氏「劍、紅，三唱」之集句鐘：「花迎劍珮星初落；風掣紅旗凍不翻。」並稱許其「集句自然，欣賞不置，爰拔為冠軍」。[112] 此鐘出比出自〈奉和中書舍人賈至早朝大明

---

109 同前註。

110 鄭水心：〈詩鐘全貌〉（九），《新希望週刊》第 9 期（1954.04.12），頁 12。

111 不少易實甫的作品皆出自其所著〈詩鐘說夢〉一文，鄭水心得見此書當亦與易君左有關。

112 張西廂：《閒話詩鐘》，頁 1。

宮〉，對比出自〈白雪歌送武判官歸京〉，皆為岑參之作。然若苛求，「劍珮」「紅旗」作為鐘眼，雖屬對巧妙，但「劍」為名詞，「紅」為形容詞，猶有瑕疵耳。唯因其他諸字對仗工穩，故能遮蔽此瑕。而鄭文在〈集句〉一節中，從一唱至七唱各舉一例，大抵雖皆工整，以致「座中名手，為之擱筆」，[113] 但仍有上述「劍珮」「紅旗」之類的小疵。且如此集句還受題目之限制，困難尤大，若非腹笥豐厚，難以為此。鄭文又云：「若只用前人一句，而自己另做一句以對之，謂之半面妝（《南史》：梁元帝眇一目，徐妃知帝將至，必為半面妝以俟），則失集句之本意矣。」[114] 不過綜觀《海角鐘聲》所錄作品，往往有一句採前人成句更易幾字者，一句則純為新撰。既然更易幾字並非難事，甚或且有點石成金之妙，一般作者於「半面妝」自然避之唯恐不及了。

三、結語

清末以來，詩鐘成為兩岸三地詩人雅集內深受歡迎的文字遊戲。然而由於香港地區的詩鐘文獻一向難徵，導致相關研究停滯不前。筆者以為，鄭水心可謂香港詩鐘發展的見證者。如程中山指出：「1926 年年底大罷工結束，社會日趨穩定，居港文人又開始重新結社，文風重現。1927 年譚汝儉與梁廣照、吳肇鍾、鄭水心、蕭存甘等組織宋社，在九龍宋王台、鶴嶺一帶雅集，唱和詩詞。」又云當時香港詩社眾多，著名詩人「同時加盟各大詩社，醉心詩鐘詩畫創作，樂此不疲，文壇相當熱鬧」。[115] 可見

113　鄭水心：〈詩鐘全貌〉（十二），《新希望週刊》第 12 期（1954.05.24），頁 13。

114　同前註。

115　程中山：〈特以正聲標義旨：三十年代香港正聲吟社研究〉，《中國文化研究所學報》第 74 期（2022.01），頁 142－143。

鄭水心早在1920年代便可能關注，甚至參與香港的詩鐘雅集活動。1950年代，香港成為南來文人的麕集地，不同省籍的詩人開始結社吟唱，以消閒紓憂，而海角鐘聲雅集便是表表者。鄭水心不僅積極投入雅集創作，先後主編《海角鐘聲》一、二集，更將其〈詩鐘凡例〉擴充為〈詩鐘全貌〉一文，於1954年在香港《新希望週刊》連載。就香港而言，歷來關於詩鐘的討論皆十分零碎散亂。唯海角鐘聲社員張西廂赴台後於1953年撰成〈閒話詩鐘〉一文，單篇印行；其內容雖多參考、酌選《海角鐘聲》之凡例與作品，但畢竟梓行於台，在港影響不大。1954年春，鄭氏前往台北參加聯合詩鐘大會，返港後撰成〈詩鐘全貌〉一文，蓋亦參考了張西廂《閒話詩鐘》及其他台灣詩人學者之相關著作。故鄭文雖然後出，卻儼然有作為海角鐘聲雅集之代表人物來正式推出詩鐘理論的意圖。有見及此，筆者故以〈詩鐘全貌〉為中心，以窺探香港之詩鐘情狀於一斑。

如前文所論，鄭文共分為十三期連載，主要可分為詩鐘例格與作法之探討。例格方面，他在某些分類上與張西廂略有分歧，卻也呈現出他對詩鐘的認知。如籠紗格乃是「將題字暗藏於鐘聯中」，本不屬於嵌字格，鄭氏也認為此格與分詠格相似。但是一般來說，分詠格之題目以詞、事為主，籠紗格則以字為主。因此，籠紗格與晦明格的關係更為密切。將籠紗、晦明二格並置於嵌字格下，雖不完全精準，卻頗便初學者熟習各種例格。此外，碎錦格之六逸、七賢、八龍、九老諸格，鄭文也因其創作「卷舒不易」「殊多窘態」，只是一筆帶過而已。由此可知，〈詩鐘全貌〉一文乃是重實踐於理論。至於作法方面，鄭文對鐘眼、平仄、對仗、用典等皆有頗為詳細的論述。如他認為鐘眼只應用於嵌字方面，並要「切實不浮，或成名詞，或是典故」。雖是就前人「附題之字」的進一步發揮，卻也言之有據，便於初學下筆。復如反對僻典、推崇白描，也是平實合理之論。

不過，大概鄭水心此文因係連載，撰寫倉促，因此未盡完善處也不時可見。首先，文章題為〈詩鐘全貌〉，然篇幅僅萬餘字，似乎名實未副，此蓋鄭氏早年擔任報刊主筆之習氣使然。舉例而言，如關於詩鐘之流派，鄭氏雖然提出閩派主性靈、粵派尚典實，但二者的濫觴與源流卻並無足夠篇幅加以介紹，俾學者進一步探究觀摩。度其原因，蓋是鄭水心對此文的動機乃是以創作為鵠的，兼以期刊版面有限，故不得不加以省略。但如此一來，重實踐而輕源流，採用「全貌」二字則未免有英雄欺人之嫌了。其次，將鐘眼界定為附題之字，並非百試百靈。如果鶴膝格（五唱）的題目選用動詞或形容詞，往往可能導致上下無字可附，只能自成鐘眼。鄭水心為鐘壇老手，必然了解這種情況。但在文章內毫無一字提及，可謂避重就輕，卻並不能消除初學者的疑惑。再者，用典不得採用稗官野史、兩典之時代不宜相差過遠，此等規矩似有不合時宜之感。詩鐘不用拗句，要求雖然合理，但鄭氏將一切特殊平仄安排全歸為拗句，則未必然——當然，這更是鄭氏一輩學者的通病。至於將假借、借代、借對等概念加以混淆，更是此文的一大缺憾。復次，此文所舉大部分鐘例，皆不標出處。這種習慣早已見於陳懷澄《吉光集》，其〈編輯凡例〉云：「舊本作者，名字有註有不註。今一概不為列入，傳其詩不傳其名，閱者諒之。」[116] 鄭文不標出處，蓋亦由於作品大多出自其主編《海角鐘聲》之故。但如此安排畢竟有涉掠美，未足為訓。

116 陳懷澄：〈編輯凡例〉，載氏著《吉光集》，頁 4。

然而，鄭氏工於詩詞，其關於詩鐘之論述不時有獨到之見，故〈詩鐘全貌〉雖未必能全方位地細緻展現詩鐘之理論、流派，卻頗具實用性，可謂甚佳之學詩初階教材。唯鄭氏雖然著作等身，但生前結集梓行者為數甚鮮。不難想像，如果鄭氏晚年將〈詩鐘全貌〉一文重新修訂，必能論述更精、流傳更廣、影響更大。只是歷史從來沒有「如果」，這也是吾輩後進戮力於整理先賢文化遺產、客觀評斷、化為今用的主因。

| 第三章 |

詞學觀念之實踐
—— 陳璇珍的詞創作及修改

陳璇珍（1910－1967），現代女性詩詞家。[1] 祖籍廣東大埔，生於印尼蘇門達臘。少承家學，浸淫辭章，喜讀詩詞與新詩，及笄之年回國。1931 年左右，負笈廣州中山大學法律系，課餘拜文壇耆宿黃榮康（字祝蕖，1877－1945）為師，於詩詞吟詠頗下一番功夫。與一般閨閣詞人不甚相同，璇珍喜愛辛棄疾詞，下筆時每每效其風格。又善丹青，尤工松樹，下筆渾厚古拙。畢業後，任廣州民生中學校長。1934 年起，歷任惠陽女子師範國文教師、桂林道慈中學國文教師、財政部食糖專賣南寧分局業務科科長。1936 年，在廣東省之東江、龍門、新豐、河源一帶創辦生昌松香公司，經營生意之餘，「於松之體態精神，尤多領略，生平愛好畫松，實基於此」。[2] 抗戰軍興未幾，與國軍將領馬維岳（1902－1969）在漢口結縭，新婚一週便因戎馬倥傯而話別。任三十二軍法官，二十集團軍總司令部秘書，主持《抗戰導報》。轉戰大江南北，如 1938 年參與徐州會戰之蘭封羅王寨諸役，曾獲殊勛。勝利後，國府聘為參政員。自此潛心著述，精研詩詞。內地易幟後，隨夫遷居香港，為風社之主力，與詩畫同人多有交

1　關於陳璇珍的生年有兩種説法，一為 1910 年，見郭偉廷〈盧前王後話詩姑詞姑〉（《文匯報》2017.04.28）。又如周文傑在〈旅港的大埔作家陳璇珍和盧森〉一文中提及，他在 1966 年出版的香港中國筆會會員錄中看到陳璇珍的資料：「陳璇珍，女，字微塵，時年五十七歲。時住香港九龍荔枝角蝴蝶谷十四號。她是一位詩詞家和畫家。」（《大埔會刊》第 44 期〔2008.01〕）以虛歲論，陳氏若生於 1910 年，1966 年時恰好五十七歲。另一種説法為 1914 年，見〈風社諸子簡介〉（《華僑日報》1957.01.01）。查陳氏《微塵吟草》所錄〈南鄉子〉題下註云：「十九年（1930）隨軍八十八師。」（見《微塵吟草》〔廣州：友聲出版社，1947 年〕卷上，頁 4。）〈憶西湖〉詩題下註云：「廿三年（1934）當惠陽女子師範教席。」（同前註，卷下，頁 12。）若陳氏生於 1914 年，年齡似乎不合。其生年應以 1910 年為是。其生平簡介，尚可參徐燕婷、吳平編著：《民國閨秀集》（上海：上海古籍出版社，2019 年）第八冊，頁 513－608。

2　〈在吉隆坡舉行三天陳璇珍畫展盛况・陳璇珍致謝詞〉，《華僑日報》1960 年 5 月 15 日。

流唱和，曾多次在本港及新加坡、吉隆坡、檳城、怡保等地舉辦演講及畫展，並於各大報章發表詩文。1940 年代後期，《微塵吟草》於廣州出版，其師黃榮康之子黃槃（1908－1976）作序云：「璇珍女士，詠絮逸才，胸懷壯志，離塵邁俗，嫻雅大方，無時下女子惡習。曩從先府君遊，所為詩詞，清新奇特，不落前人窠臼，飄然有淩雲之氣。」[3] 1950 年代居港時期，著名畫家趙少昂（1905－1990，與陳璇珍早年同授業於黃榮康）稱許陳氏：「君之詩詞，已蜚聲於時矣。」[4] 風社同仁梁藥山謂其「詞調舊聲名」，[5] 可見陳氏來港以前便已飲譽文壇。陳菊坡贈詩云：「倚聲調逸儔朱李，彤管才高識蔡班。」[6] 出句以其詞學造詣可追步宋代李清照（1084－1155）、朱淑真（1135－1180），對句則比擬為蔡文姬、班昭，尊崇備至。陳桐音則推其：「詞畫俱壯雄，流輩誰能若？」[7] 陳璇珍之學術講座方面，最著名者如 1957 年 8 月 27 日起，一連六晚在電台播講詞學，講稿後題為〈詞學漫談〉發表。當時報章稱許該系列講座「闡明詞學之特質及詞在文藝上之價值，足為研究國學青年參考資料」。[8] 陳璇珍在粵港文壇的地位，由此可知概略。除了詩詞書畫的主題外，陳璇珍一直關心婦女問題，曾擔任潮汕文教聯誼會婦女部主任，於 1958 年 5 月在聯國港協會發表〈人權與婦權〉的演講，批評當時婦權「並未受到真正的尊敬和社會所重視；婦權未能伸張，是人權的諷刺。為甚麼同工不

3　黃槃：〈序二〉，載陳璇珍：《微塵吟草》，頁 3。

4　趙少昂：〈題陳璇珍畫展〉，《華僑日報》1958 年 11 月 23 日。

5　梁藥山：〈送陳璇珍南遊〉，《華僑日報》1960 年 1 月 12 日。

6　陳菊坡：〈贈陳璇珍〉，《華僑日報》1957 年 5 月 14 日。

7　陳桐音：〈題微塵館詞鈔送陳璇珍南遊〉，《華僑日報》1959 年 12 月 30 日。

8　〈陳璇珍女士明播講詞學〉，《華僑日報》1957 年 8 月 26 日。

能同酬，這是女性的不幸，也是人類的污點」，且指出女性受到桎梏而才華未能表露。[9] 陳璇珍之友、琴家蔡德允（1905–2007）云：「（陳）女士能酒，能畫，能詩古文辭。談吐雋爽，而舉止安詳。其畫也，能寫鬱勃之氣，表清勁之節，非若恃胭脂媚世俗者可比。」[10] 由此可想見其為人。

1959 年，陳璇珍在香港出版《微塵館詞鈔》，自序云：「民國以還，女詞人亦寥若晨星，僅推呂碧城（1883–1943）、張默君（1884–1965）、陳家慶（1903–1970）、茅于美（1920–1998）、徐自華（1873–1935）數人而已。」[11] 然據今人徐燕婷的統計，民國女詞人之詞集便有近七十種之多。[12] 且就陳氏所言此數人觀之，茅于美生於民元以後，呂、張、徐三人則乃年輩較長之新女性，清末之世已開始工作，甚至參與革命活動。與陳璇珍同屬「清末一代」者，[13] 唯陳家慶一人。如中央大學梅社的尉素秋（1908–2003）、曾昭燏（1909–1964）、沈祖棻（1909–1977）、游壽（1906–1994）等，皆與二陳年齡相仿，陳璇珍卻未有齒及。筆者以為如此情況蓋因五四以後，詩詞體裁邊緣化、流派碎片化，兼以戰亂接踵，故而創作者之間不易互通有無。其次，不論文學或出版原因，這些創作者在盛年之際多未將作品結集付梓，偶有片鱗隻爪發表流傳，也未必引起文壇廣泛關注。而陳璇珍能在上世紀四五十年代先後出版兩本詩詞集，已屬難得。舉例而言，筆者

---

9 〈陳璇珍在聯國港協會演講人權與婦權〉，《華僑日報》1958 年 5 月 27 日。

10 蔡德允：〈陳璇珍是巾幗英雄〉，《華僑日報》1958 年 11 月 24 日。

11 陳璇珍：《微塵館詞鈔》（香港：微塵詞館，1959 年）〈自序〉，頁 14。

12 見徐燕婷、吳平編著：《民國閨秀集》（上海：上海古籍出版社，2019 年）。

13 所謂「清末一代」，指出生於清末二十年（1890–1911）之社會世代。見拙著：《古典詩的現代面孔：「清末一代」舊體詩人的記憶、想像與認同》（台北：新文豐出版公司，2021 年）。

在陳氏《微塵吟草》中檢得一首〈惜分飛〉，小註云：「儲〔褚〕君問鵑，江南才女也，承贈詩數首。丙戌夏，余南行，有感賦此惜別。」詞云：

> 荔子灣頭商滌暑。忽作銷魂別處。君是多情雨。淚痕點點留人住。　不恨相逢時已暮。恨我怱怱又去。握手更相覷。詩箋寫盡斷腸句。[14]

丙戌即 1946 年，當時褚問鵑（1896－1994）正任職廣州，兼以陳璇珍亦軍界人物，因此二人惺惺相惜，不難理解。所可惜者，褚問鵑贈予陳璇珍之詩，今已難覓矣。就「清末一代」女詩詞家而言，僅有陳小翠（1902－1968）、沈祖棻（1909－1977）寥寥數人與陳璇珍相似，早歲便已有詩詞集付梓。沈祖棻負笈中央大學時已是梅社魁首，1949 年又梓印詞稿，但其作品廣為傳佈卻要到她去世兩年後、夫婿程千帆（1913－2000）為她箋註《涉江詩詞集》之時。其敍錄云：「先室沈氏夙工吟詠，然未嘗輕以所作示人。及不幸逝世，余陸續刊佈其遺著，始為海內外所共知。」[15]他如褚問鵑、蘇雪林（1897－1999）、蔡德允、尉素秋的詩詞皆在晚年方才出版，唐怡瑩（1904－1993）、游壽、周煉霞（1908－2000）、曾昭燏等生前更是從未正式出版，作品頗有散佚。因此，活動於粵港一帶的陳璇珍對如此狀況不甚了解，是很正常的。又今人趙郁飛《近百年女性詞史》云：「香港、台灣及海外諸國女詞人數量不豐，但藝術成就之高者如張紉詩，與民國文化界關聯

14 陳璇珍：《微塵吟草》卷上，頁 28。

15 見俞潤生：〈憶沈祖棻先生詩詞集油印本出版前後〉，《新閱讀》2020 年 6 期，頁 65－67。

密切者如張充和等，都應在主流詞史視角下予以充分關照。」[16] 趙書〈中國香港女性詞壇〉一節且有專節討論張紉詩（1912–1972）、蔡德允等人。陳璇珍為蔡德允好友，又與張紉詩齊名，張擅詩、陳擅詞，故時人分別有「詩姑」「詞姑」之戲稱。及陳璇珍去世，張紉詩贈以輓聯云：「萬億里天上人間，倘得重逢，分我騷壇一席；多少輩盧前王後，都成長往，羨君詞筆千秋。」[17] 則陳璇珍之詞學成就，自不當等閒視之。

1959 年，徐文鏡（1895–1975）為《微塵館詞鈔》作序，謂陳璇珍「詞學稼軒，有挾山超海之勢；更欲挽天河而攬日月，稼軒雖狂，莫能過也。」[18] 雖不無過譽，然陳氏自序亦稱「於稼軒雄奇瑰偉之概，黃鐘大呂之音，景慕彌切，致力學步」。[19] 這正是時人對陳氏詞風的典型印象。1938 年秋，陳璇珍隻身北上，投商震將軍（1888–1978）二十集團軍麾下，「由是足跡遍粵湘鄂豫，更參與徐州蘭封羅王諸役，關山戎馬，彈雨槍林，奚囊必俱，有所閱歷，輒盾鼻磨墨，詩以紀之，詞以歌之，胡笳羌笛，鐵撥銅琶，語雜雄快，聲情激楚」。[20] 茲舉陳氏作於此時的〈浣溪紗〉為例：

畫角聲聲動壯思。城頭堞上展旌旗。少年鞍馬兩相宜。仗策出關真勇士，揮戈守土是男兒。憑君聽取岳王詞。[21]

16 趙郁飛：《近百年女性詞史》（北京：中國社會科學出版社，2023 年），頁 334。

17 郭偉廷：〈盧前王後話詩姑詞姑〉，香港《文匯報》2017 年 4 月 28 日。

18 徐文鏡：〈序四〉，載陳璇珍：《微塵館詞鈔》，頁 7。

19 陳璇珍：〈自序〉，同前註，頁 13。

20 黃棨：〈序二〉，載陳璇珍：《微塵吟草》，頁 3。

21 陳璇珍：《微塵吟草》卷上，頁 10。

其慷慨激昂，自不待言。徐燕婷認為民國女詞人的創作有蘇辛詞風轉向的現象，其根源乃是女詞人得益於現代教育，受過系統的詞學訓練，打破了傳統純任性靈的學習填詞模式，逐漸形成在一定詞學思想指導下的創作實踐。她們在創作實踐中提倡豪放與柔婉互濟，推動女性詞從附庸地位匯入詞壇主流。[22] 可謂獨見。如汪東（1890－1963）評騭其門人尉素秋的詞作，便稱其「音節抗爽，與祖棻之淒麗婉曲者異」。[23] 相較之下，陳璇珍更有隨軍轉戰的切身經歷，形諸吟詠，不在話下。不過綜覽陳氏詞集，這種金戈鐵馬之聲雖然突出，卻畢竟在數量上並非絕對多數，蓋其應物斯感、因時而發也。參鍾應梅論辛棄疾〈水龍吟・登建康賞心亭〉云：「語似放達，而所感實深。」[24] 辛詞豪放的外觀下蘊藏深意，也正是陳璇珍瓣香之處。觀其居港後所作，則易悲壯為曠逸，如〈念奴嬌・漫遊梅窩〉，上片謂「向梅窩尋覓，梅花消息」，下片則云：

> 縱眼天末游龍，翻騰巨浪，捲起滄桑跡。脈脈孤情誰省記，只有詩魂知得。萬斛愁來，都付一醉，未信人間窄。臨風笑問：月明今夕何夕？[25]

其語意仍有東坡〈赤壁懷古〉的意趣。然梅窩所在的大嶼山（古稱碙洲）相傳為南宋幼帝端宗夭折之處，梅花又被國府奉為國

22 徐燕婷：〈民國中後期女性詞的蘇辛詞風轉向及其詞史意義〉，《文藝理論研究》2021 年第 3 期，頁 216。

23 汪東原著、蔡登山主編：《寄庵隨筆：民初詞人汪東憶往》（台北：新銳文創，2017 年），頁 62。

24 鍾應梅：〈詞學四論〉，收入氏著：《蕊園説詞》（香港：香港中文大學崇基學院華國學會，1968 年），頁 87。

25 陳璇珍：《微塵館詞鈔》，頁 2。

花，故「梅花消息」一語，蘊藏多少故國之思。於今人在天末，追憶往事，唯能在舊日辭章中尋覓痕跡。篇末「月明今夕何夕」雖是笑問，但也笑中帶淚，於曠逸中仍有幾分不釋之念。

在軍旅之中，陳璇珍也不乏婉約詞作。如〈一斛珠・民廿九年夏青山灣軍次偕諸友遊桃源洞〉云：

> 劉郎老矣，蕭騷一片無情緒。落花流水歸何處。借問漁人古洞誰為主。　世事滄桑知幾許。殘碑斷碣渾難數。遣愁呼伴與歌舞。添得痴心萬斛傷時苦。[26]

1956 年，陳璇珍在報上連載〈錦繡的桃源〉一文，追憶當年湖南桃花源洞之行。原來 1938 年冬，陳氏所在的二十集團軍總司令部奉命由南昌移駐桃源縣，因此才得以與同僚在餘暇中遊覽桃花源。[27] 了解背景後再讀此詞，就不難看出詞人面對這著名的美景全無耽戀隱遁之情，而依然「傷時苦」。誠然，在敵軍步步進逼之際，何處更能逃世容身？唯有奮力抗擊而已。

陳璇珍尊夫馬維岳將軍，原籍廣東新會，1920 年與堂弟維仲（又名馬揮，1903－1958）一起入讀港島拔萃男書室。[28] 1927 年畢業後負笈日本士官學校，專修工兵科。學成回國後追隨張發奎將軍（1896－1980），曾任第四軍高級參謀及柳州邊防司令，於抗戰中建樹良多。陳璇珍詩詞集內多有贈夫之作，最早大約是 1938 年的〈鷓鴣天〉，其小註云：「廿七年七月十四日與維岳結縭，後一週即話別，寫於漢皋。」詞云：

26　陳璇珍：《微塵吟草》卷上，頁 12。

27　陳璇珍：〈錦繡的桃源〉（一），《華僑日報》1956 年 6 月 14 日。

28　Featherstone, W. T., *The Diocesan Boys School and Orphanage, Hong Kong: The History and Records 1869–1929* (Hong Kong: Ye Olde Printerie Ltd, 1930), p.189.

並蒂花開燦爛時。角聲驚起繡羅幃。離懷潭水難為喻，淚向楊花折一枝。　愁萬斛，酒千卮。個中滋味幾人知。今宵羞對鴛鴦錦，纔賦新歡又別離。[29]

老杜〈新婚別〉尚是模擬新嫁娘的口吻而作，陳氏此作竟是現身說法矣！而正因此契機，令陳氏同樣投筆從戎，在沙場上與夫君遙相為伴。陳璇珍雖以填詞名世，亦有不少詩作，且詩集中贈夫之作更為頻仍。如〈送別維岳〉二首其一：

一夜悽悽未敢聽。傷春惜別杜鵑聲。庭前紅紫都憔悴，恨煞垂楊不綰人。[30]

相對其詞作而言，竟更饒溫存宛轉之致。又如〈寄維岳〉一首，小註云：「壬午冬，維岳以自來水筆鉛筆各一相寄，題此用誌不忘。」詩曰：

誰將彤管合鴛鴦。萬里傳來用意長。應是姮娥留指爪，與儂描繪紫薇郎。[31]

壬午即 1942 年。「彤管」一詞出自《詩經・靜女》，傳統認為是一種紅管的筆。由宮中女史用以記錄后妃事跡。〈靜女〉篇又云：「匪汝之為美，美人之貽。」禮物本身雖普通，卻因是情人所贈而顯得價值連城。陳氏詩作大抵暗用了這一層涵義。非但如此，她不僅將二筆合稱為鴛鴦筆，還將之比喻為嫦娥的指爪，可用以

29　陳璇珍：《微塵吟草》卷上，頁 15–16。

30　同前註，卷下，頁 24。

31　同前註，卷下，頁 31。

描摹所愛之人，造意工巧，筆觸熱烈而不失含蓄。而〈與維岳玩月〉二首則描寫了相聚的快樂，其一曰：

> 蟲聲陣陣透窗紗。語至嬌羞鈿影斜。猛覺兔兒雲裏出，人間偷看並頭花。[32]

詩題雖是玩月，首聯除「鈿影斜」外卻並無一語直接及月，而是以「蟲聲」起興。蟲聲陣陣，以致喁喁細語雜糅其間而不易聞得，足見其語如何「嬌羞」。且驟看「鈿影斜」三字固佳，而讀者或以為僅言月光或頭飾的角度而已，可能輕易放過。第三句轉折甚妙，告知讀者原來月亮前此一直為輕雲所遮。這般說來，天上無月，又有何可「玩」？乃見詩人之意本不在月。亂世之中但能相聚，有月無月更有何關係？此時此刻，一輪人見人愛的明月倒成為「電燈泡」了。何以見得？末句「並頭花」一語總收前文，既承襲三句之天上月兔偷覷人間情侶，又呼應次句：「鈿影」之所以「斜」，竟是指女主角將頭側倚於情人處！所謂「歡愉之辭難工，愁苦之言易巧」，讀罷此詩，吾人不由讚歎於陳氏歡愉之辭何其慧巧。誠如褚問鵑在《微塵吟草》序中所論：「詩清婉，風懷旖旎；詞尤峭拔，天才橫溢處，不屑屑於律呂，而格調自高。」[33]我們不妨為陳氏作出這樣一個推論：婉約詞筆，多在詩中。陳氏晚年在吉隆坡舉行畫展時致詞，曾自言學詞師承黃祝蕖，而「詩則漫無家法，聊以自娛而已」。[34] 蓋因其「漫無家法」，故亦不落窠臼爾。

---

32 同前註，卷下，頁 23。

33 褚問鵑：〈序四〉，載陳璇珍：《微塵吟草》，頁 7。

34 〈在吉隆坡舉行三天陳璇珍畫展盛況・陳璇珍致謝詞〉，《華僑日報》1960 年 5 月 15 日。

時至今日，學界對於陳璇珍詩詞的研究依然為數戔戔。[35] 竊以為除了陳氏對詩、詞兩種體裁的辨析與運用有待進一步探討外，還有兩方面仍可展開論述：首先，陳氏的詞學觀可從其演講稿〈詞學漫談〉一文中窺見——此文不僅停留於賞析方法之討論，更涉及陳璇珍本人的創作觀念，理應進一步關注。其次，陳氏出版《微塵館詞鈔》前十餘年，曾先出版《微塵吟草》，二書之中互見之詞作至少有 47 首，而就同一詞作而言，兩種版本之文字每有不同，不但展現出陳璇珍「詞不厭改」的精神，更可讓學者由此了解其創作思路與軌跡。有見及此，本章將歸結其詞論特色，並以其詞作之創作與修改為考察範圍，以見其詞學觀念如何付諸創作實踐。

一、陳璇珍詞學觀念述要

陳璇珍在創作的同時，究心詞論，並將相關知識與見解用於講座。如報刊所見，1957 年 8 月 27 日，陳氏「在播音台演講詞學。以後逢星期二、四兩晚八時半，至八時五十八分播音。共播六次」。[36] 1964 年 9 月 23 日，「維多利亞聯青社與中青會合辦之『文藝叢談』第廿四講，今日下午五時半，仍在德付〔輔〕道中廿五號十二樓青年會市區會所舉行，由女詞家陳璇珍主講『評張惠言的詞論』。」又云：「一九五七年八月廿七日，曾應港廣播台

35 2022–23 年度，香港中文大學中文系陳鈺頤完成畢業論文〈闌干拍遍、木蘭壯志：陳璇珍《微塵館詞鈔》研究〉（香港中文大學中文系「專題研究」論文〔論文編號：41058〕，程中山指導，2023 年）。此文第四節論《微塵館詞鈔》之題材內容，包括愛情、家國、友情、閒居生活、托物言志諸方面，第五節論其藝術特色則包括佈局精妙、煉字煉句、氣盛如虎，論其風格則包括雄奇霸悍、豪壯沉鬱、婉約纏綿等。整體而言，該論文對陳璇珍詩詞研究頗有開拓之功，然畢竟受限於主題與篇幅。

36 〈陳璇珍女士明播講詞學〉，《華僑日報》1957 年 8 月 26 日。

聘，在文化講座講：『詞學漫談』。此次應邀主講『評張惠言的詞論』，定有一番精警之議論也。」[37] 玩索報導之語，似乎陳氏相隔許久方才舉行第二次講座，然此大抵皆為公開而較具規模之講座。又據報導，陳氏 1960 年南洋之行，「被邀作學術專題演講多次」。[38] 在馬來西亞怡保舉行畫展時，受吡叻女子中學校長彭士麟女士之邀請，為該校高中部舉行演講，以詞學源流流派為題。[39] 同月，又在檳華女中專門講詞。[40] 不一而足。此外，陳氏還不時有關於書畫、中醫、法律、婦權等方面之講座。由此可知，其他半公開甚至私人團體舉辦而不見於媒體報導，乃至未曾預備文字稿者，尚不知凡幾。

所幸〈詞學漫談〉之講稿，因先在《華僑日報》連載，再作為《微塵館詞鈔》一書之附錄而保存至今。陳氏自撰引言云：「這篇〈詞學漫談〉是本人在一九五七年八月廿七日應香港廣播電台之聘，在文化講座所講的稿子。一共六節，每節播講四十分鐘。以這樣短促的時間，來講中國的詞學，掛一漏萬在所難免。這篇稿子當時曾在《華僑日報》陸續發表；今又把它刊在這裏，用意只是因它簡單淺顯，以冀能使讀者，不用花太多時間，而對『詞』獲得一個清晰的輪廓，不用花太多時，未始不是野芹之獻吧！」[41] 此文於《華僑日報》以十四次連載完畢，茲將詳細情況表列如下：

---

37 〈陳璇珍女士評張惠言的詞論〉，《華僑日報》1954 年 9 月 23 日。

38 〈馬陳璇珍歡宴文教各界好友〉，《華僑日報》1960 年 8 月 24 日。

39 〈詞畫家陳璇珍在吡叻女中講詞學〉，《華僑日報》1960 年 7 月 4 日。

40 〈陳璇珍在檳華女中專題講詞〉，《華僑日報》1960 年 7 月 20 日。

41 陳璇珍：〈詞學漫談〉，載氏著《微塵館詞鈔》，頁 67。

表一　〈詞學漫談〉初稿連載情況

講次	連載序號	內容	刊登日期
第一講	一	甚麼是詞及其特質	1957.08.28.
第二講	二	詞的源流與發展階段	1957.08.30.
	三	詞的源流與發展階段（續完）	1957.08.31.
第三講	四	詞的派別及其代表作	待查[42]
	五	詞的派別及其代表作（續完）	1957.09.05.
第四講	六	讀詞的方法	1957.09.06.
	七	讀詞的方法（續）	1957.09.07.
	八	讀詞的方法（續完）	1957.09.08.
第五講	九	填詞應注意的幾點	1957.09.11.
	十	填詞應注意的幾點（續完）	1957.09.12.
第六講	十一	個人對詞的見解	1957.09.13.
	十二	個人對詞的見解（續）	1957.09.14.
	十三	個人對詞的見解（再續）	1957.09.15.
	十四	個人對詞的見解（續完）	1957.09.16.

比對《華僑日報》連載版與《微塵館詞鈔》版，二者內容略有差異，主要在於兩處：其一，後者之行文視前者更為精煉，當是作者於連載後再行修訂之故。其二，後者於內文有所補充。以第五講為例，《詞鈔》版有一整段談及詞韻，[43] 卻不見於連載版。又如連載版云：「長調似嬌女學步，倚徙而前，一步一態，一態一

42　根據前後編號，連載第四篇之內容當為第三講〈詞的派別及其代表作〉前半，刊載日期當在 9 月 1 日至 4 日之間。然據公共圖書館「香港就報紙資料庫」所見，《華僑日報》這幾日之副刊並不見〈詞學漫談〉。待進一步核查。

43　陳璇珍：〈詞學漫談〉，載氏著《微塵館詞鈔》，頁 88–89。

變。」[44] 而《詞鈔》版則云：「長調似詩之歌行體裁，如歌行可以使氣。歌形如駿馬邁坡，可以一往稱快。又似嬌女學步，倚徙而前，一步一態，一態一變。」[45] 將長調比喻成歌行、駿馬這幾句，並不見於連載版。雖如陳氏所言，限於電台廣播時間，討論無法進一步展開，但畢竟能具體而微地讓讀者較全面了解陳氏的詞學思想，彌足珍貴。何況《詞鈔》版有所修訂，內容更為豐富。如上表所示，這六講的主題依次為〈甚麼是詞及其特質〉〈詞的源流與發展階段〉〈詞的派別及其代表作〉〈讀詞的方法〉〈填詞應注意的幾點〉及〈個人對詞的見解〉。觀其內容，第一講夾議夾敘，第二、三講以述為主，多為前人研究成果之總結；第四、五、六講以論為主，在前人經驗的基礎上結合了個人之心得，更具己見。茲仍以《詞鈔》版為準，舉其要點而論述之。

(一) 論詞之特質

在〈甚麼是詞及其特質〉一講，陳璇珍首先提出：

> 詞是一種最富於音樂性的詩體，它完全是依照歌曲的聲調來填的，必須講究平仄和聲韻。它的聲韻關係，是比任何詩體都為重要。所以作詞叫做填詞，又叫「倚曲」，又叫「倚聲」。這種體裁——詞——一定要依照某種制定的曲譜的節拍，配上文字，絕沒有增一字或減一字的自由。你要作詞，就得按照譜子填上文字，不能以譜子遷就文字，一定以文章來遷就譜子的。[46]

---

44 陳璇珍：〈詞學漫談〉（十），《華僑日報》1957 年 9 月 12 日。

45 陳璇珍：〈詞學漫談〉，載氏著《微塵館詞鈔》，頁 91。

46 同前註，頁 69。

對於初學者而言，此論立意較嚴較高，卻是極有道理的。以字數來看，如〈菩薩蠻〉詞牌的下片末句，一般都是五言句式。然考敦煌曲子詞〈菩薩蠻・枕前發盡千般願〉，末句卻是「且待三更見日頭」的七言句，「且待」二字殆為領字。但該詞為民間無名氏作品，且為中唐時期作品，大抵歌詞、音律的形式並未固化，尚有不少彈性。再看〈卜算子〉詞牌，上下片各為五、五、七、五的句式。但著名的北宋王觀（1035−1100?）〈卜算子・我住長江頭〉下片末句卻作：「定不負、相思意。」而南宋黃公度（1109−1156）〈卜算子・薄宦各東西〉上片末句則作：「又何況、春將暮」。甚至北宋張先（990−1078）〈卜算子・般涉調〉上下片末句分別作：「但自學、孤鸞照」以及「問尺素、何由到」。尋繹文字及格律，不難發現「定」「又」「但」「問」等字皆為領字，如果刪去，後文五字便形成「仄仄平平仄」之句式，與一般體式沒有區別（如陸游「只有香如故」、嚴蕊「莫問奴歸處」等）。然觀清人所編詞譜，卻將王觀、黃公度、張先之作分別列為一種〈卜算子〉之變體。究其原因，蓋唐宋時期詞牌樂譜尚存，故填詞者即使創作小令，也能夠靈活使用領字、襯字。而元明以降樂譜失傳，後人只能依據前人之例詞來計算字數、分析平仄、歸納詞牌。由於無樂譜可資參考，清人遂以較嚴謹保守之態度看待詞牌，寧願將王、黃、張諸詞列為變體。否則，若謂「定」「又」「但」「問」皆為領字，則〈卜算子〉詞牌全篇何處可增添領字、何處不可，卻又文獻失徵矣。由此可見，陳璇珍謂填詞「絕沒有增一字或減一字的自由」，正是承襲清人理念而來。

此外，陳璇珍雖被認為瓣香稼軒，卻對詞的源流有這樣的認知：

詩以雄壯為勝，大有長江大河一瀉千里之勢；詞以婉轉為工，卻似九曲湘流一波三折。有些人以為詞比較來得自由，那根本不明白詞的結構的道理，詞的特質處處須有受音樂支配。他的動人所在，不但要感情豐富，而且還要有微妙的聲韻組織，去打動人們的情緒而引起同情。[47]

如此看來，陳璇珍雖未必以婉約詞為正宗，卻認為無論婉約、豪放，在情感與聲律上都仍應以精細為主。此外，她在第三講〈詞的派別及其代表作〉中指出，溫庭筠的〈菩薩蠻・小山重疊金明滅〉在結構方面簡直就是一條直線，表面看來好像不經意的樣子，其實密羅緊鼓，一無間斷。[48] 可見她對婉約詞的取法，主要在於細密章法，而非所謂「微言大義」。在此基礎上，陳氏又指出：「西蜀的詞人受溫韋的影響最深。南唐方面受韋的影響特大。南唐作者雖不及西蜀之眾多，但其創作精神比諸西蜀強盛。」換言之，陳璇珍認為溫韋詞雖皆為婉約鼻祖，但溫詞綺豔，多為代言閨婦歌姬之作，無甚深意，西蜀諸人宗之；韋詞清麗，往往不乏夫子自道之作，獨抒胸臆，南唐二主及馮延巳（903–960）宗之，開啟了北宋文人詞的傳統。如她論蘇軾：「他把個人的性情、抱負、思想、閱歷都充分表現在這種體裁上，這是作者全人格的表現，與靡靡之音大為不同。」[49] 而在此傳統之中，無論晏歐蘇辛以降都富於寄託，每多弦外之音，此又非能以婉約、豪放之畛域來判別。正因如此，她才會說「只要技術高超，寫得精巧，『曉

47 同前註，頁 73。

48 同前註，頁 79。

49 同前註，頁 81。

風殘月』『大江東去』，體制雖然不同，但各有千秋，不可評其高下」。[50]

再觀陳氏提到：

> 周邦彥、萬〔万〕俟詠、姜白石、吳夢窗等，一班精通音律的詞人，都是很著名的。〔……〕這一派的詞，都由文人一手包辦的，所以他的意境和音節，都表現得特殊的精巧。他們之被詞壇的人認為是典型的作家，不是偶然的吧！但美中不足的是：這派人的詞，類多寄託太深，晦澀費解，不容易為一般人所領略耳。[51]

如此看來，陳璇珍的婉約詞與沈祖棻之作雖同有幽微寄意，但詞學見解與書寫策略又有相異之處。吾人不妨參看陳氏對張惠言的批評。其〈評張惠言的詞論〉一講，可惜講稿今已不見。然相關報導謂陳氏指出張惠言所推舉的溫庭筠並非詞家最高者，而南唐君臣也非雜流。她認為張惠言的問題主要在於：(一) 對宋代詞人有偏見；(二) 有自尊自大之非；(三) 分析詞作頗有曲解。[52] 從該報導雖可聊窺鱗爪，但申述畢竟不足。茲簡而論之。根據吳宏一研究所得，張惠言對唐宋詞人的看法，於唐五代首推溫庭筠，於北宋稱許張先、秦觀、歐陽修而貶斥柳永（周濟則推崇周邦彥〔1056−1121〕），於南宋僅看重辛棄疾，於吳文英（1200?—1260）、王沂孫等皆有批評。而姜夔、張炎（1248−1317?）二人，

50　同前註，頁 90。

51　同前註，頁 71−72。

52　〈陳璇珍女士評張惠言的詞論〉，《華僑日報》1954 年 9 月 23 日。

張惠言依然推許，而周濟以後才開始糾彈。[53] 而陳璇珍抨擊張惠言對南唐、北宋之偏見，自然基於她對於文人詞傳統之認知。所謂「偏見」，大抵是指張惠言於唐五代過度強調溫庭筠的同時，對馮延巳、李後主的輕視。陳氏認為：「南唐作者雖不及西蜀之眾多，但其創作精神比諸西蜀強盛。」[54] 復以馮延巳為例，吳宏一指出：「張惠言和周濟都認為『延巳為人專蔽固嫉，而其言忠愛纏綿，此其君所以深信而不疑也』。說馮延巳忠愛纏綿，當然是常州詞派託興君國的一貫作風，至於說馮延巳為人專蔽固嫉則大有商榷的必要。」[55] 由此可知，陳璇珍也認為張惠言對馮延巳的偏見，源自因人廢言——何況其人是否「專蔽固嫉」尚有疑問。至於陳璇珍批評常州詞派之「曲解」，大概就是因為張氏諸人在溫庭筠詞中羅織「微言大義」。然吳宏一認為：「溫庭筠和李商隱一樣，以善感之心，生多故之世，已身復牽於黨爭恩怨之間，心事難明，所遇多迕，所以張惠言以『離騷初服』來解溫詞，固然拘牽了些，但與其身世沒有不合之處。」[56] 饒是如此，在這種詮解習慣之下，常州後學在鑒賞、創作之際動輒以「離騷初服」為說，則益流於拘牽，也屬事實。這正是陳璇珍不滿之處，所以〈詞學漫談〉又批評張惠言為代表的常州詞派云：「他主張雅淡之外，並主立意，須高遠深厚而有寄託。對溫飛卿特別尊重，但排斥白石、玉田、柳永之作風。這不免是門庭狹隘之見。」[57] 一如

---

53 吳宏一：〈常州詞派研究〉，收入氏著：《清代詞學四論》（台北：聯經出版事業公司，1990 年），頁 166–172。

54 陳璇珍：〈詞學漫談〉，載氏著《微塵館詞鈔》，頁 19。

55 吳宏一：〈常州詞派研究〉，收入氏著：《清代詞學四論》，頁 168。

56 同前註。

57 陳璇珍：〈詞學漫談〉，載氏著《微塵館詞鈔》，頁 82。

前文所言，對姜夔、張炎的排斥始於周濟，陳氏此處有所混淆。不過在她看來，也許溫詞不似姜、張之作，並無遙深之旨，常州詞派既標舉寄託，卻又推舉溫氏，難免自相矛盾，故批評其「門庭狹隘」。至於柳永，正如吳宏一所說：「張惠言對柳永詞的評語是『蕩而不反』，《詞選》中也不登其隻字，顯然不以柳詞為然。」但吳氏說得好：「柳永為後世訾謷者，其原因有二：一是其詞多側豔靡麗之作，一是沒有得到當時鉅公大僚的賞識。其實，豔麗正是詞的本色，豈可以此薄柳詞？何況，柳永在詞的形式上，使慢詞得以確立，功正不可沒！」[58] 陳璇珍為柳永不平，觀點大抵與吳氏相近。但張惠言乃是在「託興君國」的旨趣下開展其創作與鑒賞論，而非純粹站在詞學史的角度來考察，所言自有偏頗之處。清末民初，常州詞派影響依然甚大，故陳璇珍拈出此端，對於初學填詞者而言確有正視聽的效果。

（二）論詞之讀寫

古人云「觀千劍而後識器」，陳璇珍論詞亦復如是。在第四講〈讀詞的方法〉中，她將讀詞視為填詞的必經環節：

> 我們要學詞，必先讀詞，然後才可以寫作，這是一定的程序。因為讀他人的詞，可以將他人的情趣、聲調、作法、融會於心。一旦自己有所感觸，下筆自然諧和。[59]

有趣的是，她甚至生動地以學習方言為喻：「讀詞的效能，好似學方言一樣，把那樣方言，常常多講，而且把他的音調加以研

58 吳宏一：〈常州詞派研究〉，收入氏著：《清代詞學四論》，頁 169。

59 同前註，頁 83。

究，那末，該種方言，自然而然便會上口。不然的話，所讀不多，讀之而未領略趣味，按譜硬填，決不是辦法。」[60] 此誠可謂經驗之談。此講在介紹了句式、領字、用詞後，又提到：「讀詞先應從小令而長調，取他音節抑揚，詞句輕鬆，李後主的詞最為適宜，蓋後主的詞，聲韻鏗鏘，讀起來很是爽口，並且他很能運用最通俗極粗淺的話頭，放在詞裏面，做成很美妙的詞句。」[61] 至於閱讀時選擇怎樣的本子、使用怎樣的方法，陳璇珍認為：「初學詞的人，適宜先讀選本而後專集，可以省卻抉擇的麻煩；但是不能老讀選本，因為選本大抵只揀精的，不選壞的，而全集則精觕襍陳，瑕瑜互見。至於專門研究詞的人，那末選本專集，自然不可偏廢。詞本最宜先擇有圈點和評註的，有圈點比較容易讀，有評註可以幫助我們思考。」[62] 換言之，陳氏認為在閱讀佳作之餘，還要從的全集中去觀摩精粗、比較瑕瑜，進一步了解優勝何在。相對於涵泳名篇，這又是一種值得推廣的方法。

陳璇珍〈讀詞漫談〉認為初讀同一個詞調的作品，「必須把詞譜放在旁邊，研究清楚該詞調的聲韻及句法，然後發聲吟誦，而字音必須準確，不要稍有牽強，果能這樣做去，即使沒有機會得人面授，讀三數遍後，自然能夠上口」。又說「每調能夠熟讀名作四五首，那末這調的平仄，自然背誦不忘了」。[63] 陳氏於此說自有實踐，茲以〈念奴嬌〉為例。何文匯指出：「〈念奴嬌〉換頭第二、三句共九字，周邦彥以前諸家都做上四下五，其後便有上五下四斷句法。」以「小喬初嫁了雄姿英發」為例，何氏指

60 同前註。

61 同前註，頁 85–86。

62 同前註，頁 86。

63 同前註，頁 86。

出「了」為領字，作「了然」「全然」解，斷句應作「小喬初嫁，了雄姿英發」，而非俗見之「小喬初嫁了，雄姿英發」。[64] 參以陳璇珍《微塵館詞鈔》開卷便是九首〈念奴嬌〉，每首下片第二、三句皆為上四下五斷句法。如〈詠菊〉「清芬如許，又向尊前發」、〈漫遊梅窩〉「翻騰巨浪，卷起滄桑跡」、〈重九〉「吟懷易老，好景翻愁苦」等皆然。[65] 然陳氏不同於蘇詞處，在於蘇詞「了雄姿英發」乃以一領四的句式，而陳氏諸詞皆為純五言句式。此處當參考了蘇詞以外之作。進而言之，再觀蘇詞下片首二句，「遙想公瑾當年，小喬初嫁」，不計領字「遙想」，「公瑾當年」「小喬初嫁」實為對仗，「當年」謂正當盛年之意。就古來詞例而言，此處並非必對。如姜夔〈鬧紅一舸〉詞下片開頭云：「日暮青蓋亭亭，情人不見，爭忍淩波去？」首二句不計領字，也未對仗。但就蘇詞而言，唯有先清楚「了」字從下讀，方能領略「公瑾」「小喬」對仗之意。而陳璇珍九首〈念奴嬌〉詞中，此處時有對仗，如「彈指天上星移，人間物換」，「堪歎觸角蠻爭，郊原龍戰」，「況是異域飄零，浮萍身世」等，[66] 自是熟參該詞之譜調，方能為此。

在創作方面，陳璇珍在第五講〈填詞應注意的幾點〉中認為「寫詞要寫自己的胸懷，把自己的人格、時代精神，表現出來。」[67] 這與她對文人詞傳統之強調是一致的。陳氏又說：「一個大家作品，如果是抒情的，必定是沁人肺腑，動人魂魄；尚〔倘〕若是寫景的，必定開人耳目，使人神往。他的詞句，必也脫口而

64 何文匯：〈蘇軾詞「不應有恨何事」、「小喬初嫁」及「多情應笑」試析〉，載氏著：《文匯文選》（香港：商務印書館，2011 年），頁 177–178。

65 陳璇珍：《微塵館詞鈔》，頁 1–2。

66 同前註，頁 1–4。

67 陳璇珍：〈詞學漫談〉，載氏著《微塵館詞鈔》，頁 90。

出，沒有矯揉妝束的媚態，而近乎自然。使讀者，如身歷其境，如觀其人。要如此，非有真工〔功〕夫、真性情，的不可得。」[68] 真性情一如王國維對李後主的評價，「不失其赤子之心」。如是方能「脫口而出」而不做作。而真功夫方面，首先在於透過閱讀而熟參妙悟，然後熟練掌握平仄格律、章句之法。故而她舉出了前人詞作中的「擬人」「呼應」「翻轉」「設想」「層深」「透過」等句法的例句，以資讀者玩味品酌。

至於小令和長調風格與章法之特徵，陳氏也有很精妙的討論。她說：

> 詞中的小令，猶如詩中的絕句，表面看來寥寥數句，謀諸篇章，似乎容易。正因為寥寥數語，用來表現複雜的情思，而感到困難。所以小令最宜蘊藉含蓄，情柔聲曼。打個比喻說，小令的身裁是有如蜜蜂一般地細小，也應該具有一刺二蜜的起碼條件，一句閒不得，末句最當留意，才是本色。[69]

以蜜蜂為喻，可謂巧絕。所謂「一刺二蜜」，乃是指既有令讀者冷水澆背的警醒處，也有令讀者如沐春風的溫存處，二者須並存於短短一首小令之中。又論長調云：「長調似詩之歌行體裁，如歌行可以使氣。歌行如駿馬邁坡，可以一往稱快。又似嬌女學步，倚徙而前，一步一態，一態一變。且起結成〔承〕轉，開合應呼，都應預先斟酌，務使骨肉停勻，不空泛，不質實，遇着須對仗的地方，必要十分警策，方能動人。」[70] 如前文所言，連

68 同前註，頁 90–91。

69 陳璇珍：〈詞學漫談〉，載氏著《微塵館詞鈔》，頁 91。

70 同前註。

載版僅將長調比喻成「嬌女學步」，這大抵主要是扣着「慢」字而言：正因其「慢」，故能有更多轉圜空間，在內容與情調上呈現更多的變化。但在修訂時，陳璇珍顯然發現如此比喻尚有片面之處：即使長調字數較多，卻也未必只如嬌女，而是同樣可如小令般使氣，且因篇幅較廣，故而更有一馬平川之勢。不過，無論小令或長調，一般都分為兩片，兩片在內容情調上如何分工，是必須考慮的。陳氏說：

> 佈局方面，很是要緊。詞的前後兩段，收束的時候，尤當注意。前結宜如奔馬收韁，須勒得住，而要留有後面地步，有住而不在的形式；後結卻宜如眾流歸海，要收得盡，通首源流，有盡而不盡處，方稱絕妙。[71]

若仍以蘇軾〈念奴嬌・赤壁懷古〉為例：如上片以「一時多少豪傑」收束，總括古今時空；同時且歎且問，欲言又止，引起讀者好奇，為下片留地步。下片「一尊還酹江月」則暗用李白「今月曾經照古人」詩意——既然那場戰爭的一切痕跡都已「灰飛煙滅」，現在大約只剩明月是唯一的見證者。因此舉杯邀月，也就能貫通今古，讓今人透過明月而對三國時空的豪傑，乃至歷來一切時空的「千古風流人物」致意。

(三) 論詞之與時俱進

在第六講〈個人對詞的見解〉中，陳璇珍提出的幾點看法大抵都是承接前講而來，再作細部的闡釋。而整體觀之，都是為了

71　同前註。

讓詞這種體裁得以改良、與時俱進，而令後人更樂於創作，不致為時代所淘汰。她坦白地提出：

> 詞是一種最富於音樂性的新體詩，也是一種最進步的合樂的詩歌，他感人的力量最深最偉大。她的聲調底組織和參差不齊的句法，是值得我們去研究的。我們如要按譜填詞的話，固然要把它整體弄個清楚，就是想要創作新詩歌的，對於這種富於音樂性的文字，更要用來做參考材料。不過，以現代人事複雜的時代來填詞，我主張是簡單化、大眾化、現代化。[72]

接着，陳璇珍先以聲律作為「簡單化」的舉例：「聲律方面，只論平仄，不拘四聲，蓋音樂過嚴，文字必受限制，有妨礙天才的發展，有如俞平伯所說：『若要嚴格講求音律，就是四聲講究到極點也不夠。那末，不如不講較為簡單。』在宋代蘇軾尚且把詞解放，何況在千數百年後的我們。」[73] 如前所論，只講平仄而不講四聲，也是由於曲譜亡佚後不得已之事。但清人每每依然強調填詞要守四聲，如今人陳水雲指出：「詞譜詞韻的編訂和清代詞壇對不守聲律現象的大勢討伐，引導着填詞者兢兢於守律審聲，所以清詞大家是很少不合律的，不但講究平仄，即四聲陰陽亦不容混，『這是清詞的獨優之點』，亦是清詞中興的重要業績。」[74] 直到清末民初，詞學家蔡嵩雲（1891—1944）仍在其《柯亭詞論》中首先揭櫫「守四聲並無牽強之病」，但也認為「初學不必守四聲」，

72　同前註，頁 93。

73　同前註。

74　陳水雲：〈1930 年至 1949 年清詞的總體研究〉，《漢學研究通訊》第 22 卷第 3 期（總 87 期，2003.08），頁 7。

「詞守四聲，乃進一步作法，亦最後一步作法」。[75] 如此已屬調和之論。若要推廣填詞，陳璇珍所言「只論平仄，不拘四聲」一途相對簡易。此外，陳氏也認為守平仄乃詞律的底線：「自然要按照譜子來填，不能亂填，如果完全不理平仄，瞎作一通，索性就作白話詩好了。」[76] 陳璇珍早年便深好新詩，其論固能讓初學者進一步辨析詞與新詩的異同。

至於陳璇珍所論及的「大眾化」與「現代化」，前者主要反映於白話的使用，後者主要在於適應現代情境，兩者關係密不可分。文字方面，陳璇珍早已指出不宜晦澀，此處又再作申述：「從白石以後到吳文英、史達祖（1160–1210?）、王沂孫、張炎、周密（1232–1298）。都是屬於這個系統的，他們雖有他們的匠心獨運的所在，但，未嘗不是一種毛病，這是最為可惜的。」[77] 不僅如此，文辭晦澀還會讓初學者望而卻步。要避免如此問題，陳璇珍提出：

> 我以為填詞應以淺近的文言，更應儘量摻入適當的白話，力求淺白，容易了解。因為這樣，才可將詞的領域擴大，才可以使成為大眾化，不致為極少數文人所專有的玩藝。[78]

以陳氏創作之〈喝火令・丙戌中秋步廣廈韻〉末四句為例：「怎忍思他，怎忍捲簾聽？怎忍燒殘紅燭，怎忍寫淒清？」[79] 雖然「捲

75　蔡嵩雲：《柯亭長短句》（上海：中華書局，1948 年）附〈柯亭詞論〉，頁 1。

76　陳璇珍：〈詞學漫談〉，載氏著《微塵館詞鈔》，頁 93。

77　同前註。

78　同前註，頁 93–94。

79　陳璇珍：《微塵館詞鈔》，頁 6。

簾」「紅燭」等語一如陳氏所論，更接近於古代之生活文物，但在抗戰結束、百廢待興的丙戌年（1946）也未嘗不會出現。且「怎忍」一語更接近口語，重複四次固然為了加強語氣，卻更有一點散曲的韻味，大抵較能觸動普羅大眾。實際上，詞起源於民間，敦煌詞中就有不少白話措辭。宋人柳永、黃庭堅、李清照諸人的詞作亦復如是，不足為怪。其次，詞受近體詩之影響，在寫作時往往有省略、倒裝等手法，文言虛詞也多有略去。這也使文言與白話詞彙並置而不顯突兀，為詞的語言奠定了文白雜糅的基調。因此，即使整首詞以白話來寫也毫無問題，況如陳璇珍主張增加詞作中的白話比例、改用與現代生活相關的詞彙。無可否認的是，五四白話文運動將文言文和詩詞捆綁一處，聲言打倒，令世人產生一種誤解：詩詞乃是文言作品。要消除這種誤解，卻誠非易事。至於詞體容納現代詞彙的問題，陳璇珍認為古人的環境和事物，很多都和現在不同：「古人的詞裏面往往有卜釵一事，現在的女人多是短髮，哪裏還有釵可卜？」如果仍將卜釵一類事物寫入詞中，一般人恐怕不易了解。[80] 其他如薰籠、燈花、珠簾，乃至以蓮花形容女子所纏的小足皆是。「各時代有各時代的生活文物，所以各時代的作品也有其迴異的地方，當你執筆寫作時，時代與背景絕對不能忽略的。」[81] 如其〈齊天樂・為張向華將軍銀婚大典賦〉中有「銀婚大喜」之句，[82] 銀禧（silver jubilee）乃西洋習俗二十五週年誌慶，用於詞既有現代感，亦不違和。

---

80 不過，陳氏詞作中仍使用過「卜釵」。如〈風入松〉換頭處有「卜釵心事」字面，該詞先刊登於廣州《和平日報》（1947 年 11 月 5 日），後收入《詞鈔》（頁 57），二字並未更易。

81 陳璇珍：〈詞學漫談〉，載氏著《微塵館詞鈔》，頁 94。

82 陳璇珍：《微塵館詞鈔》，頁 14。

最後，陳璇珍指出：「婉曼豔麗一派的詞，他的作風有共同的趨向：辭句是豔麗的，色澤是鮮明的，聲韻是鏗鏘的；所取的題材，不外是天時、物態、相思、別情，滿紙都是珠寶玉石、鴛鴦蝴蝶，充滿了色情。」[83] 雖然陳氏強調也能使讀者迴腸盪氣、黯然消魂，自有其藝術價值，但她認為一首不朽的詞作，要能反映出那個時代的需要與精神：

> 當我們執筆去寫我們作品的時候，我們的胸臆裏，必然是充滿着悲天憫人的情緒，忠貞不二的氣節和愛國愛民的精神，否則決不能寫出有血、有肉、有淚、有光、有生命偉大而不朽的作品。他的影響可以使億萬人悲傷流淚，也可以使億萬人忘生奮發，蹈死赴義，其好處在此，其價值也在此。如岳飛的〈滿江紅〉、李後主的〈浪淘沙〉、蘇東坡的〈大江東去〉、辛棄疾的〈摸魚兒〉、范仲淹的〈漁家傲〉，都是有無限的力量，無限的價值。[84]

將填詞目為「偉大」，自是繼承了清代詞學的尊體觀，且受到民國時期大學開設「詞選」科，提昇該文體地位的影響。既然填詞是一種偉大的工作，「它能陶冶人的性靈，它能激發人的志氣，更能砥礪人的節操」，因此負責如此偉大工作的人「定要具有豐富而真摯的感情，高超而奇特的理想，更要具有獨立而剛毅的創作能力」。[85] 陳氏此論，不僅是站在文人詞傳統的角度，也結合了自己身為國軍女將、征戰沙場的思想與經歷而發。此外，陳璇珍繼承了前人「詩不厭改」的傳統，對己作的文字一直有所修訂。

83　陳璇珍：〈詞學漫談〉，同前註，頁 95。

84　同前註，頁 95。

85　同前註，頁 96。

這由《微塵吟草・詞卷》及《微塵館詞鈔》的互見作品中便可呈現一斑。而如此修訂，也未嘗不貫徹了她「大眾化」與「現代化」的意識。後文將就此作進一步論析。

二、陳璇珍對詞作的修改

了解陳璇珍詞學觀念之內涵後，吾人應以其詞作為例，探析陳氏如何透過創作來實踐自身之詞學觀念。《微塵吟草》於 1947 年元旦付梓，卷上為詞卷，共收錄詞作 81 首，大體以時代先後為次。《微塵館詞鈔》則於 1959 年印行，共收錄詞作 218 首，相同詞牌的作品皆匯為一題，但各詞牌之排列次序準則未詳。整體而言，《吟草》中所錄詞作絕大多數皆為小令，而《詞鈔》中則有〈念奴嬌〉〈八聲甘州〉〈齊天樂〉〈滿庭芳〉〈水調歌頭〉〈法曲獻仙音〉〈滿江紅〉等長調，可見作者在創作上的按部就班、精進不息。1959 年，陳希農為《詞鈔》作序，論其詞作云：「其聲鏗鏘雄閎，其律嚴謹悲壯，其境清新奇特；噫何為乎而使之然哉？乃時代背景有以成之，而其詞之價值亦以是而傳。」[86] 足見同代之人已發現陳璇珍詞作與時代背景之關係，與其所謂「現代化」主張亦正吻合。而陳璇珍自序則云：「比年遁跡香島，流離瑣尾，艱苦備嘗，草草勞人，空餘孤憤，小則有身世蓬飄之感，大則有家國興亡之悲，不禁倚聲按律，發之于詞，今編纂成帙，名曰《微塵館詞鈔》。」[87] 然持《微塵館詞鈔》與《微塵吟草》作初步比對，二書重見的作品達 47 首之多。[88] 茲將這些作品表列如下：

---

86 陳希農：〈序五〉，同前註，頁 8–9。

87 陳璇珍：〈自序〉，同前註，頁 14。

88 此外，陳氏於《吟草》印行後，於 1947 至 48 年間還曾在《和平日報》發表少量詩詞；赴港後又在《華僑日報》發表詩詞若干。這些詞作後來或收錄於《詞鈔》，且也存在着異文。本章姑置不論。

表二　《吟草》《詞鈔》重見詞作概覽

詞牌及數量	標題/首句	備註
喝火令 1 首	丙戌中秋步韻廈韶〔韻〕[89]	文字全同
憶秦娥 1 首	「傷離別」	十餘字改動
臨江仙 5 首	賦贈陳哲豪時同客黔西 [90]	二十餘字改動
	同上	文字全同
	乙酉夏梁宗岱同客桂西招飲寓中即席賦此 [91]	三四字改動
	重陽有感並示定勝定國二弟 [92]	三四字改動
	與中山大學同學客次邕江抗戰勝利同伸慶祝即席作 [93]	二十字餘改動
長相思 1 首	「風微微」	全篇頗多改動
更漏子 1 首	「柳飛綿」	一二字改動
減字木蘭花 2 首	和陳寂均 [94]	十餘字改動
	張志先蜀女汴鄭邂逅旋即別去以詩相贈賦此奉酧 [95]	二十餘字改動
點絳唇 4 首	「細問東君」	七八字改動
	「我見猶憐」	十餘字改動
	為陸萬團何婉蘭結婚而作	文字全同
	和廣廈題杜鵑韻 [96]	十餘字改動

89 《吟草》「廈」字下多一「兄」字。（卷上，頁 28。）

90 《吟草》作「潘君新熹精歷史好詩文酒海中人也乙酉春邂逅於黔西因有同鄉之誼特賦此以贈」。（卷上，頁 19。）

91 《吟草》作「梁宗岱先生乃吾粵一代文家乙酉秋同客桂西招飲寓中即席賦此」。（卷上，頁 22。）

92 《吟草》「重陽」前多「丙戌」二字。（卷上，頁 28。）

93 《吟草》「即席」下多一「而」字。（卷上，頁 21。）

94 《吟草》作「奉和清遊會會友陳寂先生」。（卷上，頁 27。）

95 《吟草》作「陳君哲豪乃南國才女也邕江邂逅旋即別去以詩相贈賦此奉酬」。（卷上，頁 22。）

96 《吟草》作「廣廈兄題杜鵑次韻奉和」。（卷上，頁 28。）

詞牌及數量	標題/首句	備註
浪淘沙 3 首	「芳草綠萋萋」	三四字改動
	「昨夜夢魂中」	三四字改動
	乙未重九前一日風社雅集與黃君無名陳君希農暢飲至醉即席無名作歌希農寫詩璇賦浪淘沙南歌子玉樓春諸闋以紀其盛[97]	全篇頗多改動
江南憶 7 首[98]	寄商公起予[99]	一二字改動
	同上	七八字改動
	同上	一二字改動
	同上	一二字改動
	魯西軍次	十餘字改動
	同上	七八字改動
	「更漏永」	文字全同
蝶戀花 1 首	湖樓悵望感賦	近三十字改動
鷓鴣天 4 首	余南行而則仁兄亦將他去誠恐吾回桃源不及面矣因以賦別	五六字改動
	癸未少昂自桂林來柳因有凹園同學之誼賦此以贈[100]	一二字改動
	廿七年七月十四日與維岳結縭一週旋即話別因感而賦時客漢皋[101]	一二字改動
	維岳自金城江來鴻告彭君海濤以名花贈植柳州岳廬時客邕寧因而感賦[102]	三四字改動

97 《吟草》作「甲申重陽節前一夕柳江左君志培招飲即席賦此」。(卷上，頁 25。)

98 《吟草》作「望江南」。(卷上，頁 11、16、18。)

99 《吟草》作「寄商公總司令」。(卷上，頁 16。)

100 《吟草》作「趙君少昂粵語之畫家也癸未冬自桂返柳因有凹園同學之誼賦此以贈」。(卷上，頁 26。)

101 《吟草》「縭」作「褵」，下且有一「後」字。(卷上，頁 15。)

102 《吟草》作「維岳來鴻告彭君海濤以名花贈植璇園因而感賦」。(卷上，頁 19。)

詞牌及數量	標題/首句	備註
浣溪紗 2 首	開封戍守	近二十字改動
	「斗酒狂吟一座驚」	五六字改動
虞美人 2 首	聽雨	十餘字改動
	「芭蕉滴滴窗前雨」	二十餘字改動
卜算子 1 首	夜靜寄維岳[103]	一二字改動
好事近 1 首	「雨後曉寒輕」	一二字改動
祝英台近 1 首	「亂鶯啼」	近三十字改動
十六字令 1 首	「塵」	七八字改動
唐多令 1 首	進賢軍次嵐風湖泛舟[104]	二十餘字改動
一剪梅 1 首	「簾卷清霜翠袖寒」	近二十字改動
調笑令 1 首	「明月」	七八字改動
蘇幕遮 1 首	魯西軍次	近十字改動
惜分飛 1 首	贈別褚問鵑[105]	十餘字改動
生查子 2 首	「樽前一曲歌」	一二字改動
	「金鞍美少年」	五六字改動
南鄉子 2 首	紫金久社鄉南如樓即景[106]	一二字改動
	「花謝護非時」	二十餘字改動

換言之，這些重見的作品縱亦有身世蓬飄、家國興亡之悲感，但皆成於 1947 年《微塵吟草》付梓以前，創作之心境畢竟與「遁跡香島」之後有所不同。然而，吾人未必可率爾批評陳氏《詞鈔・自序》有以偏概全之失。就表二可知，兩種版本中詞作「文字全

103《吟草》「維岳」下有有「次廣廈兄韻」五字。（卷上，頁 27。）

104《吟草》無標題。（卷上，頁 8。）

105《吟草》作「儲〔褚〕問鵑江南才女也承贈詩數首丙戌夏余南行有感賦此惜別」。（卷上，頁 28。）

106《吟草》無「鄉」字。（卷上，頁 6。）

同」者僅 4 首而已，即使這些創製於大陸時期的舊作，在重刊時亦多有修改。眾所周知，作家手稿之重要性不言而喻：透過觀摩作家的文字修訂，可進一步理解其創作理念。如北宋歐陽修〈醉翁亭記〉曾反復修改，方才定稿。據朱熹所說：「頃有人買得他〈醉翁亭記〉藁，初說『滁州四面有山』，凡數十字，末後改定，只曰：『環滁皆山也』五字而已。」[107] 如是一來，不但免卻了文字冗贅，也開門見山地奠定了全篇的行文節奏。近人繆鉞 (1904–1995) 則指出：「在宋代填詞盛行之時，詞人創作，亦重視修改。」又云：「辛棄疾為詞家豪放之宗，似乎不屑拘拘於詞句之斟酌推敲，其實不然。」且引岳珂《桯史》中〈稼軒論詞〉一則為證。[108] 陳璇珍詞宗稼軒，而其文字斟酌亦不罕見。可惜陳氏詞作之手稿文獻今已不知去向，所幸《吟草》與《詞鈔》二書中篇什每有重複，而文字多有修改。在本節中，吾人將玩索這兩種刊行定稿之異文，試圖了解陳氏隨着環境與心境之不同，其寫作思路，甚或作品旨趣會產生怎樣的變化。

根據表二及相關註腳所見，就標題而言，各篇在《吟草》與《詞鈔》中往往互有詳略，然於文意可互為參照補充。唯有〈減字木蘭花・萍蹤相聚〉一首，《吟草》標題為：「陳君哲豪，乃南國才女也。邕江邂逅，旋即別去。以詩相贈，賦此奉酬。」然《詞鈔》卻作：「張志先，蜀女。汴鄭邂逅，旋即別去。以詩相贈，賦此奉答。」[109] 則贈詞對象竟非一人。然〈臨江仙・且賦離騷醉一傾〉

107 【宋】黎靖德主編，王星賢點校：《朱子語類》（北京：中華書局，1986 年）卷一三九，頁 3308。

108 繆鉞：〈論宋人改詞〉，載氏著：《繆鉞全集》（石家莊：河北教育出版社，2004 年）卷三《冰繭庵詞說》，頁 254–255。

109 陳璇珍：《微塵館詞鈔》，頁 18。

一首，《詞鈔》標題為：「賦贈陳哲豪，時同客黔西。」[110] 而《吟草》所收該詞之標題又截然不同：「潘君新熹，精歷史，好詩文，酒海中人也。乙酉春，邂逅於黔西，因有同鄉之誼，特賦此以贈。」竊疑《吟草》成書倉促，文字或有錯植處，故《詞鈔》加以修訂補正爾。再觀 47 首重出詞作，除了「文字全同」的 4 首外，「一二字改動」者 10 首，「三四字改動」者 5 首，「五六字改動」者 3 首，「七八字改動」者 5 首，「近十字」或「十餘字改動」者 8 首，「近二十字」或「二十餘字改動」者 8 首，「近三十字改動」者 2 首，「全篇改動甚多」者 2 首。當然，這還要視乎詞牌篇幅的長短。如〈十六字令〉中有七八字改動，已佔一半篇幅。而〈祝英台近〉全首七十七字，有近三十字改動，卻未及一半篇幅。如是不一。再進一步歸納，從「一二字改動」到「七八字改動」者多為字詞的更易；從「近十字改動」到「近三十字改動」涉及文句的抽換；「全篇改動甚多」「幾如二篇」者則幾乎是全篇改寫了。茲各舉數例以見之。

先看字詞更易之例。如《吟草》所收〈更漏子・柳飛綿〉上片云：「惡東風，滿園飄落紅。」[111] 至《詞鈔》則改「惡」為「怨」。[112] 從字面上看，「惡東風」似乎出自陸游〈釵頭鳳〉：「東風惡，歡情薄。」不過「惡」字於陸詞讀入聲，作形容詞用，於陳詞讀去聲，作動詞用。但作厭惡解，程度不無過重之感，與上下文之柔婉風格不盡配合。故改「惡」為「怨」，情調更為一致。又如〈鷓鴣天・並蒂花開燦爛時〉，正如陳氏所言，乃與馬維岳新婚乍別時

110 同前註，頁 12。

111 陳璇珍：《微塵吟草》卷上，頁 7。

112 陳璇珍：《微塵館詞鈔》，頁 17。

作。《吟草》上片云：「離恨潭水難為喻，淚向楊花折一枝。」[113]《詞鈔》則改「淚」為「忍」。[114] 出句以潭水為喻，典故自然出自李白〈贈汪倫〉：「桃花潭水深千尺，不及汪倫送我情。」[115] 陳氏此處將李白的友朋別情轉換為夫婦離恨，而仍以潭水相比，用典不着痕跡，可謂巧妙。而對句以楊柳枝如手臂，似牽引離人不忍其別去，古固有之。然此處的「淚」其實不言而喻，如果點破反有架牀疊屋之感；且淚水與出句之潭水關聯何在，亦令讀者產生不必要之歧想。因此改「淚」為「忍」，既可精簡意象，又可使情態更為豐富。再如〈鷓鴣天・握手西風淚不乾〉乃贈別之詞，下片云：「明朝各自冥飛去。」[116] 所謂「冥飛」，固可指鳥類的高飛。如盛唐張九齡〈感遇〉其四：「今我遊冥冥，弋者何所慕！」[117] 冥冥，謂天高也。而晚唐李羣玉〈湘陰縣送遷客北歸〉云：「今日開湯網，冥飛亦未遲。」[118] 在高飛之外，更強調了逃生、歸隱之義。正因「冥飛」一詞同時兼有高飛、歸隱兩層涵義，用於陳詞中亦產生歧義：陳氏與友人此時皆戮力於抵抗日寇，又何來「歸隱」可言？因此《詞鈔》將「冥飛」改為「鴻飛」，一來可避免歸隱之義，二來可為抗日雄壯之志增色。

再看文句抽換之例——實際上，陳璇珍在抽換文句同時也往往會更易字詞。茲將《吟草》與《詞鈔》所錄〈一剪梅・簾卷清霜〉之文字表列如下：

113 陳璇珍：《微塵吟草》卷上，頁 15。

114 陳璇珍：《微塵館詞鈔》，頁 35。

115 【清】聖祖皇帝敕撰，曹寅、彭定求等主編：《全唐詩》（北京：中華書局，1960 年）冊 5 卷 171，頁 1765。

116 陳璇珍：《微塵吟草》卷上，頁 15。

117 【清】聖祖皇帝敕撰，曹寅、彭定求等主編：《全唐詩》冊 2 卷 47，頁 572。

118 同前註，冊 17 卷 569，頁 6590。

表三　〈一剪梅·簾卷清霜〉文字比勘

《吟草》版	《詞鈔》版
簾卷清霜翠幕寒，人倚闌干，月上闌干；相思萬點兩無言，心事頻傳，淚眼頻傳。 小院蟲聲繞壁喧，似訴孤單，似誚孤單；山山楓葉染朱丹，秋到人間，愁到人間。[119]	簾卷清霜翠袖寒，人倚闌干，月上闌干；者些時節向誰言，詞句空傳，韻事空傳。 冷屋蟲聲繞壁喧，似訴孤單，似誚孤單；山山楓葉染霞丹，秋到人間，愁到人間。[120]

抽換文句之處主要在上片：「相思萬點兩無言，心事頻傳，淚眼頻傳。」玩索這幾句的內文，似有模糊及矛盾處。參看蘇軾〈水龍吟〉：「細看來，不是楊花，點點是離人淚。」眼淚、楊花皆是具象之物，故能以「點點」為量詞。反觀陳詞，抽象之「相思」如何量化為「萬點」？無非只能從上下文來詮解。然而，若云相思如上文捲簾之飛雪（清霜）點點，無乃太冷；如下文之「淚」，但其文字卻是「淚眼」而非「眼淚」。因此，「萬點」二字畢竟沒有着落。其次，既是「兩無言」，又何來「心事頻傳」，豈非相互齟齬？再者，心事化為詞句，眼淚滴上信箋，皆可傳遞，但「淚眼」卻不能率爾視為「眼淚」之同義詞，更不可能傳遞。陳氏後來顯然也覺察到這些問題，因此在《詞鈔》本中改為：「者些時節向誰言，詞句空傳，韻事空傳。」文義無疑更為流暢通達。再看幾個更易字詞之處。如下片「染朱丹」僅謂楓葉變紅，而改為「染霞丹」，增入晚霞的意象，令意境更為宏闊，比喻之餘，也使天上的霞光與地上的楓色互相照應，虛實相生。至於上片的「翠幕」，

119 陳璇珍：《微塵吟草》卷上，頁 7。

120 陳璇珍：《微塵館詞鈔》，頁 56。

「幕」本就與前文的「簾」意思相近，不無冗贅。一旦改為「翠袖」，便暗用了杜甫〈佳人詩〉:「天寒翠袖薄，日暮倚修竹。」[121] 一則自喻為高潔之佳人，二則弦外之音的「日暮」也連帶呼應了後文的「月上闌干」和「染霞丹」。再看〈虞美人〉一例：

表四 〈虞美人・芭蕉滴滴〉文字比勘

《吟草》版	《詞鈔》版
芭蕉滴滴窗前雨，望斷西南路。暮雲繚亂萬里山，惱煞倦飛啼鳥噪人還。 無端畫角嚴城動，夜夜思歸夢。醒來風雨漾吳鈎，願借青萍殺盡敵人頭。[122]	芭蕉滴滴窗前雨，恰似離人淚。暮雲遮斷舊家山，惱煞杜鵑猶是勸人還。 無端畫角嚴城動，夜夜思歸夢。醒來風雨吼吳鈎，自歎等閒白了少年頭。[123]

整體觀之，全首〈虞美人〉五十八字，改動的有二十四字。《吟草》版描寫背景乃是抗戰時期的西南一帶，而《詞鈔》版卻更似在表達詞人晚年居港的心情。如《吟草》版上片「望斷西南路」點出了詞人所在地，而末句「願借青萍殺盡敵人頭」更是突作變徵之音，轉婉約而為剛厲。而《詞鈔》版改「望斷西南路」為「恰似離人淚」，淡化了西南地點（「淚」字蓋因粵方言而失韻，姑不論）；下一句改「萬里山」為「舊家山」，似乎更點出內地與香港睽隔之意。而下片末句改為「自歎等閒白了少年頭」，反用岳飛〈滿江紅〉詞意，表達自己在香江終老之境況。

至於全篇改動甚多之例，可以〈長相思〉為例：

---

121 【清】聖祖皇帝敕撰，曹寅、彭定求等主編：《全唐詩》冊 7 卷 218，頁 2287。

122 陳璇珍：《微塵吟草》卷上，頁 9。

123 陳璇珍：《微塵館詞鈔》，頁 40。

表五　〈長相思・風淒淒〉文字比勘

《吟草》版	《詞鈔》版
風淒淒，雨霏霏，陌上楊花不住飛，黃鶯著意啼。 鬢絲絲，恨依依，春去春來人未歸，問天天不知。[124]	風微微，雨微微，潔白楊花糝紫泥，鶯兒歷歷飛。 日遲遲，馬遲遲，春去春來人未歸，問春春可知。[125]

〈長相思〉詞牌一般為雙調三十六字。其正體之上下片首二句皆為格律相同之三言句，一般使用疊韻，如「紅滿枝，綠滿枝」「山無情，水無情」「吳山青，越山青」等等。就其變體而言，此處也可使用文字完全不同之對偶句，如周邦彥詞之「沙棠舟，小棹游」「煙雲愁，簫鼓休」等等，故亦非疊韻。陳璇珍此詞，《吟草》版之「風淒淒，雨霏霏」「鬢絲絲，恨依依」雖用疊字，卻非正體之疊韻，接近周邦彥之變體。而修訂後《詞鈔》版之「風微微，雨微微」「日遲遲，馬遲遲」則更接近正體矣。就文字而言，「鬢絲絲」之本意或謂髮鬢轉白，但下文僅「春來春去」略有點及，照應似仍不足（若不計韻腳，如「鬢星星」之類或許較佳）。修訂後，文字更堪咀嚼。「日遲遲」來自《詩經》中〈豳風・七月〉及〈小雅・出車〉之「春日遲遲」，意指春來日照變長，時間顯得較為緩慢，進而形容陽春季節氣候宜人。因此，「日遲遲」承上片所寫春景，可理解為春日宜人之原意；而與後文「馬遲遲」合觀（「馬遲遲」來自柳永〈少年遊〉「長安古道馬遲遲」，謂馬緩行之貌），[126] 則表達了時間緩慢、滯留他方多年之意。再如《吟草》版

124 陳璇珍：《微塵吟草》卷上，頁 1。

125 陳璇珍：《微塵館詞鈔》，頁 7。

126【宋】柳永著，薛瑞生校註：《樂章集校註》（北京：中華書局，1994 年），頁 132。

之「陌上楊花不住飛」，至《詞鈔》版改為「潔白楊花糝紫泥」，將柳絮飛動改為柳絮入泥，時節更晚，而感覺更為衰颯。所謂「紫泥」，固指色澤較深之泥土，但也可能使用《洞冥記》中東方朔之典故：「兒旦至紫泥海，有紫水污衣，仍過虞淵湔浣，朝發中返，何云經年乎！」[127] 如此看來，「紫泥」也是一種時光流逝的隱喻，能契合詞人晚年的心情。至於「歷歷」，既謂「歷歷在目」，指黃鶯之毛羽鮮明奪目，也可指鶯啼之聲（如韓偓詩「黃鶯歷歷啼紅樹」），同樣一語雙關。

根據以上所論，陳璇珍對於舊日詞作的修訂大抵可歸納為四點：一、文詞的優化；二、舊日時地的淡化；三、抗日情緒的弱化；四、當下情境的強化。再看陳氏其他作品，也不時出現類似情形。茲就後三點而言，如〈唐多令・醉盪木蘭舟〉，《吟草》版上片有「望斷南天珠海路」之句，[128]《詞鈔》版則改為「望斷白雲珠海路」。[129] 此詞原本當作於廣東以北，故有「南天」之句。後來居港，在粵省南端，不得再用「南天」，故改用「白雲」，當指廣州白雲山。此即舊日時地的淡化。〈臨江仙・誰識飄零〉本為慶祝抗戰勝利而作，《吟草》版下片末三句云：「蝦夷肝膽碎，一舞醉千鍾。」[130] 而《詞鈔》版則改為「歡聲相慰藉，拚醉飲千鍾。」[131]「蝦夷」為日本北部少數民族，此處借作對日軍的蔑稱。然修訂後則移去了該詞。此即抗日情緒的弱化。《吟草》版〈南鄉子・花落不須悲〉末句云：「瘴雨蠻煙不盡思。」[132] 而《詞鈔》

127 王國良著：《漢武洞冥記研究》（台北：文史哲出版社，1989 年），頁 42。

128 陳璇珍：《微塵吟草》卷上，頁 8。

129 陳璇珍：《微塵館詞鈔》，頁 54。

130 陳璇珍：《微塵吟草》卷上，頁 21。

131 陳璇珍：《微塵館詞鈔》，頁 14。

132 陳璇珍：《微塵吟草》卷上，頁 24。

版此句則改作：「弔月空梁寄甚思。」[133] 所謂「瘴雨蠻煙」之南方荒涼之地，不無貶義，故挪去。此即當下情境的強化。整體而言，《詞鈔》版固然更能體現詞人戰後居港的情狀，也更能引起同時代讀者的共鳴，但相對於《吟草》版而言，二者的旨意已有差異，這些重見之作是否仍能視為同一首詞？值得思索。茲以〈浪淘沙〉詞為例：

表六 〈浪淘沙〉文字比勘

《吟草》版	《詞鈔》版
甲申重陽節前一夕，柳江左君志培招飲，即席賦此。	乙未重九前一日，風社雅集，與黃君無名、陳君希農暢飲至醉，即席無名作歌，希農寫詩，璇賦〈浪淘沙〉〈南歌子〉〈玉樓春〉諸闋，以紀其盛。
籬菊傲新霜，天淡雲黃，瀟瀟風雨鬥清狂。無數青山登不得，烽火茫茫。肥蟹引蒓薑，新釀醇香，左君佐客傾詩囊。著意開筵拼一醉，明日重陽。[134]	客路又飛霜，月白花黃，人間何醉我何狂。誰是嘉賓誰是主，煙水茫茫。 紫蟹引紅薑，綠蝗浮香，酒邊得句沒吟囊。此夕大家休盡醉，明日重陽。[135]

如《吟草》版「肥蟹引蒓薑，新釀醇香」、《詞鈔》版「紫蟹引紅薑，綠螘浮香」，文字極為接近；終篇之「明日重陽」更是完全一樣。若以步韻傳統觀之，似乎不宜視為兩首詞作。大抵正因如此，陳氏並未在《詞鈔》中將二首作品並置。然而根據陳氏標題，兩作

133 陳璇珍：《微塵館詞鈔》，頁 65。

134 陳璇珍：《微塵吟草》卷上，頁 25。

135 陳璇珍：《微塵館詞鈔》，頁 22。

雖皆以重陽為旨，但寫作場景頗為不同。前者在戰時廣西，主人為左志培；後者在戰後香港，場合為風社雅集。然玩味文意，吾人只可解釋為陳氏酒後即興填詞，偶爾步韻舊作，而醉中之作無暇推敲，文字蹈襲在所難免（似乎「酒邊得句沒吟囊」便有自解之意）。

回顧1950年代的香港，位於冷戰壁壘之前沿，不僅港英政府對於港人之民族情緒深有防範，整個香港社會亦仍處於二戰創痛的療癒過程中。如1956年由右派工人發起的「雙十暴動」，最後卻令港英政府得以大幅度清洗國民黨在港之政治影響力。[136] 馬維岳、陳璇珍夫婦皆曾參加抗日，是國民政府的堅定支持者。他們身在殖民管治地區香港，以流寓者自居；而與國府的密切關係，未必不令兩夫婦有自警之心。因此，陳璇珍作為旅港名流，其《詞鈔》出版僅在「雙十暴動」之後三年，那些創作於抗戰期間，以「捐軀殺敵、衛國保家」為主題的詞作同樣「不合時宜」，令其感到若要重新面世就不得不加以修改。如前文所舉〈虞美人・芭蕉滴滴〉，陳氏晚年刪去「願借青萍殺盡敵人頭」一句，僅餘「畫角嚴城」「吳鈎」二語尚略為保存了軍旅意象，作品的婉約度進一步加強，甚或影響到整首作品的風格。

不過，陳璇珍「女中稼軒」之名畢竟久為世人所知，因此其對舊作之修改，多半不至於面目全非。茲再以前節所引〈浣溪紗・開封戍守〉為例：

---

136 張少強：〈雙十暴動：冷戰、晚期殖民主義與後政治行動〉，收入張少強、梁啟智、陳嘉銘主編：《香港・社會・角力》（香港：匯智出版有限公司，2017年），頁28。

表七 〈浣溪紗・開封戍守〉文字比勘

《吟草》版	《詞鈔》版
畫角聲聲動壯思，城頭堞上舊旌旗，少年鞍馬兩相宜。 仗策出關真勇士，揮戈守土是男兒，憑君聽取岳王詞。[137]	畫角西風動壯思，孤城城上舊旌旗，雕鞍堅甲兩相宜。 仗策出關真勇士，悲歌擊楫是男兒，萬軍齊唱岳王詞。[138]

這首作品在抗戰期間便流播廣遠，成為陳氏代表作之一。而此陳氏晚年之修改，則主要涉及了文詞的優化、抗日情緒的弱化和當下情境的強化三點，茲逐一論之。首先，將「聲聲」改為「西風」，加強了意境的蒼涼感。「城頭堞上」雖為當句對，但城大而堞小，二者力度並不均衡；「孤城城上」則為頂針，且多一「孤」字呼應上句的「畫角西風」，更為連貫。這些改動當然屬於文詞的優化。「少年鞍馬」四字，所言也包含陳氏自身在內。但晚歲居港，不復少年，故挪去「少年」字面，改為「雕鞍堅甲」。「揮戈守土」容易令人想起當時「一寸山河一寸血」的口號，而「擊楫」則改用《晉書・祖逖傳》的典故：「(逖) 中流擊楫而誓曰：『祖逖不能清中原而復濟者，有如大江！』辭色壯烈，眾皆慨歎。」[139] 當時五胡亂華，祖逖 (266−321) 北伐，志在光復故土。此典雖然也可扣合抗戰的環境，但在 1950 年代卻很容易令人聯想起台灣當局「反攻大陸」的方針。至於「萬軍齊唱」則進一步激勵士氣，將抗戰與「反攻」兩重意象疊加起來。因此陳氏如此修改，不無強化當下情境的動機——雖然這種強化還是以非常幽微的方式來表露。

137 陳璇珍：《微塵吟草》卷上，頁 10。

138 陳璇珍：《微塵館詞鈔》，頁 37。

139【唐】房玄齡主編：《晉書》(北京：中華書局，1997 年) 卷六十二列傳第三十二，頁 1694。

三、結語

趙郁飛論民初以來女性詞特質，將之歸納為三端：一、從「閨音」原唱到「老鳳新聲」；二、從苦悶淵藪到蹈揚性情；三、從師心自鑄到轉益多師。[140] 所謂「老鳳新聲」指牢籠萬象、明朗質直的風格，而陳璇珍身為國軍女將，在抗戰中屢獲功勛，而詞作繼承辛棄疾風格，兵氣高揚，然對婉約一路也並不蔑視，可見其詞作取向與趙氏所論亦甚相合。不僅如此，陳氏傾向以近體詩來表達夫婦感情，更見婉約之風，未嘗不可視為她跨越詩詞畛域的一種試驗。[141] 可見陳璇珍巾幗鬚眉的氣概，施於文壇也相彷彿。正因如此，她才會運用社會資源，在香港電台主講〈詞學漫談〉，並將講稿連載於《華僑日報》，以推廣本地對於詞的欣賞與創作之風氣。

本章將〈詞學漫談〉的主旨歸結為「論詞之性質」「論詞之讀寫」「論詞之與時俱進」三點。陳璇珍認為「詞是一種最富於音樂性的詩體」，因此雖然瓣香稼軒，卻並不流於粗豪率易，而是強調填詞者在情感與聲律上都仍應以精細為主。如認為蘇軾「把個人的性情、抱負、思想、閱歷都充分表現在這種體裁上，這是作者全人格的表現，與靡靡之音大為不同」，超出婉約、豪放之畛域，此與其同代人何敬羣（1903–1994）《詞學纂要》之見可謂雷同。[142] 然而，對於周邦彥以下那羣精通音律的詞人，她卻認

140 趙郁飛：《近百年女性詞史》，頁 8–9。

141 陳鈺頤論道：「1958 年，璇珍與友人梅叔蓬、蕭葵明等成立『微社』，社名取其館名『微塵館』之首字『微』，璇珍為社長，成員百多人，多兼健社、春秋社社員，每月於茶樓雅集一次，一桌間暢談詩詞文藝。打破香港詩社向來由男性主導的局面，微社作品長期連載《華僑日報》『微社詩艸』專欄。」見〈闌干拍遍、木蘭壯志：陳璇珍《微塵館詞鈔》研究〉，頁 6。

142 何敬羣：《詞學纂要》，頁 42。

為他們的作品「類多寄託太深，晦澀費解，不容易為一般人所領略」，評價有所保留，這又與何敬羣對「清空騷雅」的推崇頗為不同。至於論詞之讀寫，無論是先讀小令而後長調、先讀選本而後專集，還是「把詞譜放在旁邊，研究清楚該詞調的聲韻及句法」，都是為了熟悉詞律，而創作手法也由此潛移默化，能與一己之胸懷思想相副。至於論詞之與時俱進，同樣是從創作的角度而發，而與時俱進的主要方向就是「簡單化」「大眾化」「現代化」——也就是聲律只論平仄、文字力求淺白、容納現代詞彙、適應當下環境，反映出所在時代的需要與精神。

陳璇珍詞學觀念之實踐，目前並無其創作草稿或相關「自道」文字可依，故吾人嘗試從其詞作之修改來窺見一斑，且修改乃是基於《微塵吟草》(1947)、《微塵館詞鈔》(1959) 兩種詞集內 47 首重見作品之異文，出版時間相隔十二年，地點一在抗戰勝利未幾的廣州，一在內地易幟後的香港。根據前文之討論，就形式而言，這些修改可歸納為字詞更易、文句抽換、全篇改動等三種情況；就內容而言，則可歸納為文詞的優化、舊日時地的淡化、抗日情緒的弱化、當下情境的強化等四點。這四點又可分為兩方面。文詞的優化乃是應合其詞學觀念所云「修辭煉句，千萬不可放鬆」，[143] 若將同一詞作的兩種版本合看，1959 年《詞鈔》版的文字的確較佳，再次印證了「詩不厭改」的道理。此正如繆鉞所云：「繡出鴛鴦無限好，金針度與有心人。」[144] 至於後三點，除了時局因素，還不無其詞學觀念所云「打動人們心坎」「獲得人們同情」的創作動因。[145] 吾人不妨以陳璇珍同齡人、「南海十三

143 陳璇珍：《微塵館詞鈔》，頁 89。

144 繆鉞：〈論宋人改詞〉，載氏著：《繆鉞全集》卷三《冰繭庵詞説》，頁 254。

145 陳璇珍：《微塵館詞鈔》，頁 87–88。

郎」江譽鏐（1910–1984）的遭際為參照。朱少璋謂其：「抗戰時期不辭艱險，一介公子書生從軍粵北，在軍中撰寫戲曲，以愛國戲劇勞軍，砥礪士氣，令人肅然起敬。」[146] 而十三郎遭際大變的轉捩點，一如其姪女江獻珠所言：「光復後他回到香港再作馮婦，可惜所編劇本仍然不離開捐軀殺敵、衛國保家，在昇平之世大談戰爭，殊不合時宜。〔……〕以致無法在香港立足，生活潦倒，空懷報國之心，而請纓無路。」[147] 十三郎的劇本的對象為普羅大眾，然因時移地易，在香港於官於民皆不受歡迎。陳璇珍與十三郎一樣，都是堅定的國府支持者。她所擅長的詞這種體裁，對象讀者也非大眾。在時空的流轉下，陳璇珍為了投合不同的讀者而修改詞作，甚至有可能對舊作的旨意有所微調，這在研究者看來或許是在「竄改」記憶，但對於創作者卻是司空見慣之事，例如將原來關於抗戰的舊作在修改後暗中與「反攻復國」的主題相疊加，既表達了自身與對象讀者旅居香港時新的心境，也巧妙避開了港英政府的戒備；能夠如此取得平衡，已不只是再度宣示所謂打動心坎、獲得同情的詞論見解，還柳暗花明地與常州詞派「高遠深厚而有寄託」的書寫策略相應合了。進而言之，1959 年《詞鈔》版因後三點而修改後的作品，在辭章上也未必遜色於 1947 年《吟草》版，這無疑要歸功於陳璇珍對自己詞人身份的看重，和對當時香港政治氣候的準確理解。詞體自身有着遙深旨意、幽微筆法的特點，且儘管陳氏以豪放風格知名，詞體的對象讀者仍屬小眾，但她卻始終對將詞體向大眾推廣念茲在茲。

---

146 朱少璋：〈前言：十三郎說十三郎〉，收入南海十三郎著、朱少璋編訂：《小蘭齋雜記》（香港：商務印書館，2016 年），頁 2–3。

147 江獻珠：〈我的十三叔〉，收入氏著：《蘭齋舊事與南海十三郎》（香港：萬里書店，2014 年），頁 186。

| 第四章 |

創作與鑒賞之結合
—— 何敬羣《詩學纂要》初探[1]

1 本章之初稿曾作為導論，收入《益智仁室詩說：何敬羣先生著作選刊》（香港：中華書局，2025 年）。

何敬羣（1903–1994），名鑒琮，字義修，號敬羣，號遁翁，齋名天遁室、益智仁室，江西清江人。自幼好學，因家貧經商鬻藥，而手不釋卷，博學多聞。1949年遷港，1957年起先後任教於珠海、經緯、新亞、浸會諸大專院校。著述頗富，梓行者有《易義淺述》《孔孟要義探索》《老子新繹》《莊子義繹》《念佛方便法門》《遁翁詩詞輯》《遁翁詩詞曲集》《詩學纂要》《詞學纂要》《益智仁室論詩隨筆》《楚辭精註》等及單篇論文若干。此外尚有《中國文學史綱》《宋六家詞導讀》《益智仁室詩詞曲論彙》《益智仁室詞曲集》《各體韻文選註》《遁翁文彙》等，惜已無存。這些著作中，有不少肇端於課堂講義，《詩學纂要》便是值得注意的一種。

蓋港澳台及內地自1950年代以降，數香港某些高校的中文系仍勉力將「詩選」設置為必修課。該科之中，舊詩創作仍佔有一定比重，並未被詩歌賞析的部分所擠壓。而在偏重古典範疇的歲月裏，該科是少有的涉及創意寫作之課程。縱使該科任教者不乏宿儒碩學，然當日講義得以梓行者為數甚鮮。何敬羣先後於諸院校講授該科，累積了多年教研與創作心得。他於1962年出版的《益智仁論詩隨筆》一書，便有不少涉及創作的獨見。然而此書的撰寫模式接近傳統《二十四詩品》，且使用典雅的文言，目標讀者則以平輩詩友為主，對於大學生而言仍有一定難度。因此，何氏又另為「詩選」課程撰寫了教材，這就是《詩學纂要》的雛形。《詩學纂要・自序》云：

所謂工欲善其事，必先利其器，而教材之選擇，與學習之疇範，尚矣！近十年，余以詩詞曲，講授海上各學院，即以此旨編為課詞、課曲、課詩綱要三種，用為教與學之工具。要在易知易行，重在能讀能寫。雖未能使其器盡利，其事盡善；然使從學者，以最短之時間，能循宮墻而得門，能知堂奧之所在，雖若近於速成，而不無利於初階也。[2]

所謂「海上各學院」，即包括了珠海、經緯、新亞、浸會諸校。對於芸芸學子而言，諸講義的「速成」性質正好令他們「易知易行」「能讀能寫」。目下所見《詩學纂要》《詞學纂要》正是分別由課詩、課詞的講義修訂而成（課曲講義惜已不存）。《詩學纂要》最後脱稿則在1973年秋：「去年（案：即1973年）秋為浸會學院課詩，即用此本，易其名曰《課詩纂要》，油印發諸生為講習之範本。文系主任徐伯訏先生見而善之，謂不若排印成書，以廣其用為便。」[3] 對於「詩選」課，何氏有這樣的認知：

近代教制，小學中學僅課語文而不課詩，必大學文科，始有一年課程之詩選。其為講習之時間，不足百小時；僅能使修習者，略知某時代有某詩家，某詩家有某名篇某佳句而已！至何以為名為佳，則大半茫然，以云寫作，自戛戛其難矣！論者於此，則以為學詩之時間過少，學者無法多取資，自無以宏其用，教者為所限，亦無所施其技矣！[4]

課時嫌短，幾乎是所有科目共有的問題。且民國以前，作詩是兒童啟蒙的主要課程，因其不僅關涉文字之駕馭、品味之培養，於聲韻、訓詁乃至文法等「小學」知識範疇也能打下堅實的基礎。五四以後的新學制呼應着白話文運動的精神，兼以分科益為細密，故舊體詩創作便成為大學中文系才會提供的科目。然即使大

2 何敬羣：《詩學纂要・序》，頁2。

3 同前註。

4 同前註，頁1。

一新生亦屆成年，對詩歌欣賞固有較高領悟力，但於「小學」方面的起步已頗晚於舊時蒙童。不過，何氏對如此窘況仍抱樂觀態度：

> 余謂不然。詩之所資，不外經史語文；今大學生徒，正當窮經繹史之年，正作經史語文之攻治，不可謂無資，但有資而不知用於詩耳！若能發其蒙而導其前，則如棒喝而悟，破翳得明，一轉移之間，即可以悠然而逝，翼如以趨。故一年時間，不可謂短，要在學者與教者之能得其要耳！[5]

何氏指出「詩選」一科並非孤立的，其他科目皆可為詩歌創作提供素材，這端賴於任課教師如何提點學子「轉識成智」，將其他科目的學習成果應用於詩歌創作之上。如此一來，為期一年的「詩選」課便游刃有餘了。

近古以來，詩學啟蒙選本往往偏重於唐詩，而輔之以宋詩。如南宋劉克莊（1187－1269）所編《分門纂類唐宋時賢千家詩選》共錄詩一千二百餘首，此後南宋謝枋得（1226－1289）、明代王相（1488－1524）有所增刪，今日通行之版本，入選詩人計有唐代 68 家、宋代 54 家、明代 2 家、無名氏 1 家，共二百二十餘首。而作品僅有五絕、五律、七絕、七律四卷，而不及於古體。至若清乾隆間孫洙（號蘅塘退士，1711－1778）有鑒於《千家詩》「其詩隨手掇拾，工拙莫辨，且止五七律絕二體，而唐宋人又雜出其間，殊乖體制」，[6] 故編成《唐詩三百首》，共入選詩人 77 家、作品 311

5 同前註。

6 【清】孫洙：《唐詩三百首》（北京：中華書局，2004 年）〈自序〉，頁 1。

首，除五七言絕句、律詩外，還曾入五古、七古兩卷。不過誠如論者所言：「《唐詩三百首》所選僅三百餘首，雖無魚目混珠之弊，終不免滄海遺珠之憾。而且僅及有唐一代，其涵蓋面反不如《千家詩》之廣泛；尤其是對宋詩的忽略，更產生一些不良的影響。現代一般人讀古典詩，往往只知有唐詩而不知有宋詩，更不用說去辨明唐詩與宋詩之異趣，推究起來，或許就是《唐詩三百首》廣為流傳後之結果。」[7] 再如近代桐城派殿軍高步瀛（1873−1940）所編《唐宋詩舉要》，對於《千家詩》和《唐詩三百首》的缺憾「顯然是有糾補作用的」。[8] 此書共收錄詩歌 816 首，其中唐代詩人 84 家、作品 619 首，宋代詩人 17 家、作品 197 首。在五七言古體、律詩、絕句以外，還選錄了十首五言排律，更完整地反映出唐代詩歌的面貌。且高氏於每一種體裁下，皆有文字論述體裁源流風格，「宛如精要之詩學流變史」，也頗具參考價值。正因「這部選集無論在選錄標準或數量比例上應該都是比較適宜的，其性質也已超越童蒙讀本的作用，而適合引導學者一窺唐宋詩之堂奧」，故中文大學中文系長期選用此書作為「詩選及習作」（舊稱「唐宋詩選」或「詩選」）之課本。誠然，高步瀛於義理、考據、辭章之學皆功底頗深，故選詩恰當、註釋謹嚴。然而正因高著卷帙較廣，且註釋詳博古雅，於學界同仁固有典範意義，於大學新生卻未必便利。兼以 1990 年代後，「詩選」課由一學年改為一學期，區區十餘週更難覆蓋高著之內容。因此僅以中文大學中文系為例，歷

7　里仁書局編輯部：〈出版說明〉，高步瀛編註：《唐宋詩舉要》（台北：里仁書局，2004 年），頁 1−2。

8　同前註。

來「詩選」任課教師於《唐宋詩舉要》以外往往會提供額外講義，或自編，或指定他書（如喻守真《唐詩三百首詳析》等），以便學子參考。何著《詩學纂要》，亦兼錄唐宋詩，其言云：

> 宋詩與唐詩，型制同而風格則各異，有如黃河長江，俱西源崑崙，東注於海，而各自成流域。故為學詩者，必兼資而並研習之者也。唐詩如〈國風〉，宋詩如〈大、小雅〉。〈國風〉之辭，多覽物抒情，故流連光景，而妙造自然；唐人詩得其意，是以風華掩映而以情韻勝。〈大、小雅〉之辭，多陳義序事，故鈎深抉微，而能笙鏞應律；宋人詩得其意，是以氣格森張，而以理致勝。[9]

何氏巧妙地以《詩經》之〈國風〉、二〈雅〉為喻，認為唐詩以情勝，宋詩以理勝，故初學者不可偏廢。其開列之「修習本課程應備用參考書」中，則有《唐詩三百首》《唐宋詩舉要》及《益智仁論詩隨筆》等，[10] 因何著以此為基礎，且以淺易文言撰寫，故能兼錄唐宋詩作，且更為精簡明瞭。

《詩學纂要》全書共分為三編，上編〈詩學導論〉，包括〈詩之淵源及體制〉〈詩之聲韻及律法〉〈詩之聲調〉三節。中編〈唐詩選讀〉，下編〈宋詩選讀〉，則以詩人為綱，依時代先後為次，繫以作品。中、下編各有總序，概論一朝詩風。中編〈唐詩選讀〉分為初、盛、中、晚四節，下編〈宋詩選讀〉分為北宋、南宋兩節，每節各有小序。至於詩人詩作詳情，則表列於下：

9　何敬羣：《詩學纂要》，頁 90。

10　同前註，頁 128。

表一　《詩學纂要》所收詩人作品一覽

	時期	詩人及作品篇數	家數	作品
唐詩選讀	初唐	王勃 (2)、宋之問 (2)、沈佺期 (2)、杜審言 (2)、陳子昂 (2)	5	10
	盛唐	張九齡 (2)、王維 (15)、李白 (20)、杜甫 (28)、孟浩然 (8)、儲光羲 (2)、王昌齡 (6)、李頎 (2)、岑參 (3)、韋應物 (7)	10	83
	中唐	劉長卿 (2)、盧綸 (2)、韓翃 (2)、錢起 (2)、司空曙 (3)、韓愈 (7)、柳宗元 (5)、劉禹錫 (3)、白居易 (9)	9	35
	晚唐	杜牧 (9)、李商隱 (14)、溫庭筠 (4)、韓偓 (2)、韋莊 (3)	5	32
宋詩選讀	北宋	歐陽修 (10)、梅堯臣 (3)、王安石 (13)、蘇軾 (16)、黃庭堅 (14)、陳師道 (2)	6	58
	南宋	陳與義 (2)、周必大 (1)、朱熹 (1)、范成大 (3)、楊萬里 (4)、陸游 (14)	6	25
總計			41	243

整體而言，中編共收唐代詩人 29 家、作品 160 首；下編共收宋代詩人 12 家、作品 83 首。唐宋作家之比例約為三比一，作品比例約為二比一，然皆未及高著之懸殊。值得注意的是，作品選錄超過 10 首者，唐代僅王維、李白、杜甫三大家，宋代竟有歐陽修、王安石（1021－1086）、蘇軾、黃庭堅、陸游五家。不過，對於北宋之晚唐體、西崑體、南宋之江湖派、永嘉四靈等，其作品則未有選錄。何氏自言：「北宋自仁宗以前，可謂無詩。非真無

詩也，無宋人自己之詩也。」[11] 此主要就西崑體而論。又云：「爭一字一句之巧相矜，以吟風弄月之詞相詡。不過復晚唐纖巧之尖酸之舊，則宋詩之尾聲矣！」[12] 此就四靈及江湖派而論。由此可見，何氏講授「詩選」仍以唐詩為核心，故包納之詩家、作品分佈較為全面，至於宋詩方面則舉其有自身特色者，尤其着眼於江西詩派源流及中興諸家。今人凌頌榮指出：「無可否認，《詩學纂要》是用於院校的教科書，在『速成』與『利於初階』的前提下，難以全面涵蓋宋詩的範圍。何氏畫定『宋人自己之詩』的範圍，自有顧慮和取捨，不宜苛求。」[13] 在下文中，筆者嘗試依據《詩學纂要》對詩歌之淵源、體制、律法、聲調及作品各方面之論述，探析何氏之舊詩創作論，以窺香港高校詩歌創作課程之發展歷程於一斑。

一、論詩歌之淵源

何著繼承了《千家詩》及《唐宋詩舉要》的傳統，以唐宋詩為授課內容。童蒙習詩，當以掌握格律為務；《千家詩》止錄近體，自然回應了如此需求。但《唐宋詩舉要》所針對的並非童蒙，而創作的體裁也當包含古體。誠如明代李攀龍所言：「唐無五言古詩而有其古詩。」那麼學習創作古體者，應當取法唐人古體，抑或先唐古體？我們可先觀何氏自序所論：

---

11 同前註，頁 91。

12 同前註，頁 117。

13 凌頌榮：〈宋人自己之詩：試論何敬羣《詩學纂要》的「宋詩」觀〉，香港樹仁大學商業、經濟及公共政策研究中心及香港中文大學歷史系梁保全香港歷史及人文研究中心合辦：「『跨學科視角下的香港』國際學術研討會——歷史、文化、經濟及公共政策」(2025.07.11–13)，頁 21。

原夫詩為天籟，為心聲，學之而工自非易，學之而能則非難。能明於聲調格律而熟其規矩，則十得四五矣！能讀唐宋詩三、二百篇，紬繹其規矩運化之所在，則十得六七矣！能不斷嘗試為寫作，則十得八九，而能入言志永言之塗徑矣！再進而泛濫魏晉六朝之篇什以煉其辭，再進而涵濡〈國風〉〈騷〉〈雅〉之韻味以厚其氣，則可以為言必己出，斐然成章矣！而此一年之講習，則為之開扃啟鑰以窺其秘，指路示途以助其行也！[14]

何氏此言將學詩分為五個階段：其一為熟規矩，關鍵在於掌握聲調格律；其二知運化，關鍵在於熟讀唐宋詩；其三為試言志，關鍵在於不斷寫作；其四為煉其辭，關鍵在於泛覽漢魏六朝篇什；其五為厚其氣，關鍵在於涵泳《詩經》《楚辭》。然就為期一年之「詩選」課而言，僅能帶引學子進入前三個階段。這三個階段乃是以體式論和欣賞論為基礎，而以創作論為依歸。在何氏看來，二三百篇唐宋詩便能作較完足之體式展示、欣賞範例，而不必如文學史教學那般，依照時序由先秦詩開始講起。將漢魏六朝詩、先秦詩之瀏覽涵泳置於後二階段，不在「詩選」課程範圍之內，乃因煉辭、厚氣屬於進階創作之修為，須假以時日，且有賴學子之自發性，未可一蹴即就。熊潤桐〈學詩入門〉亦云：「《詩》《騷》博大淵微，別當專題研究，故暫不列入本講範圍。」[15] 所見略同。參考高步瀛的論述：「五言古詩，當探源《三百篇》而取法漢魏。〈古詩十九首〉，鍾記室稱其驚心動魄，一字千金。〔……〕唐初猶襲梁、陳餘習，未能自振。陳伯玉起而矯之，〈感遇〉之作，復見建

14 何敬羣：《詩學纂要・序》，頁 1。

15 〈熊潤桐講學詩入門〉，《華僑日報》1958 年 7 月 9 日。

安、正始之風。張子壽繼之，塗軌益闢。至李、杜出而篇幅恢張，變化莫測，詩體又為之一變。」[16] 高氏又云：「唐初七言古詩亦沿六朝餘習，以妍華整飭為工，至李、杜出而橫縱變化，不主故常，如大海迴瀾，萬怪惶惑，而詩之門戶以廓，詩之運用益神。」[17] 五古成熟於東漢中後期，〈古詩十九首〉為其代表，故高氏提出「取法漢魏」。而七言古詩要到「綺麗不足珍」的宋齊之際才逐漸成熟，故高氏就論七古源流時於先唐階段幾乎避而不談，逕以陳隋初唐之「妍華整飭」概括之。進而言之，無論五古、七古，高氏皆將李白、杜甫之作推為發展之高峯；站在創作的角度，李、杜也成為五古、七古的主要取法對象。如此一來，無論學習近體、古體，皆可聚焦於唐、斟酌於宋，漢魏六朝則僅供涵泳爾。

不過，為便學子把握詩歌史之概貌，上編〈詩學導論〉第一節〈詩之淵源與體制〉依然簡單扼要地講述了先唐詩發展之軌跡。他指出：

> 詩之興，出於人聲之天籟，始於生民有文字以記載其語言之時。《孟子》，天下謳歌訟獄者，「不之堯之子而之舜」；《尚書》，舜命夔典樂，以詩言志，歌永言教冑子。則知詩歌在唐虞以前，即盛其作用，成為聲教。夏有〈五子之歌〉，殷有〈商頌〉及夷齊、箕子之歌，至周代更以詩為六教之首；〈國風〉〈雅〉〈頌〉，彬彬於春秋之世，雖夷狄之人，亦能諷詠之。孔子曰：「不學詩，無以言。」詩之成為文藝中心，則《三百篇》為其淵源矣！《三百篇》以四言為主，以言簡意賅，義正辭誠為美。至戰國而有荀子之〈成相〉，屈宋之

16　高步瀛編註：《唐宋詩舉要》（上海：上海古籍出版社，1978 年）上冊，頁 1。

17　同前註，頁 140。

《楚辭》，其體為雜言，其辭盛文藻，詩歌即從此而日趨於美化。[18]

這段文字雖然篇幅不長，卻向學子揭櫫了幾個重點：第一，詩歌產生於初民時期，淵源久遠。第二，唐虞三代的官方、貴族便將詩歌視為言志、教化之工具。第三，《詩經》的成書使詩歌成為文藝之核心，地位崇隆。第四，荀子、屈宋之辭賦以雜言變易《詩經》之四言，辭藻豐贍，追求文采之風氣由此日益盛行。以此歸納《詩經》《楚辭》及先秦古逸詩在詩歌史上的地位，十分精準。

何氏繼而指出，兩漢至劉宋的六百餘年是詩賦地位此消彼長的時期：

兩漢於是有五言、七言之詩，如〈大風〉〈秋風〉〈鐃歌〉〈天馬〉〈四愁〉〈五噫〉，以及蘇李〈河梁〉〈古詩十九首〉之作，言情寫怨，上紹風騷；然僅為賦之附庸，雖為後世所憲章，而未得為當時所重視。及東漢之末，乃見發皇：蔡邕父女，曹操父子，踵蘇李張五言之幟，以清剛爽朗作其氣，撫事感時發其情。建安七子：孔融、陳琳、王粲、徐幹、阮瑀、應瑒、劉楨等人，則以清麗交輝，華實並茂之辭羽翼之，而曹植為之首，於是五言之詩以盛。西晉統一中國，江南文學，與中原文學交流；則有：阮籍、張華、陸機、陸雲、潘岳、張載、張協、左思、郭璞之倫，其所作辭新語麗，秀潤流轉，謂之太康文學，而陸機為之首。詩至此時，已進而與辭賦，平分文學之領域矣。東晉南渡，文風稍替，至晉宋之際，乃再復甦，則有：謝瞻、謝混、謝靈運、謝惠連、鮑照、

18 何敬羣：《詩學纂要》，頁 1。

顏延年等人出，其所作皆風華掩映，組練精工，謂之元嘉文學，而謝靈運為之首。獨有一陶潛，於綺羅錦繡之中，自標縞衣綦巾之致，為詩壇樹一不待雕繪而美之大旆。於時：顏延年等人，創文筆之分，詩乃進而為文學之主流。[19]

何氏所謂「七言」，包括了雜言樂府乃至楚歌騷體之作，然其討論之重點，更在五言詩之發展軌跡。除了點出幾個重要時期的詩風及代表作家的特徵之外，他還精確地指出，〈古詩十九首〉以及蘇李詩雖在後世具有典範意義，但在「登高能賦可以為大夫」的漢代，卻頗為邊緣化。歷經建安、正始、太康幾個時代後，詩歌地位日益提升，與辭賦平分文學領域；至東晉劉宋之際，更成為文學之主流。《南史・顏延之傳》:「(宋文帝) 嘗問以諸子才能，延之曰:『竣得臣筆，測得臣文……』。」[20] 顏延之 (384–456) 將文筆對舉，二者自有區別。《文心雕龍・總術》云:「今之常言，有文有筆，以為無韻者筆也，有韻者文。」[21] 而近代黃侃 (1886–1935) 更指出:「屬辭為筆，自漢以來之通言；無韻為筆，自宋以來之新說。」[22] 顏延之為劉宋時人，故其文筆之分，當即黃侃所云「新說」。且如今人程章燦所論，南朝賦以體物抒情小賦為主流，語言上也有詩化的趨勢。[23] 則詩在「文」中之地位更不止於與賦平分秋色而已。綜而觀之，何敬羣此論當可令學子進一步清楚詩歌在整個文學發展史中的定位與價值。

---

19 同前註，頁 1–2。

20 【唐】李延壽：《南史》(北京：中華書局，1997 年)，頁 879。

21 王運熙、周鋒譯註：《文心雕龍譯註》(上海：上海古籍出版社，2012 年)，頁 288。

22 黃侃撰、周勛初導讀：《文心雕龍札記》(上海：上海古籍出版社，2000 年)，頁 211。

23 程章燦：《魏晉南北朝賦史》(南京：江蘇古籍出版社，1992 年)，頁 205。

至於齊梁陳隋之詩歌，何氏進而論述道：

> 自永明下至梁陳，百年之間，前有梁武父子、謝朓、王融、沈約、范雲、任昉、江淹、何遜，後有陰鏗、江總、徐陵、庾信，皆辭采富麗，錦繡交豔。而周顒、沈約，揭四聲之秘，發揮聲調音律之美，不徒為詩一新其面目，亦為漢語文運用文藝之美之一大發展；唐宋之各體詩，及宋元明清之詞曲戲劇，亦莫不於此孕毓之矣！然齊梁詩風，至陳隋之世，華豔過多，有桃李之春穠，欠稻粱之秋實，亦為後人所詬病。又其體制，雖包有吳歌西曲之雜言，然仍不出五言之疇範。唐承其後，乃自五言發展而盛於七言，自聲律發展而成近體，至盛唐而詩之體制乃大備。[24]

頗為標榜這個時期詩歌之辭采，且對永明聲律論大為推崇。但是，何氏又進一步指出：唐代以前的詩歌體制未備，縱然兩漢魏晉之作多可稱道，但亦不出五言藩籬；齊梁以降，近體逐漸形成，卻流於雕雲鏤月、氣骨不足。這一方面，何敬羣顯然承襲了高步瀛之見。易言之，無論是就體裁還是內容來看，何氏都相信漢魏六朝詩未足成為初學者模擬的首要對象。這也是他將先唐詩之瀏覽涵泳置於第四、五階段之原因。有了如此交代與鋪墊，後文於先唐詩歌便可不復齒及。

二、論詩歌之體制

上編第一節在簡介詩歌之淵源後，隨即從五言古風、七言古風、樂府、五言律詩、七言律詩、排律、絕句七方面，就詩歌

---

24 何敬羣：《詩學纂要》，頁 2。

之體制展開論述，這幾種都是當時學生在詩選課上必須習作的體裁。何敬羣論五言古風云：

> 古風者，漢魏風格之詩，別於齊梁近體而言，故謂之古風。漢魏六朝詩，均以五言為主，至齊梁時，乃側重辭藻之靡麗，聲調之諧協；其風格，溺於嘲風弄月，而日以軟熟婉孌。隋代及初唐，仍承其風。至王維、孟浩然，乃越徐庾而師淵明，然齊梁之餘韻，猶未盡淨。至太白、子美，乃上追蘇李，方駕曹劉，其風規乃高出六朝之上，而為漢魏之江河矣。[25]

當今學者一般認為，班固〈詠史〉是現存最早之五言古詩。何文匯指出，班固此詩共十六句，除了第一、二、七、八和十六句外，其餘每句的二、四字，都是平仄相異的。此外，除第四聯外，每聯上下兩句的末字，也是平仄相間的。[26] 可見五言詩在逐漸成熟之東漢初年，已萌生了音律意識。不過稍後的〈古詩十九首〉，乃至三曹七子的五言詩，除了押韻外，音律猶是渾然天成，並無太多講究。曹魏國李登撰寫《聲類》，晉代呂靜「別放故左校令李登《聲類》之法，作《韻集》五卷，宮商角徵羽各為一篇」。[27] 故在永明聲律論出現以前，晉宋五言詩已漸有音律意識，因此唯有漢魏五古方宜視為古風之典範。至於辭藻對仗方面，太康詩人陸機（261–303）、潘岳（247–300）及元嘉詩人謝靈運（385–433）、顏延之便已頗為注重。永明詩人將聲律論應用於詩歌，

---

25 同前註，頁 2–3。

26 何文匯：《近體詩格律淺說》（台北：台灣書店，1999 年），頁 15。

27 【北齊】魏收：《魏書》（北京：中華書局，1997 年），頁 1945。

以求諧協，形成介乎古風與近體之間的「新體」。梁代宮體詩人更獨鍾豔情，去漢魏古風益遠。清初馮班以齊梁至初唐之詩「氣格有差古者」，何焯亦就而評曰：「齊梁自為一體，不可與古詩混也。」[28] 何敬羣所言，正承此意。再者，他將盛唐視為五古重振的轉捩點，而以李杜古風直承漢魏，推為正宗，如此論調與高步瀛如出一轍。何氏進而認為，李白「才氣縱橫，如天馬騰驤」，故其五七古能「出入屈宋」；[29] 而杜甫詩「雄渾博大，沉鬱深厚」，「不故為豪語而健，不乞靈羅綺而麗，不事雕琢而巧，不矜奇詭而新」，故其古體「渾渾淪淪」。[30] 根據何氏對杜甫的評價，尤其能窺見他對漢魏五古的典型風格有怎樣的認知。此外，他又就五古之句式論云：「五言古風為齊言詩，兩句一韻，其篇章長短無限制，自三韻至數十百韻均可。」[31] 將五古與後文所論之七古加以判別，以利學子把握其特徵。

> 今人錢志熙指出，因為古體產生於近體之前，唐人會稱其為古體詩或「往體詩」或「古風」。所謂古風，多是指學習漢魏六朝、具有興寄精神的五言古體詩。與此相對，一般的古體詩則稱「古體」。但元明以後，也有稱七言歌行為「古風」的。其與原初的概念有所不同。[32] 何敬羣採用的「七言古風」一詞，來源雖然較為晚近，然亦自有原因。其言曰：

28 【清】馮班著、何焯評：《鈍吟雜錄》（北京：中華書局，1985 年）卷三〈正俗〉，頁 40。

29 何敬羣：《詩學纂要》，頁 33。

30 同前註，頁 41。

31 同前註，頁 3。

32 錢志熙、劉青海：《詩詞寫作常識》（北京：中華書局，2012 年），頁 3。

> 除五言古風外，凡雜言詩，樂府詩，均可歸入此門類。七言詩蓋本於樂府，如〈易水〉〈垓下〉〈柏梁〉〈薤露〉。魏晉以後，五言特盛，七言間見於樂府歌詞，大都風光旖旎，軟語纏綿之句。至盛唐，始脱出其範圍，至李杜，始從〈四愁〉〈五噫〉，上追屈宋，開闢七言古風之風格與領域。[33]

歷來所謂七言古詩，固然包括了漢樂府〈薤露〉、鮑照 (414?—466)〈擬行路難〉、杜甫〈兵車行〉之類的雜言；甚至陳子昂 (661—702)〈登幽州台歌〉四句中並無一句七言，然亦因雜言之故而被視為七古。漢代樂府已有不少雜言體，而曹魏以降的七古也往往具有樂府標題，故何氏云「凡雜言詩、樂府詩，均可歸入此門類」，是也。另一方面，七古可細分為騷體七言與純七言，而以前者時代更早，如何氏所舉〈易水歌〉〈垓下歌〉皆是。然而，騷體七言與純七言作品之間依然存在着一定差異。葛曉音就論純七言作品道：「戰國後期的楚辭和民間謠諺的節奏隨着語言的進化而同步發展，提供了形成七言節奏的條件。但是早期七言篇章由單行散句構成、意脈不能連屬的體式特性，使七言只能長期適用於需要羅列名物和堆砌字詞的應用韻文，而不適宜需要意脈連貫、節奏流暢的敍述和抒情。」[34] 如純七言的〈柏梁〉聯句的確有意脈不連貫、節奏不流暢的問題，但這種問題卻不見於〈易水〉〈垓下〉乃至東漢張衡 (78—139)〈四愁〉等騷體七言。學者一般將曹丕 (187—226)〈燕歌行〉視為時代最早而成熟的純七言古詩，正是基於如此緣故。且〈燕歌行〉以後，六朝較為知名的

33　何敬羣：《詩學纂要》，頁 3。

34　葛曉音：《先秦漢魏六朝詩歌體式研究》（北京：北京大學出版社，2012 年），頁 225。

純七言古詩當推〈白紵辭〉〈河中之水歌〉〈東飛伯勞歌〉等，的確像何氏所言「風光旖旎，軟語纏綿」。不過，既然純七言古詩要到六朝才告成熟，其時代精神已與漢魏五古頗為不同，若稱之為七言古風，似乎不僅不能拓展「古風」之內涵，反而產生意義上的混淆。然觀何氏羅列〈易水〉〈垓下〉〈四愁〉〈五噫〉諸篇，又有「上追屈宋」之語。可見其所謂七言古風之範疇非僅限於六朝隋唐之歌行體，且包含騷體七言，更上及屈宋楚辭。如是一來，對七古的內涵可謂作出了重新界定。七言詩之來源甚為複雜，若僅將先秦之楚辭視為主要源頭，無乃過於簡單化。然而就初學者而言，如此論述卻能讓他們快速有效地了解七言詩的發展概貌。故何氏如此論述，是不難理解的。此外，中編岑參詩選錄〈輪台歌送封大夫出師西征〉及〈走馬川奉送封大夫西征〉兩首，註云：「右兩首均句句韻，可覘七古韻法。前一首兩韻一轉，後一首三韻一轉，平韻仄韻相間，詩家謂之岑參體。」[35] 特別以岑參詩作為例，蓋其作品仍能保留先唐七古逐句用韻及奇數句法，蒼健老勁，與〈春江花月夜〉〈長恨歌〉〈連昌宮詞〉等作之流暢婉轉頗亦其趣也。

近體詩方面，何氏概說云：「五言七言律詩排律絕句六體為近體詩。近體云者，近出於齊梁體之謂也。此六體詩，均為齊言，均有一定之聲韻句法與對仗，蓋由齊梁聲律發明以後，進展而成者。」[36] 其論五律道：

> 五言律詩，權輿於沈佺期、宋之問，而大成於王孟李杜。齊梁時，如范雲之〈巫山高〉：「巫山高不極，白日隱光

35　何敬羣：《詩學纂要》，頁 60。

36　同前註，頁 3。

輝。靄靄朝雲去，冥冥暮雨歸。巖懸獸無跡，林暗鳥疑飛。枕席竟誰薦，相望徒依依。」此詩八句四韻，中兩聯對，即為五律濫觴。但當時只偶然有合，其平仄亦未盡調，亦無和應踵作者。至唐高宗、武后時，以入聲樂，沈宋起而推廣之，遂成定式之五律矣！[37]

何氏認為五律到沈宋手上才告成熟，而盛唐王孟李杜將之發揚光大，其説固是。齊梁諸家八句四韻之五言詩，平仄未能盡調，亦屬事實。然如明人楊慎（1488－1559）所編《五言律祖》，便收錄了不少八句四韻之新體詩。由這些作品可見，諸句已多為律句，偶有拗句，唯時有失黏失對之處。至於第二、三聯之對仗，則已屢見不鮮。因此，謂「八句四韻，中兩聯對」的特徵「當時只偶然有合」，殆未必然。且如湘東王蕭繹（508－555）作〈折楊柳〉而時任太子的蕭綱和之，兩首皆為「八句四韻，中兩聯對」之新體詩，謂「無和應踵作者」也非屬實。進而言之，新體詩之篇幅一般短則四韻八句，長則十韻二十句，除了首尾二聯外，中間諸聯皆須對仗（偶爾也會出現「偷春格」——即首聯對而次聯不對者，如謝朓〈晚登三山還望京邑〉）。因此，五韻以上的作品便是唐人五言排律之祖。再觀何氏論李白〈夜泊牛渚懷古〉云：

此首徹首尾不對，孟浩然亦有此體，皆聲調諧協而辭意則一氣流轉，使人讀之，不覺其為不對，故前人均盛推之，以為如羚羊掛角，無跡可求。然實是齊梁體格，非五律正格也。[38]

37　同前註，頁 3–4。

38　同前註，頁 4。

早在南宋後期，嚴羽《滄浪詩話》便指出：「律詩有徹首尾不對者。盛唐諸公有此體，如孟浩然詩：『掛席東南望，青山水國遙。軸轤爭利涉，來往接風潮。問我今何適，天台訪石橋。坐看霞色晚，疑是石城標。』又『水國無邊際』之篇，又太白『牛渚西江夜』之篇。皆文從字順，音韻鏗鏘，八句皆無對偶。」[39] 嚴氏已舉李白〈夜泊牛渚懷古〉及孟浩然〈舟中曉望〉（掛席東南望）、〈洛中送奚三還揚州〉（水國無邊際）為例。何敬羣《益智仁室論詩隨筆》於〈夜泊牛渚懷古〉之外，又更舉李白〈宿巫山下〉〈長信宮〉為例云：「太白律詩，往往自為町畦，不拘繩墨，學者但賞其氣韻高華，不必盡步趨其律法。」且申論〈宿巫山下〉：「余謂此篇宮商雖叶，而語氣不暢，項、頸兩聯，既有頓挫之勢，讀之即使人覺風景雖不殊、而有山河盡異之感，强以為律詩佳構，反不如入之選體為佳。」論〈夜泊牛渚懷古〉：「其聲調悠洋，自為唐人之音律，其風裁句法，實仍魏晉之遺響。但其一氣直下，如三峽飛艭，使人不暇旁矚。」[40] 李白、孟浩然這種五言八句的作品，格律黏對皆無問題，唯頷、頸聯皆不對偶，故何氏以為「非五律正格」，固然。如《論詩隨筆》稱之為「魏晉遺響」、歸為「選體」，自然合理；但《詩學纂要》轉而目其為「齊梁體格」，則似乎過於簡單化。蓋古體詩中，屬對並非必須；但發展至齊梁新體，一詩之中各聯倒是對偶者多，唯是時有平頭上尾之失，以致失黏失對耳。以〈夜泊牛渚懷古〉為例，此詩雖然合律，但全用散句；尤其是頸聯「余亦能高詠，斯人不可聞」兩句，在理應屬對精密的位置使用較多虛字，更予人一種古風的疏宕之感。因此，與其將

---

39 【宋】嚴羽註、郭紹虞校箋：《滄浪詩話校箋》（北京：人民文學出版社，2006 年），頁 70–71。

40 何敬羣：《益智仁室論詩隨筆》（香港：人生出版社，1962 年），頁 48–49。

這種不對仗的五律追溯至齊梁，不如將之視為李白的一種新的創作嘗試，也未必不可。

再觀何氏論排律云：

> 唐代應進士試詩，以五言律詩十二句六韻，或十六句八韻為程式，於是有長律之一體。元代楊士宏編《唐音》，乃目之為排律。排如排比排列之排：謂重複連續八句四韻之聲律，排列之，成長篇之律詩也。有五言，有七言，唐人均謂之律詩。此體短章六韻，長篇可數十百韻，除起結句外，餘均對句。必平韻，必全篇一韻，唯可用通轉韻，如工部〈夔州詠懷〉，即先、元、刪韻通押。作法以鋪敘流美，對仗典雅，氣勢貫通，波瀾壯闊為勝，此亦以杜甫最為擅長。[41]

排律之流行，故與唐代以詩取士頗有關係，然謂該體之興起乃因進士試詩，則不然矣。唐人將排律稱為律詩的傳統，亦源自齊梁。排律之最短者便是八句四韻，入唐以後，由於這種短律的篇幅較小，兼以對仗精工、聲韻流暢，故而蔚為大國。逮至元代，方有律詩與排律之區隔。故此，謂排律係「重複連續八句四韻之聲律」，於觀感上雖無大謬，考諸詩體發展脈絡則不盡然。初唐詩人沿襲齊梁餘風，創作之排律為數猶夥，且未必限於押平韻。如唐玄宗(685−762)〈校獵義成喜逢大雪率題九韻以示羣官〉十八句九韻，便是押去聲十七霰韻，唯尚有五聯失黏，一如齊梁之作。此外，唐代試帖詩仍要求一韻到底，不可使用鄰韻。即便何氏言及之杜甫〈秋日夔府詠懷奉寄鄭監李賓客一百韻〉，亦以押先韻為主；如詩中所用「員」字見於元、先二韻，「孱」字見於

41　何敬羣：《詩學纂要》，頁 3−4。

刪、先兩韻，未必可謂先、元、刪韻通押。唯杜甫鍾情此體，平生創作之五言排律達 127 首之多，甚至絕筆詩〈風疾舟中伏枕書懷〉亦為三十六韻之五排，故而五排在杜甫手中已突破應制、奉教、酬贈之藩籬，不僅篇幅超出了永明體的限度，獨紓胸臆的特色也日益濃厚。故何氏稱杜甫於此體最為擅長，實非虛言。其《益智仁室論詩隨筆》更云：「工部近體，以五言排律最見工夫，於唐人中亦為獨步，後人更難望其項背矣。蓋排律之體，必須有運輪轉珠之筆法，以為之貫串，尤須有拔山移海之氣勢，以為之屈伸。否則七寶樓台，不成片斷，非添蛇足，即續鳧脛矣。太白有其筆，昌黎有其氣，惟工部兼之，故能如齊桓之九合、晉悼之三駕耳。」[42] 可謂推崇備至。唯五律、五排之關係極為密切，若能將二者並置共論，當可使學子更清晰地了解近體詩之流變。

七言律詩方面，何敬羣指出「七律之風規格勢，自以至杜甫而大成」，並將其鼻祖追溯至陳隋之際庾信的〈烏夜啼〉：「促柱繁弦非子夜，歌聲舞態異前溪。御史府中何處宿，洛陽城頭那得棲。彈琴蜀郡卓家女，織錦秦川竇氏妻。詎不自驚長淚落，到頭啼烏恒夜啼。」只是何氏指出，庾信此詩雖然「八句四韻，中兩聯對，儼然七律，然亦為偶合，未能成軍」。[43] 他依據《唐音癸籤》之說，認為七律正式創製於唐中宗景龍年間（707–710），亦即初唐時期：「至景龍時始剏七律，諸學士如沈、宋等人所製，大都鋪陳景物，宣翊燕遊，以富麗競工，此體蓋至杜甫而盡其致。」[44] 到了盛唐之際，七律雖然創作者漸多，但要到杜甫手中才告成熟：「然大

42　何敬羣：《益智仁室論詩隨筆》，頁 61。

43　何敬羣：《詩學纂要》，頁 4。

44　同前註，頁 44。

家如王維、李白，於聲律猶多失粘，蓋至杜甫而後聲情並茂，格律均精；平韻仄韻，正體拗體，皆足為百代法式也」。[45] 何氏認為七律要到杜甫手上才格律精嚴，成熟年代稍晚於五律，此固為傳統說法。然就其創製而論，當猶可推至武后聖曆三年（700），更早於中宗景龍年間（707–710）。當年武后率羣臣遊覽嵩山，避暑石淙河，大宴羣臣時即席作七律〈夏日遊石淙〉，從臣奉和者達十六人，包括中宗（656–710）、睿宗（662–716）、武三思（？–707）、狄仁傑（630–714）、張易之（？–705）、張昌宗（？–705）、李嶠、蘇味道（648–705）、姚崇（651–721）、崔融（653–706）、薛曜（？–704）、沈佺期等。但這十七首詩作中，黏對完全合律的只有沈佺期、薛曜、崔融、蘇味道、李嶠之作，這五人中，沈、崔、蘇、李皆具有宮廷詩人之身份。大抵初唐武后時期，宮廷詩人由於究心翰藻，故已十分注重七律的格律，且掌握得比較純熟，唯同代其他詩人則未必。但整體而言，當時七律尚未如五律般普及，故其他非詞臣背景的詩人對七律之格律就沒有那麼講究了。

絕句方面，何氏頗能拿捏五七絕之異趣，以及絕句不同於律詩之處：

> 五言絕句，音節短促，不易迴旋，故作者多從拗體仄韻，以清峭冷雋為工，以偏師出奇制勝。七言語句紆徐，利於舒捲，故其體出不旋踵，即於近體之中，蔚成大國。蓋律詩有如垂紳立朝，瑟入合樂，要在鋪陳典重，吐屬高華。而絕句則當如持麈引杯，清談戲論，么弦低唱，妙趣橫生，此其大較也。[46]

45　同前註，頁 4。

46　同前註，頁 5。

所論可謂引喻得宜，搔到癢處。他認為五絕篇幅短小，採用拗體仄韻能在有限的文字中產生更多的變化；而正因拗體仄韻之不和諧感，導致清峭冷雋的詩風。箇中因素可謂環環相扣。而正因七絕句式較五絕為長，有轉圜之餘地，故能以近體律句為依歸，音調和諧，為人所喜作喜讀。相對於律詩而言，絕句之對仗並非必須，間以篇幅短小，故能靈動活潑，不似律詩之莊矜典重，故何氏喻為「幺弦低唱」。此外，何氏又以王維五絕為例，在註解中指出：「五絕介乎古近之間，故仄韻之作為多，可拗句，亦可重字。平韻如右〈送別〉，平仄有定式；仄韻如右〈鹿柴〉等無定式，惟第三句宜為平句耳。」[47]〈送別〉即「山中相送罷」一首，全詩格律精嚴，故云「平仄有定式」；〈鹿柴〉四句雖為律句，卻失黏失對，且用仄韻，故云「平仄無定式」。不過，何氏提出仄韻五絕「第三句宜為平句」，誠然。如〈鹿柴〉二、四句押上聲養韻，首句末字「人」、三句末字「林」皆為平聲；〈竹里館〉二、四句押去聲嘯韻，首句末字「裏」雖為仄聲，卻不押韻。再如孟浩然「夜來風雨聲」、李白「卻下水晶簾」、柳宗元「孤舟簑笠翁」等仄韻五絕第三句，皆收平聲。如此看來，第三句為平收句，可令全詩產生音律變化之美，故唐人多用之。

七絕方面，何氏在李商隱〈柳〉後註云：「義山長於七言，尤擅為七絕。晚唐諸家承其風，亦莫不工於此體。蓋古近各體，勝在凝重，而七絕則有如王謝弟子，輕靈巧慧，正所以為風度翩翩也。」[48]以「輕靈巧慧」來歸納七絕的風格，而謂其他各體皆以「凝重」為主，所言甚是。正因七絕的這種特色，使其成為近體詩中

47　同前註，頁 31。

48　同前註，頁 85。

最具生命力的一體。一如錢志熙所言：「七絕的風格是不斷的發展、變化着的，其題材領域也在不斷的開拓中。」[49] 舉凡杜甫的論詩絕句，中唐興起的竹枝詞，還是明清以後的雜事詩、紀事詩等，內容變化多端，而七絕作為載體的確皆能勝任有餘。

此外，何氏認為「五七言絕句，蓋隨五七律之發展而成者」，「絕者，截取古近體為短章，以四句三韻或兩韻為定式，蓋律詩之一種」。[50] 中編又在杜審言（645?—708）〈渡湘江〉詩後進一步提出「七言絕句，全為擷七律體式而成」，杜氏此作便是截一二聯者。復如王維〈靈寶池送從弟〉為截二三聯者，杜甫〈江南逢李龜年〉為截三四聯者，賀知章〈回鄉偶書〉為截一四聯者。五絕情況亦復如是。[51] 何氏「截律為絕」之說，可追溯至宋元之際，如元代詩人范梈之門人傅若金《詩法源流》引其言曰：

> 絕句者，截句也。後兩句對者是截律詩前四句，前兩句對者是截律詩後四句，四句皆對者是截律詩中四句，四句皆不對者是截律詩前後四句。[52]

明代吳訥（1372−1457）《文章辨體》、徐師曾（1517−1580）《文體明辨》等皆承其說。若僅就平仄對仗的格式觀之，果能從律詩中截取前四句、中四句、後四句甚至首尾各兩句而成絕句。但從詩歌發展流變的角度來看，則頗有可商榷之處。晚明胡應麟（1551−1602）《詩藪‧內編》早已批評道：「謂截近體首尾或

49 錢志熙、劉青海：《詩詞寫作常識》，頁 12。

50 何敬羣：《詩學纂要》，頁 4–5。

51 同前註，頁 24。

52 【元】傅若金：《詩法源流》，載張健：《元代詩法校考》（北京：北京大學出版社，2001 年），頁 255。

中二聯者，恐不足憑。五言絕起兩京（指兩漢），其時未有五言律。」[53] 不過這些五言四句的小詩在篇幅上雖與五絕相符，卻並無「絕句」之名。晉時詩人聯句，一般為每人二句，劉宋時發展到至每人四句。近人李嘉言指出：「如果只由一人作了四句，其餘的人不能連續下去，那第一個人所作的四句就叫做絕句。因為這次聯句未得成功，從此便告斷絕了。」[54] 而梁代江革〈贈何記室聯句不成〉、何遜〈答江革聯句不成〉等五言四句的詩作，說明了絕句之名乃是出自聯句：「在宋文帝時已經因『聯句不成』而產生了『斷句』這個名詞，宋明帝時與『斷句』同義的『絕句』這個名詞也正式出現；到蕭梁了，『絕句』的地位漸固，作品也漸多，因而才有少數題目的真面目得以保存到現在（指題中有絕句字樣者）。又因聯句在劉宋時才趨於定型（每人四句），所以絕句產生於劉宋時代而不產生於其他時代。」[55] 足證絕句並非自四韻八句之律詩截取，今日足可奉為定論。饒是如此，李嘉言也指出「絕句到唐朝已經變了質」，「唐人拿作律詩的方法去作絕句」。[56] 因此，絕句縱非截自律詩，但謂其在入唐後受到律詩的影響，卻並無大謬。此外，截取律詩或排律的首尾二聯而成為絕句，也有一定的依據。[57] 再觀「截律為絕」說的發展，誠如今人莊文龍所言：「至清代，有論家繼承此說，甚至自覺地以之編詩、註詩、評詩，從絕句源流理論拓展出絕句批評理論，這正是以往論者少有注意

53　【明】胡應麟：《詩藪》（上海：上海古籍出版社，1979 年），頁 105。

54　李嘉言：〈絕句與聯句〉，收入存萃學社編集：《論寫作舊詩》（香港：崇文書店，1972 年），頁 107。

55　同前註，頁 109。

56　同前註，頁 107。

57　此在後文關於謝崧《詩詞指要》一章中論所謂「駢偶詩」一節再行探討。

的理論演變過程。」[58] 再者，筆者以為自謝靈運創作通篇對偶之詩作如〈登池上樓〉等，至永明體之尾聯往往不對偶，也可能促使詩人思考如果擷取排律首尾二聯，是否近乎「絕句」。從章法的角度觀之，這與「截律為絕」說中截取一、四聯的方法確有相應之處。筆者將於後文探析謝崧《詩詞指要》一書時詳細討論。總之，何敬羣固守「截律為絕」之說，就絕句起源來說雖未必符合歷史真相，卻自有其創作與鑒賞的脈絡，未可率爾全盤否定。

三、論詩歌之律法與聲調

(一) 近體詩之聲調

《詩學纂要・上編》第二節題為〈詩之聲韻及律法〉，共分為〈辨平仄〉〈明韻法與對仗〉兩目，第三節題為〈詩之聲調〉。辨平仄方面，何敬羣將漢語音調歸納為陰平、陽平、上、去、入五聲，參合《中原音韻》與粵音發音相同、可以同讀之字，編成〈五音聲調腔譜〉，並標出「清長」「最清稍短」「低濁」「次濁平長」「清濁之間短」五音等，並將之與律呂、笛色、西樂音階相對應，以資學子練習。觀此譜所列，僅平水韻平聲三十韻中之十二韻，[59] 可見主要是讓學子透過對調值的認知，分辨各聲，舉一反三。茲不細論。至於「詩之聲調」，則頗有可圈可點之處。其概論云：「古風歌行，無定式之聲調；清代王士禛有《古風平仄論》，大抵須與近體相反，宜拗不宜順。此則寫讀稍多，自能通其意而得之，當於說古風時隨篇闡發之，此不先複。至近體則有定式之聲調，此

58 莊文龍：〈絕句起源論爭平議——清人對截律為絕說的接受、拓展與反駁〉，《文學論衡》總第 38 期（2021.06），頁 41。

59 何敬羣：《詩學纂要》，頁 6–7。

聲調，即不外起句入韻與不入韻之兩體，平起仄起之兩調而已。起句第二字仄聲者，即為仄起調；起句第二字平聲者，即為平起調。只須各熟絕句一首，即能熟其調而因應無窮矣！」[60] 不論五七言，律句皆為四種，故何氏舉例以絕句為先，復相互搭配，以見律詩之聲調。茲先將何氏所舉各種絕句聲調之詩例表列於下：

表二　絕句聲調詩例

聲調			詩例	首句
五絕	仄起調	起句不韻者	李白〈重憶賀監〉	欲向江東去
		起句入韻者	盧綸〈塞下曲〉	林暗草驚風
	平起調	起句不韻者	李端〈聽箏〉	鳴箏金粟柱
		起句入韻者	皇甫冉〈婕妤怨〉	花枝出建章
七絕	仄起調	起句不韻者	李商隱〈送臻師〉	昔去靈山非拂席
		起句入韻者	柳中庸〈征人怨〉	歲歲金河復玉關
	平起調	起句不韻者	李商隱〈詠李衛公〉	絳紗弟子音塵絕
		起句入韻者	王昌齡〈長信宮詞〉	真成薄命久尋思

值得一提的是，何氏在就論同一聲調之起句時，還會舉例說明如何將「不韻」轉化為「入韻」。如李白〈重憶賀監〉：「欲向江東去，定將誰舉杯。稽山無賀老，卻棹酒船回。」何氏云：

> 仄起調，起句入韻者，只須將李白第一句「欲向江東去」，改為：「欲去向江東」。即將下三字之平平仄，倒轉為仄平平即可。[61]

60　同前註，頁 11。

61　同前註，頁 12。

換言之，務必謹守第二字仄起，以及全句皆為律句之前提，方可將仄收轉為平收。但若轉為「欲向去江東」，文法有瑕疵，須調整為「欲去向江東」方可。由此可見其善巧。當然，何氏此處只是就該句而論，而不及全篇。此句韻字「杯」「回」屬上平十灰，「東」則屬上平一東，若首句採用，則有犯上尾之虞。此外，何氏論七絕聲調，謂李商隱〈送臻師〉「昔去靈山非拂蓆」下三字可改為「拂蓆非」，[62]〈詠李衛公〉「絳紗弟子音塵絕」下三字可改為「絕音塵」，[63] 所論亦如李白〈重憶賀監〉，皆就該句而發，未及全篇押韻之考量。然學子配合課堂解說，當可明瞭耳。至於論五絕平起調，則舉例更為熨貼。李端〈聽箏〉：「鳴箏金粟柱，素手玉房前。欲得周郎顧，時時誤拂弦。」何氏云：

> 平起調，起句入韻者，按此只須將李端詩第一句「鳴箏金粟柱」，改為「鳴箏綺席邊」，即將下三字之平仄仄倒轉為仄仄平即可。[64]

此例更優於上文所論之三例，因改後之「邊」字與「前」「弦」同屬下平一先，無上尾之問題矣。不過，「金粟柱」指帶有金色紋點的箏柱，與「綺席邊」的內容大不相同。可見首句若要入韻，功夫不僅在於調整既有文字，且有更改內容之可能。

基於絕句與律詩在格律上的密切關係，何敬羣論聲調時以絕句為主，而律詩次之。如他在論五絕仄起首句不韻之聲調時以李白〈重憶賀監〉為例，便云「將右調重複，即翻成仄起句不入韻

62 同前註，頁 17。

63 同前註，頁 18。

64 同前註，頁 14。

五律聲調，如杜甫〈旅夜書懷〉」。論五絕仄起首句入韻之聲調時以盧綸〈塞下曲〉為例，則云「前用此調，後用李白調，即聯成仄起調，起句入韻之五言律詩調，如杜甫〈月夜憶舍弟〉」。[65] 茲再將其所舉詩例表列如下：

表三　律詩聲調詩例

	聲調	前半	後半	詩例
五律	仄起仄收	〈重憶賀監〉	重複	杜甫〈旅夜書懷〉
	仄起平收	〈塞下曲〉	〈重憶賀監〉	杜甫〈月夜憶舍弟〉
	平起仄收	〈聽箏〉	重複	韋應物〈賦德暮雨送李曹〉
	平起平收	〈婕妤怨〉	〈聽箏〉	杜甫〈漫成贈東山隱者〉
七律	仄起仄收	〈送臻師〉	重複	杜甫〈聞官軍收河南河北〉
	仄起平收	〈征人怨〉	〈送臻師〉	杜甫〈登高〉
	平起仄收	〈詠李衛公〉	重複	杜甫〈野望〉
	平起平收	〈長信宮詞〉	〈詠李衛公〉	白居易〈初到江州寄翰林張李杜三學士〉

如此可謂一目了然，十分便捷。無論仄起或平起之五七言絕句，只要首句不入韻，便能將四種律句依序運用一輪。以何氏所舉李端〈聽箏〉五絕為例，四句基本句式分別為平起仄收（鳴箏金粟柱）、仄起平收（素手玉房前）、仄起仄收（欲得周郎顧）、平起平收（時時誤拂弦）。如果首句改為「鳴箏綺席邊」，句式則變成平起平收。換言之，不管哪種聲調，但凡首句入韻，則首句、末句之基本句式必然相同，第二、三句保持不變，而原本首句不入韻之基本句式

65　同前註，頁 12–13。

便不再出現。亦即首句入韻之絕句，全篇只會出現三種基本句式。就首句不入韻之絕句而言，將之擴充成律詩，不過是將原本四種基本句式依序重複一次而已，也就是四種句式各出現兩次。如果是首句入韻的律詩，就變成一、四、八句的基本句式相同，二六句、三七句兩兩相同，第五句的基本句式則僅出現一次。

再者，何氏在本節還論及四種基本句式的音律宜忌。茲以其論李白〈重憶賀監〉五絕之格律為例：

○｜○－｜，⊖－○｜－。○－⊖｜｜，○｜｜－－。
宜平　宜平　必仄

又補充云：「此式第二句第一字、第三句第三字宜平，如仄即啞。第四句第三字必仄，如平即失黏。」[66] 其以圓圈出之者，皆為可平可仄之字。首句基本句式「仄仄平平仄」，第三字用仄便成為「仄仄仄平仄」。清人發現唐代近體詩若有這種情況，對句往往作「平平平仄平」，如杜甫〈天末懷李白〉「鴻雁幾時到，江湖秋水多」便是；如此似有拗救之意，故稱之為「雙換詩眼」。實際上，這只是一種特殊的平仄安排。出句第三字即使平而作仄，對句也不一定需要補救。如王維〈輞川閒居贈裴秀才迪〉「復值接輿醉，狂歌五柳前」。何文匯認為：「出句第三字用仄，對句第三字不用平。此實緣乎出句第三字用仄不犯聲，故不成拗句，是以對句不必救也。」何敬羣此處僅標以圓圈，不加說明，足見其同樣以為此處非拗。第二句第一字、第三句第三字宜平，原因有所不同。第二句基本句式「平平仄仄平」，首字用仄便成為「仄平仄仄平」，導致第二字成為「孤平」，音調不響，何氏以「啞」稱之，是也。

66　同前註，頁 12。

不過，如果第三字作平聲，成為「仄平平仄平」，便可避開孤平。第三句第三字若作仄聲，亦即「平平仄仄仄」，便成了三仄尾。實際上，唐人近體中犯孤平者頗為罕見，而三仄尾則不時可見。如杜審言〈和晉陵陸丞早春遊望〉「雲霞出海曙」便是一例。甚至此句首字作仄的例子也有，如孟浩然〈贈道士參寥〉「蜀琴久不弄」即是。足知三仄尾在唐代並非禁忌。蓋在何氏看來，學子入門未久，在打基礎的過程中多用平聲字、追求音調和諧，更為相宜。至於第四句第三字必仄，則是為了避免犯三平尾。三平尾在初盛唐尚偶爾可見，此後便與孤平一樣成為詩家大忌，以其音調過於和諧，導致疲軟乏力也。何氏僅以「失黏」稱之，當是不欲學子因新名目而眼花瞭亂爾。至於七言基本句式方面，何氏則以李商隱〈送臻師〉一絕為例而論之，[67] 內容大致相同，茲不贅言。

(二) 近體詩之拗救

至於拗救方面，何氏並未在〈上編〉談及，而是在〈中編〉和〈下編〉中隨作品而申發。如杜甫七律〈暮歸〉之註解中，何氏指出：

> 詩法：七言句中一、三、五字不論平仄，故正格之七律，亦往往有拗聲之句。惟只可在一、三、五、七句之第五、六字拗，不能施之二、四、六、八句。如：
>
> 「蜀主窺吳幸三峽。」杜甫〈詠〔懷〕古跡〉第四首第一句。
>
> 「竹葉於人更無分。」杜甫〈重陽獨酌杯中酒〉第三句。
>
> 「伯仲之間見伊呂。」杜甫「諸葛大名垂宇宙」第五句。
>
> 「已忍伶俜十年事。」杜甫〈宿府〉第七句。

67 同前註，頁 16。

此拗聲句有一簡單之例範圍，即凡「仄仄平平平仄仄」之句，可拗為「仄仄平平仄平仄」是已，七律以第七句用拗聲者為多，蓋琴瑟相和之後，轉一變徵之音，則全調均為振起也。[68]

何氏此處論及的乃所謂單拗。無論七言之「仄仄平平平仄仄」或五言之「平平平仄仄」，倒數二三字平仄調換，即成單拗。因此句之基本句式為仄收，自然不可能用於二、四、六、八之雙數句。不過在初、盛唐之際，也有一種五言平收句之單拗形式。如孟浩然「八月湖水平」，則是倒數二三字平仄調換，將原來的「仄仄仄平平」變為「仄仄平仄平」。何文匯指出：「因為末第二字應平而仄，所以是『拗』。末第三字用平，算是『拗救』。既然『平平平仄仄』可以變為『平平仄平仄』，那麼『仄仄仄平平』變為『仄仄平仄平』是可以理解的。『仄仄平仄平』是拗句，『仄平仄仄平』則犯孤平，不能混為一談。『仄仄平仄平』拗句可能正因為在形式上和『仄平仄仄平』相近，所以並不流行。」[69] 盛唐以降，這種單拗幾乎已無人使用，故何敬羣根據自己的觀察，提出單拗「不能施之二、四、六、八句」。

對於雙拗，何敬羣也有論述。王維〈歸嵩山作〉五律：「清川帶長薄，車馬去閒閒。流水如有意，暮禽相與還。荒城臨古渡，落日滿秋山。迢遞嵩高下，歸來且閉關。」何氏論云：

右詩第一句第三句，平仄均拗。按五律可入拗句，此拗在第三、四字，如「平平平仄仄」之句，可拗為「平平仄平

68 同前註，頁 43。

69 何文匯：《近體詩格律淺說》，頁 15。

> 仄」。「仄仄平平仄」之句，可拗為「仄仄平仄仄」。惟只能用於一、三、五、七句，不能施於二、四、六、八句。如第一句：「清川帶長薄」，第三句：「流水如有意」，第五句：「泉聲咽危石」（筆者按：此王維〈過香積寺〉句），第七句：「襄陽好風日」（筆者按：此王維〈漢江臨眺〉句）。唐人作者，以第七句拗為多。又一首之中，止可拗一句或兩句。如「清川帶長薄」「泉聲咽危石」（筆者按：此句當為「流水如有意」之訛），不宜四句盡拗。五律如「仄仄平平仄」施於起句——即第一句，亦有用全仄者，如孟浩然：「士有不得意（志）」「寂寂竟何待」。但三五七句，則不宜耳。[70]

「清川帶長薄」「泉聲咽危石」「襄陽好風日」為單句拗救，亦即第四字本仄而用平，導致音律不諧，是為「拗」；第三字改平而作仄，增益該句音律的和諧度，是為「救」。「流水如有意，暮禽相與還」為雙句拗救之罕救格，出句第四字本平而用仄，是為拗，對句第三字本來可平可仄而必須用平，是為救。孟浩然〈廣陵別薛八〉首聯「士有不得志，棲棲吳楚間」，則是更為常見的雙拗，初句三四字皆作仄，而對句依然是第三字用平以救。孟氏〈與諸子登峴山〉五律「人事有代謝，往來成古今」，李商隱〈落花〉五律「高閣客竟去，小園花亂飛」，〈登樂遊原〉五絕「向晚意不適，驅車登古原」，倒皆是首聯雙拗。至於孟氏〈留別王維〉首聯「寂寂竟何待，朝朝空自歸」，格律為「仄仄仄平仄，平平平仄平」，亦即前文所言之雙換詩眼，並非拗救。且唐人近體於首聯以外使用雙拗者，並非罕有。如裴迪〈夏日過青龍寺謁操禪師〉五律「有

70　何敬羣：《詩學纂要》，頁 29–30。

法知不染，無言誰敢酬」便是用於頷聯，杜牧〈江南春〉七絕「南朝四百八十寺，多少樓台烟雨中」便是用於尾聯，如是不一。當然，雙拗改變平仄較多，和諧感不足，如果用於首聯，更能營造拔地而起的氣勢，用於後三聯則音韻未盡圓美流轉。此當是何氏強調「三五七句不宜」之故。進而言之，拗救能使近體格律更富彈性，但若入門者創作時不願仔細推敲文字，動輒訴諸拗救，養成不良習性，則未必是正道矣。何氏云「一首之中，止可拗一句或兩句」，當是發自此意。

此外，〈中編〉有李白〈山中問答〉一詩：「問余何意棲碧山。笑而不答心自閒。桃花流水窅然去，別有天地非人間。」此詩首句犯下三平，次句失對（平頭，且「心自閒」則為單拗），三句合律，末句全非律句。何氏註解云：

> 七絕有作拗聲或仄韻之一體。仄韻如高適〈贈別王七十管記〉：「可憐薄暮宦遊子。獨臥西〔盧〕齋思無已。去家百里不得歸，到官數日秋風起。」又如岑參〈春夢〉：「洞房昨夜春風起。遙憶美人湘江水。枕上片時春夢中，行盡江南數千里。」拗聲者如杜甫〈江畔獨步尋花〉：「黃四娘家花滿溪〔蹊〕。千朵萬朵壓枝低。留連戲蝶時時舞，自在黃〔嬌〕鶯恰恰啼。」右舉及李白此首，即可為例。此為絕句變格。拗之音節，仄之語氣，亦自具一種清疏雋永之韻味。然須熟乃能生此巧，否則將入蹇澀濫惡之途，是又學者所不可不知者。[71]

高適、岑參二詩皆押仄韻，且如「去家百里不得歸」「遙憶美人湘江水」皆非律句。然此二詩亦如何氏論仄韻五絕所言，第三句末

71　同前註，頁 40–41。

字皆收平聲。至於何氏所謂拗聲七絕，乃是指押平韻而未必合律的作品。李白〈山中問答〉為一例，而杜甫〈江畔獨步尋花〉次句「千朵萬朵壓枝低」的第二字亦失律，故云。他如李白〈黃鶴樓送孟浩然之廣陵〉中，首句「故人西辭黃鶴樓」同樣是第二字亦失律。如是不一。但整體而言，由於七絕發展成熟較晚，故現存唐人作品中，仍以平韻和格律工整的七絕為大宗，仄韻七絕往往出現於組詩中，拗聲七絕為數更少（如果不計民歌風格之竹枝詞、〈金縷衣〉之類）。何氏固然欣賞前人仄韻、拗聲之「清疏雋永」，但也警惕初學者不宜輕易嘗試，以免落入「謇澀濫惡之途」，可謂知言。

至於拗體七律，何氏則選錄杜甫〈暮歸〉，並指出：「右〈暮歸〉為拗體七律。自第一至第七句，平仄均拗，為七律變格，亦自有其鏗鏘之聲調。宋之黃山谷即多此體。此體平仄既拗，必須上下能相救應，尤須字句圓轉流利，始能如跳丸走索者，故為驚險，而實履險如夷也。故必正格之聲律章法熟練之後，乃能出入繩墨之中，而為佚宕不羈之揮灑。初學者若利其無規矩，貿然效之，以為易率，則將為窒澀，為粗惡矣！」[72] 復如黃庭堅拗體七律〈題落星寺〉：「落星開士深結屋，龍閣老翁來賦詩。小雨藏山客坐久，長江接天帆到遲。宴寢清香與世隔，畫圖妙絕無人知。蜂房各自開戶牖，處處煮茶籐一枝。」此詩首聯為罕救格雙拗，頷聯出句下三仄、對句「江」字失律，頸聯對句下三平、出句以下三仄為對，尾聯亦為罕救格雙拗。整體而言，除「江」字外，其餘各處尚皆符合特殊律句形式。何敬羣註云：「山谷七言律絕，喜作拗體，如杜詩之〈赤甲〉，雖非正聲，而海雨天風，自成音

72　同前註，頁 43。

節，亦足以益一唱三歎之韻味，故江西詩派多效之；效顰既多，即不免入於囂張矣！」[73] 其說與論拗聲七絕相近，茲不贅言。

值得注意的是，何氏此書論單、雙拗，只論拗而不論救。如此一來，可能令這類特殊形式的律句與拗體律絕中「失律」的句子相混淆。不過，這些「失律」句往往二四字同調，如「千朵萬朵壓枝低」的「朵」皆為仄聲、「長江接天帆到遲」的「江」「天」皆為平聲等，往往是在律句的基礎上更換一兩字的平仄，雖然「失律」，卻去律句不遠。因此，何氏注意到「拗句」與五七言古體的關係。如他在杜甫七古〈丹青引贈曹將軍霸〉後註道：

> 五七古無一定聲調，但以多用拗句，別於近體為合。其押仄韻者，基本即與律詩異，句雖不拗，亦能自成清勁之音節。惟平韻而盡用調順之平仄，即失去古風之氣息，而病油滑矣！[74]

律句平仄搭配得宜，音調和諧。某些古體句完全不接近律句，具有嶙峋突兀的古奧之氣。至於「拗句」，則介乎律句與古句之間。縱使古句平仄搭配較為自由，無所謂「拗」，但將近體概念中的「拗句」施於古體，則令音韻兼具和諧與振起之姿，起伏有致，而不至於因平字多而疲軟無力、因仄字多而詰屈聱牙。此外，何氏顯然看出了仄聲不和諧的特徵，因而指出仄韻古風即使不用「拗句」，音節也自清勁。此誠為獨見。至於平韻古風要儘量避免律句，以免油滑，則是眾所周知的道理。

73　同前註，頁 114。

74　同前註，頁 50。

(三) 近體詩之句法與對仗

對於近體詩之句法，何敬羣書中有幾處論及。如黃庭堅五古「我詩如曹鄶」一首，何氏註云：

> 近古體詩句法，大抵五言均上二下三，七言均上四下三，或上二下五句。山谷則有時七言為上三下四句，如〈孔毅父〉:「管城子無肉食相，孔方兄有絕交書」；五言為上一下四句，如〈示秦處度范元實〉:「秦范波瀾闊，笑陸海潘江」，與此「吞五湖三江」，均拗怒之句，此自是山谷面目特點之一。按唐人如太白〈古風〉:「昔我遊齊梁，登華不注峯。」杜牧〈史將軍〉律詩「取螯弧登壘，以駢鄰翼軍」，已有此句法。惟偶一用之，配為對句，亦不失為甘肥中之蔬筍，屢用之，即成雞肋矣！[75]

正常句法，五言為上二下三、七言為上四下三。以五言為例，若使用上一下四、上三下二之句法，前人或稱為折腰句，與正常之句法節奏不全符合。偶一用之雖或使人一新耳目，但經常使用則如何氏所譏評之「雞肋」了。（按：五言上三下二之句法，雖非常見，然亦近乎上一下四法。何氏並未拈出，蓋一時失檢。）觀何氏所論大抵屬實。然仍有可斟酌處：黃庭堅〈孔毅父〉「管城子無肉食相，孔方兄有絕交書」一聯，雖係上三下四結構，但「無」「有」二字本為單字詞，可使全句形成三一三的節奏，而與上四下三結構趨同。試將杜牧「取螯弧登壘」一句改為七言句：「大將取螯弧登壘」，則「螯」無法與「弧」拆開，此句乃形成真正之上三下四結構。

75　同前註，頁 110–111。

其次，何氏也在註解中論及律詩之聲病細節。如白居易七律：「時難年荒世業空。弟兄羈旅各西東。田園寥落干戈後，骨肉流離道路中。弔影分為千里雁，辭根散作九秋蓬。共看明月應垂淚，一夜鄉心五處同。」何氏註云：

> 五七律詩出句末一字，宜上、去、入三聲間錯，聲調乃響。此篇：「後」「雁」「淚」三字均去聲，微犯聲病。[76]

此說甚是。如杜甫〈春望〉之出句末字，三句「淚」為去聲、五句「月」為入聲，七句「短」為上聲，即何氏所云「三聲間錯」。又如杜審言〈和晉陵陸丞早春遊望〉之出句末字，三句「曙」為去聲，五句「鳥」為上聲，七句「調」又為去聲。一上聲將兩去聲隔開，亦錯落有致。復如王安石〈即事〉（「徑暖草如積」）之出句末字，三句「水」為上聲，五句「午」為上聲，七句「說」又為入聲。「水」「午」同調相鄰，也非所宜。此乃另一種意義之「上尾」，何氏未曾語及，蓋一時疏漏。

再者，何氏在同註中且謂「平頭」「雁足」亦為律詩小疵：

> 平頭如杜甫〈螢火〉：「巫山秋夜螢火飛。疏簾〔簾疏〕巧入照人衣。忽驚屋裏琴書冷，復亂簷前〔邊〕星宿稀。卻繞井欄添箇箇，偶經花蕊弄輝輝。滄江白髮愁看爾〔汝〕，來就如今歸未歸。」此「忽驚」「復亂」「卻繞」「偶經」，均在二三聯上下句第一二字，猶草木之齊頭是也。[77]

「平頭」本為沈約「八病」之一，然近體詩律發展成熟後，除首句用韻外，一聯兩句之平仄必然相對，「平頭」病自然消失。杜甫

76　同前註，頁 75。

77　同前註。

此詩首聯第二字之「山」「疏」皆為平聲，實為「八病」意義上之平頭。然觀首句為「平平仄仄平仄平」，乃一種罕見之單拗。竊疑此句文字本為「秋夜巫山螢火飛」，則其基本句式為「仄仄平平仄仄平」，前四字方與對句「簾疏巧入」之平仄相對，為七律仄起平收式之標準格式。諸本皆作「巫山秋夜」，若非老杜創作之特殊嘗試，則係其一時失檢，或早期鈔本訛誤耳。然何敬羣此處所論，並非「八病」意義上之平頭。其所謂「草木齊頭」，乃是指此詩頷、頸二聯首二字依次為「忽驚」「復亂」「卻繞」「偶經」皆為偏正結構，前一字為副詞、後一字為動詞。由於頷、頸二聯本須對仗，在句法上也要有所變化，然四句開頭皆為動賓結構，遂致重複可厭。此誠為初學者當知之病。至於「雁足」，亦病在句法重複，然其位置則在句末：

> 雁足：亦謂之疊足上尾，工部〈秋興〉第五首，仇兆鼇即指其下六句，俱用一虛字，二實字於句尾，如「降王母」「滿函關」「開宮扇」「識聖顏」「驚歲晚」「點朝班」。句法相似，未免犯上尾疊足之病。又如祖詠〈望薊門〉：「燕台一去客心驚。笳鼓喧喧漢將營。萬里寒光生積雪，三邊曙色動危旌。沙場烽火侵胡月，海畔雲山擁薊城。少小雖非投筆吏，論功還欲請長纓」。「生積雪」「動危旌」「侵胡月」「擁薊城」，均在二三聯上下句五六七字，如雁足之全同也。[78]

換言之，〈秋興〉其五不僅頷、頸二聯，連尾聯的末三字皆為動賓結構，句法一樣而產生單調的機械感。而〈望薊門〉之頷、頸二聯，亦復如是。竊以為歷來詩家以七言句倒數第三字為詩眼所在，往往採用動詞或形容詞。若抽離來看〈秋興〉其五及〈望薊

78　同前註。

門〉二詩中犯雁足病諸句，倒數第三字皆足以提起全句，然並置一處則繁複無倫，作者真可謂因小而失大。然若要調整，也並非難事。故何氏云：「雁足、平頭，病在板滯。知其為病，避之如反掌矣！」[79] 而《益智仁室論詩隨筆》更指出，縱然杜甫詩作也難免平頭及雁足上尾之病，但又強調：「此兩者均由平仄及對字忽於變化，故有此過。能為避去，亦自以不犯為佳。不可以工部詩聖，猶有此格以自文也。」[80] 可謂誨人諄諄。

至於屬對，何氏在〈上編〉有專節論及：

> 對仗為詩之容色，亦為修辭之功。漢語文一字一型，一字一音，一字一義；其字型即天然而可以雙排並寫，無長短不齊之弊。其字音即天然而可以陰陽清濁，左右相應。其字義即天然而可以鴛鴦鶼鰈，比翼聯鑣。此為中國文字天然而特具之美質。近體律絕，既以齊言，盡其字型整齊之美，平仄盡其和聲之美；而對偶則盡其字義與色彩之美者也。故五七律，中兩聯必對為定式，排律全篇俱對，五七絕雖不必定對，然仍以前兩句，或後兩句對者為常式！即古風亦常須用對句以作波瀾也。[81]

謂對仗為漢語獨有之修辭手法，此固為常論。然何氏指出絕句之中，每每也有一聯屬對，甚至古風亦以對句作波瀾，則是經驗之談。此在《益智仁論詩隨筆》中也有強調。[82] 關於對偶的方法與分類，何氏則簡單扼要地加以介紹：

---

79 同前註。

80 何敬羣：《益智仁室論詩隨筆》，頁 74。

81 何敬羣：《詩學纂要》，頁 10。

82 見何敬羣：《益智仁室論詩隨筆》，頁 43–46。

> 對仗之道，不外分別單字，或雙辭字義之虛實。虛字與虛字，實字與實字對，再精之，則半虛實字可與實字對，亦可與虛字對是也。[83]

此外，何氏列出一表，以供學者參考。他指出實字包括名詞、代名詞，半虛實字包括形容詞、動詞及歎詞，虛字包括副詞、介詞。三類字除了自相對外，半虛實字也可分別與實字、虛字相對。此説固然。茲以「通」字為例：如李商隱〈昭肅皇帝挽歌辭三首〉其二「門咽通神鼓，樓凝警夜鐘」，「通」與「警」相對，為動詞，即何氏所謂半虛實字。又李氏〈無題〉「身無彩鳳雙飛翼，心有靈犀一點通」，「通」與「翼」相對。「通」仍為半虛實字，「翼」則是以實字與半虛實字而為對。再以「有」字為例：如杜甫〈賓至〉「豈有文章驚海內，漫勞車馬駐江干」，「有」與「勞」相對，為動詞，即半虛實字。又杜甫〈臘日〉「侵陵雪色還萱草，漏泄春光有柳條」，「有」與「還」相對。「還」為虛字，「有」則是以半虛實字而與虛字為對。除此以外，竊以為實字中的代名詞，往往還可與虛字相對。如以「誰」字為例，李商隱〈哭逐州蕭侍郎二十四韻〉「多士還魚貫，云誰正駿奔」，「誰」與「士」相對，作實字用。又李商隱〈無題〉「風波不信菱枝弱，月露誰教桂葉香」，「誰」與「不」相對，「不」為虛字中之副詞，而「誰」雖為實字中之代名詞，卻也有副詞化的傾向。此何氏未有言及者。該節又論道：

> 對有言對、事對、正對、反對、當句對、流水對、疊字疊句對。對句可用故事，而以白描為佳，故事則忌用僻

83　何敬羣：《詩學纂要》，頁 11。

典。凡此：皆為修詞造句之技巧，既明對法，即須多作而熟，熟自能生巧也。[84]

此處所舉前四對，皆出於《文心雕龍・麗辭》：「凡有四對：言對為易，事對為難；反對為優，正對為劣。」[85] 言對用語典，事對用事典，何氏強調白描，不用僻典，正是對劉勰之論的繼承。一如今人劉少雄所論：「四種對偶句法，實可分為言對與事對兩類，這是就其有無運用典故來加以區分的，二者均有正對與反對之別。」[86] 所謂正對，一如劉氏所言，「指『雙舉同物以明一義』的對句，這樣的相互映襯以顯露詩意，會更明白逕切。」[87] 意思相近、內容相關，乃易達到相輔相成效果的對偶，如「天」「地」「日」「月」乃至「蟬噪林愈靜，鳥鳴山更幽」「春蠶到死絲方盡，蠟炬成灰淚始乾」等等皆是。而「反對」原本則謂上下句表達之意相反或相對，然多指同一事物的兩個方面，如「梅須遜雪三分白，雪須輸梅一段香」之類。由於「正對」以兩句寫一事，可能失之重複、冗贅。至於「反對」，劉氏謂其「指『並列異類以見一理』的對仗，它的特點是利用事物的反襯關係，以達相反相成的效果，增加詩意的曲折，而有更豐富的意味。」[88] 復次，兩句各寫一事，不僅措辭經濟，而且能產生對比。故劉勰認為反對優而正對劣。可惜如各種對法，何氏書中大概限於篇幅，並未舉例。倒是〈中編〉論「平頭」「雁足」諸病時，兼及「合掌」：

---

84 同前註。

85 【梁】劉勰著、范文瀾註：《文心雕龍註》（北京：人民文學出版社，1978 年），頁 589。

86 劉少雄：〈唐人屬對考述〉，《台大中文學報》第十一期（1999.05），頁 2。

87 同前註。

88 同前註。

> 合掌：如「桃紅」與「柳綠」對，「明月」與「清風」對，一語分為二是也。〔……〕合掌病在平庸油滑。[89]

真正的「合掌」，是兩句的意思完全相同、重複，如「宣尼悲獲麟，西狩涕孔丘」「馬上逢寒食，途中屬暮春」等。有趣的是，何氏所言「桃紅」「柳綠」「明月」「清風」，實乃「正對」。何氏謂「合掌」為「一語分為二」，顯然認為「正對」修辭法有所不足。一如徐復觀（1904－1982）所言，唐人律詩中的頷頸二聯：「如一聯寫景，一聯抒情，性質不同，而分量相稱。一聯的上下句也是如此；若同為寫景，則上句為一景，下句另為一景；若同為抒情，則上句之情與下句之情，也多各有所指，而分量又相稱。在這種對稱之美裏面，中間四句，每句都有某種程度的自足性。」「宋人律句中的中四句，雖然保持着對稱的形式，但在內容上則常有（決非都是如此）由一個意思貫穿下來的，由上句而有下句，由上聯而有下聯，各句並沒有自足的意味。」[90] 如此看來，唐詩頷頸聯多近「正對」，而宋詩頷頸聯則有單行之氣，大抵由「反對」發展而來。以其單行，故宋詩此四句承載的內容多出唐詩不少，而意象、情緒之變化，也更為多端。回觀「正對」，由於要求上下句互相補充，稍不注意就可能導致語意重複。既然「正對」的確是「合掌」最容易出現的場合，何氏幾乎將「正對」與「合掌」等同，也無可厚非。如此論述也許過於絕對，但對於初學者卻是一種警醒，讓他們知道「正對」以外，對偶或對仗猶有極大的空間可任創作者自由發揮。

89　何敬羣：《詩學纂要》，頁 75。

90　徐復觀：〈宋詩特徵試論〉，載氏著《中國文學論集續編》（北京：九州出版社，2014 年），頁 53。

四、結語

整體而言，何敬羣《詩學纂要》的編纂以《唐詩三百首》《唐宋詩舉要》《千家詩》等為參考，復以本人《益智仁論詩隨筆》為基礎，全書篇幅不鉅，而內容翔實、選取得當、論述深入淺出，確如著者所言，「雖若近於速成，而不無利於初階」。尤其因著者本身為知名詩人，故能將一己創作心得於課詩之際分享，並呈現於此書之中。即從細處而論，如其以五七古多用拗句而別於近體為合，仄韻詩不待使用拗句而音節自然清勁，乃至將「合掌」幾乎等同於「正對」，如是等等，皆可謂別具慧眼。然而，大概由於付梓倉促，某些內容尚待補充而未及。如談拗句時僅論拗而不論救，收錄韋應物〈滁州西澗〉而未點出其「折腰體」七絕（首尾聯失黏）之性質，談律詩三五七句末字而未及「上尾」問題，乃至論對仗時甚少舉例，也未點出實字、虛字可以屬對，這些細節若能進一步深入討論，當能令全書內容更為完整。復如何氏堅持絕句乃截取律詩而成，七律要到盛唐方才成熟，如此觀點在今日看來似有過時之感。但這些皆可謂大醇小疵，無可厚非。

此外值得注意的是，全書所錄詩作，文字往往與傳世版本有差異，其異文亦未必見於載籍。撇除手民之誤的因素，筆者以為何氏博覽羣書，早年便已背誦大量詩文作品。然年久日深，某些文字殆於記憶中產生訛誤而不察。而其編纂教材、抄錄作品文字時多憑記憶，而未及檢核原書，異文遂於焉而生。這些異文的產生，竊以為可能有幾種原因。其一，同義詞或近義詞替換，如韓愈〈晚次宣溪〉「鷓鴣休傍耳邊啼」，[91]「傍」訛為「向」，不但由

91 何敬羣：《詩學纂要》，頁 70。

於兩字近義，大概也因何氏受到唐代無名氏〈雜詩〉「杜鵑休向耳邊啼」一句影響。其二，受熟語影響，如王安石〈書湖陰先生壁〉「花木成畦手自栽」，「畦」訛為「陰」，[92] 蓋「成陰」一語更為常見。其三，避熟語。如歐陽修〈答聖俞白鸚鵡雜言〉「嗟爾身微羽毛弱」，「羽毛」訛為「毛羽」，[93] 蓋何氏以「羽毛」為熟語，不當用於詩中耳。其四，受題字影響。如陳師道〈和寇十一晚登白門〉「重樓傑觀屹相望」，「樓」訛為「門」，[94] 當從題字而訛。其五，避題字。如白居易〈折臂翁〉「新豐老翁八十八」，「翁」訛為「人」，[95] 當係避題字而訛。其六，音訛。如高適〈贈別王七十管記〉「獨臥虛齋思無已」，「虛」訛為「西」，[96] 蓋二字讀音相近。其七，避撞聲。如黃庭堅詩「渠非晁張雙」一句，「晁張」訛為「張晁」，[97] 蓋何氏以「張」「雙」屬同一寬韻，宜以「晁」字隔開。其八，受當句對影響。如楊萬里〈過揚子江〉「天開雲霧東南碧，日射波濤上下紅」，「南」訛為「西」，[98] 蓋對句「上下」為反義之覵殼詞，故何氏同樣以反義覵殼詞之「東西」為對。整體而言，這些異文的頻次，以晚唐及兩宋詩為多，而在初盛唐詩中出現較少。蓋盛唐詩作為經典，歷來反覆誦讀，故文字訛誤也不多。此外，這些異文的產生，固然是何氏未曾細檢之故，但其中某些例子未嘗不折射出其身為詩人，下意識間對前代作品的內容有所修訂的情形。吾

92　同前註，頁 99。

93　同前註，頁 93。

94　同前註，頁 116。

95　同前註，頁 73。

96　同前註，頁 40。

97　同前註，頁 110。

98　同前註，頁 121。

人知道，前代作品多半透過長期的流傳，而凝定成今日所見的面貌。[99] 何氏此書中的異文，似乎具體而微地顯示了古代詩歌文本仍在向更「合理」的形式演進——即使此時已是出版業發達已久的世代。[100]

1971 年時，何敬羣應珠海創作社之邀，為社刊題發刊詞，遂作五言古詩一首。這首〈珠海創作社發刊題詞〉的創作視《詩學纂要》之初版僅早三年，何氏詩學思想理應變化不大。其詩曰：

> 作文當如何，創作是其竅。言必出諸己，說必得其要。諸君皆英俊，踴躍厲且蹈。已能著先鞭，必能知其奧，惟茲事體大，有路分仁暴。經緯本萬端，何以盡其妙。謂我識途馬，宜作知津告。且書寸所長，聊為助談笑。文章忌因襲，所貴能出新。出新非詭異，要在美善真。美則遠鄙倍，善則存性情。真則無誕妄，總在立其誠。三者能不失，然後蔚成軍。文章忌無用，所貴在經世。經世非叫囂，要在能利濟。或冶性陶情，或深慮遠計。毋隨潮流靡，明辨涇與渭。要作潮流導，導之無決潰。惟能依於仁，然後可游藝。游藝夫如何？非幻非譸張。要在瀹智仁，要在裁狷狂。毋為消閒文，令人意志荒。毋譁眾取寵，毋為虎作倀。須從人生中，作指路之光。須從溫故中，得知新之力。不與流俗合，不茹柔吐剛。世譽所不屑，卓為砥柱當。是乃為創作，斐然庶成章。[101]

99 可參葉曄：〈明代：古典文學的文本凝定及其意義〉，《中國社會科學》2020 年第 2 期，頁 157–178。

100 關於此等異文問題，筆者有另文詳論，見〈《詩學纂要》所見唐宋詩文本變異試論——兼探何敬羣、金問泗及蕭公權詩作的修改〉，宣讀於成功大學中文系主辦「第一屆唐宋詩學國際學術研討會」（2025.05.23–24）。

101 何敬羣：《遁翁詩詞曲集》（香港：志文出版社，1983 年）《益智仁室詩集》，頁 53–54。

若謂《詩學纂要》的主旨側重於詩歌之體（如淵源、體制及律法、聲調等技巧），則這首五古更側重於文學之用，所論更為宏觀。吾人可從此詩中歸納兩大端，其一係文貴出新，其二乃文貴經世。其論誠可與《詩學纂要》之內容相互參照明。早在齊梁之際，蕭子顯便提出「若無新變，不能代雄」，但對「發唱驚挺，操調險急，雕藻淫豔，傾炫心魂」的新風卻頗有微詞。[102] 何敬羣一樣支持新變，《詩學纂要》少選初唐詩，對北宋初詩、南宋末詩更幾乎不選，正是因為他認為這幾個時代的作品或尚未發展出自身的風格，或不足為初學者取法。此外，何氏排斥「詭異」之風，而本於《易傳》「修辭立其誠」之說，以為作者應當秉持誠正的思想，透過言辭來表現自己的美好品德，以有益於社會。在此基礎上，他提出：「美則遠鄙倍，善則存性情，真則無誕妄。」若就詩歌而言，其美感能予廣大讀者以精神之愉悦，年輕學子也能藉以培養審美品味。聞一多在 1926 年發表〈詩的格律〉一文，拈出「三美」── 亦即音樂美、繪畫美、建築美的觀念。這雖是就論新詩，然放諸舊詩亦準。何敬羣長年致力於舊詩之創作與教學，其對體制、聲調辨析毫釐，正是基於對詩之形式美的追求。進而言之，一如韋政通《中國文化概論・藝術》所言，中國傳統藝術精神的主要特徵之一乃是「美即象徵善」，何敬羣論詩顯然也繼承了這種精神。換言之，他認為形式美必須有與之配套的內容美、精神美，而內容與精神之美，則有賴於作者得性情之正。唯有眾美相合、美善相通的詩歌，才算得上佳作。結合《詩學纂要》而觀之，其選詩以唐詩為宗、以宋詩為輔，而相信漢魏六朝詩未足成為初學者模擬的首要對象，正是本於美善相通的原則，看重

102【梁】蕭子顯：《南齊書》（北京：中華書局，1997 年），頁 907。

作者的性情。而書中對於拗句、拗體等課題並不在上編詳談，僅於中、下編隨文略作申發，則是期待學子在打基本功時以不影響詩歌格律為宗旨，吾人由此可見他所認知的近體詩之形式美，在於音調和諧，而非詰屈突兀。這顯然與內容、精神之美是相呼應的。至於「真則無誕妄」，乃是對藝術真實之強調，無庸置疑，這與「經世」一端也存在着緊密聯繫。

至於何敬羣所謂「經世」的內涵，主要在於「利濟」。「利濟」一語乃是指救濟、施恩，可參五代齊己〈送譚三藏入京〉詩：「阿闍梨與佛身同，灌頂難施利濟功。」而所謂救濟，也有着自救救人、自利利他的層面。「冶性陶情」便是自救自利的「內聖」，「深慮遠計」則是救人利他的「外王」。從逆向角度來説，前者是「毋譁眾取寵」，後者是「毋為虎作倀」。「冶性陶情」的關鍵在於「依仁游藝」，「依仁」就是培養自身仁民愛物之心，「游藝」作為「依仁」的助力，在於調劑生活、增長智慧、剪裁不合中道的狂簡習氣，兩者相輔相成。「譸張」為欺詐、誑騙之義，出自《尚書・無逸》：「民無或胥譸張為幻，此厥不聽，人乃訓之。」何氏後文所謂「消閒文」，正與「譸張為幻」相扣，乃是指充斥着妄念綺思的無根之談。這種寫作方式固或可解一時之悶，卻令人沉溺耽迷於顛倒夢想之中，意志消磨而不能自拔。正因如此，何氏才會揭櫫「真則無誕妄」之理。藝術真實取材自生活而高於生活，能令讀者產生共鳴與反思，並轉化為進步之動力，不媚流俗，不畏強禦。在這個意義上，好的作品當然可視為「指路之光」了。即便世風急功近利、人情好逸惡勞、文風炫奇爭勝，好的作者面對「世譽不屑」之際也應該「毋隨潮流靡」「不與流俗合」「要作潮流導，導之無決潰」，嘗試將世道人心撥亂反正，挽狂瀾於既倒。若緊扣《詩學纂要》之論，何敬羣謂杜甫「不故為豪語而健，不乞靈羅綺而麗，不事雕琢而巧，不矜奇詭而新」，正符合他對好詩人、好作品的標準。他又論李商隱：「義山博學強記，辭采富贍，所為駢文，冠絕當代。其詩出少陵，沉鬱清壯，而以美人香草出之，外極穠麗，內實蘊藉。溫庭筠韋莊等人，以綺羅香澤和應之，義山遂被目為香奩之祖矣。」[103] 此論固對李商隱有所迴護，但在何氏看來，正因李商隱詩有「美人香草」之寄興，故不失之輕豔，而能成為杜詩之傳承者。

何敬羣這首〈珠海創作社發刊題詞〉乃是統論創作，無分體裁新舊。但就其個人的創作興趣而言，卻始終偏向於舊體詩文，這當然關乎其個人成長背景、學術興趣與文學好尚。然而，中國古典詩發展至清末民初，幾乎已窮盡變態；加上五四白話文運動的影響，舊體詩之創作在中國文學場域自然日益邊緣化，甚至長期無法納入現代文學史。這種體裁之創作早已從清末蒙童必修轉變為大學中文系學生的課程。兼擅舊體詩創作與欣賞者為數日少，這些中文系學子縱使透過訓練後諳熟舊體詩之創作，其創作固能「不與流俗合」，但是否能「作潮流導」卻頗令人懷疑了。因此，創作舊體詩之技能，往往更多地應用於對前代詩歌作品之欣賞與研討，其小眾化可謂不言而喻。自《詩學纂要》初版至今已達近半世紀之久，儘管社會風氣、學生之文化基礎與文學喜好，視半世紀前大有不同，但香港幾所大專院校的中文系仍能勉力維持將「詩選及習作」設為必修科目。不僅如此，自 1990 年代開始，在以何文匯教授為首之學界先進與社會賢達的推動下，香港新市鎮文化協會及公共圖書館籌辦全港詩詞創作比賽，至今不輟。又如浸會大學中文系鄺健行教授帶領一眾學生成立古典

---

103 何敬羣：《詩學纂要》，頁 31。

詩社璞社，成員包括浸大及香港各大專院校的師生，定期聚會。中文大學中文系也有詩社未圓社。這些舉措令年輕一代學子對舊體詩創作更具興趣。兼以近年網路交流發達，香港舊體詩人與世界各地同好多有互動，本地的整體創作風氣更得到進一步的推廣。回首何敬羣毅然在高步瀛《唐宋詩舉要》之外另行撰著《詩學纂要》，其內容雖因成書倉促而偶有瑕疵，卻深入淺出，頗能配合香港學生之程度、習慣與愛好。且當年在香港高校負責詩選課之老輩學者中仍有自編教材流傳至今者，《詩學纂要》可謂首屈一指，其篳路藍縷之功，誠不可沒也。

| 第五章 |

詞史與倚聲之互動
—— 何敬羣《詞學纂要》初探

何敬羣（1903–1994），名鑒琮，字敬羣，號遁翁，齋名天遁室、益智仁室，以字行，江西清江人。自幼好學，因家貧經商鬻藥，而手不釋卷，博學多聞。1949 年遷港，先後任教於珠海、新亞、浸會諸大專院校。著述頗富。[1] 這些著作中，有不少肇端於課堂講義，如《詞學纂要》便頗值得注意。「詞選」課未必如「詩選」般必修，卻也一直是香港各大專院校經常開設的課程，而這個傳統則肇端自民國時期的新式大學。何敬羣指出：

> 在民國以前，詞為雜作，不列於學官，非學子所必修，僅為文人之餘事，而能與詩文並駕聯鑣，開為藝苑之奇葩。民國以後，詞學列為大學必修之專科，宜於作者踵接，霞蔚而雲蒸矣。然五十年以來，詞壇黯淡，且甚於元明；則以大學一般講授，只鈎稽語源，演繹詞話，但為敷説，不事寫作；遂使蘭沒蒿蓬之下，玉棄污泥之中，殊可慨也！〔……〕故講習詞學，不僅在考校其流派與故實；尤當學為寫作，以發揮漢語文藝術之美，乃不為虛學。[2]

民元以後新式大學中「詞選」科之重要，主要是就中文科系的研究與教學內涵而言。因為新式課程採取西方式的專業分科，並非如清代般以科舉經義為鵠的。「詞選」科且非如「詩選」般列為必修，原因之一乃是各詞牌之曲調早已亡佚，詞在清代幾乎成為另一種格律詩，故相對於「詞選」，「詩選」更具有基礎課性質。如早在 1920 年代，吳梅便將授課講義編定為《詞學通論》一書付

---

1 參孫廣海：《琮錦交輝：何敬羣教授論著知見錄》（台北：萬卷樓，2024 年），頁 2–3。

2 何敬羣：《詞學纂要》，頁 4。

梓。[3] 然而，何敬羣也指出了新式大學中「詞選」課的通病：那就是過於偏重作品研讀、學史考察，而「不事寫作」。這當然是五四白話文運動以後，大專院校中詩詞課程的「通病」，至今尤甚。因此，何氏將其「詩選」及「詞選」之課程講義編訂成書，對於香港乃至澳門、台灣和內地各大專院校的詩詞教學而言，自然頗具意義。就《詞學纂要》而言，與陳璇珍〈詞學漫談〉講座稿相比，此書作為授課講義，涵蓋面更為廣泛；與同為講義的鍾應梅《詞學四論》相比，其通論與賞析兩部分結合得更為緊密。[4] 在下文中，筆者首先爬梳《詞學纂要》一書的編撰背景與動機，繼而依次考察何氏如何看待發展期（唐五代、北宋中期）及成熟期（北宋後期、南宋）之詞體，探析其創作論，以窺香港大專院校舊體文學創作課程之發展歷程於一斑。

一、《詞學纂要》編撰背景與動機

何敬羣在《詞學纂要・引言》中開宗明義點出詩詞之異同：

> 詞之聲調複雜，若比詩為繁難，然其格式靈巧，等於揭有指標，足以引人入勝。其風致雋永，妙於自成境界，足以任人揮灑。教者學者，能知其意而得其要，則此繁者，正

3　此外，民國時期坊間也出現了多種詞法研究的著作，如陳栩（1879－1940）《作詞法》、謝無量（1884－1964）《詞學指南》、王蘊章（1884－1942）《詞學》、傅汝楫《最淺學詞法》、劉坡公《學詞百法》、顧佛影（1898－1955）《填詞百法》等書。但這些書籍中，大抵只有謝無量《詞學指南》曾在台灣翻印（如 1961 年中華書局版），餘皆流傳未廣。

4　《詞學纂要》於 1975 年付梓以前，何敬羣已發表〈宋詞概説〉〈詞題與詞的演進〉〈論《片玉詞》〈益智仁室詞論之一〉〈論姜白石詞〉諸文；此後又陸續發表〈益智仁室説詞〉〈論吳夢窗詞〉〈論東坡樂府詞〉諸文。其內容可與《詞學纂要》參看。

為美人之環佩，壯士之雄劍，正足見詞之易於詩，而不覺其難矣！[5]

何氏以詞為「複雜」「繁難」，蓋主要就詞牌而言。觀近體詩之體式僅有絕句、律詩、排律數種而已，而押韻也基本上以平聲韻為主。而詞牌中常見者也有二百餘種，句式多變，押韻模式也各各不同。再者，雖然詞牌內容與作品主題未必有直接關係，但每個詞牌皆有其小傳統，仍需填詞者注意。[6] 此外，大多數詞牌曲調至明清皆已亡佚，雖仍有詞家強調填詞守四聲，但一般填詞者以為辨平仄就已足夠；且詞韻又寬於詩韻，小令多為三、四、五、六、七言之律句，長調雖往往在律句的基礎上增益了領字，卻萬變不離其宗，故何氏謂其「格式靈巧」，初學填詞者不難掌握，言之成理。而各詞牌長短用韻不一，各有其風致及小傳統，彷彿在近體詩的基礎上踵事增華，故何敬羣以「美人之環佩，壯士之雄劍」為喻——環佩之聲，益增美人之風韻；雄劍之氣，尤見壯士之慷慨。進而言之，何敬羣認為學填詞者要「善於取」：

取則不外讀唐宋人詞，熟之，即能依腔上口，按譜成詞。此為極尋常之學詞法，人人均知之；故詞選之書，充塞

5　何敬羣：《詞學纂要・引言》，頁壹。

6　例如「千秋歲」雖源自唐玄宗的誕辰「千秋節」，但傳統上除了表達吉慶祝壽以外，也表達悲哀悼亡。又如「賀新郎」原名「賀新涼」，曲調沉鬱悲涼，若用以祝賀文定、新婚是不合適的。不過到了清初，陳維崧果真以這個詞牌填寫了一篇祝人新婚之作，題為〈雲郎合巹為賦此詞〉。雲郎為陳氏同性戀人徐紫雲，後來徐氏要另行成婚，陳維崧便填寫該詞，有句云：「了爾一生花燭事，宛轉婦隨夫唱。只我羅衾寒似鐵，擁桃笙難得紗窗亮。休為我，再惆悵。」可見此詞與其説是祝賀，毋寧説是自哀，依然符合「賀新郎」曲調的情感要求。由此可見，各詞牌誠然「揭有指標」。

> 書肆，學者教者，均能人手一編，用為法式，然未足以見學詞之易者何也？則以此諸選本，大多騖於遠寫隱微，而未能得教詞與學詞之意也！[7]

傳統學填詞者多以詞選之書為課本，但這些選本往往標舉「取法乎上」——即所謂「騖於遠寫隱微」。如晚唐溫庭筠〈菩薩蠻・小山重疊金明滅〉，一般認為係閨閣綺怨之作，但張惠言《詞選》則以為主旨為「感士不遇」，又云下片「有〈離騷〉初服之意」。[8] 這般解讀雖或遭人譏評為「求之過深」，卻非決然不可。就初學者而言，在如此影響下強說新愁，固非善道，且初次練筆便沉溺於「遠取義」而非「近取譬」，也難稱佳事。再者，即使是觀摩，初學者使用這類詞選之書必須反覆涵泳，方得略窺門徑，費時甚久。民國以後，胡適、龍榆生等人皆有新編詞選。但如胡適在《詞選・序》中自言「我是一個有歷史癖的人，所以我的詞選就代表我對於詞的歷史的見解」，[9]「詞的時代早過去了，過去了四百年了。天才與學力終歸不能挽回過去的潮流」。[10] 可見他的詞學內涵主要是歷史考察和文學欣賞，鮮及創作。龍榆生師承朱孝臧（1857－1931），為民國詞學大家，且致力於創作；其《唐宋名家詞選》固由大學講義編成，然所錄達 94 家 708 首，雖然上乘詞人生平、眾家評議兼備，平仄韻腳標註尤如詞譜，然卷帙毋乃過

7 何敬羣：《詞學纂要・引言》，頁壹。

8 【清】張惠言輯：《詞選：附續詞選》（北京：中華書局影印版，1957 年），頁 12。

9 胡適：《詞選》（台北：台灣商務印書館，2010 年），頁 8。

10 同前註，頁 10。

繁。[11] 尤其是戰後香港百廢待興，社會風氣急功近利，大學課程也難免講求立竿見影之效，因此促使何敬羣不得不另編一種內容濃縮、篇幅簡短之新講義。

進而言之，何敬羣在〈宋以後詞〉一章之引言中提出，學詞者當以諳熟創作 —— 亦即傳統所謂「倚聲」為當務之急，批評考據則為第二義。沒有創作心得，評騭褒貶不外空言。教學內容過於偏重於鑒賞、批評、考據，令學生在創作方面得不到適當的訓練，這是新式大學課程設計之缺失。[12] 觀民國時期的大專院校從事詞學教育者，以中央大學最為著稱。當時詞學大家吳梅、汪東皆任教於此，汪氏更在課餘籌辦「梅社」，定期佈置社課讓學生習作，所填詞作尤以長調為主。親炙汪氏的學生，如沈祖棻、尉素秋、曾昭燏、游壽等，其後皆能自立，蜚聲學界。相比之下，何敬羣雖每與友人詩詞唱酬，卻難以將這種風氣帶到校園 —— 他在顛沛流離中來到香港諸大專院校兼課，校方資源匱乏，港府支援更是有限，遑論結社酬唱。於各種限制下編成《詞學纂要》以作教習之用，已屬難能。《詞學纂要・引言》又云：

> 民國六十一年，余始以詞教授珠海書院。初取坊肆選本為教，講肄雖勤，而學者格格不入，興味索然。乃爽然於工

11 此外，龍氏於 1930 年代編有大學講義《詞曲概論》，上編論源流，主要論述詞曲的特性及起源、發展、流變，並對唐宋詞、元曲、明清傳奇的重要作家、作品加以評價。下編論法式，着重探討聲韻對詞曲的重要作用，闡明詞典中平仄四聲的安排、韻位的疏密和平仄轉換等對表達思想感情的關係。被視為一部少見的貫通詞、曲，由韻文本質出發探討其發展規律，指示創作、欣賞方法的經典著作。但直到 1979 年方才經上海古籍出版社整理出版。此外，其姊妹篇《唐宋詞定格》《詞學十講》（又名《倚聲學》，皆為龍氏 1962 在上海戲劇學院戲曲創作研究班授課時的教材，但也要到 1978 年及 1987 年才分別由上海古籍出版社、福建人民出版社正式整理出版，為時皆遲。

12 何敬羣：《詞學纂要》，頁 99。

欲善其事之不可不先利其器也！於是另選有詞題，有興象，有旨歸，情理並抒，清靈醒快，富於啟發性之作為教本。十餘年間，自珠海至中文大學，華僑、經緯、清華、浸會各學院，前後從學者，不下千人。雖未能盡舉一隅三反之功，而一般俱能有聲入心通之效，莫不興味盎然，樂於講習與寫作，無蹙頞相向以為難者。然後知伐柯取則，蓋在邇而不在遠，玆則學詞之意之所在者也。[13]

傳統詩詞寫作之訓練，在於涵泳沉潛、熟參妙悟。而清末民初以後實施的新式學制，卻難為詩詞寫作教學提供較充裕的時間、較寬廣的空間。此外，一如何敬羣所言，傳統選本對於新學制的大專學生已未必適用，甚至令他們「蹙頞相向」。而詩話、詞話的對象讀者多為傳統士大夫，文字在現代人眼中或許較為艱澀，甚或不無門戶之見，大專生用於詩詞欣賞尚可，然欲在創作上求其指點迷津，卻多無體系可言。因此，民國以後逐漸出現新式的詩詞寫作入門書籍，不難理解。何敬羣自言編成《詞學纂要》講義後，同學「興味盎然，樂於講習與寫作」，雖殆不無誇飾，然去事實亦不遠矣。

創作與鑒賞是一體之兩面。如近人唐圭璋（1901－1990）認為詞之作法在於讀詞、作詞、改詞。[14] 讀詞即鑒賞，作詞、改詞即創作。任中敏（1897－1991）則論云：「研究作詞之法，不外兩途：一、揣摩前人之作，知作者確有此法，而由我立其說；

13　何敬羣：《詞學纂要・引言》，頁弍。

14　唐圭璋：〈論詞之作法〉，載氏著：《詞學勝境》（北京：中華書局，2016 年），頁 28－31。

二、歸納前人之說，知作者確用此法，而由我定其說。」[15] 準此觀之，何敬羣《詞學纂要》一書於前人之作，誠有揣摩、歸納之功夫，而揣摩、歸納則顯然屬於鑒賞一路。此書在〈概說〉之後仍以時代為序，分為〈唐五代詞〉〈北宋詞上〉〈北宋詞上〉〈南宋詞〉〈宋以後詞〉五章，選錄篇章以供揣摩、歸納，而非空中樓閣式漫論創作而已。如何取法這幾個時代的詞作，何氏有一己之見：

> 故學詞者，當從南宋入，盡其情趣所至，以極詞體文藝之用，而以北宋為丰神，以晚唐五代為膏澤。融合當前境界與思想，乃能詞為我作，非無靈魂無真氣之優孟衣冠，玆乃所以事半功倍之為學也。[16]

何敬羣嘗謂「詞自東坡，然後一家有一家之面目」，[17] 又以蘇詞兼備「豪健」「綺麗」及「輕新」三種類型，故其所謂「以北宋為丰神」，乃是着眼於蘇軾以前晏歐諸人之詞爾。換言之，何氏以為唐五代直至北宋中期為詞體之濫觴、拓宇之發展期，蘇軾以降至南宋滅亡則為詞體之成熟期。詞體既至南宋方才成熟，故於事、於情無不可寫，而其格調又雅正，初學者自當取法乎上。至於唐五代及北宋中期之詞，涵泳酌取便已足夠。

《詞學纂要》全書共有六章，第一章為〈概說〉，包括〈明源流與演進〉〈辨聲律與音韻〉〈別句讀與對仗〉及〈知術語與備用之書〉四節。此後五章依次為〈唐五代詞〉〈北宋詞上〉〈北宋

15　任中敏：〈詞學研究法〉，載氏著、李飛躍輯校：《詞學研究》（南京：鳳凰書版社，2013 年），頁 87。

16　何敬羣：《詞學纂要》，頁 66。

17　同前註，頁 42。

詞下〉〈南宋詞〉〈宋以後詞〉，仍與《詩學纂要》一樣以作者為綱，大率依時代先後為次，繫以作品，其詳情表列於下：

表一　《詞學纂要》所收詞家詞作一覽

時期	詞家及詞作篇數	家數	作品
唐五代詞	李白 (2)、溫庭筠 (4)、韋莊 (4)、馮延巳 (4)、李後主 (4)	5	18
北宋詞上	晏殊 (4)、歐陽修 (5)、張先 (4)、柳永 (6)、晏幾道 (4)	5	23
北宋詞下	蘇軾 (11)、秦觀 (6)、黃庭堅 (2)、周邦彥 (8)	4	27
南宋詞	李清照 (4)、陸游 (2)、辛棄疾 (7)、姜夔 (6)、史達祖 (2)、吳文英 (6)、周密 (2)、王沂孫 (2)、張炎 (6)	9	37
宋以後詞	元好問 (1)、薩都剌 (1)、劉基 (1)、王世貞 (1)、朱彝尊 (1)、陳維崧 (1)、納蘭性德 (1)、張惠言 (1)、周濟 (1)、蔣春霖 (1)、王鵬運 (1)、況周頤 (1)、朱孝臧 (2)、陳洵 (1)	14	15
總計		37	120

由表一可知，《詞學纂要》全書共收歷代詞家 37 人、作品 120 首，就數量看並不算多，卻能囊括最具代表性者，包括唐五代詞家 5 人、作品 18 首，北宋詞家 9 人、作品 50 首，南宋詞家亦 9 人、作品 37 首，金元明清詞家 14 人、作品 15 首。其中宋代共 18 人、87 首，詞家數量雖僅及半，然詞作篇數則佔三分之二。唐五代詞一章中，《花間》以外唐代詞家只收李白（701–762）一家，《花間》以內僅溫庭筠、韋莊兩家，而不及其他詞家。若就全章篇數而言，除李白外，《花間》、南唐各二人，人各 4 篇，兩

兩相埒。北宋詞家分成兩章，而以蘇軾為分水嶺。〈北宋詞上〉一章收錄晏殊 (991－1055)、歐陽修、張先、柳永、晏幾道 5 家，每人作品大抵 4 至 6 首，較為平均。而〈北宋詞下〉一章收錄蘇軾、秦觀、黃庭堅、周邦彥四家之作，而以蘇軾之作達 11 首之多，數量為全書之冠。秦觀、黃庭堅名列蘇門四學士之二，陳師道 (1053－1101)《後山詩話》云：「今代詞手，唯秦七、黃九耳，唐諸人不逮也。」[18] 七、九是秦、黃兩人家中排行。當時倚聲雖以「秦七黃九」並稱，實則黃不及秦甚遠。何氏收錄秦詞 6 首，黃詞僅 2 首，且謂黃氏「其詞雅者豪放似東坡，而以排奡勝；俚者似柳永，而粗率過甚」。[19] 故擇優收錄 2 首，既呼應宋人之成說，亦表達個人之看法。[20] 至於周邦彥，何氏推舉為「格律之正宗」，但「詞品未足與蘇辛白石比」，[21] 亦選錄 8 首之多。〈南宋詞〉一章共選九家，而詞作數量不到北宋詞之八成。這九家中雖有豪放派代表之辛棄疾，然以姜夔、吳文英等格律派詞家為多。再如李清照雖為兩宋之際的詞家，而詞作仍以在北宋時創作的為多。何氏所錄四首中，除〈武陵春・風住塵香花已盡〉，[22] 其他如〈漁家傲〉〈醉花陰〉〈聲聲慢〉三首皆為北宋時的早年作品。何氏不將李清照列入〈北宋詞下〉一章，除了篇章數量分配、並將〈北宋詞下〉之內容聚焦於蘇軾師徒及周邦彥，似乎還想呈現「輕新」一型之詞體在南宋之脈絡。至於〈宋以後詞〉一章，包納了金、

18 【宋】陳師道：《後山詩話》，收入何文煥輯：《歷代詩話》（台北：藝文印書館，1974 年），頁 185。

19 何敬羣：《詩學纂要》，頁 56。

20 何敬羣為江西人，收錄黃庭堅詞殆亦有鄉邦情結在焉。

21 何敬羣：《詩學纂要》，頁 57。

22 不少詞作於詞牌下皆有作者自擬之標題，長短不一；為求統一，本文皆棄而不用，而拈出詞作首句，以示判別。

元、明、清、民初各代詞家，但除朱孝臧外每人所錄僅一首而已，蓋讓讀者一臠知味便可。

《詞學纂要》以〈概說〉為首章，其首節題為〈明源流與演進〉。而此後四章中，每章皆有引言，與全書之首章首節內容有相互闡發處。而諸詞家之生平小傳乃至詞作註釋之末，亦時見何敬羣之短評。何氏認為，詞之源頭可回溯至齊梁，唐五代則為萌櫱與茁壯時期：

> 唐五代為詞之萌櫱與茁壯時期，故皆為小令。其聲情出於齊梁之樂府，故以穠豔為風格。〔……〕又專為綺席飲筵、歌姬女樂，侑觴娛客之用而作，故盛為繁華縟麗之小唱，仍踵樂府詩歌之舊，即以詞牌為題，作嬰宛之代言體。此體既立，其並時及後來之作者，遂均靡然承風。韋莊張之於西蜀，李主倡之於江南，競以綺羅香澤之詞，抒寫旖旎纏綿之意。故自晚唐而至宋初，均名之為曲子詞。至北宋蘇東坡出，始將其內容意境，擴而為自寫胸臆之立言體，小令之作用，遂如詩之有絕句矣！[23]

參照龍榆生之說：「短調小令，那些聲韻安排大致接近近體律、絕詩而例用平韻的，有如〈憶江南〉〈浣溪沙〉〈鷓鴣天〉〈臨江仙〉〈浪淘沙〉之類，音節都是相當諧婉的。」[24] 可見小令雖與絕句相似，但情調上卻以和諧婉約為主。再觀何敬羣所論，可知他認為儘管唐五代詞之作者所在多有，但其「侑觴娛客」的功用不僅限制了這種體裁的情調風格，也底定了其代言體的寫作模

23　何敬羣：《詞學纂要》，頁 18。

24　龍榆生：《詞學十講》（北京：北京出版社，2005 年），頁 30。

式。換言之，詞的進一步發展反而受到了掣肘。在這種掣肘下，大多數作者的作品在內容、情調和個性上都相去不遠，一如何氏所比喻之「初生雞雛，雌雄莫分」。蘇軾其人其詞之橫空出世，乃是將詞體解放開來：既從代言體變成立言體、直書胸臆，那麼在內容上就不必專以綺席飲筵、歌姬女樂為主題，情調上不必獨沾旖旎纏綿一味，詞家之個性也因而得以進一步呈露出來。再者，由於北宋中葉開始，長調逐漸發展成熟，也令詞體的面貌顯得更為多元。至於所謂「綺麗」「豪健」「輕新」，乃是何氏從「聲容語氣」的角度將詞家詞作劃分出的三個流派或類型。[25] 這三個類型的淵源雖能各自回溯至蘇軾以前，乃至唐五代，但基本上是北宋中期以後才逐漸形成的。

二、聲情之始：何敬羣對發展期詞體之參酌

在何敬羣看來，初學填詞者當「以北宋為丰神，以晚唐五代為膏澤」，而所謂「學詞者當從南宋入」，應是為有慧根之初學者與進階者說法。這一點與吳梅的看法頗為接近。南宋固為詞體之成熟期，優秀作品則以慢詞為主。早在 1930 年代，吳梅於南京中央大學負責「詞學通論」的課程時便曾以先難後易為說：「射人先射馬，擒賊先擒王。倘作詞只會〈浣溪沙〉，作詩只會五七言絕句，都是沒用處的。」吳氏以長調入手，「同學一開始叫苦連天」，一番訓練後才漸入佳境。[26] 再觀何敬羣，雖然推崇南宋，且認為小令的風格並非盡善盡美，卻仍將小令奉為「學曲初階」。儘管小令由於篇幅有限，使作者無法進一步展露個性，仿如雌雄

25　何敬羣：《詞學纂要》，頁 42。

26　尉素秋：《秋聲集》（台北：帕米爾書局，1967 年）〈校後記〉，頁 108。

莫分之初生雞雛，但畢竟讓初學者有一定成就感。隨着不斷練習，學習者自能發展出獨有之情調面目。可見在六七十年代的香港，吳梅那種「先難後易」之法已未必能合時宜，故何敬羣不得不加以折衷，既尊南宋，又主小令了。南宋慢詞未免令初學者望而卻步，但對於學詩有一定基礎者來説，從小令入手來學填詞，始終還是最為便捷的——何況當蘇軾將詞發展成自寫胸臆之立言體後，小令的作用逐漸近似於詩之絕句，能反映出作者一己之面貌，初學者多加練習，當能臻於佳境。

(一) 何敬羣論詞體之先驅

在〈明源流與演進〉一節中，何敬羣開門見山地討論到詞體與古樂府之異同，認為古樂府之題目中，頗有一部分來自漢代，或由樂府機構創製歌詞後加以配樂，用於宗廟朝廷；或由樂府人員蒐集民間曲詞後加以整理協律，以收觀風之效。因此概而言之，古樂府可謂文先而樂後。詞體起源於隋代之俗樂，每個詞牌皆有固定樂調旋律，所謂填詞，正是依調作詞之故。[27] 不過回觀古樂府，早在東漢後期便已出現擬樂府的風氣。如曹操（155–220）的〈蒿里行〉〈短歌行〉〈步出夏門行〉等作，皆是以漢樂府舊題為基礎的新作。當然曹操以降的擬樂府中，同題作品的字數往往頗有差異，不同於詞體之字數劃一。蕭滌非（1907–1991）指出，曹魏之擬樂府，「用舊曲而兼用舊題」之作品最多。漢樂府皆題義相合，如「詞」之初起者然。而曹魏之世，「一面以缺乏識樂之人，不得不借用舊曲，一面又以意志內在之要求，復不欲為舊題所囿，於是借題寓意」，「故樂府之題與義，多判不相謀，

27 何敬羣：《詞學纂要》，頁 1。

如〈薤露〉本漢喪歌，曹操乃以詠懷時事，〈陌上桑〉本漢豔曲，而曹操又以之侈言神仙，是皆離開原題而自作新詩者也。」[28] 由此可見擬樂府之形式，不僅同為先有題而後有詞，且其題義分離已與宋代文人詞有相似之處。因此，唐宋以後或亦將詞曲稱為樂府，不為無由。然觀何敬羣論文字與旋律之關係，主要是着眼漢樂府（而非曹魏以後之擬樂府）的創製，強調其文先而樂後，用使初學者判別古樂府與詞體之畛域。

何氏指詞之「聲情本於齊梁之樂府」，[29] 其聲則柔美纏綿，其情則旖旎婉約。而體裁方面，早在明代中期，王世貞（1526–1590）《弇州山人詞評》便曰：「蓋六朝諸君臣，頌酒賡色，務裁豔語，默啟詞端，實為濫觴之始。」[30] 今人許雲和亦云：「〈江南弄〉歌詞之所以體現出了諸多詞性方面的特徵，絕非偶然，乃是作者為適應某一種新的音樂形式（即佛曲或胡吹舊曲）的要求而刻意求變的結果。」[31] 不過，梁武帝〈江南弄〉諸曲雖有一定格式，卻因其不諳四聲，採用的並非律句，在體裁上與唐宋文人詞終有差距。因此，何敬羣傾向王世貞之說，從聲情的角度來連接詞體與齊梁樂府的關係，如此更有彈性，對於初學者而言也更易理解。

（二）何敬羣論唐代詞

在〈明源流與演進〉一節之中，何敬羣論及詞體在唐代的發展：

---

28 蕭滌非：《漢魏六朝樂府文學史》（北京：人民文學出版社，2011 年），頁 123。

29 何敬羣：《詞學纂要》，頁 18。

30 【明】王世貞：《弇州山人詞評》，收入唐圭璋主編：《詞話叢編》（北京：中華書局，1986 年）第一冊，頁 383。

31 許雲和：〈梁武帝〈江南弄〉七曲研究〉，《武漢大學學報（人文社科版）》第 63 卷第 4 期（2010.07），頁 438。

唐代初期，俗樂曲調，盛行於教坊南北曲之間，伶工女樂，為欲其吐屬之雅馴，即往往以當時詩家五七言之近體詩為唱詞。其後李白作〈清平調〉〈憶秦娥〉、張志和作〈漁歌子〉，雖世人名之為曲詞，實則猶為絕句與樂府之詩也。至中唐白居易之〈江南好〉、韋應物之〈調笑令〉，始具詞曲之雛型；晚唐溫庭筠、皇甫嵩恣力為詞，詞始成為一獨立之文體。然為正統文家所卑視，目之為曲子詞。[32]

何氏所舉盛唐作品，李白〈清平調〉為近體七絕，完全合律；張志和〈漁歌子〉亦接近七律，唯第三句改為兩個三言句，第二、四句皆為「平平仄仄仄平平」句式，整體而言接近失黏之折腰體七絕。[33] 稍後韋應物〈調笑令〉之句式為二二六六六二二六，白居易〈江南好〉之句式為三五七七五，各句雖然合律，但並置一處則饒有參差錯落之致，故何氏謂其「始具詞曲之雛型」。至於晚唐詞家，溫庭筠 (812–870) 固不待言，即《花間集》所錄皇甫嵩 (一作松) 詞亦有 22 首之多，詞牌包括〈天仙子〉〈浪淘沙〉〈楊柳枝〉〈摘得新〉〈夢江南〉〈採蓮子〉等，可見其究心詞體。此外，唐圭璋〈敦煌唐詞校釋〉指出，敦煌曲子詞表現了詞體初期狀態的七種特點：有襯字，有和聲，有雙調，字數不定，平仄不拘，叶韻不定，詠題名。[34] 然敦煌詞仍以俗詞為主，並非何敬羣所言「欲其吐屬之雅馴」的教坊南北曲。然何氏所舉唐詞，雖也以「詠題名」為主，卻無襯字、字數劃一、使用律句、叶韻精工，足見

---

32 何敬羣：《詞學纂要》，頁 1。

33 復如王維 (701–761)〈陽關曲〉，亦折腰體七絕。然舊題李白之〈憶秦娥〉，句式依次為三七三四四、七七四四，斷非絕句，何氏此處蓋一時衍文之筆誤。

34 唐圭璋：〈敦煌唐詞校釋〉，收入曹辛華、鍾振振主編；王嬋、曹辛華整理：《民國詩詞學文獻珍本整理與研究》(鄭州：河南文藝出版社，2016 年)，頁 47–49。

其文人化之趨向——當然，何氏書中不提及、不選錄敦煌詞，蓋亦因此等作品之格律尚未規範化，難以持為初學者創作之範本也。

值得注意的是，《詞學纂要》之選詞以舊題李白〈菩薩蠻〉〈憶秦娥〉居首，但此二作之真偽問題，明代以來便聚訟未已。何敬羣對此持肯定態度，其論，主要源自明人胡震亨（1569－1645）《唐音癸籤》。何敬羣首先點出早在南宋黃昇所編《花庵詞選》時，便將二詞歸在李白名下，並譽為「百代詞曲之祖」，其時代自然早於胡氏。何氏隨後歸納胡氏之說，主要有三點論據：一、〈菩薩蠻〉在晚唐宣宗之世（846－859）方才傳入。二、兩詞風格衰颯，不同於李白之豪放。三、李白為詩恣肆，不屑於區區聲律。何氏就此一一批駁。首先，他指出〈菩薩蠻〉之傳入，早在盛唐開元之世（713－741）。查唐人崔令欽《教坊記》一書，如四庫館臣所言「所記多開元中猥雜之事」，「所列曲調三百二十五名，足為詞家考證」，[35] 而〈菩薩蠻〉正在其列。其次，胡震亨以「衰颯」（亦即衰頹蕭索之意）一詞概括兩詞之風格，何氏頗不以為然。誠然，〈菩薩蠻〉雖以閨怨為主題，而暗含詞家懷鄉之意；〈憶秦娥〉傷今懷古，託興深遠，更是氣魄宏大。故以「衰颯」一語斷之，並不公允。[36] 因此，何氏嘗試從聲情及章法的角度來進一步證明兩詞乃李白所為。他認為〈菩薩蠻〉情調「幽窈」，與李白〈玉階怨〉相似，而前者「玉階空佇立」與後者「玉階生白露」的文辭亦相近；而〈憶秦娥〉則與〈白雲歌送劉十六歸山〉一般疊句宛轉，如出一轍。然就考據而言，如此論述無乃過於簡略。〈菩薩

35 【清】永瑢主編：《四庫全書總目提要》（北京：中華書局，1965 年），頁 1185。

36 何敬羣：《詞學纂要》，頁 19。

蠻〉在聲情上與〈玉階怨〉有相近似處，也可解釋為〈菩薩蠻〉的作者有意模擬李白之文之情。至於〈白雲歌送劉十六歸山〉全首篇幅不長，三五七言交錯，採用頂真格，的確與〈憶秦娥〉有雷同之處。然而，〈白雲歌〉清新超逸，〈憶秦娥〉蒼莽渾厚，二者風格判然有別。其聲雖近，其情則遠。再者，宋人關於兩詞的認知，何敬羣僅舉《花庵詞選》，固是因為編纂教材，資料不宜龐雜，但若非旁徵博引，也難呈現相關問題之複雜。無可否認，〈菩薩蠻〉〈憶秦娥〉乃是因掛在李白名下而膾炙人口，但客觀來說，兩詞即非李白手筆，仍屬第一流作品，且其創作亦不遲於晚唐，依然甚早。就《詞學纂要・唐五代詞》一章而言，將兩詞置於溫庭筠、韋莊、馮延巳、李後主之前，就年代及素質觀之，可謂無所愧恧。

(三) 何敬羣論五代詞

五代詞家雖多，何敬羣在〈概說〉中僅拈出有影響之數人而論之：

> 五代時，和凝即以作詞，被契丹主呼之為曲子相公，故詞只盛行於西蜀與江南。西蜀詞家以韋莊為首，世以溫韋並稱。溫詞華豔，韋詞清麗，兩人所作，均見《花間集》中。南唐以馮延巳、李後主為作手，馮詞溫婉，李詞哀豔，北宋詞風，即半受此兩人之涵概。[37]

和凝（898–955）歷仕梁唐晉漢周五朝，也是《花間》詞人中唯一一位生活於中原者。同代人孫光憲（896–968）於《北夢瑣言》

37　同前註，頁 1–2。

卷六記載云：「晉相和凝，少年時好為曲子詞，佈於汴、洛。洎入相，專託人收拾焚毀不暇。然相國厚重有德，終為豔詞玷之。契丹入夷門，號為『曲子相公』。所謂好事不出門，惡事行千里，士君子得不戒之乎！」[38] 和凝為相雖有德，但連遼人滅晉時都知其「曲子相公」的綽號，可見其早年好作豔詞而貽人口實。和凝欲收拾焚毀，卻難挽回。由是可見詞體在當時倍受輕蔑。[39] 何氏謂詞體「為正統文家所卑視」，良有以也。

與此同時，西蜀、南唐因偏安一隅，詞體創作故能興盛。韋莊身為前蜀宰相，對詞體之愛好自會對當地士大夫產生影響。後蜀趙崇祚編成《花間集》一書，收錄晚唐、五代詞十八家，共五百首，不僅展現五代蜀地詞壇之整體面貌，更以溫庭筠詞為首，顯示蜀詞瓣香溫氏的法脈。然清初納蘭性德（1655–1685）說得好：「《花間》之詞如古玉器，貴重而不適用。」[40] 因花間詞風過於穠華縟麗，且又以描摹、代言女性為主，未必有過多深意，[41] 往往被譏為「側豔」。相形之下，南唐詞家著名者僅馮延巳、中主李璟（916–961）、後主李煜（937–978）三人而已，但對後人之影響卻遠甚於花間諸人。馮延巳面對強鄰壓境、難有作為的局面而心有不甘，卻礙於宰相身份而未能暢所欲言，因此其詞作

38 【五代】孫光憲：《北夢瑣言》（北京：中華書局，1960年），頁51。

39 此外值得補充的是，年輩稍早的後唐莊宗李存勖（885–926）同樣雅號填詞，最終身死伶官之手，無疑更令和凝因「曲子相公」一號而踟躇不已。

40 【清】納蘭性德：《通志堂集》（上海：華東師範大學出版社，2008年）卷十八《淥水亭雜識》四，頁335。

41 直至清人張惠言編纂《詞選》，方以為溫詞有比興寄託，如以「照花前後鏡，花面交相映。新帖繡羅襦，雙雙金鷓鴣」四句乃是「《離騷》初服之意」。然如今人王定璋所論：「劉熙載則認為，無非是閨中婦女沒有尋覓到意中人的『綺怨』之情，王國維也主此說。我認為此詞純為描繪婦女生活和梳妝之後精神舒暢的作品，並沒有甚麼深沉的寄託。」見氏著《詞苑奇葩——《花間集》》（成都：巴蜀書社，2006年），頁43。

往往呈現出一種幽微迷離、婉麗傷情又義無反顧的情調。如饒宗頤謂馮氏〈鵲踏枝〉「不辭鏡裏朱顏瘦」一句乃是「鞠躬盡瘁，具見開濟老臣懷抱」，[42] 可謂洞燭深微。至於中主作品較少，何敬羣未有齒及。但王國維 (1877–1927) 謂其「菡萏香銷翠葉殘，西風愁起綠波間」兩句「大有眾芳蕪穢，美人遲暮之感」，[43] 可見中主心境與馮延巳相去不遠，二人之相得，蓋亦有同病相憐之意。至於後主詞，無論其早年之歌舞昇平、抑或晚年之家仇國恨，皆以白描方式出之，直抒胸臆，故王國維謂「生於深宮之中，長於婦人之手，是後主為人君所短處，亦即為詞人所長處」，又稱後主「不失其赤子之心」，所言極是。而何敬羣論「馮詞溫婉，李詞哀豔」，正因如此。後主身份特殊，容易引人關注，亡國後詞亦能動人至深。其經歷雖為一般人所無，但白描手法卻擺脱了晚唐以來閨閣代言的格套，為北宋詞家開闢了新的方向。而馮延巳寄情詞體，作品雖以閨怨主題為主，卻暗藏一己之憂歎。《人間詞話》認為：「馮正中詞雖不失五代風格而堂廡特大，開北宋一代風氣。中、後二主皆未逮其精詣。」[44] 正因馮氏身為人臣，故於下筆處尤其措意，而非如後主般脱口而出、渾然天成。難怪清人劉熙載 (1813–1881)《藝概》云：「馮延巳詞，晏同叔得其俊，歐陽永叔得其深。」[45] 馮氏之創作模式，顯然更能為後世以晏殊、歐陽修為首之士大夫詞家所沿用發揚。不過對於韋莊、後主，何敬羣僅從風格上考察其影響，謂北宋柳永得韋莊之輕豔，秦觀、

42　饒宗頤：〈人間詞話平議附説〉，收入氏著：《文轍一・文學史論集》（台北：台灣學生書局，1991 年）下冊，頁 44。

43　王國維著、滕咸惠譯評：《人間詞話》（長春：吉林文史出版社，2004 年），頁 21。

44　同前註，頁 30。

45　【清】劉熙載：《藝概》（上海：上海古籍出版社，1978 年），頁 107。

晏幾道得後主之哀豔纏綿。[46] 實則花間詞家中，韋莊喜直書胸臆，無論憶舊、豔情皆少為代言體。後主亡國前後雖然詞風判然有別，然其詞作也多為第一身角度之書寫。何敬羣一直強調蘇軾將詞之代言體轉化為立言體的功勞，似乎更應將之回溯至韋莊、後主才是。

(四) 何敬羣論二晏歐柳詞

宋仁宗一朝處於北宋中期，可謂詞體之拓宇期。何敬羣在第一章〈概說〉中闡發道：

> 北宋初期，詞壇仍甚消沉。至仁宗時，作家始蔚起，自宮廷至四境，公私燕遊，莫不以唱詞為尚。晏殊以名相，歐陽修以文宗，倡為寫詞於上；張先、柳永，扇其風於下，遂蔚成有宋一代文學之異彩。繼之而起者，則有蘇東坡、賀方回、毛澤民、晁次膺、秦少游、黃山谷、晁無咎、晏小山等人。自晏歐出，詞在文學上之地位，始提高至與詩相伯仲。自柳永出，詞始由中小令拓而為長調慢詞。自東坡出，為詞命題，詞始拓代言體為自寫胸臆之立言體。至此，詞乃卓然成為與詩與文，分庭抗禮之文學矣。[47]

正因如此，〈北宋詞上〉一章選錄的晏殊、歐陽修、張先、柳永四家，皆活躍於仁宗之世。晏幾道年輩雖晚，然詞風猶受其父執輩影響，且終身不填慢詞，故何氏仍將他列入此章。拓宇期之

---

46 同前註，頁 2。

47 同前註。

晏、歐、柳三人，就詞史而言皆為里程碑式之人物。[48] 至於這幾家與唐五代之關係，何氏認為：

> 晏歐詞均雍容秀麗，出於馮延巳。少游、小山，均哀豔纏綿，出於李後主。柳永輕豔本韋莊。[49]

第三章中，何氏又於晏殊小傳徵引北宋劉攽（1022–1088）《中山詩話》，謂晏殊「喜馮延巳詞，其自作亦不減延巳」，[50] 進一步展示馮、晏之間的傳承關係。蓋二人皆為高居相位之文臣，面對朝堂憂患而難以逕假辭色，故只能透過雍容秀麗之小令來曲折表達內心之不適。至於柳永詞文字之淺俗，何氏以為出於韋莊，蓋韋詞頗有口語之故。此外，由於何氏認為歐陽修之詞「綿麗清婉，其疏雋開東坡，其深婉開少游」，影響甚或較晏殊更大，因此對於其詞作之真偽，也有一定篇幅的討論：

> （歐陽修）其詞集有《六一詞》與《醉翁琴趣外篇》兩種。《外篇》有三之一為浮豔傷雅之詞，曾慥、蔡絛（宋人）均指為小人忌公者，繆為公詞以誣之。按歐公以風節自持，其立朝時，即屢被污衊，甚者且有詐為公作奏，以激怒中人而陷公者（見《宋史》本傳），則蔡、張（曾）之言為不虛。且公

48　按：夏承燾、吳熊和指出：慢詞的產生並不後於小令，唐五代已有一些慢詞，如敦煌詞《雲謠集》中的〈內家嬌〉〈傾杯樂〉，以及《花間集》中薛昭蘊〈離別難〉《尊前集》中杜牧〈八六子〉、尹鶚〈金浮圖〉、李存勖〈歌頭〉等。前人謂慢詞創始於柳永，並不符合事實。但柳永是文人中第一個大量寫作慢詞的詞家。見二氏著〈讀詞常識〉，載唐圭璋主編：《唐宋詞鑒賞辭典》（南京：江蘇古籍出版社，1987 年），頁 1384–1385。

49　何敬羣：《詞學纂要》，頁 2。

50　同前註，頁 28。劉攽《中山詩話》原文：「晏元獻尤喜江南馮延巳歌詞。其所自作，亦不減延巳。」

詞非自集，乃後人綴輯而成，故凡傳唱伶伎之口，繆託公名之詞，輯者不辨，遂並攔入矣。毛晉汲古閣本，均依樂府雅詞，將此繆傳之詞刪去。近人好詭異，詆晉為道學眼光，復將此等詞補入《六一集》。實則此等詞，不惟浮靡，抑且庸劣粗濫，乃為打諢之詞，毫無文意價值可言，歐公何致有此劣筆也？[51]

查曾慥、蔡絛之言，分別出自其《樂府雅詞・序》及《西清詩話》，四庫館臣在為《六一詞》撰寫的提要中早已並舉：「曾慥《樂府雅詞・序》有云：『歐公一代儒宗，風流自命，詞章窈眇，世所矜式。乃小人或作豔曲，謬為公詞。』蔡絛《西清詩話》云：『歐陽修之淺近者，謂是劉輝偽作。』《名臣錄》亦云：『修知貢舉，為下第舉子劉輝等所忌，以〈醉蓬萊〉〈望江南〉誣之。』則修詞中已雜他人之作。」[52] 而何氏引用《宋史》資料，指出當時陷害歐陽修之偽託方法已包括奏議，[53] 故詞之偽託更不在話下。不過，對於「小人或作豔曲，謬為公詞」的情況，何敬羣將之與政治構陷分開檢視，認為「故凡傳唱伶伎之口，繆託公名之詞，輯者不辨，遂並闌入」，所論主要就流傳與編輯情況而發，無疑更為平實。這一點，在宇文所安（Stephen Owen）近年新著《只是一首歌》（*Just A Song*）中便有進一步的闡發。他認為，當時的歌女並不會在意詞作者是誰，也不會考辨作者，只會記得最優秀的詞家及其詞作的主要體貌，從而可能將一些風格相近的詞作直接冠以最優

51 何敬羣《詞學纂要》，頁 30。

52 【清】永瑢主編：《四庫全書總目提要》，頁 1808。

53 《宋史・歐陽修傳》云：「小人畏修復用，有詐為修奏，乞澄汰內侍為奸利者。其羣皆怨怒，譖之，出知同州，帝納吳充言而止。」【元】脱脱主編：《宋史》（北京：中華書局，1997 年），頁 10378。

秀詞家的名姓。與此同時，歌女為了更好地流傳自己的作品，往往也會在歌唱自己的詞作時，聲稱其為某位知名詞家（比如柳永）之作。[54] 而何敬羣則指出，《醉翁琴趣外篇》中有不少詞作絕非佳品，而是「浮靡」「庸劣粗濫」乃至「打諢」之作，並將之斥為「毫無文意價值」的「劣筆」。如此看來，此集內作品的來源情況就更為複雜了。當然，研究者既不能因〈菩薩蠻〉〈憶秦娥〉為佳品便將之歸於李白名下，也不能因《醉翁琴趣外篇》某些篇什之「庸劣」而悉數否認其為歐陽修之作。但何敬羣站在傳播的角度，點出歐詞中有偽託嫌疑之作除了政治動機，可能還有文學動機，這對於入門者更能擺正其認知的態度，在創作時如何取法也就更有概念了。

三、高華雅正：何敬羣對成熟期詞體之取法

何敬羣認為詞體發展到北宋後期才逐漸成熟，當時詞壇上蘇軾、周邦彥是兩個關鍵人物：自蘇軾開始，「一家有一家之面目，一首有一首之聲情，詞之領域乃廣，生命乃茂」；到了周邦彥手中「然後詞之壁壘以明，流派以分」。蘇軾「以詩為詞」，不只是就文句、風格而言，更是以立言體取代了代言體，使詞體成為士大夫言志緣情的又一載具，為詞體贏得空前的地位。此外，何氏還曾發表專文〈詞題與詞的演進〉，其言云：

> 自溫飛卿等人始，才有專為合於女樂口吻的纏綿香豔之詞。從此：詞才是專為歌唱之所作，這樣的作品，或出於文人學士遊戲之筆，或出於歌者的請求，其目的，即均為教

54 Owen, Stephen, "*Just a Song: Chinese Lyrics from the Eleventh and Early Twelfth Centuries*", (Cambridge, MA: Harvard University Asia Center, 2019).

坊北里、歌筵舞榭，適於陶情助興之用而已；並不是發揮作者本人情感的寫作。因此，便只須以詞牌為題。一則從詞牌，即可知其內容的大致，便於歌者適事應景的運用。一則其內容只是泛説，並不專指一事一人，便於任何場合，皆可以用之而宜者。〔……〕雖然南唐李後主，到汴京後的幾首詞，有其自己的寄託。但他寫亡國之恨，也還是為歌者的歌唱而作，借歌女的口吻為説，所以他還是就詞牌的意義作演述，依然不出於嬰宛的聲情。迨至東坡、耆卿時，才將詞的運用，視同古近體詩藉詞的抑揚宛轉，以發揮作者蒼涼感喟，或者風流跌宕的情愫，然後每一首詞，即有一個題目，從此詞的作用與境界，才從代歌姬女樂，酒娛賓的口吻中豁出來，才不全是《花間集》那一類男女愛怨，纏綿悱惻之詞，從此其內容才日以充實而宏肆，其語句也日以淵懿而奔放，成為作者對酒當歌、臨風寄慨、自抒胸臆的寫作於淺斟低酌之外，開拓了言志永言，與古近體詩，成為分陝而治、旗鼓相當的陣容。可知詞之有題，乃是詞在長成中的一個最大的蜕變。[55]

將詞題的出現歸功於蘇軾、柳永，並將其與文人詞成熟之脈絡相結合，所論至確。《詞學纂要》繼而從「聲容語氣」的角度將詞分為三個類型，也就是豪健、綺麗、輕新三型，豪健派以蘇軾、辛棄疾為代表，綺麗派以秦觀、周邦彥為代表，輕新派則以柳永、

55 何敬羣：〈詞題與詞的演進〉，香港珠海書院文史學會《文史學報》第 1 期（1964.07），頁 20–21。

姜夔為代表。[56] 如此分類，早在何氏於 1962 年發表的論文〈宋詞概說〉便已形成，唯將「豪宕」或「豪放」改為「豪健」而已。該文且云：「綺麗與豪宕，如同陰柔與陽剛，是兩個絕對不同的面目；介乎其中間的輕新一型，則等於偏陰與偏陽的雜揉交互者。」[57] 何氏且將三個類型比喻成唐詩作者乃至植物：

> 比之唐詩作者，則蘇（軾）、辛（棄疾）為杜（甫）、韓（愈），美成（周邦彥）、夢窗（吳文英）為長吉（李賀）、玉谿（李商隱），白石（姜夔）、玉田（張炎）為摩詰（王維）為柳子厚（宗元）。比之草木，則蘇辛為蒼松老檜，美成夢窗為桃杏海棠，而白石玉田為蘭為竹。凡作詞，即不外於此三型之錯綜與參合而已。[58]

此等比附及意象，仍是就豪健、綺麗、輕新三型而設，雖不無主觀，卻仍能讓初學者很快得到直接印象，在欣賞、創作上有法可依。當然，何氏此論並非就師承而言，而是着眼於詞家之風格。

何敬羣認為，詞體成熟的標誌不僅是豪健、綺麗、輕新三種類型的判然有別，更在於其高華雅正之整體格調的底定。當然，就慢詞而言，稍早於蘇軾便有柳永致力於此道；就聲律而言，稍晚於蘇則有周邦彥、万俟詠等究心於此技。但詞體尚雅之見，其來有自，何敬羣之說只是承其流風。周邦彥、万俟詠已屆北宋亡國前夕，而南宋前期詞體多粗豪跌宕之作。因而篇幅擴充、音律

56　何敬羣：《詞學纂要》，頁 42。

57　何敬羣：〈宋詞概說〉，《文學世界》第 6 卷第 4 期（總第 36 期，1962.12），頁 9。

58　何敬羣：《詞學纂要》，頁 42–43。

圓融、格調雅正、類型判然幾種因素兼備，要等到南宋中期。故此，何氏謂初學者從小令入手，乃是權宜之計，提升其對創作的興致；其謂從南宋入手，則是終極旨趣，加深其對詞體的認知。再看豪健型代表之蘇軾、辛棄疾，其實也兼善綺麗、輕新二型，此南宋其餘豪健型詞家所不及者。故此，本節首目探討何敬羣如何論述蘇辛詞，乃是從宏觀着眼，而不專主於豪健型作品；而第二、三目方分別措意於綺麗、輕新二型之詞家詞作。

(一) 蒼松老檜：何敬羣論蘇辛詞

〈北宋詞下〉一章之小引中，何敬羣論道：

> 東坡遠紹李白，為詞自寫胸臆，開純文藝之詞之先河，至稼軒而益光大。其前則為范仲淹、司馬光、王安石諸家，其後則黃山谷、陳無己、晁補之、向子堙、張元幹、朱敦儒、張孝祥、葉夢得、陳亮、劉過、劉克莊、蔣捷，皆其著者也。此型句法，大抵雄渾勁健而爽朗，如詩之古風。其意態縱横，一氣吞吐，如長江大河，滄茫浩淼，曲折千里，則表東海之大風也。[59]

對於豪健詞的特徵及源流作出了進一步的闡發。在何氏看來，以蘇軾為代表的豪健型詞作具備着陽剛開闔之美，雖然雄渾有力，卻也不失曲折之致。此外，蘇軾詞固然豪宕，然若僅謂其淵源自舊題李白之〈菩薩蠻〉〈憶秦娥〉，則未必盡然。因此，何氏大抵

59 同前註，頁 42。

只是說蘇軾身為作者，其詩、詞、文多能體現獨特之曠達胸襟，與李白有相應之處。因此就蘇軾個人而論，何氏比擬為曠達奔放之李白，而就整個流派的藝術特徵而言，則轉以杜甫、韓愈之沉鬱頓挫為擬了。在蘇軾小傳中，何氏寫道：

> 蘇以興觀羣怨之詩筆寫詞，故氣格高朗，波濤壯闊。又為詞命題，轉晚唐五代以來之代言體為立言體，自寫胸臆，一洗綺羅香澤之氣，而為黃鐘大呂之聲。詞始進入廣大之境界，有作者之性情，與文學之生命。《四庫提要》，以蘇詞為別格，謂詞至蘇軾而一變，如詩家之有韓愈。世人因以豪放推蘇詞，此實皮相，未足以盡蘇詞之美也。其詞境，有高華，有豪縱，有蒼涼，有恬逸，有輕靈，有頑豔。其用筆空靈超拔，用事翻陳出新，取意超卓俊邁，成句塏爽曉暢。而橫放傑出之氣，渾渾淪淪，行於意態辭色之間，不假雕琢，自具幽曠清麗之致。[60]

這段文字中，進一步歸納了蘇詞的幾種特徵：一、以詩為詞；二、為詞命題；三、改代言體為立言體；四、風格多樣化。[61] 茲再將《詞學纂要》所錄蘇詞及何氏相關評論表列如下：

60　同前註，頁 43。

61　按：今人王兆鵬則提出「東坡範式」，可與何氏之説相參照。所謂「東坡範式」特徵有四：一、主體意識的強化，詞的抒情主人公由「共我」向「自我」的轉變；二、感事性的加強：由普泛化的抒情向具體化的紀實的轉變；三、力度美的高揚：詞的審美理想由女性化的柔婉美向男性化的力度美的轉變；四、音樂性的突破：詞從附屬於音樂向獨立於音樂的轉變。見氏著《唐宋詞史論》（北京：人民文學出版社，2000 年），頁 138–155。

表二 《詞學纂要》所收蘇軾作品及評語

<table>
<tr><td>〈水調歌頭・明月幾時有〉</td><td>右為高華雅正之詞。坡公詞無一而非高華雅正者，此不過為發凡舉例耳。[62]</td></tr>
<tr><td>〈念奴嬌・大江東去〉</td><td rowspan="2">右兩首為豪縱之詞，其豪在氣，其縱在筆，非以壯語硬語為豪縱。坡公詞亦無一首而不具有此氣與筆者。[63]</td></tr>
<tr><td>〈漁家傲・千古龍蟠並虎踞〉</td></tr>
<tr><td>〈八聲甘州・有情風萬里捲潮來〉</td><td>右一首，蒼涼感喟之詞，而起調如天風海雨飄忽而來，則又豪縱之本色矣！[64]</td></tr>
<tr><td>〈滿庭芳・歸去來兮〉</td><td>右三首清健恬逸之詞。山谷謂東坡詞，不食人間煙火。此三首詞語清空，聲情超脱，乃太白謫仙之筆也。[65]</td></tr>
<tr><td>〈西江月・照野瀰瀰淺浪〉</td><td></td></tr>
<tr><td>〈定風波・莫聽穿林打葉聲〉</td><td></td></tr>
<tr><td>〈行香子・攜手江村〉</td><td rowspan="2">右兩首輕靈之詞，為用事翻陳出新，不假雕琢，而妙造自然之作。[66]</td></tr>
<tr><td>〈南鄉子・霜降水痕收〉</td></tr>
<tr><td>〈賀新郎・乳燕飛華屋〉</td><td>詞用杜秋娘詩意，豔而非冶，作麗詞如此，宜其冠絕今古也。[67]</td></tr>
<tr><td>〈水龍吟・楚山修竹如雲〉</td><td>右兩首頑豔之詞。前一首幽怨纏綿，後一首風情旖旎，均騷豔入骨，麗而不淫。坡公豔詞，又無不具此風也。[68]</td></tr>
</table>

62 何敬羣：《詞學纂要》，頁 44。

63 同前註，頁 46。

64 同前註，頁 47。

65 同前註，頁 49。

66 同前註，頁 50。

67 同前註，頁 51。

68 同前註，頁 52。

由表二可知，何氏相信所有蘇詞皆高華雅正，實則呼應其「興觀羣怨之詩筆寫詞，故氣格高朗」之論，也就是認為蘇軾正因以詩為詞，故思想醇正，即使綺麗的作品也毫無側豔之嫌。1987 年，何氏發表〈論東坡樂府詞〉一文，便明白歸結蘇軾「詞境有豪放，有恬逸，有輕豔」。[69] 復就類型而言，豪健（或豪放、豪縱、蒼涼）一型雖為蘇軾所開拓，卻只是蘇詞幾種風格之一而已。其輕靈、恬逸當即輕新一型，其頑豔、旖旎、騷豔或輕豔當屬綺麗一型，如此可謂涵蓋了何敬羣在〈北宋詞下〉章引言中所拈出的三種類型。相形之下，夏承燾的觀點則頗為出入：「大抵宋詞自東坡以後始與詩不分，東坡以作詩的筆法作詞，實事功首罪魁。其功：在能放大詞之內容，無論何種情感，皆可入詞，使詞不限於花間尊前之作。其罪：在混合詩詞為一，破壞詞體的獨立的價值。」[70] 實際上，夏氏所言功罪，實為一體兩面，乃詞體文人化以後之必經階段。而在何敬羣看來，蘇軾不但於詞體有開拓之功，其作品亦風格多樣，具有典範意義，因此才會選錄其詞作達 11 首之多，以便初學者觀摩取法。此外，早在李清照〈詞論〉便已譏評蘇詞為「句讀不葺之詩」「往往不協音律」。[71] 而何敬羣則說：「以坡公大才，稍一失檢，即招疵議至今，又可知吾人寫詞，既用詞調，則聲律句讀，不可不全依其譜，不得藉口東坡之自放以自文也。」[72] 這對於初學者之態度，頗有端正之力。

69　何敬羣：〈論東坡樂府詞〉，收入黃毓民主編：《珠海書院四十周年紀念集》（香港：城市出版社，1987 年），頁 117。

70　夏承燾：《作詞法入門》（台北：啟明書局，1958 年），頁 72。

71　【宋】李清照：〈詞論〉，收入【宋】胡仔纂集、廖德明校點：《苕溪漁隱叢話後集》（香港：中華書局，1976 年），頁 254。

72　何敬羣：《詞學纂要》，頁 45。

何敬羣將蘇軾奉為詞體之大宗，然綺麗乃詞之本色，自五代至晏歐皆然，蘇軾只是出之以雅正，輕新一型更可上溯柳永，唯有豪健一型為蘇軾原創，故後人亦將之視為豪健型之代表。何氏謂北宋末年：「周美成、万俟詠等人，主大晟府，為當世詞宗。然其時作者，仍以東坡豪宕之作風為盛。自北宋過渡至南宋之葉石林、張元幹，即東坡之一型。及稼軒繼起，劉過、陸游、朱敦儒、張孝祥、陳同甫諸家，相與羽翼之，此型之作風愈盛，且遠及北方之金元。如趙閑閑、折元禮、元遺山，即莫不為此一型之作者。故南宋前期之詞風，蘇辛實為其主；良以沉雄排奡之氣，乃為最足以發悲歌感慨之音者也。」[73] 又專論辛棄疾云：「其詞瓣香東坡，而雄桀之氣過之。劉後村謂其『大聲鞺鞳，小聲鏗鏘〔鍧〕，橫絕六合，掃空萬世；其穠麗緜密處，亦不在小晏秦郎之下云』。」[74] 然《詞學纂要》中的兩宋詞作，豪健型作品為數甚少，除蘇、辛外，即使何氏以為「與稼軒同調」的陸游，亦僅選錄兩首清麗之作而已。[75] 究其原因，蓋豪健型作品中有些失之粗糲輕率，格律欠精，而行間多有散文式議論，也導致篇章之詩意不濃、難耐咀嚼。初學者一旦因習於「發抒慷慨」而忽略格律、文字與意境之打磨，則未必能稱善，不足為法。

《詞學纂要》選錄辛詞七首，固然並無綺麗一型的作品（如〈青玉案・東風夜放花千樹〉〈摸魚兒・更能消幾番風雨〉等）。如〈沁園春・疊嶂西馳〉〈永遇樂・千古江山〉二首，何氏以為「豪宕悲壯之詞，措語淩厲激烈」，[76]〈水龍吟・楚天千里清秋〉〈賀

73 同前註，頁 66。

74 同前註，頁 70。

75 同前註，頁 69–70。

76 同前註，頁 72。

新郎・綠樹聽啼鴃〉二首，何氏以為「豪宕蒼涼之詞，辭語沉鬱頓挫」，[77]〈踏莎行・夜月樓台〉〈祝英台近・水縱橫〉二首，何氏以為「清靈俊逸之作」，[78] 而〈水龍吟・聽兮清佩瓊瑤些〉則主要是着眼於「用些語」，點出蘇辛在語言上的傳承，非就風格發論。總而觀之，何敬羣認為辛棄疾詞之瓣香蘇軾，不僅在於豪健一型，而是同樣豪健、綺麗、輕新三型兼備。至於何氏論蘇辛在語言上之傳承道：

> 東坡以經史語入詞，擴大詞之語源。稼軒更廣其範圍，徧及內外典諸子百家，莫不為左右逢源之用。劉後村嫌其掉書袋，則猶拘執《花間》《陽春》軟語柔辭之見者。劉熙載《藝概》云：「稼軒任古書中理語瘦語，一經運用，便得風流。」可為的論。如此「廉頗能飯」，《史記》語；「燕燕歸妾」，《詩經》語；「下之一瓢飲」，本《論語》句；正足增加詞之高華與雅正。但塵下側豔之作者，則不合以暱狎濫惡污經史者。[79]

何氏所舉諸例，「廉頗老矣，尚能飯否」出自〈永遇樂・千古江山〉，「人不堪憂，一瓢自樂，賢哉回也」出自〈水龍吟・題瓢泉〉，「看燕燕，送歸妾」出自〈賀新郎・綠樹聽啼鴃〉。他點出諸語的出處，並引劉熙載之語褒揚辛棄疾對這些經史典故「一經運用，便得風流」，認為這正是辛棄疾瓣香蘇軾，進一步擴大詞之語源，乃至令詞之風格更為多元化的功績。再者，何敬羣又引

77　同前註，頁 74。

78　同前註，頁 75。

79　同前註，頁 74。

謝章鋌之論云：「讀蘇辛詞，之詞中有人有品，不敢自為菲薄。稼軒詞格之高之雅，即以有人有品故。」[80] 換言之，何氏認為辛棄疾之所以能成為蘇軾的繼承者，還在於秉性之狷潔醇厚，如此秉性發之於文辭，故其高華雅正可同符蘇軾。

(二) 桃杏海棠：何敬羣論綺麗詞

〈北宋詞下〉一章所錄蘇軾以外的三位詞家中，黃庭堅、秦觀與蘇軾淵源甚深。而何敬羣認為秦觀、周邦彥雖然師承不同，但風格同屬於綺麗一型，故以周邦彥之詞殿後，並於該章之小引中將周邦彥與秦觀並稱：

> 如秦觀美成，則綺麗之一型。秦觀承《花間》《陽春》婉孌之風，變而為清商宛轉之音。美成繼起，上承飛卿，潤之以典麗，煉之以沉着。其前則有大小晏、歐陽修、宋祁、張先諸家，其後則賀鑄、高觀國、史達祖、朱淑真、周密、吳夢窗，皆為有名之作者。其出語大抵幽深細緻，雅而不俚，如燕囀鶯啼。其煉字皆語斟句酌，多有來歷。其情致則纏綿悱惻，婉約柔媚。其工整如詩之近體，則騶奭之雕龍、天孫之雲錦也。[81]

何氏前文將豪健之詞比喻為古風，此處則將綺麗之詞比喻為近體，蓋前者古樸恣肆，而後者精密合律也。秦觀、周邦彥承祧五代婉孌之風，而祖禰晏歐諸人。他們作為蘇軾的晚輩，雖未接受「以詩為詞」的新好尚，畢竟延續了蘇軾所開啟直抒胸臆的

80 同前註。

81 同前註，頁 42。

立言一體。至於「語斟句酌，多有來歷」，自然也是婉約詞文人化的必經之路。關於周邦彥，何氏在第四章中論道：「其詞穠麗似飛卿，綺豔似韋莊；而慢詞章法嚴密，善用唐宋人詩句入詞，吐屬融渾，極沉鬱頓挫之致，故世推為集北宋詞家大成之聖。」[82] 何氏謂周邦彥「慢詞章法嚴密」，可參今人白敦仁之說：「柳永是長於鋪敍的，但柳永的鋪敍往往流入一種平鋪直敍，不像周邦彥的曲折回環，開闔動蕩，善於從時間、空間的錯綜變換中鑄造詞的意境。」[83] 此言恰可補充何敬羣之論。何敬羣還特別點出，周邦彥詞之精工，主要在於音律與措辭兩方面：「北宋末期，則以周美成、万俟雅言為最著。周精音律，考定詞之宮調，其詞亦精煉縝密，為世所宗。」[84] 對於周邦彥音律上的功夫，何敬羣以〈齊天樂・綠蕪凋盡台城路〉〈一寸金・州夾蒼崖〉二首為例，指出：「發調字用去字，〈齊天樂〉如暮、歎、渭、正。〈一寸金〉如望、自、念。兩仄相連，用去上為佳。〈齊天樂〉如暮雨、靜掩、尚有、最久、渭水、眺遠、照斂。〈一寸金〉如下枕、望海、渡口皆是也。」[85] 所謂「發調字」，即每句第一字，以〈齊天樂〉為例，「暮」「渭」為四言句首字、「歎」「正」則為領字。此外，如「頓」「尚」「露」「故」「醉」「但」等亦為去聲發調字。不僅如此，如何氏論南宋周密〈掃花遊・商飆乍發〉一詞云：「右倦旅、弔影、聽取、夢阻、院宇、細雨，均仄韻韻上仄，用去上字。」[86] 換言之，此

82 同前註，頁 57。

83 白敦仁：〈前言〉，載氏編：《周邦彥詞賞析集》（成都：巴蜀書社，1996 年），頁 15。

84 何敬羣：《詞學纂要》，頁 66。

85 同前註，頁 60。

86 同前註。

詞押上聲韻，若該句末二字皆仄，則分別用去、上聲字，如「弔影」之「影」並非韻腳，然該語亦用去上字，其餘更不待言。究其原因，何敬羣在〈概説・辨聲律與音韻〉一節中早已指出：「惟起調與發調字，平聲宜陰平，仄聲宜去聲，以此兩聲平遠，利於搖曳也。句中兩平相連，宜分陰陽，三仄相連，宜上去入間用。〔……〕句中連辭，宜避雙聲疊韻，此為聲調律法之稍異於近體詩者也。」[87] 所謂「去聲分明哀遠道」，故「平遠」而「利於搖曳」。回觀周氏〈齊天樂〉詞，如「頓疏花簟」「露螢清夜照書卷」「故人相望處」等皆為平起句，首字可平可仄，周氏仍選擇去聲字，似與何氏所論相合。再看措辭方面，以周邦彥〈漁家傲・幾日輕陰寒惻惻〉為例：

> 幾日輕陰寒惻惻。東風急處花成積。醉踏陽春懷故國。歸未得。黃鸝久住如相識。　賴有蛾眉能暖客。長歌屢勸金杯側。歌罷月痕來照席。貪歡適。簾前重露成涓滴。

何氏就此詞一一標示典故出處，如「惻惻」出自羅隱（833–910）詩：「惻惻輕寒翦翦風，小梅飄雪杏花紅。」「花積」出自王勃詩：「葉齊山路狹，花積野壇深。」「陽春」出自洪駒父詩話：「長安少女踏春陽，何處春陽不斷腸。」（按：此詩最早見於沈亞之《異夢錄》）「歸未得」出自無名氏詩：「等是有家歸未得。」「黃鸝」句出自戎昱（735–800?）〈移家別湖上亭〉：「黃鶯久住渾相識，欲別頻啼四五聲。」「暖客」出自杜甫〈自京赴奉先縣詠懷五百字〉：「暖客貂鼠裘。」「金杯」出自張柬之（625–706）〈與國賢良夜歌〉之二：「帶嬌移玉柱，含笑捧金杯。」「照席」出自杜甫〈送

87　同前註，頁6。

孔巢父謝病歸遊江東兼呈李白〉：「罷琴惆悵月照席。」「歡適」出自蘇軾詩：「酒酣歡適似還鄉。」「重露」出自杜甫詩：「重露成涓滴。」[88] 如此看來，周邦彥此詞真可謂無一句無來歷。不過，這些典故似乎還可進一步分為兩類，第一類誠如何氏所論，乃化用前人成句，如「幾日輕陰寒惻惻」「醉踏陽春懷故國」「黃鸝久住如相識」「簾前重露成涓滴」等皆是。但另一類則是較為單純的語典，未必直接參考某人的成句，如「歸未得」「暖客」「照席」等。舉例而言，「照席」一語在唐詩中不時見之，杜甫除了〈送孔巢父〉外，其〈月圓〉詩也有「照席綺逾依」。另韓愈〈月蝕詩效玉川子作〉有「油燈不照席」，李商隱〈送千牛李將軍赴闕五十韻〉有「照席瓊枝秀」，不一而足。這些用語在唐代可能十分流行，但時移世易後變得較為生僻，卻又因為出現在某首著名的唐詩而為人所知，甚至顯得具有「詩意」，並在後人創作時所沿用，成為語典。但對於這些語典，何氏拈出相關詩作，與其說是追溯出處，毋寧說是舉出語例，方便初學者觀摩。參何氏〈論片玉詞〉一文，也提及：「借現成的古句，作觸手成春的運用，這便是翻新，這樣檃栝前人成句，即是妙手偶得之的天成文章。」[89] 初學者在創作過程中，必然有詞彙不足的困窘；多掌握前人詩詞的用語、語典，乃至如何化用成句，久而久之，必有精進。

不過何氏《詞學纂要》文筆一轉，批評周邦彥道：「然其格律雖佳，而詞品則未足與蘇辛白石比。故劉熙載謂其當不得一個

88　同前註，頁 57。

89　何敬羣：〈論《片玉詞》〉，香港珠海書院文史學會《文史學報》第 5 期（1968.06），頁 9。

『貞』字，王國維謂其鄭聲也。」[90] 觀何氏選錄周邦彥之作，如〈漁家傲〉「賴有娥眉能暖客」、[91]〈一寸金〉「回頭謝、冶葉倡條，便入漁樵樂」、[92]〈瑞龍吟〉「唯有舊家秋娘，聲價如故」等句，[93] 多涉及冶遊之事，故何氏引劉熙載、王國維之語為證，對周邦彥的詞品加以批評。與何氏同代的夏承燾（1900－1986），也在《論詞絕句》寫道：「氣短大江東去後，秋娘庭院望斜河。」[94]「秋娘庭院」之語出自周氏另一詞作〈拜星月・夜色催更〉，但仍以秋娘入詞。吳無聞註夏詩云：「在蘇軾開『大江東去』豪放詞風之後，周邦彥的詞還局限在『秋娘庭院』的狹窄範圍裏，這是令人泄氣的。」[95] 所見與何敬羣有相近處，值得參照。何氏類似的論點，也出現在對秦觀的評價上：「所作詞清靈婉約，音節諧和。其辭句則流美曉暢，其情致則哀怨綿麗，故詞家推為北宋花間陽春晏歐宛約之大成者。然間有俳體，稍病氣格不高，故東坡指其學柳七作詞。」[96] 考南宋黃昇《花庵詞選》卷二記載，蘇軾認為柳永之詞俗氣而格調較低，勸秦觀不要取法，並指出其名作〈滿庭芳〉中「銷魂當此際」正是柳詞的句法，令秦觀慚服。[97] 此說正是何敬羣評秦詞「氣格不高」的源頭。何氏此論，當然是要提醒初習填詞的學子，

---

90 何敬羣：《詞學纂要》，頁 57。

91 同前註。

92 同前註，頁 59。

93 同前註，頁 63。

94 夏承燾著、吳無聞註：《瞿髯論詞絕句》（北京：中華書局，2017 年），頁 39。

95 同前註，頁 40。

96 何敬羣：《詞學纂要》，頁 52。

97 【宋】黃昇編著，王雪玲、周曉薇點校：《花庵詞選》（瀋陽：遼寧人民出版社，1997 年）上冊，頁 34。

對於詞作的題材應有篩選、打磨。即使以豔情為題材，也應仿效蘇軾「騷豔入骨，麗而不淫」。

至於南宋之綺麗型詞家，《詞學纂要》選錄了史達祖、吳文英、周密三人的作品。何敬羣論史達祖云：「其詞出於美成，濃郁綺麗，而無詘蕩淫污之失。工於詠物，妙於寫神取意。惟用筆多涉尖巧，亦鮮寄託。」「然鍾煉字句之工，亦詞家之雕龍奭，自不可廢也。」[98] 論吳文英云：「其詞綺羅金碧，沉着深厚，深得清真之妙。詞境雅正而非側豔，故其風格較清真為高。」「然用事下語，時有太晦處，故玉田以為七寶樓台，炫人眼目，拆碎下來，不成片段，此則其所短也。」[99]「蓋其天分不及周邦彥，而研煉之功則過之，詞家之有文英，亦如詩家之有李商隱也。」[100] 論周密則云：「其詞典麗精煉，亞於夢窗，而雋爽過之。」[101] 綜而觀之，此三家繼承周邦彥之餘，而無「側豔」「詘蕩淫污」之弊端。此當在創作精神上受蘇辛高華雅正一脈影響之故。

(三) 為蘭為竹：何敬羣論輕新詞

何敬羣所論詞體三型以蘇軾集大成，鍾應梅也有類似說法：「世皆以豪放許東坡，而不知東坡之不可及處，乃在其靈妙之境。」[102] 所謂靈妙，蓋指意境上的輕新。至於語言上之輕新一型，出現更早於蘇軾，而以柳永為開端：

98　何敬羣：《詞學纂要》，頁 84。按：何氏所論蓋源自張鎡為史氏《梅溪詞》所撰序文。

99　同前註，頁 86。

100　何敬羣：〈論吳夢窗詞〉，《珠海學報》第 14 期（1985.05），頁 125。

101　何敬羣：《詞學纂要》，頁 90。

102　鍾應梅：《蘂園説詞》，頁 66。

至柳永、姜夔，則屬輕新類型，柳永演韋莊之輕豔，以長調運俚語為雋語，以白描為典實。李清照、姜夔，化之為瀟灑，為超逸，為雅馴。其作家如毛滂、趙長卿、王沂孫、范成大、張玉田，即皆此型之健者。其句法大抵輕鬆雋永，如流水行雲，其意態如秋雲舒卷，如天馬行空，則老莊之道法自然也。[103]

韋莊詞已時見口語，而柳永加以承襲，而益之以長調。復如前所論，何敬羣指出歐陽修《醉翁琴趣外篇》頗有「浮豔傷雅」之作，「庸劣粗濫，乃為打諢之詞」。而李清照《漱玉詞》「中有數首，語近放浪，王半塘即疑非易安作」。[104] 這些作品無論是否偽託，皆可見這種運俚語、尚白描的詞作在當時並非罕見。蘇軾乃將這一型加以提煉改造，而繩之以雅正，遂能「詞語清空，聲情超脫」「不假雕琢，而妙造自然」。而北宋詞堂廡轉大，「實始於柳蘇，其事同始創，其功在建設；下至南宋，不過六十年，其時間甚短，詞之境界，尚為大輅椎輪，未能人人盡馳驟之用也。故自東坡一派外，餘猶未盡豁出曲子詞豔科之窠臼。至南宋作家，就此基為鑪錘，專門之詞家乃日多」。[105] 回觀蘇軾批評秦少游〈滿庭芳〉「銷魂當此際」為柳永句法，且又如陳廷焯謂「少游名作甚多，而俚詞亦不少，去取不可不慎」；[106] 而另一門人黃庭堅之詞「俚者似柳永，而粗率過甚」，「蓋以詞為戲謔之作，故往往以詼

103 何敬羣：《詞學纂要》，頁 42。

104 同前註，頁 67。

105 同前註，頁 65。

106【清】陳廷焯：《白雨齋詞話》（北京：人民文學出版社，1998 年），頁 14。

諧出之」，[107] 蘇軾門下尚且如此，足見其概。不過何敬羣提及的輕新型詞家中，毛滂（1056－1124?）為北宋時人，李清照主要活動年代亦在北宋，可見蘇軾對此型詞作之改造態度在南渡以前已見影響。李清照之詞，何氏則以為「尖新輕巧，蓋冶美成之瑰麗，與屯田之輕倩於一鑪」。[108] 如評其〈聲聲慢〉詞云：「世人稱〈聲聲慢〉疊字創意出奇，然不過煉字之巧。至其以口語寫將欲遣愁，而愁反於一日之間，紛至沓來，如歎如泣，讀之使人惻然悽然，斯則易安之所獨到者也。」[109] 換言之，何氏以為李清照之「輕倩」固是承自柳永詞之口語化，讀起來淺易上口，故以「行雲流水」為喻；但另一方面，其狀寫愁緒卻九轉回腸，多有雋語，故讀者仍須反覆咀嚼，不可一覽無遺。至其情調之「雅馴」（雅正），自是瓣香蘇軾，更非周、柳可望其項背者。

李清照以後，輕新一型之代表詞家首推姜夔。自張炎《詞源》以「清空騷雅」四字論斷姜夔詞，此後遂成為定評。張氏之言曰：「詞要清空，不要質實。清空則古雅峭拔，質實則凝澀晦昧。姜白石詞如野雲孤飛，去留無迹。〔……〕白石詞如〈疏影〉〈暗香〉〈揚州慢〉〈一萼紅〉〈琵琶仙〉〈探春〉〈八歸〉〈淡黃柳〉等曲，不惟清空，又且騷雅，讀之使入神觀飛越。」[110] 今人劉少雄認為：「所謂清空，是指文字技巧、修辭酌理上所展現的空靈峭拔之筆勢，騷雅則是作品情意內容方面所蘊含的一種溫厚高雅的特質，

107 何敬羣：《詞學纂要》，頁 56。

108 同前註，頁 67。

109 同前註，頁 69。

110 【宋】張炎：《詞源》，收入唐圭璋主編：《詞話叢編》第一冊，頁 259。

而兩相配合，便是張炎心目中的理想詞境。」[111] 由此可見張炎對姜夔評價之高。何敬羣則就張炎之說解釋道：

> 此謂清，即濃不乞靈於鏤金錯采，淡不苟就乎骫骳從俗。此謂空，即馭題如六轡在手，寄興則哀樂從心。此謂騷，即麗而不妖，莊而非腐，風月為我使，而非為風月所使。此謂雅，則詞中有人有品，故格高韻高也。此清空之妙，即在以靈氣行之，或因題發意，或借題發揮，其技巧則在意趣之新穎，與虛字之運用耳！[112]

換言之，何氏認為所謂「清」乃指保有自身之狷潔，不宜毫無風骨地投俗之好，所謂「空」是自如地從所見所感中提煉題材，寓以寄興，所謂「騷」是縱使吟風弄月卻能以麗以則，所謂「雅」自然合乎其一貫主張的雅正之旨。在他看來，姜詞之雅正同樣胎息於蘇軾。今人郭鋒更將辛棄疾納入視野，並結合姜夔對音律之究心，指出：「姜夔的清空出自蘇軾，騷雅脱胎於辛棄疾。和蘇辛不同的是姜夔把詞的創作納入一定的法度。他根據自己對音樂精神的理解，改造唐宋樂譜，使市井俗樂與傳統雅樂的精神相通；他總結化用才學的法度，從眾多的典故中汲取其共同意義，把具體的情感昇華為空靈模糊的意趣；他用近俗的題材，表現出雅正的情感。他從詞體的特徵出發，因勢而利導，隨俗而雅化，使清空與騷雅連成一體，形成一種新的詞風。」[113] 近人吳則虞（1913－1977）也認為：「稼軒詠物，必有寄託，已

111 劉少雄，〈論張炎的詞學理論及其詞筆〉，《台北師院語文集刊》第 3 期（1998.08），頁 79－103。

112 何敬羣：《詞學纂要》，頁 79。

113 郭鋒：〈論南宋江湖詞派的清空騷雅〉，《光明日報》2005 年 10 月 14 日。

開姜白石、王碧山之風。」[114] 換言之，「清空」與「騷雅」雖皆就風格而論，但前者涉及實際的寫作手法，後者更偏向於立意。姜詞取材之「俗」，可見來自日常生活；但日常所見所感之具象必須提煉出抽象之意趣，才會因其「空靈模糊」而更具概括力，引發不同才性、不同經歷之讀者的共鳴。這正是透過寫作手法而達致清空之妙。另一方面，由於胸中雅正，故在提煉日常所見所感的過程中能夠轉俗為雅。如姜夔〈揚州慢〉一詞，乃是表達對飽受兵燹洗劫之揚州的哀痛，繼而對金兵之殘暴、南宋之苟安有所譴責。何敬羣〈論姜白石詞〉謂該詞「將昔聞之揚州，與今見之揚州作強烈之對照，亦以今日之荒涼，其運詞表意，既極抑揚之妙，亦極空靈之致」。[115] 而《詞學纂要》又評論此詞道：

> 此首融煉杜牧「青山隱隱」「落魄江湖」「娉娉嫋嫋」三絕句，用其辭以自抒己意，是即風月為我使。[116]

何氏提到的杜牧三絕句，即〈寄揚州韓綽判官〉〈遣懷〉及〈贈別〉其二，三詩都涉及了青樓豔事，亦即所謂「風月」之情。但是，當姜夔在〈揚州慢〉詞中化用杜牧成句時，卻褪去了原詩中的豔情；或者說，原有的豔情在杜牧詩中本為實事，但在姜夔的挪用與烘托下卻化實為虛，且成為了黍離之悲的鋪墊與映襯，令人低徊不已。這正是何敬羣所言「風月為我使」，並將此種技法視為「清空」之一端，良有以也。此外，何敬羣又提出：

114 吳則虞：《辛棄疾詞選集》（上海：上海古籍出版社，1993 年），頁 15。

115 何敬羣：〈論姜白石詞〉，《珠海學報》第 6 期（1973.01），頁 70。

116 何敬羣：《詞學纂要》，頁 80。

玉田云：「詞中能用虛字，語句自活。」沈祥龍云：「虛字靈活，詞始妥溜而不板實。」不但句首宜講，句中亦當留意。如「庾郎」兩句，「先自」「更聞」，互相呼應是也。按白石詞之清空，善用虛字句，亦為一事。如「算幾番」「都忘卻」「但怪得」「歎寄與」等句，靈活圓轉，有如井上轆轤，是即虛字之妙也。惟須用之得當，否則湊塞敷衍，為可厭矣。[117]

近體詩由於字數、句數的限制，虛字的位置儘量為實字所取代。而小令一般皆使用三、四、五、六、七言句，與近體詩相似，亦難使用虛字，且不易安排領字或襯字。因此，張炎、沈祥龍等詞論家雖看重虛字的用途，但大抵是就慢詞而言。如「算幾番」「都忘卻」「但怪得」「歎寄與」四者皆出自〈暗香〉，或為獨立短句，或為折腰句之上半，故能有領字之用。領字雖然詞性、語法不一，但前人仍目為虛字，以其能體現語氣，使上下文之文義產生加強、遞進、轉折、疑問、感歎等不同效果。何敬羣指出詞中的虛字「不但句首宜講，句中亦當留意」，如此一來，所論就不僅是領字，而是如何在既有的、體式有限制的長句內騰挪出空間來安置虛字，以達致「清空」的效果。何氏所舉之例，為姜夔〈齊天樂〉中「庾郎先自吟愁賦，淒淒更聞私語」兩句。我們可以比較同一詞牌下，周邦彥的「綠蕪凋盡台城路，殊鄉又逢秋晚」、呂渭老的「紅香飄沒明春水，寒食萬家遊舫」以及吳文英的「麴塵猶沁傷心水，歌蟬暗驚春換」「芙蓉心上三更露，茸香漱泉玉井」四例。七言句方面，周、呂、吳皆為簡單的七言句，僅「麴

117 同前註，頁 81。

塵猶沁」的「猶」為虛字，但未有三、四字皆為虛字者。六言句方面，「又逢」「暗驚」的第一字為虛字，第二字為動詞，與姜夔「更聞」相同；而「萬家」「漱泉」且全為實字。相比之下，可見姜夔「先自」與「更」乃是在正常的六言、七言句中騰挪空間使用虛字，令行文更為靈活，進一步拓展了讀者的想像餘地。

南宋後期，姜夔所追求的「清空」成為了一種風尚。何敬羣認為「此固由環境使然，如春穠桃李，秋綻籬菊，而亦文藝剛柔交錯之美，自契於文章家之心，而各以天籟鳴」。[118] 而今人郭鋒的論述就更能將時代背景與詞體發展結合一處：「宋人以才學為詞，抒發的情感比較空泛。淪落江湖，遠離政治風波，使江湖詞家抒發的情感多是一種清雅的意趣。而張炎、王沂孫等人抒發的是宋社既屋的亡國之痛、遺民故老的黍離之悲，這種情感很難落實到具體的事件之上。散處江湖，與社會現實比較隔膜，促成了空靈情感與騷雅人品的結合。」[119] 所言甚是。不過張炎為循王張俊（1086－1154）後裔，不可能對亡國毫無悲感。且番僧楊璉真伽盜發南宋帝陵後，張炎、周密、王沂孫等十四人曾結社填詞，暗表痛悼之情，[120] 其中王沂孫之〈天香・龍涎香〉最為著名。若謂張、王「與社會現實比較隔膜」，則恐未必。何敬羣謂張氏「清空騷雅，同於白石。身歷南宋亡國之痛，其蒼涼感喟之慨，尤出同時諸家之上」；[121] 而王氏「其詞亦同宗白石，思筆雙絕，氣韻恬澹，黍離麥秀之感，只以吟歎出之，無劍拔弩張習氣，自是

118 何敬羣：《詞學纂要》，頁 66。

119 郭鋒：〈論南宋江湖詞派的清空騷雅〉，《光明日報》2005 年 10 月 14 日。

120 葉嘉瑩：〈天香〉賞析，收入唐圭璋主編：《唐宋詞鑒賞辭典》，頁 1279－1284。

121 何敬羣：《詞學纂要》，頁 93。

詞中逸品」。[122] 由此可見，張、王二人因身世之感而發為清空之詞，何敬羣是非常了解的。

四、結語

與《詩學纂要》選篇僅限於唐宋詩作不同，《詞學纂要》所收篇章包括了唐五代、兩宋、金元明、清代幾個時期，具體而微地展現出一部通史性的詞史。這一方面因為詩、詞經典作品出現的時代不同，創作的取法對象也有異。任中敏總結清詞前期發展情況云：「清初如王士禛、納蘭成德多祖《花間》為小令，是一派；朱彝尊主姜、張，使學問，為又一派，同時陳其年主蘇、辛，使才氣，為又一派。繼而厲鶚承朱派而一味以清越峭厲為面目，實仍不離乎學問，浙派於是乎成。繼而張惠言力排朱、陳末流之失，專以風騷比興為主，常州派於是乎成。」[123] 比照何敬羣之詞體創作論，主南宋而次北宋，主慢詞而次小令，主風雅比興而次學問，推崇蘇辛而不獨沾其豪健一味，兼及綺麗、輕新兩型，乃至對平仄四聲的運用頗為重視，這些觀點都與常州詞派一脈相承。而《詞學纂要》之清代前期詞家僅收朱彝尊、陳維崧、納蘭性德三家而不及其餘，蓋聊備一格而已，並非何氏之重點。再觀今人歐明俊論近代之詞學流派云：「常州詞派的師承是近代詞學師承的主線，張惠言是『祖師』，周濟是真正開宗立派者。張、周詞學師承分兩線發展，一線由譚獻承繼，同道有莊棫、葉衍蘭，復傳馮煦、徐珂、陳廷焯、葉恭綽等。一線由端木埰、王鵬運承繼，復傳況周頤、朱祖謀、文廷式、鄭文焯，再傳吳梅、龍

122 同前註，頁 92。

123 任中敏：〈與張大東論清詞書〉，載氏著、李飛躍輯校：《詞學研究》，頁 81。

榆生、夏承燾、唐圭璋等。」[124] 何敬羣《詞學纂要》末章〈宋以後詞〉所錄張惠言、周濟（1781−1839）、蔣春霖（1818−1868）、王鵬運（1840−1904）、況周頤（1859−1926）、朱孝臧、陳洵（1871−1942）等人，正以常州派為主。何氏解釋如此選擇的原因，乃是「清代作者如林」，希望初學者「各就興趣之所近，取法一二家為陶冶」。[125] 且此書以粵籍詞家陳洵殿後，自有令香港本地學生產生親近感之意。而從「涉遐自邇」的角度來說，這些清代詞家詞作對於初學者也只是聊備一格，使其主動請益時有所參考而得以精進。此外，即使同為常州詞派中人，風格也各有不同。如何敬羣謂王鵬運詞「穠麗中有沉鬱之氣」，況周頤「以清麗見長」，朱孝臧「蓋宗夢窗，而精簡冶煉，無期浮豔質實之氣」，[126] 不一而足。此正符於秦觀出自蘇門，而詞風與東坡迥異。再觀五四以後，傳統詩學流派逐漸碎片化，舊體詩壇的空間遭到壓縮；而何敬羣本人早年家貧失學，故學詞乃是以書為師、以古為師。因此，他在《詞學纂要》中以「聲情」來區分詞作類型，而不主於固守師承，反能使初學者不受門派所限，轉益多師。

進而言之，何敬羣對於學詞有從小令入、從南宋入的兩種論述。無論初學者是否有慧根，小令在何氏看來未必能展現出作者一己之面貌，這應當是提高初學者創作興趣的權宜之計。而彌合二說的方式，大抵就是推尊蘇軾。因此，《詞學纂要》共錄蘇詞十一首，為全書之冠。其中〈水調歌頭・明月幾時有〉〈念奴嬌・大江東去〉〈八聲甘州・有情風萬里捲潮來〉〈滿庭芳・歸

124 歐明俊：〈近代詞學師承論〉，《上海大學學報（社會科學版）》2007 年第 5 期，頁 75。

125 何敬羣：《詞學纂要》，頁 100。

126 同前註，頁 108−109。

去來兮〉〈賀新郎・乳燕飛華屋〉〈水龍吟・楚山修竹如雲〉為長調，共六首，〈漁家傲・千古龍蟠並虎踞〉〈西江月・照野瀰瀰淺浪〉〈定風波・莫聽穿林打葉聲〉〈行香子・攜手江村〉〈南鄉子・霜降水痕收〉為小令（在篇幅上或已接近中調），共五首。由此可見何敬羣將蘇軾定位為兩宋之間的樞紐人物，初學者無論習小令或長調，皆可以蘇詞為梯航。不過，何氏以蘇、辛兼有豪健、綺麗、輕新三型之作品，其推崇固在情理之中，但辛棄疾名下全然不錄綺麗型作品，乃至全書中不錄蘇辛以外之豪健詞家詞作，殆不無偏頗。而勉強將黃庭堅詞作錄入，似也不必。且謂「坡公非不知音律，但有時縱筆所之，遂乃小德出入而不覺」，則不無曲為之說的嫌疑。[127] 饒是如此，何敬羣盼望學子「融合當前境界與思想，乃能詞為我作」，實際情況卻並不樂觀。他指出晚清王鵬運、王國維等人鼓吹詞學，「於是探討詞曲者，並時蔚起」，同時嗟歎詞學既有如此良好之根基，卻未能在民國時期的新式大學中復興。[128] 但顯然易見的是，何氏在有意無意間迴避了五四的影響。

一如今人王定璋所說：詩歌豔麗之風在唐代不絕如縷，「這是在那個時代人性的自然流露，是詩人掙脱溫柔敦厚、興觀羣怨傳統詩教的主體自覺，壓抑過甚的主體自覺與人性的合理訴求，並必然會在一定的時間以其適合的方式展現出來，中晚唐王綱不振，中央集權式微，藩鎮勢力坐大，思想無力箝制之際，就是主體自覺，人性復甦，生命意識張揚，及時行樂的情感釋放的有利時機。這樣，自然不難理解為何自漢魏六朝以來不絕如縷的綺

127 同前註，頁 45。

128 同前註，頁 99。

麗香豔的言情詩歌的無法禁止。」[129] 換言之，詞在晚唐五代走向興盛，乃是有特定的時代背景。傳統詞論家所批評的那些的「鄭聲」，卻正好是打破思想文化悶局、充滿生命意識的新風。如果全然以儒家式的「雅正」來評斷這些詞作「當不得一個『貞』字」，未免顯得冬烘——尤其在「打倒孔家店」的五四新文化運動以後。而且弔詭的是，新式大學的中文系一方面要傳承「德」「賽」二先生的精神，一方面又要賡續道德教化的使命。不難想像，一位任教詞學的教授固可對唐宋詞中的「鄭聲」加以稱許，同時卻又未必希望班上學生的習作中「鄭聲」氾濫。

其次，詞在唐宋之際由市井走向案頭、從舞榭歌台之曲子詞發展為士大夫抒懷寄興之重要載體的數百年間，無論在音律方面還是內容、風格、體裁方面都窮極了變化，甚至逐漸僵化，令後世難以為繼，盛極而衰的命運在所難免。南宋以降，多數詞牌的曲調已經失傳，在填詞者眼中，失去了曲調的詞只是一種變相的近體詩。而清詞復興的基礎，在於清代本身就是一個總結盤點前朝文化的時代，而詞學只是文人學者所究心的其中一個區塊而已。即使在清代，填詞也多半只是精英學者間的遊戲，更何況民國以後分科益細，國人自幼受新式教育體制的培育，已不可能獲得太多傳統訓練。白話文取代文言文，新詩佔領了詩壇的廣大空間；兼以詩詞在格律上要求甚多，門檻較高，創作古典詩詞的人數更是大減。新式大學的詞學課程對鑒賞、批評、考據的偏重遠甚於創作，也可謂無可奈何之事。因此，「融合當前境界與思想，乃能詞為我作」，最終也難免流為一句口號。不過何敬羣身為南來文人，必如錢穆、唐君毅諸公那般親身體察到中華文化的

129 王定璋：《詞苑奇葩——《花間集》》，頁 35–36。

花果飄零，因此他努力撰就《詩學纂要》《詞學纂要》，也寄寓了他對「靈根自植」的期盼——儘管這種努力與期盼，未嘗不透發出一種揮戈駐影式的悲壯感。

第六章

瑕瑜兩見 —— 謝崧《詩詞指要》探論

1979 年，香港中華書局出版謝崧編著之《詩詞指要》。謝崧其人，聲名今已不彰，但仍可檢索到零星記載。如《詩詞指要》之〈卷首語〉作者謝晉寫道：「作者謝崧，係余六十年前之老同學也。在粵學習時嘗為任元熙、徐信符之所器重，留學京師時，又為梁任公、黃晦聞、王國維之所賞識。自畢業於國立北京師範大學暨研究院後，回穗歷任各大中學校文史教席。其為人秉性豪邁，除擅書法外，尤工詩詞。晚年學殖日高，造詣彌深，孜孜不倦，寫作益多，詩葩詞超，獨闢境界。」[1] 而謝崧自序則謂「一九二五年曾以填詞是否必須先讀萬氏《詞律》向樊樊山老人請教」。[2] 樊樊山即詩翁樊增祥（1846－1931）。而王國維卒於 1927 年，更早於樊氏。由此可見，謝崧原籍廣東，蓋於 1925 年前後負笈北京師範大學，其人生於 1905 年左右。

查民國月刊《二十世紀》2 卷 1 期（1932）中，有一篇讀者來信，題為〈關於胡適與陳豹隱底批判〉，此係謝崧致主編葉青（即任卓宣，1896－1990）之函件。[3] 謝氏落款為「二十年，十二月，十六日，廣州」，信中自言「我因為忙於教書，日間很少時間到各書店去走走」，[4] 可知 1931 年底，謝氏已執教於廣州。謝氏撰寫此信，是因為早前葉青發表了〈批判底態度〉一文，對胡適頗有批評，並云日後還會批評《新政治學》的陳豹隱（原名啟修，1886－1960）及當時其他知名學者。謝崧在信中贊成葉青的態度，說「名震中外的胡適，我從前在北京讀書時，就認為他是很

---

1 謝晉：〈卷首語〉，載謝崧：《詩詞指要》，頁 1。

2 謝崧：〈自序〉，載氏著：《詩詞指要》，頁 1。

3 謝崧：〈關於胡適與陳豹隱底批判〉，《二十世紀》第 2 卷第 1 期（1932），頁 217－219。

4 同前註，頁 219。

膚淺的，並不是深造的」，認為胡適《中國哲學史大綱》把老子說成「革命的思想」，把孔子視為《易經》的著者，不僅「不明白社會進化的實際情形」，甚至「完全不曉得革命底意義」。至於陳豹隱，謝崧則稱其為自己從前的教師，其《新政治學》雖有缺點，卻「總算比現已出版的政治學進一步」，還點出陳豹隱的「理論與方法，都和你們（按：指葉青等）站在同一戰線的」。換言之，謝氏似乎在勸葉青日後撰文宜對陳豹隱手下留情。查葉青在 1923 年便加入中共，後於 1927 年轉投國民黨，成為黨內知名政治理論家。1931 年 2 月 1 日創辦《二十世紀》月刊，至 1934 年停辦。謝崧在信中聲稱對該刊的期待如「大旱之望雲霓」，而葉青回函則謂謝氏對胡適「說得很是，不能贊一辭」，唯其認為陳豹隱於胡適也只是「五十步笑百步」而已。可見謝崧的文化立場似與葉青較為接近，故在《二十世紀》創刊未幾便成為忠實讀者。而謝崧於 1949 年後離穗赴港，其決定也並不令人意外了。

抵港以後，謝崧應仍以教學為正職，至 1960 年代退休。據〈自序〉所見，謝氏晚號中岳一樵，又號獨石齋。其撰寫《詩詞指要》除了表達學術看法外，還有兩個契機：其一是 1974 至 75 年間，「有兩個老友謂其兒子想學詩詞，邀我為之指導，我曾對他們講過一些」。其二是 1976 年時，其就讀高中的幼孫不時拿來時人解讀唐詩的小冊，希望祖父解惑。謝崧於是最後下定了寫成此書的決心，一則「以副孫子喁喁之望」，二則想以此書作為「將來的遺產」。全書至 1977 年脱稿。[5] 稍後，又得到在香港中華書局任職的姪子謝舒流推薦，終於在 1979 年梓行。[6] 由以上資

5　謝崧：〈自序〉，載氏著：《詩詞指要》，頁 3。

6　同前註，頁 4。

訊可推，謝崧於1970年代業已退休，賦閒在家，故有興致、精神撰寫《詩詞指要》一書。

謝崧居港期間，未必曾在大專院校執教，但由《詩詞指要》中的一些商榷文字可知，他對不少學術問題依然保持着興趣。早在1931年致函《二十世紀》時，謝崧便自謂「不學無術」，如此除了謙虛，大抵也是對自身忙於教學而無暇進一步投身學術研究的慨歎。而1979年時，謝晉在〈卷首語〉中稱許謝崧：「寄情於詩，寓意於詞，每於事物有所感，即景生情，吟哦成章。其所賦詩，詩韻鏗鏘；其所填詞，詞調諧協，詢〔洵〕可誦也。」又謂其「在寫作方面」已「成文成章」。[7] 然而，目前所知謝崧發表的文字極為罕見。蓋謝氏一介書生，退休前因投入教學生涯，甚少投稿；退休後在報刊、出版界已無甚人脈，《詩詞指要》能夠出版已屬幸事。而其從未付梓之詩詞稿，如今不知尚存天壤間否；唯其於《詩詞指要》中偶舉舊作，可使吾人略窺一斑爾。

儘管謝崧此書撰述動機「一者給老友的兒子與自己的孫子，作為學習詩詞的敲門磚；二者作為遺產以留給我的後人，如此而已」，[8] 原本並無梓行之念，但畢竟不流於老生常談，而是時具一己之見。進而言之，前此在香港發行的詩詞入門著作，或如何敬羣《詩學纂要》以文言寫成，初學者或視為艱深；或如瞿蛻園《學詩淺説》、范煙橋《作詩門徑》等雖以白話文寫成而久無再版，且其人也非香港居民，於本地讀者未必具有親切感。這些皆當是中華書局願意出版謝氏《詩詞指要》的原因。就香港學者而言，兼有學詩、學詞入門之著作者，除謝崧外僅何敬羣一人。何

7 謝晉：〈卷首語〉，載謝崧：《詩詞指要》，頁1。

8 謝崧：〈自序〉，載氏著：《詩詞指要》，頁3–4。

氏《詩學纂要》《詞學纂要》二書，皆為大專課本，故其格式以總論冠全書，以作品選析為主體，復將一些零思片語穿插於選析文字之中。謝崧之書則係為晚輩所編纂之課餘讀物，全書並無作品選析的部分——儘管在行文間仍會舉出一些詩例。其上篇之〈近體詩指要〉共八章，依次為〈前言〉〈絕律的興起與完成〉〈近體詩的格律〉〈句式與譜調〉〈絕律詩的關係〉〈論對偶〉〈論拗體詩——破格破律詩〉〈論詩題與意境——境界〉；此外尚有三種附錄，其一論代字與典實，其二談詩韻，其三則將書中涉及的詩作裒輯一處。對於此篇的優勝之處，謝晉以為：

> 考近體詩於絕律二者關係問題，向有「絕者截也」與「絕句非截句」之爭論，幾歷千年而未解決。謝子則從文學史之發展，引用大量資料信而有徵地指出，絕句出現在律詩之前百多年，從而徵實絕詩非截取律詩而成。又近體詩亦向有「拗是否必須救」之一問題，謝子亦從文學史真實而豐富的資料中來加以解決，得出「拗不必救」的確切結論。[9]

關於「截律為絕」的問題主要在上篇第二、五章討論，關於「拗不必救」的問題則在第七章討論。謝崧對於這兩個論題，誠然有一己之見解。正因如此，第五、七章之論述，近乎學術論文，內容較其他數章為艱深，謂其對象讀者為中學生，似難想像。初涉舊詩創作之道者，未必要首先理解絕句與律詩之產生在文學史上孰先孰後的問題，且其創作依循四款基本律句即可，無須糾結於拗是否必須救。而另一方面，如代字、用典，乃至借韻、同義字換用等問題，倒可再作探討，僅列入篇幅有限之附錄中，似嫌不

9　謝晉：〈卷首語〉，載謝崧：《詩詞指要》，頁 1。

足。換言之，入門書籍當以簡明扼要為依歸，麻雀雖小而五臟俱全。謝崧如此編排，不無輕重不一之感。論絕律、論拗救固為其得意之筆，但相關文字若能先以單篇形式發表，再撮要納入〈近體詩指要〉，或許效果更佳。換個方式，也可這兩章的簡單結論以「互注別裁」的形式列入正文，復將兩章之全文置於附錄，以備有興趣者進一步考索。然一如前文所推測，謝崧一向甚少發表文字，又值古稀之年出版書籍，未免心急乃耳，故於全書文字之剪裁、調整有所未及。

相比之下，下篇〈長短句指要〉的編排則更為合理，其目次為：〈詞的起源與特點〉〈詞的體制〉〈填詞的步驟〉〈詞的用韻〉〈詞的句法與對偶〉〈短調句式的分析（上）〉〈短調句式的分析（下）〉〈長調的句組分析〉。而謝晉〈卷首語〉論道：

> 至於教人填詞一事，向來均以萬樹《詞律》與《白香詞譜》為準則。然此二書，均是逐字譯釋此字應「平」或應「仄」，或可「平」可「仄」。萬樹更詳釋去聲而謂此字必「去」或此句可作平起或仄起〔……〕等等，甚形支離破碎。只從枝葉、不從根本着手，全無整體概念，使人不但只知依樣畫葫蘆而不知詞調總的體制與句法的基本結構，抑且使人知其然而不知其所以然。謝子則反是。處處從詞的整體入手，闡釋句法與用韻的關係，句式的必然結合，而揭出全詞的句組安排與及其可能變化。此種句式的必然結合與句組的安排，是謝子所獨創，前人未有做過。[10]

謝晉對〈長短句指要〉的新見，可謂深中鵠的。進而言之，由於

10　同前註，頁2。

對句式與句組的探究，除了在該篇〈詞的句法與對偶〉一章中作宏觀歸納外，末三章〈短調句式的分析（上）〉〈短調句式的分析（下）〉〈長調的句組分析〉就不同詞牌作細部考察，故而章節分配較為均勻。

謝崧早年接受過科班訓練，兼以長期不廢吟詠，故於創作與賞析深有心得，對詩詞體裁的源流也有自己的思考。其所著《詩詞指要》一書與劉坡公《學詩百法》《學詞百法》相比，不流於瑣屑而能別有心得；與何敬羣《詩學纂要》《詞學纂要》相比，則主要着眼於方法，在作品賞析方面較為簡略。謝崧此書的寫作動機是為後輩講解詩詞，但他前此的講解皆在非正式場合。且觀《詩詞指要》的內容，不僅每有獨見，也對前修時賢之說有批駁之處；而這些較為艱深的問題，很難想像能在高中生的後輩面前輕易解說清楚，大抵係後來動筆撰寫時所補充。但如此一來，此書的目標讀者似乎便由高中生逐漸偏移至大專以上水平者。次者，謝崧本人自身似乎從未任教過「詩選及習作」一類的課程。因此，《詩詞指要》未必能如何敬羣兩本「纂要」般具有配合授課的實踐性、作為講義使用，然對於社會大眾、乃至學者來說，卻可謂一家之言，不少見解值得參考、學習。職是之故，本章僅就該書中獨有之創見加以論述。

一、關於近體詩的正、變格

謝崧在《詩詞指要》上篇第四章〈句式與譜調〉詳細地談到五七言近體詩的各種格式，包括首句平起或仄起、平收或仄收（即用韻與否）等，總共十六式。他寫道：「這對初學者要求強記是很難的。」又說：「首先要知道凡一聯的平仄必相對，後聯上句與前聯下句必相黏即必基本相同，這一個主意，不傷甚麼腦筋。這指首句不起韻的來説，如果起韻，只要把末字與上面第三字對調便得。」[11] 如此解説，可謂深入淺出。在此基礎上，謝崧進一步談及近體詩的正格與變格，且頗有理據。他認為五言近體當以首句仄收式為正格、首句平收式為變格（七言近體則未有詳論）。在考察其説法前，吾人先就近體正變二格之論説作一簡單回顧。

傳統上，五七言近體詩無論絕句、律詩，都有正、變二格之分。今人游光中、黃代燮總結舊説，指出正格又稱「常格」「定格」「正例」「正軌」甚至「律詩正格」，變格又稱「偏格」「變例」「變式」等，二者主要是就用韻與平仄兩方面來説的：

> 不同的近體詩有不同的正格。就用韻説，五言律、絕以首句不入韻為正格，七言律、絕以首句入韻為正格；清人周春論杜甫詩之雙聲疊韻者，則以雙聲對雙聲、疊韻對疊韻為正格。就平仄説，北宋沈括以五律首句第二字用仄聲為正格，用平聲為偏格；明胡震亨則説：「律詩第二字側（仄）入為正格〔……〕（例略）第二字平入為偏格。」（《唐音癸籤・發微二》）卻不分五言、七言而一概言之。或謂律詩以平起仄收式為正格，仄起平收式為變格。按：詞、曲也有「正格」「變格」的説法。參見北宋沈括《夢溪筆談・藝文二》、清周春《杜詩雙聲疊韻譜・括略一》。[12]

至於變格，游、黃二氏的定義則是「指近體詩中較少見的或經過改變的格式」。今人鄭家治也同樣認為「今所謂詩律是根據唐宋

11 謝崧：《詩詞指要》，頁 16。

12 游光中、黃代燮編：《中外詩學大辭典》（成都：四川辭書出版社，2020 年），頁 268。

作品總結歸類出來的，多數人如此寫便是正體，出現少的便是變體」。[13] 游、黃二氏又就用韻方面申發云：

> 不同的近體詩有不同的偏格。就用韻説，五言律、絕以首句入韻為偏格，七言律、絕以首句不入韻為偏格，二者正好相反。〔……〕或言律詩以仄起平收為偏格。[14]

回觀周春之説僅就雙聲疊韻而發，無乃過於瑣屑。沈約、胡震亨之説，近人亦有承襲者。如謝無量（1884－1964）《詩詞入門》中「五言絕句平仄正格」一則，下云：「凡以第二字仄入，昔人謂之正格。」又「五言絕句平仄偏格」一則，下云：「凡以第二字平入，昔人謂之偏格。」[15] 七絕之正格、偏格，則云「其法與五言絕句同。」[16] 而論五七律之正偏，仍以首句第二字為仄聲為準。[17] 然以五律為例，辨其正變只論首句起字（第二字）、不論收字（是否用韻），今天看來也有問題：南齊詩人便已設計出仄起仄收、平起平收、平起仄收、仄起平收等四種基本句式，現存永明體作品中，僅觀不用韻之首句，仄起與平起在數量上大抵平分秋色，[18] 至唐人近體亦然，首句仄起未必是更為多見（或者出現年代較

13 鄭家治：《古典詩學論叢》（成都：巴蜀書社，2010 年），頁 280。

14 游光中、黃代燮編：《中外詩學大辭典》，頁 268。

15 謝無量：《詩詞入門》（香港：中流出版社，1957 年），頁 57。

16 同前註，頁 59－60。

17 同前註，頁 62－63、66。

18 今人杜曉勤認為：近體詩律形成的一個前提基礎，是五言詩單句的律化。因此，不宜執近體觀念以繩永明體，在研究五言近體詩聲律體系成立問題時主要考察的是五言詩句聯間「黏對」規則的建立，對單句律化問題關注不够。（見氏著：〈大同句律形成過程及與五言詩單句韻律結構變化之關係〉，《嶺南學報》復刊第五輯（2016），頁 125－139。）竊以為僅從單句律化的角度來看，也可考察永明體首句之平仄起收，以及各聯對句因用韻而導致的律化選擇。

早）的近體格式。既然如此，若只依據首句仄起與否來判斷正變，實用性並不高，甚或有強立名目之嫌。

至於以用韻與否來判斷正變格，游、黃二氏並未標明出處，蓋其說產生較晚。其云「或謂律詩以平起仄收式為正格，仄起平收式為變格」，乃至「五言律、絕以首句入韻為偏格，七言律、絕以首句不入韻為偏格，二者正好相反」，也並非為所有人接受。但如此劃分正變的理由何在？復如龍榆生《詞學十講》所言，無論五七言近體，但凡首句用韻為正格，不用韻為變格（或稱偏格）。[19] 此說乃是就韻腳之數量而言，但為何以首句用韻為正？龍氏卻未有解釋。若就五律而言，齊梁至初唐的五言新體及近體中，首句仄收的作品誠然遠多於平收者。（甚或將五言近體與五古合觀，不難發現漢魏五古中，首句用韻作品的比例同樣偏少。）因此，「五言律、絕以首句入韻為偏格」之說，不論就作品多寡與時代早晚而言，都是合理的。然而，這些首句仄收的作品中，無論平起者（如蕭綱〈美人晨妝〉「北窗向朝鏡」，押庚韻）或仄起者（如蕭繹〈詠晚棲烏〉「日暮連翩翼」，押齊韻）都比比皆是，卻不見得非要「平起仄收式為正格」不可。

五言近體首句不用韻的習慣，可以上溯漢魏五古，這是因為五言句式較短，比四言僅多出一字，若首句用韻，首聯的節奏無乃急促。比較之下，早期七言古詩逐句用韻，原因之一乃是七言句在誦讀時，七字七拍加上句末休止拍，已接近兩句四言，故而逐句押韻也未必顯得過於急促。誠如葛曉音所論：「形成於漢末的七言詩，基本體式特徵為單句成行，句句押韻，但創作數量很少。直到晉宋以後，七言體式發生了重大變化，才逐漸流行起

---

19 龍榆生：《詞學十講》（北京：北京出版社，2005 年），頁 7–16。

來。前輩論者多已指出，這一轉變的關鍵在於由句句韻變成隔句韻。」葛氏還指出，劉宋時期「首句入韻、隔句押韻、四句或六句一轉韻的連綴結構漸成定型，成為轉型後的七言歌行的標準體式」，這是在鮑照手中完成的。[20] 鮑照有些雜言七言體已經形成了四句一節，每節第一二四句押韻的連綴方式。這種結構到齊梁以後有極大發展，如吳均（469−520）〈行路難〉五首七言，其一首四句為一二四，轉韻後四句隔句韻，再轉接四句為一二四押韻，再押隔句韻，後面依此類推。梁陳時期，蕭繹〈燕歌行〉、費昶（約西元510年前後在世）〈行路難〉、顧野王（519−581）〈日出東南隅行〉、徐陵（507−583）和傅縡〈雜曲〉、阮卓（531−589）〈賦得黃鵠一遠別〉、江總（519−594）〈芳樹〉等七言體，無論四句一轉韻或六句一轉韻，形成新的段落，每段首句都會用韻。當然，也有江總〈雜曲〉其二其三、〈宛轉歌〉、〈秋日新寵美人應令詩〉、〈內殿賦新詩〉、盧思道（535−586）〈從軍行〉等未必嚴格按照四句一轉、首句入韻的形式。[21] 也許正因為這些七言歌行各段首句或平收、或仄收，情況互見，因此導致七律在雛形時期便有兩種取向。如庾信（513−581）〈烏夜啼〉首句「促柱繁弦非子夜」乃仄起仄收；隋煬帝（569−618）年輩稍晚，其〈江都宮樂歌〉首句「揚州舊處可淹留」則乃平起平收。所謂「七言律、絕以首句不入韻為偏格」，而以首句用韻為正格，此說除了為與五言近體相判別外，或許還顧及到七言近體與齊梁陳隋之七言歌行的關係。而一刀切地將首句不用韻的五七言近體歸為正格，則是將七言與五言等量齊觀，未免忽略了七言詩發展的獨有特徵。

---

20 葛曉音：〈中古七言體式的轉型——兼論「雜古」歸入「七古」類的原因〉，《北京大學學報（哲學社會科學版）》第45卷第2期（2008.03），頁75。

21 同前註，頁81(75−84)。

相較之下，傳統以五言近體首句不用韻、七言近體首句用韻為正格之説，似乎是主要就詩歌的發展軌跡及作品多寡而論。尤其是對五言近體而言，也更合乎歷史事實。而謝崧就此還有更進一步的論述：「説首句不起韻是正格，又有甚麼依據？因為首句不起韻才會具備四種完全不同的句式，所以説它是正格。我們只要一讀盛唐及其以前的五言近體詩都是首句不起韻的便可明白。」他又舉例道：

> 如仄起首句不起韻，依規則必然成為下列四種形式：
>
> 仄仄平平仄（一式）　平平仄仄平（二式）
>
> 平平平仄仄（三式）　仄仄仄平平（四式）
>
> 平起不起韻，也成為四種不同的句式，只是第一第二聯互換位置而已。這都是四種句式完備無缺。首句起韻則不然，必缺了一式。無缺故是正格，有缺故是變格。這是確切不移的定制。[22]

換言之，五絕仄起式如果首句用韻，句式便由「仄仄平平仄」（仄起仄收式）轉為「仄仄仄平平」（仄起平收式）。如此一來，此詩第一、四句皆為仄起平收式，而仄起仄收式則未能用上，四種基本句式只用到三種，未能均勻分配，故為變格。觀乎前修時賢以五言近體首句仄收式為正格者，似乎頗為罕有。謝崧之論，誠可謂獨見。不過，前修時賢如沈約（441–513）、胡震亨（1569–1645）、周春（1729–1815）及近代諸人所提出之正格或正體，各有其定義，但皆未涉及基本句式平均分配的問題。因此，謝崧此

22　謝崧：《詩詞指要》，頁 17–18。

説縱使非常合理，卻未必古已有之，更非廓清舊説；此説只可謂係謝氏的新見——儘管此説結合五言近體的發展軌跡及作品數量而言，也並無牴觸之處。

謝崧以首句仄收「才會具備四種完全不同的句式，所以説它是正格」，放諸五言近體誠然無誤。因此，他在書中論五言近體時，依次為「仄起首句不起韻格」「平起首句不起韻格」「平起首句不起韻格」「平起首句起韻格」，將仄收式置於平收式之前，顯然是為了標舉仄收式為正格，先正而後變。其論七言近體詩，次序略有不同，依次為「平起首句不起韻格」「仄起首句不起韻格」「仄起首句起韻格」「平起首句起韻格」，更是以兩種仄收式置前。由是推測，謝崧似乎仍以七言近體仄收式為正格。但是吾人以為，如此蓋未必然。觀乎七言的發展軌跡，先是柏梁體式的逐句用韻，然後是梁陳歌行體各段的一二四句用韻；且直到武后時期的沈佺期、杜審言諸人手中，七律才告成熟，而當時失黏失對之作仍時時可見。值得注意的是聖曆三年（700），武則天（624–705）率羣臣遊覽嵩山、避暑石淙河，大宴羣臣。武氏即席創作七律一首〈夏日游石淙〉，且令從臣奉和，再由薛曜（？—704）書寫，命工匠刻於崖壁，至今尚存。今日所見〈石淙〉詩共 17 首，而學者蘇志敏指出宋之問（656–712）集內〈三陽宮侍宴應制得幽字〉一詩也係當日和詩，如此一來則有 18 首作品，可謂七律定型期的重要組詩。[23] 茲將這些作品的格律概況表列如下：

23　蘇志敏：〈論石淙組詩的文體及文化意義〉，《唐都學刊》2019 年第 6 期（總 35 期），頁 19–20。

表一 〈夏日遊石淙詩〉的格律概況

詩人	首句	失黏之聯數	失對 / 出律之聯數	對仗之聯數
武則天	平起仄收	2–3 、3–4		2、3
李顯	平起仄收	1–2 、2–3 、3–4	2	1、2、3、4
李旦	平起仄收	3–4	2（出句出律）	1、2、3、4
武三思	仄起平收	1–2 、2–3 、3–4	1（出句出律）	2、3
狄仁傑	平起仄收	3–4	4（出句出律）	1、2、3
張易之	平起平收	2–3	4	2、3
張昌宗	平起仄收	2–3 、3–4		1、2、3、4
李嶠	仄起平收			1、2、3、4
蘇味道	平起平收			1、2、3
姚崇	仄起仄收	2–3		2、3
閻朝隱	平起仄收	2–3 、3–4	4（出句出律）	1、2、3
崔融	仄起平收			2、3、4
薛曜	仄起平收			2、3
徐彥伯	仄起平收	1–2		2、3
楊敬述	平起仄收	1–2 、3–4		2、3
于季子	平起仄收	3–4		1、2、3
沈佺期	平起平收			1、2、3、4
宋之問	平起平收	1–2		2、3

由表一可見，完全符合格律的有李嶠、蘇味道、崔融、薛曜、沈佺期五人之作，其中除薛曜外全部是宮廷詩人，推想當時詞臣多能圓熟掌握七律格式。宋之問雖與沈佺期齊名，其作卻猶出現

首、頷聯失黏之瑕疵，在詞臣中可謂異數。再看首句，用韻與不用韻者數量相埒，平收式作品有 5 首仄起、4 首平起，仄收式作品有 1 首仄起、8 首平起，似乎具體而微地顯示未必可根據用韻與否的多寡來判斷體式之正變。不過，再觀五首完全合律的作品，無一例外全為首句用韻之作（宋之問詩失黏，然亦為首句平收）。此外被明代胡應麟推為「首創工密」「初唐律體之妙者」的杜審言（645?—708）〈大酺〉〈守歲侍宴應制〉及沈佺期〈古意〉，[24] 皆為首句用韻。誠如今人吳相洲所言：「初唐人探討詩律的中心在朝廷，詩歌創作的中心也在朝廷，研討聲律的人同時又是詩歌創作的主要作者。」[25] 而沈佺期、杜審言、李嶠、崔融、蘇味道等人身為宮廷詩人，對於詩律當有更多探研。即使七律並非在他們手中成熟，他們也是初唐詩人中最早能圓融掌握七律體式者。因此，後世以首句平收式為七律（乃至七絕）正格，是否可以追溯到武后朝這幾位詞臣，來日尚可進一步探討。再者，今人張培陽統計南北朝純七言古詩的情況，一韻到底的篇章首句用韻者有 37 首、不用韻者 11 首；轉韻的篇章首句用韻者 33 首、不用韻者 4 首。[26] 可見首句用韻的七古在比例上佔了絕對優勢。對於七古首句不用韻的原因，張氏歸結為三點：其一為一般遣詞運句的需要，其二為與首聯使用對仗有關，其三是疊字、疊詞的使用加大了首句入韻的難度。[27] 此外筆者以為還有一個原因，乃是七古受到五言詩（無論古體或近體）以首句不用韻為正格的影響。無

---

24 【明】胡應麟：《詩藪》（北京：中華書局，1958 年），頁 81–82。

25 吳相洲：《唐詩創作與歌詩傳唱關係研究》（北京：北京大學出版社，2005 年），頁 144。

26 張培陽：《傳統七言古詩體制及其演變》（北京：中華書局，2024 年），頁 127。

27 同前註，頁 132–137。

論如何，謝崧在七言近體部分不復涉及正變問題，大抵是前文五言近體部分已多有討論，而他五七言近體皆以首句仄收為正格，態度依然是較為清晰的。然而結合上文所論，如果仍以五言那般「具備四種完全不同的句式」來判斷七言近體是否正格，不但在作品數量上並無一邊倒的傾向，在發展軌跡上也未必相契。因此，謝崧若要明確界定七律的「正格」，這種「正格」只是謝崧自己的新定義，而未必能以史為證。或許這也是謝崧不在七言部分詳論正變的緣故。[28]

二、從所謂「駢偶體」論絕、律關係

《詩詞指要》上篇第五章〈絕律詩的關係〉的主旨，幾乎就在於批駁「截律為絕」之說。這一點，謝晉在〈卷首語〉中已有點出。所謂「截律為絕」，就是認為絕句乃是截取律詩而成。這種說法可以回溯到宋元之際。如元代詩人范梈（1272–1330）之門人傅若金（1303–1342）《詩法源流》引其言曰：

> 絕句者，截句也。後兩句對者是截律詩前四句，前兩句對者是截律詩後四句，四句皆對者是截律詩中四句，四句皆不對者是截律詩前後四句。[29]

不僅明代吳訥《文章辨體》、徐師曾《文體明辨》等皆承其說，此後更一直有學者沿襲。然而另一方面，早在晚明時期，胡應麟《詩藪》便對此說有所批評（後詳）。而民國時期的 1942 年，傅

28　然如年輩略晚於謝崧的顧植槐（1919–2008），則直接將七律首句入韻式為正格，不入韻式為偏格。見顧氏《簡易詩法》（香港：顧氏自印，1998 年），頁 15–17。

29　【元】傅若金：《詩法源流》，載張健：《元代詩法校考》（北京：北京大學出版社，2001 年），頁 255。

懋勉（1908－1969?）在《國文月刊》第 17 期發表文章〈從絕句的起源說到杜工部的絕句〉，批評「此種說法全無是處，因為絕句發生於律詩格式確定之先」。[30] 同一期內，李嘉言也發表〈絕句與聯句〉一文，指出梁代江革（？—535）〈贈何記室聯句不成〉、何遜（468－518）〈答江革聯句不成〉等五言四句的詩作，說明了絕句之名乃是出自聯句：「在宋文帝時已經因『聯句不成』而產生了『斷句』這個名詞，宋明帝時與『斷句』同義的『絕句』這個名詞也正式出現；到蕭梁了，『絕句』的地位漸固，作品也漸多，因而才有少數題目的真面目得以保存到現在（指題中有絕句字樣者）。又因聯句在劉宋時才趨於定型（每人四句），所以絕句產生於劉宋時代而不產生於其他時代。」[31] 李嘉言又徵引《南史》所載宋文帝子晉熙王劉昶（436－497）逃亡北魏，途中「慷慨為斷句曰：『白雲滿鄣來，黃塵半天起。關山四面絕，故鄉幾千里。』」李氏就而指出：「晉熙王這首詩所以稱為斷句者，大概就是因為隨着他的妾未能續之的緣故。聯句與絕句的關鍵，可以說就在這『能否續之』的一點上。」[32] 此說幾乎可謂定論。因此 1972 年時，香港存萃學社將傅、李二氏及其他學者的相關論文彙編成《論寫作舊詩》一書。不過，兩位在 1970 年代出版過詩詞寫作入門著作的居港學者何敬羣與謝崧，似乎都未瀏覽過此書或書中著作。何氏《益智仁室論詩隨筆》與《詩學纂要》皆支持「截律為絕」之說。《論詩隨筆》云：「《玉台新詠》有『古絕句』及吳均『雜絕句』之目，然其名雖同，而其體制則各異。齊梁所為絕者，截歌

30　傅懋勉：〈從絕句的起源說到杜工部的絕句〉，收入存萃學社編集：《論寫作舊詩》（香港：崇文書店，1972 年），頁 68。原文發表於《國文月刊》第 17 期（1942.08）。

31　同前註，頁 109。

32　同前註，頁 108。

行古體為短章，亦僅為五言偶有之名而已。」[33]《詩學纂要》則認為「五七言絕句，蓋隨五七律之發展而成者」，「絕者，截取古近體為短章，以四句三韻或兩韻為定式，蓋律詩之一種」。[34] 同書中編又在杜審言〈渡湘江〉詩後進一步提出「七言絕句，全為擷七律體式而成」，杜氏此作便是截一二聯者。復如王維〈靈寶池送從弟〉為截二三聯者，杜甫〈江南逢李龜年〉為截三四聯者，賀知章〈回鄉偶書〉為截一四聯者。五絕情況亦復如是。[35] 顯然，何氏並未看到李嘉言列出的新證，將絕句視為「五言偶有之名」也未必然。而另一邊廂，謝崧反對「截律為絕」之說，他的意見基本上是針對明清學者和時人鄭振鐸（1898–1958）《中國文學史》、王力（1900–1986）《詩詞格律》甚或何敬羣《詩學纂要》而發。雖然謝崧大概同未讀過李嘉言的論文，卻猶能提出一些新的證據——儘管這些證據未必能如李嘉言所舉的那般能予「截律為絕」之說以「致命一擊」，卻也具有一定輔助之力。茲考察之。

早在晚明時期，胡應麟《詩藪・內編》就批評「截律為絕」之說：「謂截近體首尾或中二聯者，恐不足憑。五言絕起兩京（指兩漢），其時未有五言律。」又說「五七言絕句，蓋五言短古、七言短歌之變也」。[36] 謝崧卻認為胡應麟：「並未了解詩體演進的過程或線索；因而不能從其演進中找出實例以為佐證。他最缺憾的地方是斷定短古、短歌直接轉化為近體的五七言絕句，而抹煞了它們向齊整而駢偶的轉化，再由極度齊整駢偶向近體絕句轉化這樣一個重要的階段。這樣一來，他的論據就沒有多大的力

33 何敬羣：《益智仁室論詩隨筆》（香港：人生出版社，1962 年），頁 57。

34 何敬羣：《詩學纂要》，頁 4–5。

35 同前註，頁 24。

36 【明】胡應麟：《詩藪》，頁 101。

量，從而經不起那些主張『絕句之成為新體且有定格，是創始於沈、宋時代，未可以偶然的古已有之來推翻這個定論』的人所反駁。」[37] 參何敬羣《詩學纂要》便認為：「五七言絕句，蓋隨五七律之發展而成者。」「絕句之體，是初唐五七律興起時之副產品。絕者，截取古近體為短章，以四句三韻或兩韻為定式，蓋律詩之一種也。」[38] 何氏此書，蓋謝崧所謂「時人解釋唐詩小冊」之一歟！

由於梁陳時期徐陵所編《玉台新詠》一書出現過「古絕句」「雜絕句」等名目，故謝崧把討論焦點放在此書之上。關於絕句的名稱，謝崧先引納蘭性德（1655－1685）《淥水亭雜識》之說：「六朝人，凡兩句謂之『聯』，四句謂之『絕』，非必以四句一篇者為絕也。」繼而指出「非必以四句一篇者為絕」之說有誤：「徐陵是六朝人，其所編之《玉台新詠》，就把四句一篇的叫做絕句或古絕句。」又云：「按照《玉台新詠》所著錄的『絕句』和『古絕句』來比較一下，就發現『古絕句』最多只有一聯平仄相對稱，而『絕句』則必有一聯對偶。因此，我推測徐陵當時對於『絕句』的涵義，可能是這樣：『絕也者，最低限度必須有一聯對偶之謂；無對偶，縱使有一聯平仄相對稱，亦只可能謂之「古絕」而已。』我這個推測對不對不能肯定，還得請高明指教。」[39] 謝崧所論只依據《玉台新詠》及年代晚近之《淥水亭雜識》，故也坦承這只是一種猜測。他僅僅重複納蘭性德的描述，把「絕」視為和「聯」相似的詩歌段落名稱，卻始終未能探知「絕」字的本義來自聯句的

37　謝崧：《詩詞指要》，頁 29。

38　何敬羣：《詩學纂要》，頁 4–5。

39　謝崧：《詩詞指要》，頁 34。

斷絕，這就與何敬羣把《玉台新詠》中的絕句只視為「樂府曲調之名」相去不遠了。實際上，就吳均〈雜絕句〉四首而言，每首都是一首內容完整的小詩，自非由聯句遊戲而產生者。然其每首之篇幅與聯句不成之絕句相同，故以絕句稱之。而產生於漢代的「藁砧今何在」等四首作品，傅懋勉說得好：「因此詩較早，且既非古樂府，亦非吳歌西曲，內容係豔情，而形式為絕句，故亦收入《玉台》而名之為古絕句。」[40] 進而言之，漢代尚無這種聯句遊戲，徐陵編書時稱其為絕句，應當自知是僅因其篇幅特徵而如此稱呼，有以後規前之嫌，故冠以古字。

謝崧則從另一角度來推敲《玉台新詠》區隔古絕句與新式絕句的準則。他發現前者基本上全無對仗——最多只是文字重複之排偶句，如「無情尚不離，有情安可別」之類，新式絕句則有較為精密之對仗句，如吳均「晝蟬已傷念，夜露復霑衣」「蜘蛛簷下掛，絡緯井邊啼」即是。誠然，「藁砧今何在」等詩出自民間，一聯兩句充其量只能意對，而未能如文人之雕琢，使兩句間的文法、詞性、平仄全然相對，且無重複之文字。這也促使謝崧在思索古近體演進的過程時產生了所謂「駢偶詩」的概念。謝崧相信，絕句不僅並非來自初唐五七律，五七言短古、短歌也非直接轉化為近體五七言絕句，其間還有一個「駢偶詩」的階段：「嚴格來說，五七言絕句應從沈約創為四聲、八病之後，詩人們所創作出來的四句八句形式整齊聲調諧和的格律詩——駢偶詩去尋出其演進的過程或線索。」[41] 換言之，謝崧認為五七言近體絕句的演進有三大步驟：古體詩、駢偶詩、格律詩，而駢偶詩處於中間位

40　傅懋勉：〈從絕句的起源說到杜工部的絕句〉，收入存萃學社編集：《論寫作舊詩》，頁 70。

41　謝崧：《詩詞指要》，頁 30。

置，乃是古體轉向近體的關捩。

在如此思路下，謝崧指出儘管清人趙翼（1727－1814）《陔餘叢考》、李重華（1682－1755）《貞一齋詩話》等都認為五言絕句發源於晉宋之際的〈子夜歌〉，而〈子夜歌〉的風調也的確侵入了齊梁宮體，但這只是風調的相同，而非體制體裁的相似。謝崧指出：梁武帝蕭衍（464－549）等人對〈子夜歌〉的擬作及其他創作，才是「齊梁時由古詩的錯雜不整齊而又沒有規則的形式，逐漸趨於形式整齊聲調諧和的格律詩——駢偶詩。」晉宋時期來自民間的〈子夜歌〉幾乎全無對偶，而蕭衍擬作的十八首〈子夜歌〉則「無一首無對偶，全對偶的則有八首之多」。[42] 至於永明體的「駢偶詩」，謝崧提出：「徐陵的八句形式整齊駢偶的格律詩，初時四聯都是對偶，即使他們來已有變化的創作，也還是有三聯對偶的。四句形式整齊的五言詩也一樣，初時兩聯全都對偶，絕句出現後的這一類作品，像庾信在北周時所作的如〈寄王琳〉等也都保留着一聯對偶。」[43] 而「到了陳隋，江總和王胄的四句五言詩，已都有意加以變化而只留一聯對偶了。這是一個進步。就是到了唐初的五絕，也還是保留着一聯對偶。」[44]

謝崧提出來自晉宋民間的五言短古，在文字上不會過於雕琢（當時自然也不可能有四聲乃至格律的意識）。因此，五言短古必須在齊梁之際駢偶化、格律化，轉型為「駢偶詩」後，才在發展過程中向唐人絕句邁進了一步。然後在陳隋之際，四句的「駢偶詩」不復兩聯必須對仗（往往是尾聯不對，到後來甚至兩聯皆

42　同前註。

43　同前註，31。

44　同前註，32。

不對），這就與唐人絕句更為接近了。謝崧此論雖新，卻有幾個漏洞，茲逐一論之。

首先，「駢偶詩」產生於何時？根據謝崧之說，乃是齊梁之際、永明聲律論出現之後。然觀五言詩中上下句文字不重複的對偶，早在〈古詩十九首〉中便不時出現，如「胡馬依北風，越鳥巢南枝」「青青河畔草，鬱鬱園中柳」等皆是。[45] 西晉太康詩人已大量使用對偶。如陸機〈為顧彥先作詩〉：「肅肅素秋節。湛湛濃露凝。太陽夙夜降。少陰忽已升。」[46] 此詩乃從《太平御覽》所輯，若非殘句，則已是五言四句通篇對偶的作品。劉宋元嘉時期，謝靈運不少詩作已是全篇對偶，如著名的〈登池上樓〉共十一聯，每聯皆對偶；如不論格律，已完全符合謝崧「駢偶詩」的要求。而晉宋之際那些〈子夜歌〉雖云來自民間，但如「恃愛如欲進，含羞未肯前。口朱發豔歌，玉指弄嬌弦」「朝日照綺錢，光風動紈素。巧笑蒨兩犀，美目揚雙蛾」諸首已經非常接近「駢偶詩」，[47] 大抵已有文人潤色的痕跡。這些作品都比齊梁詩人早了近百年之久。既然謝崧強調唐人絕句的文人詩傳統，就不應不追溯晉宋詩人，而僅着眼齊梁之際蕭衍等人所擬〈子夜歌〉之作。其次，「駢偶詩」是否必須格律工整？謝崧謂其「形式整齊聲調諧和」。但眾所周知，蕭衍並不理解四聲之別。謝崧以其擬作的十八首〈子夜歌〉為例，可謂自相矛盾。如果將蕭衍通篇對偶的擬〈子夜歌〉視為文人詩，則其與陸機〈為顧彥先作詩〉、謝靈運〈登池上樓〉的性質大抵相同，都是通篇對偶而格律未必諧

---

45 隋樹森：《古詩十九首集釋》（北京：中華書局，1955年）卷二，頁1、3。

46 【晉】陸機著、楊明校箋：《陸機集校箋》（上海：上海古籍出版社，2016年），頁895。

47 【宋】郭茂倩編：《樂府詩集》（北京：中華書局，1979年）第二冊，頁644。

和的「駢偶詩」。不過，現存陸機〈為顧彥先作詩〉全篇僅兩聯，不知是否殘篇。而謝靈運詩通篇對偶者則為數甚夥。近人朱光潛（1897−1986）更稱許其為「集排偶大成之詩人」。[48] 有趣的是，齊高帝蕭道成（427−482）指點孫兒蕭曄作詩，曾批評「康樂放蕩，作體不辨有首尾」，又説「安仁（潘岳）、士衡（陸機）深可宗尚」。[49] 今人鄧仕樑認為所謂「放蕩」「不辨有首尾」正是繁蕪之徵。[50] 進而言之，所謂「放蕩」「繁蕪」固指全詩篇幅冗長，而筆者以為「不辨有首尾」當是指首、尾二聯仍然使用對偶而不用散句，缺乏單行之氣，使讀者感到沒有開闔變化。而太康諸人中，陸機亦善對偶，然其篇幅較長的詩作中雖多對偶，但尾聯多為散句（篇中也會偶然出現散句聯），如此一來，全詩風格與韻律就不會因為通篇對偶而顯得機械化、「不辨有首尾」。如此看來，謝靈運一詩之中全用對偶的情況，在南朝已遭遇批評。

謝崧又謂蕭衍所擬十八首〈子夜歌〉中除了八首通篇對偶，還有十首也至少有一聯對偶。這種只有一聯對偶的五絕，謝崧大概不會視為「駢偶詩」，但他又加以強調，似乎在説明這是從四個散句的五言短古發展至「駢偶詩」五絕的一個中間階段。從踵事增華的角度而言，如此論述固有一定道理。但這種一聯對偶而不合格律的五絕，蕭衍也非首創者。例如來自民間而極可能由文人潤色過的〈子夜四時歌〉中，就有大量一聯對偶的作品，如「昔別雁集渚，今還燕巢梁」「春園花就黃，陽池水方淥」「朝登涼台上，夕宿蘭池裏」「別在三陽初，望還九秋暮」「淵冰厚三尺，

48　朱光潛：《詩論》（上海：上海古籍出版社，2001 年），頁 175。

49　【梁】蕭子顯：《南齊書》（北京：中華書局，1997 年），頁 624。

50　鄧仕樑：〈鍾嶸《詩品》謝靈運評語試釋〉，《中國文化研究所學報》第 19 卷（1988），頁 105(91−108)。

素雪覆千里」等，[51] 不一而足。除此以外，如《宋書》記載謝世基與叔父、劉宋重臣謝晦（390–426）同遭處決，臨刑時聯句。謝世基詩云：「偉哉橫海鱗，壯矣垂天翼。一旦失風水，翻為螻蟻食。」[52] 在元嘉三年（426）。前引《南史》所載晉熙王劉昶所作斷句：「白雲滿鄣來，黃塵半天起。關山四面絕，故鄉幾千里。」[53] 時維永光元年（465）。世基、劉昶皆有學養，可見終劉宋之世，這種首聯對偶的五絕已頗受文人歡迎。何敬羣以為「《玉台新詠》有古絕句，則與劉昶慷慨悲吟之斷句同」，[54] 實則不然。不僅如此，再觀《南史》載劉宋後期，蕭道成為宋明帝（439–472）所疑，「深懷憂慮，見平澤有羣鶴，仍命筆詠之曰：『八風舞遙翮，九野弄清音。一摧雲間志，為君苑中禽。』」[55] 時在泰始六年（470）。蕭道成此詩首聯對偶，尾聯似對非對（「摧」為動詞而「君」為名詞），且因「雲間志」「苑中禽」非後世所謂同類對而不使讀者感到重拙，且避免了因兩聯全對而產生「作體不辨有首尾」的瑕疵。除此以外，劉宋後期著名詩人鮑照，也有不少四句五言詩傳世。這些作品中有通篇對偶者，如〈採菱歌〉其一：「鶩舲馳桂浦，息棹偃椒潭。簫弄澄湘北，菱歌清漢南。」[56] 有首聯對偶者，如〈中興歌〉其十：「梅花一時豔，竹葉千年色。願君松柏心，采照無窮極。」[57] 有尾聯對偶者，如〈中興歌〉其二：「中興太平運，化清

51 【宋】郭茂倩編：《樂府詩集》第二冊，頁 644–649。

52 【梁】沈約：《宋書》（北京：中華書局，1997 年），頁 1361。

53 【唐】李延壽：《南史》（北京：中華書局，1997 年），頁 403。

54 何敬羣：《詩學纂要》，頁 4–5。

55 【唐】李延壽：《南史》，頁 1167。

56 【南朝宋】鮑照著，丁福林、叢玲玲校註：《鮑照集校註》（北京：中華書局，2012 年），頁 557。

57 謝崧：《詩詞指要》，頁 640。

四海樂。祥景照玉台，紫煙遊鳳閣。」[58] 有通篇散句者，如〈幽蘭〉其五：「陳國鄭東門，古今共所知。長袖暫徘徊，駟馬停路歧。」[59] 縱然鮑照在劉宋之世以喜好模擬民歌著稱，但以上所舉這幾首作品卻顯然是文人筆墨。既然謝崧所謂「駢偶詩」重視對偶更甚於格律，準此觀之，則其推重之五絕「駢偶詩」也不待齊梁之世方才產生了。

再者，兩聯與兩聯以上的「駢偶詩」之間存在怎樣的關係？謝崧認為「首句不起韻的五絕最先具備完全無缺的四種句式，律詩是依原譜重複一次」，因此他要「站在『絕句先出律詩後出』這個中國文學史實的鐵證上，來肯定絕句是基礎，律詩只是從這個基礎上建起來的上層建築物」。[60] 如前所言，謝崧相信蕭衍擬〈子夜歌〉中那八首通篇對偶的作品就是齊梁「駢偶詩」的濫觴。若準此說，吾人不妨再看南齊武帝在位年間（482—493），謝朓、王融各作〈永明樂〉十首，全為五言絕句，每首韻腳不同，或平或仄。[61] 王融之作除第十首尾聯外，[62] 其餘全部對偶。謝朓之作同樣第十首尾聯不對偶，[63] 此外第三、七首似對非對。[64] 就格律而言，這二十首作品中出律的句子為數極少，有些使用了單拗、[65]

58 同前註，頁 635。

59 同前註，頁 368。

60 謝崧：《詩詞指要》，頁 35。

61 【明】馮惟訥編：《古詩紀》（台北：台灣商務印書館影印文淵閣四庫全書，1983 年）卷 67〈王融〉，頁 7b—8a。又【南朝齊】謝朓撰，曹融南校註：《謝朓集校註》（北京：中華書局，2019 年），頁 178—186。

62 王融詩其十尾聯：「生逢永明樂，死日生之年。」

63 謝朓詩其十尾聯：「瑞此永明曲。千載為金皇。」

64 謝朓詩其三首聯：「朱台鬱相望。青槐紛馳道。」其四首聯：「燕駟游京洛。趙服麗有輝。」

65 如王融詩其二：「兩伐分憲章」（「仄仄平仄平」）、「一朝會書軌」（「平平仄平仄」）。

避孤平、[66]下三仄[67]等句式，此外偶有下三平句式，[68]一聯之中出現「平頭」病者則不時有之。[69]以永明體標準衡之，這兩組〈永明樂〉中絕大多數作品都較蕭衍擬〈子夜歌〉更適合推為謝崧所言「駢偶詩」的佳例。王融、謝朓以「駢偶詩」的方式創作〈永明樂〉，大抵是奉詔所為，而「形式整齊聲調諧和」的對偶句，恰能體現皇家尊貴端重的風儀。何敬羣說得好：「蓋律詩有如垂紳立朝，瑟入合樂，要在鋪陳典重，吐屬高華。」[70]不難想像，王融、謝朓這兩組詩在演奏時必然是由其一唱頌到其十。若以王融之作而言，十首連唱恰似一首換韻的二十聯五排（雖然永明體及近體並不換韻）。而王融、謝朓之作的其十都是尾聯不對偶，大概與不少四聯以上的永明體作品一樣，最後以散句營造單行之氣而收結。再觀王融集內其他五絕，同樣既有兩聯對偶的「駢偶詩」如〈江皋曲〉：「林斷山更續，洲盡江復開。雲峯帝鄉起，水源桐柏來。」[71]也有首聯對偶而尾聯不對者如〈思公子〉：「春盡風颯颯，蘭凋木修修。王孫久為客，思君徒自憂。」[72]復觀《南史》記載，蕭梁末造的承聖四年（555），遭到囚禁的梁元帝蕭繹作絕命詩四首，皆為五絕：

66 如王融詩其五：「弱台留折巾」（「仄平平仄平」）。

67 如謝朓詩其二：「民和禮樂富」（「平平仄仄仄」）。

68 如謝朓詩其四：「淄館風雲清」（「仄仄平平平」）。

69 如王融詩其二：「靈丘比翼棲，芳林合條起」（「平平仄仄平，平平平仄仄」）；又謝朓詩其六：「絡絡結雲騎。奕奕泛戈船」（「仄仄仄平平，仄仄仄平平」）。

70 何敬羣：《詩學纂要》，頁 4–5。

71 【明】馮惟訥編：《古詩紀》卷 67〈王融〉，頁 7b。

72 同前註，頁 7b。

在幽逼，求酒飲之，製詩四絕。其一曰：「南風且絕唱，西陵最可悲。今日還蒿里，終非封禪時。」其二曰：「人世逢百六，天道異貞恒。何言異螻蟻，一旦損鯤鵬。」其三曰：「松風侵曉哀，霜雰當夜來。寂寥千載後，誰畏軒轅台。」其四曰：「夜長無歲月，安知秋與春。原陵五樹杏，空得動耕人。」[73]

蕭繹為著名詩人，其在絕命倉皇之際，必然以最為熟悉的體裁來創作。這四首五絕中，除了「人世逢百六」的「百」字應平作仄，「誰畏軒轅台」下三平，其餘各句皆為律句。而其一、三首聯對偶，其二通篇皆對，其四通篇散句。可見五絕從五言短古先在劉宋文人手上發展出一聯對偶，甚至通篇對偶的形式，然後在蕭齊一代採用律句；但到了蕭梁之世、永明體發展更為成熟的時代，五絕並非如謝崧所論、獨有通篇對偶一種形式，而是通篇對偶、一聯對偶及通篇散句三種形式並行不悖。因此，謝崧謂陳隋、初唐的四句五言詩「有意加以變化」，在原本通篇對偶的「駢偶詩」中「只留一聯對偶」，就未必屬實了。但誠如謝崧所說：「《文體明辨》上謂唐人絕句，皆稱律詩，並舉李漢編《韓昌黎集》把絕句併入律詩為證。」[74] 廣義律詩包含絕句之概念，蓋齊梁之世已有；無論兩聯、四聯乃至四聯以上之作品，只要採用律句、首尾以外諸聯對偶，便可目為律詩。然而當時四聯以上之作品，首聯可對可否，尾聯則一如前文所論，或用散句，或用流水對，或承

73　【唐】李延壽：《南史》，頁 245。

74　謝崧：《詩詞指要》，頁 36。

上聯而以對偶加以闡發，使收結處有推進之感。如此方法仍是繼承劉宋時期謝世基、劉昶、鮑照、蕭道成等人的創作經驗（如不理會那些文人潤色過之〈子夜歌〉的話）。永明體或廣義律詩的句數縱然可以沒有限制，但絕句則是其中篇幅最短者。從章法來看，即使一首的排律篇幅極長，但其首、尾聯分別具備得起筆與收結功能，擷取而合併之，看來卻幾乎與一首絕句沒有區別。因此，無論首尾聯對偶、首對尾不對、首不對尾對、抑或首尾皆不對，都有可能同時符合絕句、律詩乃至排律的章法。

在這個意義上，我們似乎還可以替「截一四聯為絕」找到一點理論根據，茲以謝朓〈晚登三山還望京邑〉為例：

> 灞涘望長安，河陽視京縣。白日麗飛甍，參差皆可見。餘霞散成綺，澄江靜如練。喧鳥覆春洲，雜英滿芳甸。去矣方滯淫，懷哉罷歡宴。佳期悵何許，淚下如流霰。有情知望鄉，誰能鬒不變？[75]

此詩為偷春格，首聯對偶而次聯不對，而次、三、四聯皆闡發首聯「望」「視」之意，五、六聯皆鋪墊尾聯「有情」之意。換言之，如果將此詩濃縮成絕句：「灞涘望長安，河陽視京縣。有情知望鄉，誰能鬒不變？」依然能保留原詩的旨意。再從謝朓〈鼓吹曲十首〉中選三首為例：

---

75 【南朝齊】謝朓撰，曹融南校註：《謝朓集校註》，頁 275–276。

表二

原詩	〈鈞天曲〉 高宴顥天台， 置酒迎風觀。 笙鏞禮百神， 鐘石動雲漢。 瑤池琴瑟驚， 綺席舞衣散。 紫鳳來參差， 玄鶴起凌亂。 已慶明庭樂， 詎想南風彈。[76]	〈出藩曲〉 雲枝紫微內， 分組承明阿。 飛艎遡極浦， 旌節去關河。 眇眇蒼山色， 沉沉寒水波。 鐃音巴渝曲， 簫鼓盛唐歌。 夫君邁惟德， 江漢仰清和。[77]	〈從戎曲〉 選旅辭轘轅。 弭節赴河源。 日起霜戈照， 風回連騎翻。 紅塵朝夜合， 黃沙萬里昏。 嘹唳清笳轉， 蕭條邊馬煩。 自勉輟耕願， 征役去何言。[78]
「截句」	高宴顥天台， 置酒迎風觀。 已慶明庭樂， 詎慚南風彈。	雲枝紫微內， 分組承明阿。 夫君邁惟德， 江漢仰清和。	選旅辭轘轅。 弭節赴河源。 自勉輟耕願， 征役去何言。

〈鈞天曲〉首尾聯皆對偶，〈從戎曲〉首對尾不對，〈出藩曲〉首尾皆不對。然「截取」首尾聯，皆能成為圓美流轉之絕句——儘管這幾首作品原本就有平頭上尾等聲病（亦接近杜曉勤所謂「單句律化」之說）。由此可見，一首排律如果去除中間數聯的鋪陳，剩下首尾兩聯便是絕句；而設想一首絕句，在首尾聯之間增添兩聯或以上，便成為律詩或排律。再以年輩稍早的齊武帝蕭賾（440–493）之〈估客樂〉為旁證：「昔經樊鄧役，阻潮梅根渚。感憶追往事，意滿辭不敍。」《樂府詩集》引《古今樂錄》：「〈估客樂〉者，齊武帝之所製也。帝布衣時，嘗游樊、鄧。登祚以後，

76　同前註，頁 147。

77　同前註，頁 151。

78　同前註，頁 154–155。

追憶往事而作歌，卒遂無成。」[79] 聲律論雖然產生於齊武帝永明年間，但他本人大概不諳聲律，由〈估客樂〉可見，除首句外，其餘三句皆不合律可知。套用乃父蕭道成的話，蕭賾此詩可謂「首尾可辨」—— 首聯似對非對，而尾聯為散句。不過，此詩首聯雖為後文留下了敍述空間。卻隨即進入尾聯，予讀者以急轉直下之感。不難發現，「阻潮梅根渚」與「感憶追往事」之間可以插入若干聯，狀述當時的事態，但作者卻完全不着一字。且所謂「嘗游樊、鄧」，《古今樂錄》語焉不詳。考《南齊書・武帝本紀》曰：「（劉宋）元徽四年，以上為晉熙王鎮西長史、江夏內史、行郢州事。」[80] 此即蕭賾所謂「樊鄧役」。這次經歷大抵關乎軍政密勿，不足為外人道，因此正史記載簡略，何況其他雜書。但蕭賾對於此役印象深刻，且頗有感觸，因此晚歲還要創作〈估客樂〉以抒發。吾人不妨推測，原版的〈估客樂〉全篇可能有若干聯，蕭賾寫成後仍認為不宜將內容公開，因此將描摹詳情的中間諸聯全部刪去，僅留的首尾聯遂使人感到戛然而止，這大概也是《古今樂錄》所謂「卒遂無成」的主因。由此回觀絕句與排律，可知二者的關係是相互的，而非單方面的「截律為絕」。我們甚至可以把時間推早，將謝世基、劉昶、鮑照、蕭道成諸君的文人五絕與謝靈運的古詩相參照：這兩種體裁間的關係應比吾人所認知的更為密切。發展到齊梁時期，只是多了聲律論的考量而已，但就對偶與章法而言，永明體對劉宋古詩仍是頗有承繼的。

79 【宋】郭茂倩編：《樂府詩集》第二冊，頁 699。

80 【梁】蕭子顯：《南齊書》，頁 44。

三、論長短句之句式與句組

相形之下，《詩詞指要》下篇〈長短句指要〉，末三章分析長短調諸詞牌的句組（謝崧又稱句式），無疑更為精彩。宋元以來，隨着音樂的亡佚，一般創作者與研究者對於詞牌的句子組合（包括平仄格律）只知其然而未必知其所以然。各種詞譜只是歸納宋人詞牌格律，有必要時同一詞牌分成幾體，以便創作者檢索。尤其是長調篇幅較廣、文字較多、時有特殊格律安排，創作者依樣畫葫蘆地照明清歸納出來的詞牌填詞，問題固未必很大，但在研究的層面，就頗有不足之感。以長調為例，謝崧指出：「長調雖然絕少兩片全同，但仍有一小部或大部還是同的。而其上下片相應的句子，又多必然無異。而且不只同調的如此，各種調中彼此相同的句組，所在多有。其中雖有差異，但一經比較分析之後，就可見其變異的痕跡與原因。」[81] 此說可謂獨具隻眼，唯有平日仔細觀摩諸詞牌異同，方能有此見解。在此三章中，謝崧選取了短調及長調若干種，各調皆分為句式、句式的分析和詞例三項來論述，而最引人注目處，當屬第二項的句式分析。

（一）論短調的句式

先看謝崧對短調的探討。以「憶江南」為例，其句式分析云：「開頭組三言為『平仄仄』式，五言為仄起平收式。第二組二句七言前者仄起仄收，後者平起平收。收拍的五言與開頭的相同。」[82] 以謝崧所舉皇甫松詞為例：開頭組中，「蘭燼落」即「平仄仄」式的三言句，「屏上暗紅蕉」為仄起仄收式五言句。第二組中，「閒

81　謝崧：《詩詞指要》，頁 174。

82　同前註，頁 118–119。

夢江南梅熟日，夜船吹笛雨蕭蕭」分別為仄起仄收與平起平收式。收拍的「人語驛邊橋」同樣為仄起仄收式五言句。下文中，我們可再從用韻和句式兩方面來考察。

用韻方面，如謝崧分析「長相思」之句式，謂「開頭組二句三言均為『仄平平』式」，又補充道：「凡此種同平仄的一聯三言句，不論平仄韻腳，兩句都可疊韻或連續用韻。」謝崧所舉陸游詞例亦甚有代表性：上片「悟浮生，厭浮名」為連續用韻，下片「愛松聲，愛泉聲」則為疊韻。[83] 讀者觀一例而可了然於胸。大抵三言句較短，往往未必如五、七言般形成語意完足的句子，因此在平仄相同時採取疊韻或連續用韻，不但不覺得冗贅，還有回環複沓之妙。謝崧指出四言句也有類似情況，如「一剪梅」：「此調全部四言均為仄起平收式，而且又是連句。原只後句用韻，因為平仄相同，可以前句亦用韻或疊同一自的韻（蔣竹山此調就改為句句用韻）。」詞例採用李清照「紅藕香殘」詞，又註云：「此詞『才下眉頭』的頭字，並非用韻，只是偶合。不過前面說過，凡一聯平仄相同的三言或四言句，均可連韻即兩句均用韻，所以南宋及其以後的詞人填此詞均在各聯四言句用韻或疊用重韻，就是此故。」[84]「一剪梅」各組四言不同於「長相思」之各組三言處，在於「長相思」各組的首個三言句規定必須用韻，而「一剪梅」各組的首個四言句卻相反，並不要求用韻。但正如謝崧所論，由於一組之內兩句的句式相同，填寫「一剪梅」者自然而然就會安排各組首個四言句用韻，甚至疊韻。再如「釵頭鳳」，謝崧在指出第二組的二句四言均為仄收式後，且云：「凡同式的一聯四言，

83 同前註，頁 119。

84 同前註，頁 154。

均可疊韻或連韻，所以『高陽台』過、收拍，本只末句用韻，但有人疊韻或連韻；而『鵲橋仙』開頭換頭的二句都不用韻，但有人卻用起韻來或疊起韻來均不成問題。」[85] 至「鵲橋仙」詞牌下又就這一點附註：「雖無問題，其實不必。」[86] 如辛棄疾（1144–1207）〈鵲橋仙・贈鷺鷥〉：「溪邊白鷺，來吾告汝，溪裏魚兒堪數。主人憐汝汝憐魚，要物我、欣然一趣。　白沙遠浦，青泥別渚，剩有蝦跳鰍舞。聽君飛去飽時來，看頭上、風吹一縷。」[87] 上片開頭組之「溪邊白鷺，來吾告汝」，下片過拍組之「白沙遠浦，青泥別渚」，便全部用韻，傳統詞譜雖將之視為變體，但在謝崧看來都同出一源，無須強立名目。此外，謝崧又論「青玉案」云：「過拍組二句四言均為平起式。」復註云：「此連句的四言均同平仄，故兩句均可用韻，或作疊韻。這樣一來，全詞就多添四個韻，豈不更好。」又舉己作，上片過拍組云「荼蘼一樹，櫻桃一樹，亂落如紅雨」，下片收拍組云「問花無語，問天無語，畢竟誰為主。」[88] 歷來「青玉案」詞，上下片收拍組的兩個四言句極少有疊韻的詞例，但謝崧掌握了句式結構的竅門，故能在創作時別出機杼。

由以上所論可知，句式的組合與用韻關係甚大。而另一方面，謝崧還指出用韻的方式回頭會影響到句式的平仄變化。如其論「醉太平」道：「開頭組為一聯同平仄的四言，照四言句式本為『平平仄仄』式，但因用平韻，末一字必須改平，則『仄仄平平』

85　同前註，頁 121。

86　同前註，頁 129。

87　【宋】辛棄疾著，鄧廣銘箋註：《稼軒詞編年箋註》（上海：上海古籍出版社，1978 年），頁 484。

88　謝崧：《詩詞指要》，頁 155。

式因用仄韻必須改末一字為仄，是同一理由，此是四言變化的準則，如不用韻則不許改（查看一下此調，有用仄韻的更可瞭然，如稼軒此調是）。又因用韻而改變末一字，所以就成為『平平仄平』的特殊形式。」讀者翻閱傳統詞譜，看到「二、四同聲」的四言句如「平平仄平」「仄仄平仄」，往往不知何以如此。而謝崧指出這是因為末字因用韻而改換平仄之故，令人豁然開朗。此外他又補充道：「有些詞書硬定此調第一字必平，而又說第二句第一字可仄。其實無此道理，因為此一聯四言，其句式全同，斷不能一可一不可。這是邏輯的規律使然。」[89] 觀謝崧所舉劉過（1154–1206）詞例，開頭組「情高意真，眉長鬢青」兩句通押，皆為「平平仄平」句式，誠然。而辛棄疾詞為仄韻，開頭組「態濃意遠，眉顰笑淺」兩句皆為「平平仄仄」的基本句式，只是「態」為仄而「眉」為平。不過此處為第一字，自然可平可仄。然有詞牌將此二句定為「中平仄仄，平平仄仄」，因此可能為謝崧所詬病。大抵「中平仄仄，中平仄仄」更接近事實。

次者，謝崧對於句式自身的分析也很有說服力。如其論「相見歡」道：「過拍〔組〕的九言為二、七讀，第二字必仄，其七讀的為平起平收律句。」「收拍〔組〕的九言與過拍同。有些詞書把這句與『虞美人』的九言都斷作六、三讀是錯誤的，因為此調的九言頭二字是作總冒或形容下面的七言用，而且這七言又是律句故也。」[90] 如其詞例舉李後主「林花謝了春紅」，兩個九言句便斷作「無奈、朝來寒雨晚來風」與「自是、人生長恨水長東」。就此作而言，如果斷作上六下三就的確罔顧了七言句中的行內對。既

89 同前註，頁 123。

90 同前註，頁 134。

作上二下七讀，上二即為領字（或總冒），至少末字必須仄收。到討論「虞美人」時，謝崧進一步指出：「（過拍組）九言則為二、七讀，其七讀的是平起平收律句。這與『相見歡』一樣必須作二、七讀。又上面曾指出有些詞書把這二調的九言斷作六、三讀是錯誤的，因這種句子頭二字多是虛詞，即使頭二字是實詞，亦必須前六字像『小橋流水人家』的六言句，才必得作為六、三讀，如東坡的『細草軟沙溪路，馬蹄輕』，否則不可。」在舉出李後主「春花秋月」詞例後，謝崧又申發道：「九言可作二、七讀或四、五讀，這並非說同一的句子。可隨便把它作二、七或四、五讀，而是說作者可以做成二、七讀或四、五讀的句子。」[91] 所言極是。如蔣捷（1245−1301）〈聽雨〉一首之九言句，上片「江闊雲低、斷雁叫西風」乃四、五讀，下片「一任、階前點滴到天明」則為二、七讀，同時出現於一首作品而無妨。至於馮延巳「玉鉤鸞柱調鸚鵡」一作之九言句，上片「薄晚春寒、無奈落花風」為四、五讀，下片之「誰佩同心雙結、倚闌干」則為六、三讀，同樣是兩種斷句方式出現於同一詞作之內。也許正因馮延巳年輩稍早於李後主，他這首作品的六、三讀得到後世詞譜的注意，因此將「虞美人」詞牌中的九言句硬性規定為六、三讀，這就未免有膠柱鼓瑟之嫌了。不過整體而言，上二下七、上四下五、上六下三這三種斷句法雖然不同，但在節奏上卻仍有共同性。如上二下七的下七部分，必須細分為四、三甚或二、二、三；上四下五的上四可細分為二、二，下五可細分為二、三；上六下三的上六必然是二、二、二的節奏。因此，整體而言，無論哪一種斷句法，大概都可細分為二、二、二、三的形式。

91　同前註，頁 143。

此外，諸詞牌中不時還會看到拗句或古句（按：謝崧因相信拗不必救，故悉稱為古句）。由於受到音樂的制約，這些拗句往往由詞牌規定如此，不像近體詩中的單拗、雙拗，創作者可臨時決定拗與不拗。如謝崧論「青玉案」之句式：「開頭組的七言為平起仄收。」「換頭組二句七言前者與開頭的相同，後者為四、六同聲的古句，此句最嚴格，不許改變一字。」[92] 謝崧所舉賀鑄（1052–1125）詞下片「綵筆新填斷腸句」，以及蘇軾「常記高人右丞句」、辛棄疾「笑語盈盈暗香去」等，句式皆為「仄仄平平仄平仄」，所謂四、六同聲，此處實為單拗句式。

（二）論長調的句式

與短調相比，長調的篇幅更廣，進一步説有幾處顯著的區別：首先，依照謝崧的句組觀念，短調上下片一般各有兩個句組，而每個句組多為兩句；若是三句，其中兩句多為三言或四言句。而長調上下片一般各有四個句組，而每個句組多為三句；若只有兩句，兩句一般為五言或更長的句式，如「水調歌頭」開頭組之「五，五」，「水龍吟」開頭組之「六，七」，以及「八聲甘州」開頭組之「八，五」等；若多至四句，則四句多半皆為三、四言句，如「水龍吟」上片收拍組之「五，四，三，三」，且其五言句也是上一下四結構。其次，短調中五、七言句式使用比例更高，長調中則往往與四、六言句混合使用，七言且時有折腰句——即上三下四句式。再者，短調中的五、七言句式多為近體詩之律句，四、六言也多為兩平與兩仄相間之律句。而長調中則時見拗句（乃至古句）。如前所言「青玉案」就字數而言雖為短調，但整

92　同前註，頁 155。

體格式則接近長調。其換頭組第二句使用「仄仄平平仄平仄」之單拗句，便是一例。又如「滿庭芳」上片開頭組末之六言句，必為「仄仄仄仄平平」;「蘇武慢」上片第三組末之六言句，必為「平平平平仄仄」。這些句式都不符合律句標準，或拗或古。復次，長調內時有領字，而這些領字多半有指定的位置，而非如短調般剜出長句開頭的一二字作為領字。如適才所言「水龍吟」中「五，四，三，三」句組之五言句，蘇軾詞為「夢、隨風萬里」，辛棄疾詞為「把、吳鈎看了」，則此句首字當為領字。

初步了解這些長調特徵，再看謝崧對於句組的分析，就更為清晰——他在討論長調時強調句組而非句式，乃是認為句組內各句的關聯更為密切，可以視作一個有機的整體。如他在該章首先討論「意難忘」，對於上片開頭組的「四，五，四」式有詳細的討論：

> 此開頭「四，五，四」式的句組，在長調中最常見。不但用在開頭的很多，用在詞中間的亦不少。換頭「六，五，四」式的句組，則更為普遍。故先把這兩種詳細說明一下，使以後更易於了解。
>
> 凡此種句式中間的五言（包括「五，四」式的五言，亦即其下有一句四言的五言），必為一、四讀（那些作五言律句的只是把它變化過來，並非正格）。一是冒頭必仄，四連下成為一聯四言，亦即四讀的必為四言句式（所有三、四讀七言中的四讀，莫不如此）。這是必須加以注意的。
>
> 又凡用此種句組作開頭的，不論其為平韻或仄韻的詞調，其首句多是用韻。平韻調的首句四言必為平收式，五言的四讀與下句四言為相對式，即前者仄收，後者必為平收。

此是平韻調中此種句組的基本句式。至於仄韻調的，不論首句用韻與否，其首尾二句四言必為仄收，中間五言的四讀，亦為仄收式。此又是仄韻調中此種句組的基本句式。如果有變化，亦只限於中間五言的四讀。明白了這個關鍵，則一看此種句組的韻腳，就能知道各句的平仄排列，及其必然的變化，而不必強記詞律了。[93]

以上所論從句式的平仄、韻腳、搭配、組合等方面來討論「四，五，四」句組的特色，信而有徵，必為分析過大量詞牌後才摸索出的規律。因此謝崧認為，了解特定句組中各句如何有機結合，只要一看韻腳就能推斷其格律，無須強記詞律，這是很有道理的。對於「六，五，四」式的句組，謝崧又討論道：

換頭「六，五，四」式的句組，更為長調一般所常見。其六言，平韻調以平起平收為基本式，仄韻調以仄起仄收為基本式。平韻調不論此句用韻與否，必為平收。仄韻調此句比較靈活（當然如果用韻，則必須仄收）。除開六言不說，其五言的四讀與下句四言成為相對式，即前者仄收後平收。此又為詞牌（不論平韻仄韻）中此種句組共同的基本句式。這在平韻調沒有問題，但在仄韻調問題就出來了，即平收如何使用仄韻的問題。這只有兩種解決的辦法。一是變此句的句式為平起仄收，以符合仄韻要求，這是把相對的一聯四言轉化為同是平起仄收式；這種變化較大。二是乾脆把「仄仄平平」式的末句改仄，成為「仄仄平仄」的四言拗式，這

93 同前註，頁 175。

是只變了一字，喜歡在詞調中保留一些拗句的詞人，多用此種辦法（在句法四言句中曾揭示過）。有極少數仄韻調這句五言的四讀與下句四言不用相對式而用相同式，即同為平起仄收式，就沒有這個問題發生。如「真珠簾」「翠樓吟」便是。又有很罕見的仄韻調雖用相對式，但前者用仄起平收後者平起仄收，亦沒有這個問題發生，如「雙雙燕」便是。[94]

有趣的是，謝崧談到的兩種解決方法——亦即仄韻調中的該句組採用「平平仄仄」或「仄仄平仄」式，可能並非出現在不同詞牌中，甚或不必需要列為同一詞牌的不同變體。如他在討論「解連環」時舉了兩個詞例，王沂孫詞之換頭組為「如今眼穿故國，待、拈花弄蕊，時話思憶」，張炎詞之換頭組則為「誰憐旅愁荏苒，謾、長門夜誚，錦箏彈怨」。謝崧就而論道：「照以上二例看來，換頭組的『六，五，四』式中的四言，王詞『時話思憶』句為『仄仄平仄』式即四言拗句式，張詞『錦箏彈怨』句則為『平平仄仄』式。這兩者既可互變，則凡遇着此種句組的『仄仄平仄』式的四言，均可改作平起仄收的四言，就毫無疑義了。」[95] 由此可見，謝崧所謂「不必強記詞律」並非空中樓閣之論，而是有實際操作性。

至於謝崧就單一詞牌的討論，吾人可以柳永〈雨霖鈴〉為例。玆將該詞正文及謝崧關於句組的論述表列如下：

94　同前註，頁 175–176。

95　同前註，頁 182。

表三　謝崧對柳永〈雨霖鈴〉的句組分析

原詞	謝崧之句組分析
寒蟬悽切， 對長亭晚， 驟雨初歇。	開頭組三句四言，前二句同為仄收式，但第二句是特別的，二三兩字必須連讀（這是柳開創的四言句式），首句末字只與韻偶合，並非韻位，切莫誤認首句用韻，因此種三句四言成組的，除末句用韻外，其餘皆不許。第三句是平收式，因用仄韻必得改末字為仄聲，這與上一調（按：指「永遇樂」）相同。
都門帳飲無緒， 方留戀處， 蘭舟催發。	第二組的六言為上二下四仄式，後二句四言同為仄收式。
執手相看淚眼， 竟、無語凝噎。	第三組的六言為仄起仄收基本式，五言為一、四讀，四讀是平收式，也因用仄韻必得改變末字。
念去去、千里煙波， 暮靄沉沉楚天闊。	過拍組上句七言為三、四讀，三可靈活四則為仄收。下句為二、四同平的古句。
多情自古傷離別， 更那堪、冷落清秋節。	換頭組七言為平起仄收律句，其八言為三、五讀，三為「仄平平」式，五為仄起仄收律句。此句八言又可作一、七讀。
今宵酒醒何處， 楊柳岸、曉風殘月。	第二組的六言與上片次組的同式，其七言為三、四讀，三可靈活四為仄收式。
此去經年， 應是、良辰好景虛設。	第三組的四言為平收，八言則為二、六讀，這是八言句最特別的句子，除此調外我找不到第二句。二讀的是冒頭必仄，六讀的為六言句式——上二平下四仄式。必須注意後六字如非六言句式，則不得作二、六讀。
便縱有、千種風情， 更與何人說？	收拍組上句七言與過拍的同式，其五言則為仄起仄收律句。比過拍亦減二字。[96]

96　同前註，頁 195–196。

上片開頭組點出「對長亭晚」乃柳永新創句式，「驟雨初歇」乃因韻腳而拗的「仄仄平仄」式，皆然。唯其依據句組分析以「寒蟬淒切」之「切」並非用韻、只是偶合，未免刻舟求劍。早在北宋時期，黃裳（1044－1130）、晁端禮（1046－1113）所填該詞，首句便亦用韻。且此調為柳永新創，別出心裁，也未可知。上片第三組「竟無語凝噎」確為上一下四句式，四言部分（四讀）的二、四同聲，也是與「驟雨初歇」一樣的拗句。黃裳詞此處「望霓舟何處」，同為上一下四句式，唯四言部分選擇了「平平仄仄」的律句。過拍組黃裳作「待夜深、重倚層霄，認得瑤池廣寒路」，晁端禮作「望百里、煙慘雲山，送兩程愁作行色」，上句同為上三下四的折腰句，下句一樣使用了單拗（四、六同聲）。下片換頭組下句，黃詞作「恨歌聲響入青雲去」，晁詞作「到秋深且艤荷花澤」，洵然斷作上三下五、上一下七皆可。第三組下句，晁詞「須記東秦有客相憶」仍與劉詞相近，而黃詞「賓從毫端有驚人句」更接近兩個四言句，且強分為上二下六，下六部分「端」「驚」為二、四同聲，而非柳詞之四、六同聲，蓋為變體。[97] 謝崧總而論云：「此調上下片的句組全異，各個句子的句法句式，亦是變化多彩，甚少全同。足見柳永創調之才高。」[98] 從句組的分析，誠然可見一隅。

四、結語

1949 年後，由於香港不少大專院校的中文系依然堅持將「詩選及習作」列為必修課程，因此關於詩詞創作的書籍、文章一直

---

97 黃、晁二詞分別見於唐圭璋編纂、王仲聞參訂、孔凡禮補輯：《全宋詞》（北京：中華書局，1999 年），頁 377、436。

98 謝崧：《詩詞指要》，頁 195。

有其需求。如民國時期劉坡公《學詩百法》《學詩百法》、謝無量《詩詞入門》、張廷華《學詩初步》《學詞初步》等書，皆曾在港銷售發行。此外，如香港龍門書店創辦人周康燮（1908 — ?）主持存萃學社，選輯 1940 年代游國恩、余冠英、李嘉言、傅懋勉、邵祖平等學者之舊詩研究論文十篇，編為《論寫作舊詩》一書，讀者稱便。然就本地學者而言，相關著述則為數不多，僅有鄭水心〈詩鐘全貌〉〈詞概〉、陳璇珍〈詞學漫談〉、何敬羣《詩學纂要》《詞學纂要》及謝崧《詩詞指要》幾種而已。謝崧此書至 1979 年方才付梓，雖有再版，但未見高校採用為課本，影響不大。兼以作者大概從未在高校任教，此書撰寫動機僅是基於孫輩之提問，時年已高、精力減退，故全書內容雖有己見，文字卻乏剪裁而嫌攙擾，情況又以上篇〈近體詩指要〉為甚。此外，大概由於典籍檢索不便，謝崧的一些新見因無法吸納更多文獻資料而顯得瑕瑜兩見。

如他從基本句式的角度提出如何判定五言近體之正變，認為不論律絕，但凡首句不用韻（仄收）便是正格，四種句式完備無缺，而首句用韻（平收）的變格必缺一式。此說雖非於古已有，卻比歷來較隨意地將某一格定為正格，而將其餘定為變格更具説服力和實用性。但此說的瑕疵在於，五言正變的判定方法似乎不能直接用於七言，因七言近體並非直接源自永明體，而是齊梁以來的七言歌行；這些歌行每次換韻大率都出現新段落首句用韻的情況（亦即一二四句或一二四六句），如此一來，似乎首句用韻更像是七言的正格。可惜在這一節，謝崧只是純粹描述幾種基本格式，而不再劃分正變，蓋有迴避之意，洵然可惜。至於「截律為絕」的舊説，謝崧大力反對，基本立場當然無誤。他相信出自民間的五言短古並非一蹴即就地變成近體五絕，而是經過階段性演化，且此種演化不只是步入齊梁後化古為律，而是詩句的駢偶化，也十分合理。然而，他把這種駢偶化的開端定於梁武帝蕭衍模擬〈子夜歌〉，又別開「駢偶詩」之名目，認為近體五絕源自這種通篇對偶的「駢偶詩」，就頗有問題了。謝崧似乎沒有注意到劉宋時期既出現了通篇對偶的長篇古詩如謝靈運〈登池上樓〉，也出現了通篇對偶的五言絕句如鮑照〈採菱歌〉其一。至於入齊以後的永明體作品中，通篇對偶的「駢偶詩」在數量上並不佔絕對優勢，因此將「駢偶詩」視為五言絕句的來源有失偏頗。這些都是對於文獻資料掌握不足。更關鍵的是，謝崧沒有直接根據史料來透徹了解絕句與聯句的關係，大抵也未讀過傅懋勉、李嘉言的論文（雖然皆已收入《論寫作舊詩》），因而所下判斷就可能偏離事實。不過，筆者認為蕭道成批評謝靈運詩「作體不辨有首尾」，卻顯示無論在駢偶古詩或律詩、排律中，首、尾聯都具有開闔變化的重要地位。因此，「截一四聯為絕」之說雖非正確嚴謹，卻也有一定的根據。

除此之外，需要補充說明的是上篇第五章〈論拗體詩——破格破律詩〉認為拗不必救，恐怕是謝崧混淆了前人對於「拗」的不同概念。簡而言之，「平平平仄仄」轉為「平平仄平仄」，以及「仄仄仄平平」轉為「仄仄平仄平」，在永明體中便屢見不鮮。前者倒數第四字應仄作平為拗，倒數第三字應平作仄為救；後者倒數第四字應平作仄為拗，倒數第三字應仄作平為救。盛唐以降，「仄仄平仄平」漸無人使用，然「平平仄平仄」在後世仍大為流行，稱為「單拗」，亦即「單句拗救」。其次，律詩、絕句各聯失黏，亦稱拗律、拗絕，這種情況在永明體中也時時可見。拗律、拗絕依然使用基本句式，只是一篇之內四種基本句式的分配不均勻而已，自然有拗而無救。再者，如李白（701－762）〈黃鶴樓送孟浩然之廣陵〉首句「故人西辭黃鶴樓」，第二字應仄作平；杜甫〈江畔尋花絕句〉「千朵萬朵壓枝低」第二字應平作仄。這兩例從單句而論可謂「七言二、四同聲」，誠然拗而無救。一如何敬羣所云：「此為絕句變格。拗之音節，仄之語氣，亦自具一種清疏雋永之韻味。然須熟乃能生此巧，否則將入謇澀濫惡之途。」[99] 易言之，李、杜諸人這種拗體詩的創作方法，今已失傳，初學者不宜輕易嘗試。由於以上幾種格律安排都打破了基本格律，故皆云「拗」。但拗律、拗絕無須救，拗體詩甚至難言拗法，遑論如何救。只有拗句內平仄調度最是微觀，拗救分明。若將拗句與拗律、拗絕乃至拗體詩混為一談，謂皆無須救，無乃過於輕率。

相對而言，下篇〈長短句指要〉在句式與句組的討論上頗有創獲，發前人所未發，這當然要歸功於謝崧對各種詞牌及詞例的熟悉掌握。不過，其論述也有瑕疵。以「調笑令」為例，其句式分析云：「開頭組二句二言均為『平仄』式是疊句疊韻，六言為仄起仄收式。第二組二句六言，前者為平起平收式，後者為上二仄下四平式即『仄仄平平平平』式改第五字為仄。此種句式在詞調中可說是絕無僅有。第三組與開頭組全同。」[100] 其舉馮延巳詞，「不道幃屏夜長」，確為上二仄下四平式，唐人王建「誰復商量管弦」亦然。但查韋應物「東望西望路迷」、戴叔倫「千里萬里月明」，皆為上四仄下二平式，與馮、王有差異。謝崧未有加以解釋，似有不足。再如長調中不少句組的首句，往往有押韻的二言句。如秦觀〈滿庭芳〉「銷魂，當此際」便是。但謝崧僅將其與下句連成一句（「銷魂當此際」），又將「魂」字視為中韻（行內韻）。

99　何敬羣：《詩學纂要》，頁 41。

100 謝崧：《詩詞指要》，頁 118。

然如張炎〈高陽台〉上片過拍組「更淒然，萬綠西泠，一抹荒煙」，「然」字亦用韻，但謝崧卻未將「更淒然萬綠西泠」視為上三下四的折腰句，[101] 未免有雙重標準之嫌。此外，謝崧能超越詞牌的畛域，強調「詞調總的體制」，從句式、句組的角度來作分析，甚至運用於創作，誠然令人讚歎。然而，即使不同詞牌中出現格律的相同句組，是否意味着各詞牌此處的旋律非常接近，若旋律即使有細微差異，是否會影響到句組中各字的四聲運用，這些目前已難考證。大抵因為如此，謝崧的同代人龍榆生在 1962 年在《詞學十講》中，〈論句度長短與表情關係〉〈論韻位安排與表情關係〉〈論結構〉諸講雖也涉及不同詞牌的篇章結構問題，卻並未如謝崧般以句組為單位來考察「詞調總的體制與句法的基本結構」。復次，若非熟悉此等句組結構，大概難以如此創作。對於初學格律、掌握詞牌有限的入門者而言，恐怕還是會落入死記詞律的窠臼。如此看來，〈長短句指要〉的對象讀者是否入門者，似乎又難以確認了。

101　同前註，頁 197－199。

| 結　語 |

傳統脈延 —— 詩詞創作教學在香港

清人姚鼐（1732－1815）《古文辭類纂・序目》云：

> 所以為文者八，曰神、理、氣、味、格、律、聲、色。神、理、氣、味，文之精也；格、律、聲、色，文之粗也。然苟捨其粗，則精者亦何以寓焉？學者之於古人，必始而遇其粗，中而遇其精，終則御其精而遺其粗者。[1]

格律被視為「文之粗者」，偏於形式；而神理——亦即內涵與精神才是文靈魂之所在。但是，格律又是文學靈魂的載體，是整個學習歷程的入手處。嫻熟掌握格律，最終才會完美表達神理，甚至不為格律之外在形式所掣肘。故此在科舉時代的中國，近體詩創作是芸芸士子的必備技能。金、元以降，北方入派三聲，導致以官話（包括北方、西南、江淮諸官話）為母語的讀書人出現判斷平仄的困難，但他們仍會強記漢字平仄，以求創作近體詩時暢達無礙。即使在現代，如以北京官話為母語的葉嘉瑩教授便謂自己早年學習近體詩時會硬記入聲字，而誦讀詩詞時則將入聲字唸成去聲，以顯示其仄聲之類屬。不過民國時期，隨着五四運動的開展，以及新式學校逐漸取代舊式私塾，近體詩創作可謂明日黃花，在佔了全國漢族七成人口左右的官話區內，如葉教授般醉心舊體文學者畢竟人數銳減。早在五四前夕，已有將詩選、詞選課納入大學課程的安排。1917 年北京大學改訂文科課程會議的議決案中，規定在「中國文學門」開設詩選、詞選等課。如著名詩人、學者黃節在北京大學負責詩選課，吳宓（1894－1978）論其授課之目的云：「乃欲藉詩以理正人之性情，使人皆知所以為

1 【清】姚鼐：〈序目〉，載氏編、周青萍註：《古文辭類纂》（上海：廣益書局，1947 年），頁 27。

人。」[2] 今人林淑貞則指出黃氏「借歷史取鏡，將周朝四夷相侵與清末民初西力東漸相比附，直陳詩教與國政興徵相涉」。[3] 如此目的固然承自古代詩教，卻也繫乎任課者自身之觀念，與校方整體之決議尚無牴觸。然校方這般安排可謂利弊互見：詩詞格律在遜清時代不過被視為基礎知識或小道，而今列為上庠課程，地位無疑大為提昇，此其利也。然一旦列為上庠課程，僅由中文系生主修，一般人就未必能在中小學時期輕易接觸到相關知識，此其弊也。

相形之下，此時的香港作為英殖民管治地區，新文化運動的影響尚屬有限。在戰前中文報章內，淺易文言文仍是主要用語。而詩社唱酬的活動也依然一片榮景。舊詩創作的前提，在於平仄格律與用韻。而以粵語（廣府話）為母語者，在舊詩創作方面有着極大便利。筆者曾歸納出幾點優勢：一、中古音（廣韻音系）韻母與聲調，保存最為完善者厥推粵語。粵語韻母保存了三套鼻音（-n、-m、-ng）及三套入聲（-t、-p、-k），音調則分為九聲（陰平、陰上、陰去、陽平、陽上、陽去、陰入、中入、陽入）。二、粵語沒有閩、吳方言式的連續變調。就朗讀而言，面對文言文、白話文時，粵語能輕易地逐字以本調唸出來（與國語相似）；就講話而言，粵語能自由選用文言及白話的詞彙，而非囿於固有的方言詞彙。因此當説話者遇上書面用語，可輕鬆直接地以粵語講出，不必如閩、吳方言使用者般先有吟誦、讀書音的訓練，也不必臨時轉換成國語來唸。三、粵語較少閩方言式的訓讀與文白異讀。閩南話存在大量訓讀字（如「燙」唸作「燒」，「香」唸

2　吳宓：〈黃晦聞先生學述〉（二），《香港華字日報》1935 年 2 月 12 日。

3　林淑貞：《歷史回眸 —— 民國詩話的書寫與闡述》，頁 78。

作「芳」等)，而粵語中的訓讀字為數極少(如「熨斗」之「熨」唸作「燙」等)。至於粵語文白異讀的例子雖有若干(如「命」「浮」「正」「染」「惜」「使」「近」「斷」等)，但以粵語為母語者在口語和朗讀書面文字時基本上不會混淆文白讀音(正如北京人自然知道「色」字唸 shǎi 為白讀)。[4] 這對於舊體詩的誦讀及創作自然大有裨益。

何敬羣云:「近代教制，小學中學僅課語文而不課詩，必大學文科，始有一年課程之詩選。」[5] 所謂近代，主要指民國建立到兩岸分治的數十年間(1912－1949)。這種情況就內地而言固然，但在二十世紀前半的香港卻有所不同。當時香港人學習詩詞格律並嘗試創作，多半仍在私塾啟蒙的童稚之際，但也可能在新式學校。如官立漢文中學現存 1928 及 1933 年的校刊收錄的學生詩作全為舊體，這與該校創立者李景康關係甚大。李景康少時就讀於聖士提反中學，已打下良好英語基礎。後考入香港大學文科專業，師從賴際熙、區大典諸老，不僅國學根柢穩固，而且擅長吟詠。故其畢業後被港府聘任為漢文視學官，且奉港督金文泰之命於成為官立漢文中學及師範學校校長。誠如今人陳學然所言:「作為香港大學第一位文科畢業生及社會精英，他保留了精英階層的身份優越性與傳統文化價值認同。」[6] 但官立漢文中學的課程「乃以中國內地的為根本，便利於有經濟負擔的學生前往內地升讀大學」，而其文史課程同時作為升讀香港大學中文科的預

---

4 陳煒舜:〈「文化記憶中的香港」專號導言〉,《思與言》第 55 卷第 2 期(2017.06)，頁 10。

5 何敬羣:《詩學纂要》,頁 1。

6 陳學然:〈新舊之間:李景康、陳君葆二三事〉,《風雅傳承:第三屆民初以來舊體文學國際學術研討會論文提要集》(香港:香港中文大學中文系，2024 年)，頁 167。

備。[7] 正因如此，李景康為官立漢文師範班編纂《七言律法舉隅》，既體現出自身對傳統文化之推崇，也能配合內地之新學制。此書在形式上雖仍有前代詩法著作的影子，卻可能是香港開埠後首部舊詩格律及作法入門的新著及大專院校教材。

不過就李景康自身而言，他在 1912 年入讀港大時已屆廿二歲，其詩詞創作之啟蒙必然更早，師從賴、區諸老，蓋仍以經史之學為鵠的，師徒間縱使論及詩詞，於李氏亦不過精進其道而已，遠非停留於入門階段。再觀賴際熙身為遜清翰林，於 1913 年起便受聘在香港大學任教，1927 年港大中文學院成立時更獲任為全職中國歷史教授。儘管賴氏本人擅長吟詠，但他任教的科目仍為經學、史學。在「文以載道」的傳統觀念中，集部之學相對於經史畢竟等而下之，並非首要。這類遺老即使有機會講授詩詞格律，大抵也只在擔任富家子女之私人教席的場合，如此情況仍與私塾啟蒙相仿。

今人林愷欣指出，港大中文學院成立前夕的 1926 年，由賴際熙主持編成新課程，仍以經、史兩門學科為核心，並於此基礎上增設文詞學和哲學兩科，以期為學生提供較全面的教程，鞏固國學的基礎知識，使他們擁有扎實的學問根基。[8] 這四種課程設計皆由賴際熙專責統籌，聯同區大典、陳煜庠和學生李景康合力擬成。在此四科以外，又遵從港大校方要求而設置翻譯科。[9] 而《1927 年大學年曆》記載，大學四個年級皆有經學、史學和文詞學的課程。大一至大三的文詞學講授「歷代名作」，大四文詞

7　同前註，頁 161。

8　林愷欣：《從政治退隱到文化抗逆：港澳兩地清遺民的文化志業研究》（香港：香港大學博士論文，2014 年），頁 241。

9　同前註，頁 240。

學則講授「歷代詩文名著」。[10] 在中文學院成立至改組的四年間(1929–1933)，文詞學一科於 1929 至 31 年由溫肅任教，1932 年則改由朱汝珍任教。[11] 該科如今已無課本存世，歷代名作或詩文名著怎樣講授，缺乏詳細記載。由此推想，文詞學的詩選部分主要偏重於賞析研讀。然如陳學然所論：「李景康雖然自始至終沒有成為港大中文學院甚或文學院的正式教員，但他對港大中文學院的課程發展影響至為深遠。」[12] 觀李氏後來為漢文師範班編纂《七言律法舉隅》，則其協助港大中文學院設計文詞科時或亦考慮到是否參照內地大學中文系的模式，設置詩詞習作的環節，目前尚難定論。1936 年，中文學院正式改組，許地山 (1893–1941) 應聘出任中文系教授，主持系務並改革課程。「港大中文部」改為「中國文史學系」，分為普通文學部、文學部、歷史部、與哲學部等四部，由區大典任經學講師、羅芾棠任歷史講師、崔師貫 (字百越，1871–1941) 任國文講師、陳君葆任翻譯講師，然其課程中似亦未涉及詩詞創作。

戰後的香港大學中文學院方面，「詩選」課一向並非必修，知名任課者有詩詞巨擘劉百閔 (1899–1968)、羅慷烈 (1918–2009) 諸公。而此時港大中文學院/中文系主修之畢業生中，如張曼儀教授、何文匯教授擅長吟詠，皆是中學時期已培養根基，甚或自身鑽研穎悟。張曾師從吳天任 (1916–1992)，何則師從陳湛銓 (1916–1986)。何氏指出，在港大本科時期修讀的「詩選」

---

10 參歐志堅：〈學海書樓推動中國文化教育的貢獻〉，收入廣東省政協文化和文史資料委員會主編：《香海傳薪錄：香港學海書樓紀實》(北京：中國文史出版社，2008 年)，頁 105。

11 林愷欣：《從政治退隱到文化抗逆：港澳兩地清遺民的文化志業研究》，頁 277。

12 陳學然：〈新舊之間：李景康、陳君葆二三事〉，《風雅傳承：第三屆民初以來舊體文學國際學術研討會論文提要集》，頁 160。

課，由羅慷烈任教。羅氏授課以作品講解賞析為主，但學生若自願遞交習作，羅氏便會加以批改點撥。但整體而言，同學多非因修讀港大詩選課方才步入詩詞創作之殿堂。[13] 兼以港大學風自由，詩選科或開或否，即使開設也多半繫於任課者的意志，習作環節在課程設計中並非必須，因而隨時遭到擠壓，甚至取消。如是觀之，「格律不過為中小學基礎知識」之論，在賴際熙、劉百閔乃至羅慷烈執教的時代尚可言之成理。茲以同時期的新亞書院為參照，陳志誠回憶曾克耑云：「履川師是怎樣教寫詩的呢？在『歷代詩選』這一科中，由於他對同學不太了解，因此要從基礎做起，首先要求我們認識平仄，跟着要求試作對子。由於我們當時大部分同學都是廣東籍，加上個別同學還有《聲律啟蒙》《對類引端》之類入門書籍，對分辨平仄不致有甚麼困難，作對子也可應付。」[14] 但相對而言，港大卻連平仄啟蒙、作對子的環節都未必常備。尤其在 1970 年代以後，香港中小學早已不講授詩詞格律，有興趣之少年學子也非如戰前時代那般，能輕易尋覓私塾就讀、參加詩社、親炙老師宿儒，以習得相關知識。[15] 若大專院校講授詩詞而不涉及格律，並仍聲稱「格律不過為中小學基礎知識」，難免有昧於形勢之感。大學生在缺乏格律知識及寫作訓練的情況下修讀詩選、詞選課程，其心得與進益究有幾何，令人深思。

13　以上資訊承蒙張、何二位教授向筆者口述。

14　陳志誠：〈履川師之憶〉，《新亞生活》2020 年 5 月號，頁 8。

15　近來本港退休教師黃瑞松出版《觀星閣詩艸》（香港：初文出版有限公司，2025 年），作者簡介謂其初中時便已寫作舊體詩詞，1960 年代中期畢業於臺灣大學中文系，返港後先後任教於數間中學。任教恆生商學書院期間，曾主持「中詩學會」，指導平仄格律。1970 年代以後，執教中學而不廢吟詠者雖非罕有，然礙於工作壓力，在校內之課堂或課外活動中講授詩詞寫作之例頗為少見。

二戰勝利後，年近六旬的李景康自內地重回香港，雖在本地文化界依然甚為活躍，但他此時致力於恢復其先師賴際熙創辦之學海書樓，鮮再投入政府、參與教育政策的制定。隨着官立漢文中學更名金文泰中學、師範班取消，其《七言律法舉隅》已無用武之地；而在香港大學設置舊詩創作課程，更非易事。然而內地易幟，與李氏同屬「清末一代」的不少南來文人學者，竟成為了李氏的接力者。他們不少人如黃華表、易君左、鄭水心、曾克耑、熊潤桐、王韶生、涂公遂、鍾應梅諸君曾在民國時期就讀或執教於內地新式大學，如今轉而供職於 1950 年代以後新開設的新亞、崇基、珠海、華僑、浸會等香港大專院校，將詩選、詞選等列入中文系必修課程，順理成章。甚至如何敬羣早年不曾就讀於新式大學，陳璇珍、謝崧來港後並未任教於大專院校，但他們依然非常強調青年人要學習創作詩詞，並留下了相關講義或著述。這不僅繼承了民國大學的傳統，也為香港乃至內地、台灣的舊體文學創作注入了新的生命力。這些著述雖是為入門者而作，卻都不僅停留於詩詞格律的介紹，而是強調「神、理、氣、味、格、律、聲、色」。一言以蔽之，可謂「由格律到神理」。

無可否認，近體格律的規則並非如人們想像般複雜，一如 Radke 所言："Metrical features differ from prosodic features in that such patterns are common to a variety of texts."[16]（格律特徵不同於韻律特徵，前者這種模式對於各種文本來說是常見的。）他又指出："Metrical patterns are prosodic patterns common in a number of

16 Radtke, Kurt W., "The Development of Chinese Versification: Studies on the shih, tz'u and ch'ü genres", *Oriens extremus,* 1976–06, Vol.23 (1), p.1.

texts chosen for consideration. Because of the subjectiveness of this choice, there will always be a certain amount of arbitrariness in the versification rules established on that textual basis. ”[17]（格律模式是選來檢核的若干文本中所共有的韻律模式。由於這種選擇的主觀性，在該文本基礎上建立的詩律規則一定程度上總存在着任意性。）由於格律是一種更寬廣、更有彈性的韻律，故能讓創作者在保持形式美的同時，還具有不少「任意性」—— 也就是自由度。因此 1950 至 70 年代間的教師們在新亞、浸會乃至稍後的香港中文大學等院校任教詩選課時，多半只會言簡意賅地通盤介紹格律，儘快開始選講及創作環節 —— 這些環節無疑會進一步鞏固學生的格律知識。相比之下，詞牌為數甚多，學生若要學習填詞，在掌握近體格律後還須了解若干詞牌的格律體式。因此在這三十年間大專院校的教師中，留下的詩選課講義僅何敬羣《詩學纂要》一種，而詞選課講義或講稿則有何敬羣《詞學纂要》、鄭水心〈詞概〉、鍾應梅《蘂園説詞》等數種。步入 1980 年代，不少院校的詞選課逐漸由必修轉為選修，詩選課則由學年課轉為學期課。誠如郭偉廷教授所言，縱如《詩學纂要》錄詩 243 首（遠少於傳統使用的高步瀛《唐宋詩舉要》），要在一學期內充分講解此書內容，也非易事。故此，《詩學纂要》雖然簡潔易懂，卻並無再版，學子難見。但無論如何，在內地易幟三十年間，香港各大專院校仍堅持在詩選及詞選課上保持格律講解、詩詞創作的環節，坊間且有七、八種詩詞作法新著問世，實在難能可貴。為便審覽，茲以表列形式，將各著述之主要論點表列如下：

17　Ibid., p.2.

表一

作者及著作	主要論點
李景康 《七言律法舉隅》	1. 宜先從研讀唐詩入手，然後擇性近之一家精研。 2. 一首有一首章法，數首有數首章法。讀古人詩，宜細窺之。 3. 一首之內，命意宜虛實並用。全虛則有膚泛之嫌，全實則有堆疊之病。 4. 用典有正用、反用、實用、虛用、借用、暗用等法。 5. 分析句法，可歸納為典故運用、節奏韻律、虛字運用、文法措辭、格律變化、對偶對仗、描摹情景等方面。
鄭水心 〈詩鐘全貌〉	1. 詩鐘例格：嵌字、合詠、分詠。 2. 詩鐘作法：鐘眼、對仗、用典、白描、平仄、輕重、集句、風格。
陳璇珍 〈詞學漫談〉	1. 詞以婉轉為工，無論婉約、豪放，在情感、聲律上都應以精細為主。 2. 詞可有幽微寄意，但不宜寄託太深、晦澀費解。 3. 必先讀詞，才可寫作。 4. 簡單化、大眾化、現代化。
何敬羣 《詩學纂要》	1. 律詩如垂紳立朝，瑟入合樂，要在鋪陳典重，吐屬高華。 2. 絕句則當如持塵引杯，清談戲論，么弦低唱，妙趣橫生。 3. 五絕音節短促，不易迴旋，故作者多從拗體仄韻，以清峭冷雋為工，以偏師出奇制勝。 4. 七絕語句紆徐，利於舒捲。
何敬羣 《詞學纂要》	1. 成熟之詞體可分為豪健、綺麗、輕新三種類型。 2. 初學詞者可從小令入、可從南宋入。 3. 彌合以上二法之方式，則為推尊蘇軾。 4. 融合當前境界與思想，乃能詞為我作。 5. 清代詞家如林，初學可各就興趣所近，取法一二家為陶冶。

作者及著作	主要論點
謝崧 《詩詞指要》	1. 五言近體詩以首句仄收為正格：首句平收用韻，全詩必缺了一式：無缺故是正格，有缺故是變格。 2. 絕句非截句，而出自六朝「駢偶詩」。 3. 拗不必救。 4. 可從句式之必然結合及句組安排方面了解各種詞牌的結構。（謝氏後三個論點皆有可斟酌處）

這幾位作者中，李景康、鄭水心、何敬羣之間每有唱和，李氏更曾為陳璇珍《微塵館詞鈔》寫序，詩學方面的相互影響，當可想見。相形之下，謝崧似乎與上述幾位詩人無甚互動，但這並不妨礙他依舊擅長詩詞創作。至於謝氏與本港當時詩壇的整體關聯如何，仍有待日後相關資料的進一步發掘。

1980 年代以後，隨着傳統詩社活動的進一步萎縮，新纂之詩詞作法著述為數極少，老輩詩人中僅以顧植槐（1919–2008）之《簡易詩法》較為知名。《簡易詩法》編印於 1996 年，包括〈總論〉〈近體詩〉〈近體詩之各種雜例詩〉〈古體詩〉四章。其中〈近體詩〉一章共分為〈格式與體裁〉〈四聲與押韻〉〈修辭之研究〉〈用典〉〈近體詩之題材〉〈近體詩之風格與派系〉六節，篇幅短小，頗便初學。惜此書並非正式出版，流傳甚寡，遑論用於詩選課上。

值得注意的是，新市鎮文化教育協會於 1988 年成立，並於 1989 年夏天開始舉辦每年一次的「全港學界律詩創作比賽」。比賽分為「大學及大專組」和「預科及中學組」，限作七言律詩。1991 年，區域市政局公共圖書館舉辦第一屆「全港詩詞創作比賽」，單年賦律詩、雙年填詞，比賽分為「公開組」和「學生組」（包括中四至大專或大學的學生）。發起這項活動的何文匯教授，當時既在中文大學中文系任教詩選課，又在社會推廣粵音基本知識，同時兼任新市鎮文化教育協會會長。他指出，這兩項比賽是推廣粵音基本知識計劃中的兩個環節。[18] 1997 年，新市鎮文化教育協會又舉辦了「第一屆全港學界對聯創作比賽」，由大會出七言律句之上聯，參賽者對下聯，每人限投三稿，比賽分為「大學及大專組」和「預科、中學及工業學院組」，至 2021 年第二十五屆又增設「國際公開組」。由此可見，三項比賽並非純粹之才藝比拼，而是具有深層次的教育意義。但凡全職學生參加的組別，比賽都會舉行面試，一來確認參賽者理解格律、並無捉刀之嫌，二來透過參賽者與評判的互動，讓他們在詩藝上有所進益。

進而言之，「清末一代」詩人學者李景康、何敬羣、鄭水心、謝崧諸公，甚或如年輩略晚的顧植槐等，雖皆擅長吟詠，並在公私場合有講授詩詞格律的經驗，但往往顯露了一處瑕瘢：拗救是初學者必須握的格律知識，但他們對於拗救的內涵及其重要性，認知未必充分。如李景康《七言律法舉隅》謂「拗句並無定格」、謝崧《詩詞指要》謂「拗不必救」，固非定說。如鄭水心〈詩鐘全貌〉所言拗救，包括單拗、三仄尾、避孤平、「單換詩眼」、「雙換詩眼」等，其實僅有單拗屬於嚴格意義上的拗救，其餘不過為特殊格律安排。至於雙拗，鄭氏也未齒及。何敬羣《詩學纂要》並未在〈上編〉之總論談拗救，只是〈中編〉和〈下編〉隨作品申發；他對於單拗、雙拗（乃至「單換詩眼」「雙換詩眼」）的論述庶無問題，但他只論拗而不論救，可能讓初學者將之與拗體律絕中「失律」的句子相混淆，也非相宜。顧植槐《簡易詩法》亦將避

18　何文匯：〈敍〉，收入氏編：《香港詩詞拔萃》（香港：香港中文大學出版社，1995 年），頁 vii。

孤平與拗救混為一談，且未道及單拗、雙拗。整體而言，不少前賢對於拗救這種特殊的格律安排似乎只重拗而不重救，一如清人不深究詞牌之拗救，僅並存之而列為數體、依譜填詞那般。這固然並不妨礙諸公詩藝之高超，但在授課時卻有「不知其所以然」之憾。究其原因，大抵還由於諸公年輩較早，而當時學界對拗救之研究尚在起步階段。至於何文匯，本身就有《詩詞曲格律淺説》〈近體詩「孤平」雜説〉〈《律詩定體》評議〉〈蘇軾〈念奴嬌・赤壁懷古〉格律異文及異義試析〉〈「一三五不論，二四六分明」雜説〉等學術論文，對於詩詞格律的研究甚為深入。在此基礎上，其所推動之三項比賽的規則也更為簡單明瞭。以「第三十五屆全港詩詞創作比賽・律詩」為例，其參賽表格列明對格式的要求如下：

- 五言律詩或七言律詩不拘；
- 平起式或仄起式不拘；
- 出句末可用三仄，惟對句末不可用三平；
- 不可犯孤平；
- 不可失粘或失對；
- 五律拗句可用「平平仄平仄」及「仄仄仄仄仄，平平平仄平」兩種；
- 七律拗句可用「仄仄平平仄平仄」及「平平仄仄仄仄仄，仄仄平平平仄平」兩種。

由此可見，比賽所接受之拗救只有單拗、雙拗兩種而已。孤平（〔仄仄〕仄平仄仄平）不可犯，但避孤平（〔仄仄〕仄平平仄平）則可。下三仄可用，而不可使用三仄三平對用。至於「單換詩眼」「雙換詩眼」等皆不提及，有不鼓勵使用之意。相對於前輩諸公，如此格式可謂簡易曉暢，令初學者知所進退。故三十餘年來，不少青少年或在中學時代因參賽而掌握詩詞格律、誘發對古典文學的興趣，或在大學時代因參賽而溫故知新、進一步開拓詩詞創作及研究的路徑，厥功甚偉。

上世紀末，黃坤堯指出 1990 年代以來，中國內地有強烈的回歸傳統文化的傾向，古典詩詞廣泛地活躍起來，漸漸變得普及。此時，北京、廣州先後舉辦過兩次全國性的大規模的詩詞大賽，一為 1992 年中華詩詞學會舉辦的首屆「中華詩詞大賽」，一為 1994 年廣東中華詩詞學會主辦的「李杜杯詩詞大賽」。而香港詩詞比賽的起步較早，首推「全港學界律詩創作比賽」。[19] 黃教授又展望二十一世紀的詩詞寫作道：「我的看法是比較樂觀的。因為詩詞簡單實用，隨時隨地可以誦讀和欣賞，甚至嘗試模仿和寫作；此乃中華文化中的精粹部分，雖説易學難精，但要普及卻也不難。」[20] 如此展望可謂神準。時至今日，新市鎮文化教育協會的「全港學界律詩創作比賽」雖因故於 2021 年起暫停舉辦，但「全港學界對聯創作比賽」和公共圖書館「全港詩詞創作比賽」的參加者依然十分踴躍。就學界而言，隨着香港本地大專院校的增加，如中文大學、浸會大學、城市大學、樹仁大學、恆生大學、珠海學院等皆有開設詩選、詞選，或必修、或選修，而學界參賽者的基本人數便有所保障。僅以中文大學為例，近年舉辦的詩聯創作比賽也不時有之，如：

---

19 黃坤堯：〈九十年代中國京穗港詩賽述評〉，收入氏著：《香港詩詞論稿》（香港：香港當代文藝出版社，2004 年），頁 152–153。

20 黃坤堯：〈廿一世紀詩詞寫作的展望〉，同前註，頁 194。

表二

比賽名稱	舉辦單位	年份
明月逐人來：香港中文大學元宵對聯創作比賽	中文系、新亞書院	2017
六十周年系慶詩聯創作比賽	中文系	2023
「古典詩詞校園推廣與學習計劃」對聯創作比賽	中文系語文組	2025
七十五周年校慶對聯創作比賽	新亞書院	2025

至於中國內地，不少院校的中文系如今已重新設置含有詩詞習作環節的課程；前此所謂「寫詩會干擾學術研究」之論，[21] 逐漸消聲匿跡。港澳台及內地的舊體詩壇于喁相應、榮景再現，得風氣之先的香港詩詞比賽固然與有功焉；而從文化脈絡來看，香港本地大專院校數十年來一直堅持設置詩詞習作課程，任課教師及有識之士致力於教材講義之編纂、格律體式之探究，不但為香港詩詞比賽培養出賴以開花結果的土壤，更為數十年來華人社會詩學詩教之不輟，奠定了堅實的根基。

21　案：鄺建行教授對此論便持不同意見，見董就雄：〈文字金聲能擲地，襟懷孤鶴直凌天：鄺健行教授訪談錄〉，收入陳煒舜主編：《玉屑金針：學林訪談錄》第一、二輯（香港：初文出版有限公司，2020 年），頁 185。

主要參考書目

傳統文獻

- 【晉】郭璞註，王貽樑、陳建敏校釋：《穆天子傳彙校集釋》，北京：中華書局，2019 年。
- 【南朝宋】劉義慶著、劉慶華譯：《世說新語》，廣州：廣州出版社，2001 年。
- 【梁】劉勰著、范文瀾註：《文心雕龍註》，北京：人民文學出版社，1978 年。
- 【梁】蕭子顯：《南齊書》，北京：中華書局，1997 年。
- 【北齊】顏之推著，王利器集解：《顏氏家訓集解》，北京：中華書局，2016 年。
- 【北齊】魏收：《魏書》，北京：中華書局，1997 年。
- 【唐】李延壽：《南史》，北京：中華書局，1997 年。
- 【唐】房玄齡主編：《晉書》，北京：中華書局，1997 年。
- 【五代】孫光憲：《北夢瑣言》，北京：中華書局，1960 年。
- 【宋】沈括著，胡道靜、金良年導讀：《夢溪筆談導讀》，北京：中國國際廣播出版社，2009 年。
- 【宋】姜夔：《白石詩集》，台北：台灣商務印書館影印文淵閣四庫全書，1983 年。
- 【宋】柳永著，薛瑞生校註：《樂章集校註》，北京：中華書局，1994 年。
- 【宋】胡仔纂集、廖德明校點：《苕溪漁隱叢話後集》，香港：中華書局，1976 年。
- 【宋】黃昇編著，王雪玲、周曉薇點校：《花庵詞選》，瀋陽：遼寧人民出版社，1997 年。
- 【宋】歐陽修：《新唐書》，北京：中華書局，1997 年。
- 【宋】黎靖德主編，王星賢點校：《朱子語類》，北京：中華書局，1986 年。
- 【宋】魏慶之：《詩人玉屑》，上海：上海古籍出版社，1978 年。
- 【宋】嚴羽註、郭紹虞校箋：《滄浪詩話校箋》，北京：人民文學出版社，2006 年。
- 【元】方回編著、李慶甲彙評：《瀛奎律髓彙評》，上海：上海古籍出版社，2005 年），頁 1107。
- 舊題【元】范德機撰、魯華峯評註：《木天禁語・詩學禁臠》，北京：中華書局，2014 年。

- 【元】脱脱主編：《宋史》，北京：中華書局，1997 年。
- 【明】胡應麟：《詩藪》，上海：上海古籍出版社，1979 年。
- 【清】王士禛等著、周維德箋註：《詩問四種》，濟南：齊魯書社，1985 年。
- 【清】王士禛著、周夢蝶標點：《香祖筆記》，上海：大達圖書供應社，1935 年。
- 【清】方元鵾撰、黃靈庚整理：《七律指南》，杭州：浙江大學出版社，2025 年。
- 【清】永瑢主編：《四庫全書總目提要》，北京：中華書局，1965 年。
- 【清】姚鼐編、周青萍註：《古文辭類纂》，上海：廣益書局，1947 年。
- 【清】孫洙：《唐詩三百首》，北京：中華書局，2004 年。
- 【清】納蘭性德：《通志堂集》，上海：華東師範大學出版社，2008 年。
- 【清】張惠言輯：《詞選：附續詞選》，北京：中華書局影印版，1957 年。
- 【清】陳廷焯：《白雨齋詞話》，北京：人民文學出版社，1998 年。
- 【清】馮班著、何焯評：《鈍吟雜錄》，北京：中華書局，1985 年。
- 【清】聖祖皇帝敕撰，曹寅、彭定求等主編：《全唐詩》，北京：中華書局，1960 年。
- 丁福保編：《清詩話》，上海：上海古籍出版社，1963 年。
- 王毓菁撰併註，黃沚蘭箋：《詩鐘話》，收入河南衡門詩鐘社編輯：《衡門社詩鐘選》第一集，1933 年刊本。
- 唐圭璋主編：《詞話叢編》，北京：中華書局，1986 年。
- 張伯偉：《全唐五代詩格彙考》，南京：江蘇古籍出版社，2002 年。
- 張健：《元代詩法校考》，北京：北京大學出版社，2001 年。
- 郭紹虞編：《清詩話續編》，上海：上海古籍出版社，1983 年。

近人著述

- 上海世界書局編著，顧大朋整理：《詩學初範・詩學進階》，北京：文化藝術出版社，2018 年。
- 方孝岳：《中國文學批評》，北京：生活・讀書・新知三聯書店，2007 年。
- 王兆鵬：《唐宋詞史論》，北京：人民文學出版社，2000 年。
- 王定璋：《詞苑奇葩——《花間集》》，成都：巴蜀書社，2006 年。
- 王國良著：《漢武洞冥記研究》，台北：文史哲出版社，1989 年。
- 王國維著、滕咸惠譯評：《人間詞話》，長春：吉林文史出版社，2004 年。
- 王嵩昌：《詩鐘格例存稿》，台北：四維印刷廠，1969 年。
- 王運熙、周鋒譯註：《文心雕龍譯註》，上海：上海古籍出版社，2012 年。
- 王鍈：《古典詩詞特殊句法舉隅》，北京：語文出版社，1999 年。
- 王鶴齡：《風雅的詩鐘》，北京：台海出版社，2003 年。
- 白敦仁：《周邦彥詞賞析集》，成都：巴蜀書社，1996 年。

- 任中敏著、李飛躍輯校：《詞學研究》，南京：鳳凰書版社，2013 年。
- 存萃學社編集：《論寫作舊詩》，香港：崇文書店，1972 年。
- 江獻珠：《蘭齋舊事與南海十三郎》，香港：萬里書店，2014 年。
- 何文匯：《文匯文選》，香港：商務印書館，2011 年。
- 何文匯：《近體詩格律淺說》，台北：台灣書店，1999 年。
- 何文匯編：《香港詩詞拔萃》，香港：香港中文大學出版社，1995 年。
- 何敬羣：《益智仁室論詩隨筆》，香港：人生出版社，1962 年。
- 何敬羣：《詞學纂要》，香港：遠東出版社，1975 年。
- 何敬羣：《詩學纂要》，香港：遠東出版社，1974 年。
- 何敬羣：《遁翁詩詞曲集》，香港：志文出版社，1983 年。
- 何敬羣著，陳煒舜暨香港中文大學新亞書院七十五周年校慶活動督導委員會出版小組主編：《益智仁室詩說：何敬羣先生著作選刊》，香港：中華書局，2025 年。
- 吳世昌著，吳令華編：《詩詞論叢》，北京：北京出版社，2000 年。
- 吳宏一：《清代詞學四論》，台北：聯經出版事業公司，1990 年。
- 吳則虞：《辛棄疾詞選集》，上海：上海古籍出版社，1993 年。
- 李景康：《七言律法舉隅》，香港：永行印字館，1935 年。
- 李景康：《李景康先生詩文集》，香港：學海書樓，2003 年。
- 汪東原著、蔡登山主編：《寄庵隨筆：民初詞人汪東憶往》，台北：新銳文創，2017 年。
- 林淑貞：《歷史回眸 —— 民國詩話之書寫與闡述》，台北：新文豐出版公司，2024 年。
- 屈啟秋主編：《農圃道的足跡》，香港：商務印書館，2007 年。
- 金鐵庵著，喬繼堂編：《作詩、填詞、撰聯百日通》，上海：上海科學技術文獻出版社，2019 年。
- 南海十三郎著、朱少璋編訂：《小蘭齋雜記》，香港：商務印書館，2016 年。
- 胡適：《詞選》，台北：台灣商務印書館，2010 年。
- 范煙橋：《作詩門徑》，上海：上海中央書店，1935 年。
- 唐圭璋：《詞學勝境》，北京：中華書局，2016 年。
- 唐圭璋主編：《唐宋詞鑒賞辭典》，南京：江蘇古籍出版社，1987 年。
- 夏承燾：《作詞法入門》，台北：啟明書局，1958 年。
- 夏承燾著、吳無聞註：《瞿髯論詞絕句》，北京：中華書局，2017 年。
- 孫廣海：《琮錦交輝：何敬羣教授論著知見錄》，台北：萬卷樓，2024 年。
- 徐復觀：《中國文學論集續編》，北京：九州出版社，2014 年。
- 徐燕婷、吳平編著：《民國閨秀集》，上海：上海古籍出版社，2019 年。

- 徐燕婷、吳平編著：《民國閨秀集》，上海：上海古籍出版社，2019 年。
- 高友工、梅祖麟著，李世躍譯：《唐詩的魅力》，上海：上海古籍出版社，1989 年。
- 高步瀛編註：《唐宋詩舉要》，上海：上海古籍出版社，1978 年。
- 高步瀛編註：《唐宋詩舉要》，台北：里仁書局，2004 年。
- 尉素秋：《秋聲集》，台北：帕米爾書局，1967 年。
- 崔文翰：《香江情懷：香港遺民詩文集選編》，香港：中華書局，2024 年。
- 張少強、梁啟智、陳嘉銘主編：《香港・社會・角力》，香港：匯智出版有限公司，2017 年。
- 張廷華、吳玉、傅紹先著，莫真寶整理：《學詩初步・學詞初步》，北京：文化藝術出版社，2018 年。
- 張培陽：《傳統七言古詩體制及其演變》，北京：中華書局，2024 年。
- 張耀宗：《現代詞學的起源》，北京：生活・讀書・新知・三聯書店，2023 年。
- 連橫：《雅言》，台北：台灣銀行經濟研究室，1963 年，頁 42。
- 郭星明：《以述代作：清代詩法類詩話彙編研究》，上海：上海書店出版社，2023 年。
- 鄭水心主編：《海角鐘聲》第一集，香港：不著出版機構，1950 年。
- 陳煒舜：《古典詩的現代面孔：「清末一代」舊體詩人的記憶、想像與認同》，台北：新文豐出版公司，2021 年。
- 陳煒舜主編：《玉屑金針：學林訪談錄》第一、二輯，香港：初文出版有限公司，2020 年。
- 陳璇珍：《微塵吟草》，廣州：友聲出版社，1947 年
- 陳璇珍：《微塵館詞鈔》，香港：微塵詞館，1959 年。
- 陳學然、吳家豪著：《中英關係與殖民管治：金文泰在香港 1925－1930》，香港：中華書局，2024 年。
- 陳學然：《文化香港：一座城市的百年流變》，香港：中華書局，2024 年。
- 喻守真：《唐詩三百首詳析》，香港：中華書局 1959 年。
- 曾克耑著，鄺健行、陳志誠、佘汝豐、梁巨鴻、楊鍾基選編：《頌橘廬詩文：曾克耑先生作品選》，香港：中華書局，2022 年。
- 程章燦：《魏晉南北朝賦史》，南京：江蘇古籍出版社，1992 年。
- 馮振：《七言絕句作法舉隅》，北京：中國書店，1985 年。
- 馮振：《詩詞作法舉隅》，濟南：齊魯書社，1986 年。
- 黃侃撰、周勛初導讀：《文心雕龍札記》，上海：上海古籍出版社，2000 年。
- 黃坤堯：《香港詩詞論稿》，香港：香港當代文藝出版社，2004 年。

- 黃坤堯：《嶺南近代詩詞叢談》，廣州：廣東人民出版社，2025 年。
- 黃哲永主編：《台灣先賢詩文集彙刊第八輯》，新北：龍文出版社，2011 年。
- 黃節：《詩學》，香港：龍門書店 1964 年。
- 葛曉音：《先秦漢魏六朝詩歌體式研究》，北京：北京大學出版社，2012 年。
- 趙郁飛：《近百年女性詞史》，北京：中國社會科學出版社，2023 年。
- 劉坡公：《學詩百法》，上海：上海古籍出版社，1983 年。
- 潘兆賢：《近代十家詩舉要》，香港：科華圖書出版公司，2003 年。
- 潘新安：《草堂詩緣》，香港：自印，1990 年。
- 蔡嵩雲：《柯亭長短句》附〈柯亭詞論〉，上海：中華書局，1948 年。
- 鄭水心主編：《海角鐘聲》第二集，香港：不著出版機構，1951 年。
- 蕭滌非：《漢魏六朝樂府文學史》，北京：人民文學出版社，2011 年。
- 錢志熙、劉青海：《詩詞寫作常識》，北京：中華書局，2012 年。
- 錢鍾書：《談藝錄》，北京：中華書局，1999 年。
- 駱鴻凱：《文選學》，北京：中華書局，1989 年。
- 龍榆生：《唐宋詞定格》，上海：上海古籍出版社，1978 年。
- 龍榆生：《詞曲概論》，上海：上海古籍出版社，1979 年。
- 龍榆生：《詞學十講》，北京：北京出版社，2005 年。
- 龍榆生：《詞學十講》，福州：福建人民出版社，1987 年。
- 繆鉞：《繆鉞全集》卷三《冰繭庵詞說》，石家莊：河北教育出版社，2004 年。
- 繆鉞：《繆鉞說詞》，上海：上海古籍出版社，1999 年。
- 謝崧：《詩詞指要》，香港：中華書局，1979 年。
- 謝無量：《詞學指南》，台北：中華書局版，1961 年。
- 謝無量：《詩詞入門》，香港：建文書局，1963 年。
- 鍾應梅：《蕊園說詞》，香港：香港中文大學崇基學院華國學會，1968 年。
- 瞿蜕園、周紫宜：《學詩淺說》，北京：當代中國出版社，2014 年。
- 鄺健行：《學藝多方：新亞農圃道中文系師友述記》，香港：三聯書店，2023 年。
- 題鄒翰飛：《作詩指導》，香港：上海印書館，1959 年。
- 羅永生：《勾結共謀的殖民權力》，香港：牛津出版社，2015 年），頁 139。
- 饒宗頤：《文轍》，台北：台灣學生書局，1991 年。
- Featherstone, W. T., *The Diocesan Boys School and Orphanage, Hong Kong: The History and Records 1869–1929*, Hong Kong: Ye Olde Printerie Ltd, 1930.
- Liu, James J. Y., *The art of Chinese poetry*, Chicago: University of Chicago Press, 1966.
- Master Chushi (author), Mary M. Y. Fung (Trans), *Pure Land Poems of the West Studio: Contemplating the Pure Land*, Hong Kong: the Centre for the

Study of Humanistic Buddhism, CUHK, 2021.

- Owen, Stephen, *Just a Song: Chinese Lyrics from the Eleventh and Early Twelfth Centuries*, Cambridge, MA: Harvard University Asia Center, 2019.

報刊文章、論文集論文及抽印本

- 〈官立漢文師範招收新生紀聞〉，《香港華字日報》1926 年 1 月 15 日。
- 〈陳璇珍女士詞〉，廣州《和平日報》，1947 年 11 月 5 日。
- 〈陳璇珍女士評張惠言的詞論〉，《華僑日報》1954 年 9 月 23 日。
- 〈風社諸子簡介〉：《華僑日報》，1957 年 1 月 1 日。
- 〈陳璇珍女士明播講詞學〉，《華僑日報》1957 年 8 月 26 日。
- 〈陳璇珍在聯國港協會演講人權與婦權〉，《華僑日報》1958 年 5 月 27 日。
- 〈熊潤桐講學詩入門〉，《華僑日報》，1958 年 7 月 9 日。
- 〈在吉隆坡舉行三天陳璇珍畫展盛況・陳璇珍致謝詞〉，《華僑日報》1960 年 5 月 15 日。
- 〈李景康先生仙逝〉，《華僑日報》1960 年 5 月 26 日。
- 〈詞畫家陳璇珍在吡叻女中講詞學〉，《華僑日報》1960 年 7 月 4 日。
- 〈陳璇珍在檳華女中專題講詞〉，《華僑日報》1960 年 7 月 20 日。
- 〈馬陳璇珍歡宴文教各界好友〉，《華僑日報》1960 年 8 月 24 日。
- 〈前中大講師鄭水心病逝〉，《香港工商日報》1975 年 4 月 19 日。
- 吳宓：〈黃晦聞先生學述〉（二），《香港華字日報》1935 年 2 月 12 日。
- 何敬羣：〈宋詞概說〉，《文學世界》第 6 卷第 4 期（總第 36 期，1962.12），頁 1–11。
- 何敬羣：〈益智仁室詞論之一〉，《珠海校刊》第 18 屆畢業特刊（1968.07），頁 12–13。
- 何敬羣：〈益智仁室說詞〉，《珠海校刊・第 26 屆畢業典禮特刊》（1976.07），頁 33–34。
- 何敬羣：〈詞題與詞的演進〉，香港珠海書院文史學會《文史學報》第 1 期（1964.07），頁 20–22。
- 何敬羣：〈論《片玉詞》，香港珠海書院文史學會《文史學報》第 5 期（1968.06），頁 5–9。
- 何敬羣：〈論吳夢窗詞〉，《珠海學報》第 14 期（1985.05），頁 125–131。
- 何敬羣：〈論東坡樂府詞〉，收入黃毓民主編：《珠海書院四十周年紀念集》，香港：城市出版社，1987 年，頁 117–118。
- 何敬羣：〈論姜白石詞〉，《珠海學報》第 6 期（1973.01），頁 63–74。

- 周文傑：〈旅港的大埔作家陳璇珍和盧森〉，《大埔會刊》第 44 期（2008.01）。
- 林庚：〈盛唐氣象〉，《北京大學學報》1958 年第 2 期，頁 89－99。
- 俞潤生：〈憶沈祖棻先生詩詞集油印本出版前後〉，《新閱讀》2020 年 6 期，頁 65－67。
- 唐圭璋：〈敦煌唐詞校釋〉，收入曹辛華、鍾振振主編；王嬋、曹辛華整理：《民國詩詞學文獻珍本整理與研究》，鄭州：河南文藝出版社，2016 年，頁 37－49。
- 徐燕婷：〈民國中後期女性詞的蘇辛詞風轉向及其詞史意義〉，《文藝理論研究》2021 年第 3 期，頁 210－218。
- 馬浩偉：〈未完成的詩學——重評熊潤桐《養生主詩話》詩學價值〉，未刊稿。
- 梁藥山：〈送陳璇珍南遊〉，《華僑日報》1960 年 1 月 12 日。
- 莊文龍：〈絕句起源論爭平議——清人對截律為絕說的接受、拓展與反駁〉，《文學論衡》總第 38 期（2021.06），頁 40－50。
- 許雲和：〈梁武帝〈江南弄〉七曲研究〉，《武漢大學學報（人文社科版）》第 63 卷第 4 期（2010.07），頁 438－446。
- 郭偉廷：〈盧前王後話詩姑詞姑〉，香港《文匯報》2017 年 4 月 28 日。
- 郭鋒：〈論南宋江湖詞派的清空騷雅〉，《光明日報》2005 年 10 月 14 日。
- 歐志堅：〈學海書樓推動中國文化教育的貢獻〉，收入廣東省政協文化和文史資料委員會主編：《香海傳薪錄：香港學海書樓紀實》，北京：中國文史出版社，2008 年），頁 79－124。
- 陳水雲：〈1930 年至 1949 年清詞的總體研究〉，《漢學研究通訊》第 22 卷第 3 期（總 87 期，2003.08），頁 1－14。
- 陳志誠：〈履川師之憶〉，《新亞生活》2020 年 5 月號，頁 5－13。
- 陳志誠：〈何敬羣先生《益智仁室師說》序〉，《新亞生活》2024 年 11 月號，頁 57－58。
- 陳桐音：〈題微塵館詞鈔送陳璇珍南遊〉，《華僑日報》1959 年 12 月 30 日。
- 陳菊坡：〈贈陳璇珍〉，《華僑日報》1957 年 5 月 14 日。
- 陳煒舜：〈「文化記憶中的香港」專號導言〉，《思與言》第 55 卷第 2 期（2017.06），頁 1－16。
- 陳璇珍：〈詞學漫談〉（一），《華僑日報》1957 年 8 月 28 日。
- 陳璇珍：〈詞學漫談〉（二），《華僑日報》1957 年 8 月 30 日。
- 陳璇珍：〈詞學漫談〉（三），《華僑日報》1957 年 8 月 31 日。
- 陳璇珍：〈詞學漫談〉（五），《華僑日報》1957 年 9 月 5 日。
- 陳璇珍：〈詞學漫談〉（六），《華僑日報》1957 年 9 月 6 日。
- 陳璇珍：〈詞學漫談〉（七），《華僑日報》1957 年 9 月 7 日。

- 陳璇珍：〈詞學漫談〉（八），《華僑日報》1957 年 9 月 8 日。
- 陳璇珍：〈詞學漫談〉（九），《華僑日報》1957 年 9 月 11 日。
- 陳璇珍：〈詞學漫談〉（十），《華僑日報》1957 年 9 月 12 日。
- 陳璇珍：〈詞學漫談〉（十一），《華僑日報》1957 年 9 月 13 日。
- 陳璇珍：〈詞學漫談〉（十二），《華僑日報》1957 年 9 月 14 日。
- 陳璇珍：〈詞學漫談〉（十三），《華僑日報》1957 年 9 月 15 日。
- 陳璇珍：〈詞學漫談〉（十四），《華僑日報》1957 年 9 月 16 日。
- 陳璇珍：〈錦繡的桃源〉（一），《華僑日報》1956 年 6 月 14 日。
- 程中山：〈特以正聲標義旨：三十年代香港正聲吟社研究〉，《中國文化研究所學報》第 74 期（2022.01），頁 141–190。
- 黃靈庚：〈《七律指南》及其詩學思想〉，《光明日報》2023 年 12 月 18 日。
- 葉曄：〈明代：古典文學的文本凝定及其意義〉，《中國社會科學》2020 年第 2 期，頁 157–178。
- 趙少昂：〈題陳璇珍畫展〉，《華僑日報》1958 年 11 月 23 日。
- 劉少雄，〈論張炎的詞學理論及其詞筆〉，《台北師院語文集刊》3 期（1998.08），頁 79–103。
- 劉少雄：〈唐人屬對考述〉，《台大中文學報》第十一期（1999.05），頁 185–216。
- 歐明俊：〈近代詞學師承論〉，《上海大學學報（社會科學版）》2007 年第 5 期，頁 75–80。
- 潘靜如：〈時與變：晚清民國文學史上的詩鐘〉，《中山大學學報》2017 年 4 期，頁 27–35。
- 蔡宗齊：〈七言律詩節奏、句法、結構新論〉，《學術月刊》49 卷 2 期（2017.02），頁 135–153。
- 蔡德允：〈陳璇珍是巾幗英雄〉，《華僑日報》1958 年 11 月 24 日。
- 鄭水心：〈花間十八家詞〉，《學海書樓講學錄》第四集（1964 年）。
- 鄭水心：〈詞概〉（一），《華僑日報》1956 年 3 月 13 日。
- 鄭水心：〈詞概〉（二），《華僑日報》1956 年 3 月 14 日。
- 鄭水心：〈詞概〉（三），《華僑日報》1956 年 3 月 15 日。
- 鄭水心：〈詞概〉（四），《華僑日報》1956 年 3 月 23 日。
- 鄭水心：〈詞概〉（五），《華僑日報》1956 年 3 月 26 日。
- 鄭水心：〈詞概〉（六），《華僑日報》1956 年 3 月 27 日。
- 鄭水心：〈詩鐘全貌〉（一），《新希望週刊》第 1 期（1954.02.15），頁 13。
- 鄭水心：〈詩鐘全貌〉（二），《新希望週刊》第 2 期（1954.03.08），頁 11。
- 鄭水心：〈詩鐘全貌〉（三），《新希望週刊》第 3 期（1954.03.01），頁 12。

- 鄭水心：〈詩鐘全貌〉（四），《新希望週刊》第 4 期（1954.03.08），頁 14。
- 鄭水心：〈詩鐘全貌〉（五），《新希望週刊》第 5 期（1954.03.15），頁 13。
- 鄭水心：〈詩鐘全貌〉（六），《新希望週刊》第 6 期（1954.03.22），頁 13。
- 鄭水心：〈詩鐘全貌〉（七），《新希望週刊》第 7 期（1954.03.29），頁 13。
- 鄭水心：〈詩鐘全貌〉（八），《新希望週刊》第 8 期（1954.04.19），頁 11。
- 鄭水心：〈詩鐘全貌〉（九），《新希望週刊》第 9 期（1954.04.12），頁 12。
- 鄭水心：〈詩鐘全貌〉（十），《新希望週刊》第 10 期（1954.04.26），頁 12。
- 鄭水心：〈詩鐘全貌〉（十一），《新希望週刊》第 11 期（1954.05.03），頁 13。
- 鄭水心：〈詩鐘全貌〉（十二），《新希望週刊》第 12 期（1954.05.24），頁 13。
- 鄭水心：〈詩鐘全貌〉（十三），《新希望週刊》第 13 期（1954.06.14），頁 13。
- 鄭曉華：〈布衣詞人姜夔和他的《續書譜》〉，《光明日報》2021 年 11 月 26 日。
- 鄭頤壽：〈含篇法的「辭章章法學」的發展——評介陳滿銘《章法學論粹》及其相關論著〉〉，《國文天地》第 19 卷第 4 期（2003.09），頁 106－112。
- 鄺健行：〈曾克耑先生論作詩〉，《華人文化研究》八卷一期（2020.06），頁 71－78。
- 羅秀珍：〈何敬羣老師對我的影響〉，《新亞生活》2024 年 10 月號，頁 19－21。
- 龔宗傑：〈「學詞」與「詞學」：晚清民國的詞法論述與詞學演進〉，《嶺南學報》復刊第十二輯（2019），頁 323－343。
- Radtke, Kurt W., "The Development of Chinese Versification: Studies on the shih, tz'u and ch'ü genres", *Oriens extremus,* 1976−06, Vol.23 (1), pp.1−37.

學位論文及研討會論文

- 林愷欣：《從政治退隱到文化抗逆：港澳兩地清遺民的文化志業研究》，香港：香港大學博士論文，2014 年，頁 241。
- 莊德友：《晚清民國詩鐘研究》，蘇州大學文學院碩士學位論文，2016 年。
- 陳鈺頤：〈闌干拍遍、木蘭壯志：陳璇珍《微塵館詞鈔》研究〉，香港中文大學中文系「專題研究」論文（編號：41058），程中山指導，2023 年。
- 黃繼立：《「神韻」詩學譜系研究—以王漁洋為基點的後設考察》，成功大學中國文學系碩士論文，2002 年）。
- 楊宜珮：《鄒弢（1850－1931）研究 —— 才子、通人與酒丐」》，中央大學中國文學系博士論文，2019 年。

- 陳煒舜：〈《詩學纂要》所見唐宋詩文本變異試論——兼探何敬羣、金問泗及蕭公權詩作的修改〉，成功大學中文系主辦「第一屆唐宋詩學國際學術研討會」（2025.05.23–24）。
- 凌頌榮：〈宋人自己之詩：試論何敬羣《詩學纂要》的「宋詩」觀〉，香港樹仁大學商業、經濟及公共政策研究中心及香港中文大學歷史系梁保全香港歷史及人文研究中心合辦：「『跨學科視角下的香港』國際學術研討會——歷史、文化、經濟及公共政策」（2025.07.11–13）。
- 陳學然：〈新舊之間：李景康、陳君葆二三事〉，《風雅傳承：第三屆民初以來舊體文學國際學術研討會論文提要集》，香港：香港中文大學中文系，2024 年），頁 155–168。
- 程中山：〈中原北望知同慨，吾道南來幸不孤：1950 年代香港海角鐘聲雅集研究〉，香港中文大學中國文化研究所嶺南文化研究計劃主辦：「嶺南文化與世界國際學術會議」（2023.11.23）。
- 龔宗傑：〈「填詞法」的創生：從清代詞話匯纂到近代學詞讀本〉，安徽師範大學中國詩學研究中心、安徽師範大學文學院、中國韻文學會主辦：「晚清民國中國古典詩學研討會」（蕪湖，2025.07.04–06），第一組論文集，頁 25–39。